이 책에 대한 찬사

강렬하고 매혹적이다. 소재에 대한 참신한 해석과 원전을 향한 깊은 애정이 균형을 이룬다. 작가 특유의 열정과 재치, 날카로운 페미니즘으로 트로이아 전쟁에서 침묵당한 여성들에게 절실한 목소리를 부여한다.

—**매들린 밀러** |『키르케』,『아킬레우스의 노래』

전쟁에 가담한 교만하고 어리석은 남자들에 의해 무시당하고, 과부와 노예가 되고, 비통과 죽음에 이르게 된 여자들의 입을 빌려 10년간 벌어진 트로이아 전쟁을 독창적이고도 탁월하게 재해석한다. 서양 문학 최고最古의 이야기에 관한 참신하고도 납득 가능한 페미니즘적 해석.

—**멀리사 그레이, NPR 올해 최고의 책**

여성의 고통을 인식할 뿐 아니라 그 이상의 것을 해내는 작품. 생동감 넘치는 방식으로 용기, 배신, 응징에 관해 이야기한다. 다양한 사람들의 이야기를 누구의 입을 통해 전할 것인지 고민하게 되는 이 현대 사회에 시의적절한 인식을 제기한다.

—**《워싱턴 포스트》**

재치 넘치고 거침없는 페미니즘의 시각으로 써 내려간, 여성의 고통, 용기, 인내에 관한 이야기. 고대 설화에 대한 참신하고도 현대적인 각색이 우리 시대에 완벽히 알맞다.

—**《북리스트》**

우아하고 지적이다. '늘 이야기 주변부로 밀려나 있던 여성들'에 초점을 맞춰 호메로스의 서사시를 재구성한다. 원전 신화에 관한 폭넓은 지식과 강렬한 서사를 직조하는 재능을 겸비하고 있다.

—**《선데이 타임스》**

박식하며 구성이 훌륭하다. 창의력을 발휘해 그리스와 트로이아 여성들의 삶을 생생하게 그려 내고, 디테일을 통해 소설에 활력을 일으킨다.

—**《뉴욕 타임스 북 리뷰》**

독자의 주의를 사로잡는 동시에 날카로운 페미니즘적 시각이 빛난다. 숙련된 고전학자인 작가는 호메로스를 넘어 베르길리우스의 『아이네이드』와 그리스 비극까지 영역을 넓힌다. 그리스 고전을 전복적으로 재해석함으로써 독자에게 다층적인 즐거움을 선사한다.

—《가디언》

고전 신화의 대가라 할 만하다. 흠잡을 데 없는 문장을, 미묘한 뉘앙스의 언어로 말하고 생각하는 인물들을 주조해 낸다. 서양 문화에 남아 있는 가장 오래된 이야기에 생생한 숨결을 불어넣는다.

—《텔레그래프》

트로이아와 그리스 문화 양쪽 여성들의 삶을 매혹적으로 재창조한다. 트로이아 전쟁과 그 여파에 대한 세간의 인식을 뒤틀어 여성들의 경험을 유려하게 포착한다.

—《퍼블리셔스 위클리》

신화를 처음 접하는 독자를 위한 교양 넘치고 세련된 입문서. 작가는 남성만큼 여성들도 영웅적이라 전제한다. 미묘한 힘이 번뜩이는 순간들로 넘실거린다.

—《스펙테이터》

온전히 여성의 시각에서 트로이아 전쟁을 새로이 서술한다. 현재까지 작가의 최고작이다.

—《업저버》

여성 억압이 있다는 것을 알려 준 것은 이데올로기로서의 페미니즘이었지만 그런 억압에 대응해 어떻게 살아가야 할지를 알려 준 것은 여성 작가와 그들이 만들어 낸 여성 인물들이었다. 『천 척의 배』가 무엇보다 청소년에게 읽혔으면 한다. 읽히고 또 읽혔으면 한다. 인생의 어려운 순간마다 지혜로운 선택을 내릴 수 있도록 도와줄 것이다. 이 책을 처음 읽을 독자들이 벌써 부럽다.

—**하미나** | 『미쳐있고 괴상하며 오만하고 똑똑한 여자들』

천 척의 배

트로이아
전쟁의
여성들

천 척의 배

나탈리 헤인스
소설

홍한별
옮김

돌고래

일러두기

인명 및 지명의 우리말 표기는 피에르 그리말, 『그리스 로마 신화 사전』(최애리 외 옮김, 강대진 감수, 열린책들, 2003)을 참고했다.

키자이아에게, 당연히

그 명성은 영영 잊히지 않으리.
신들이 현명한 페넬로페에 관한 노래를 지어
인간을 기쁘게 할 것이다.
끔찍한 짓을 저지른 내 아내와는 너무나 다르구나…….

—아가멤논의 말, 『오딧세이아』 24권 196~199행

차례

지도

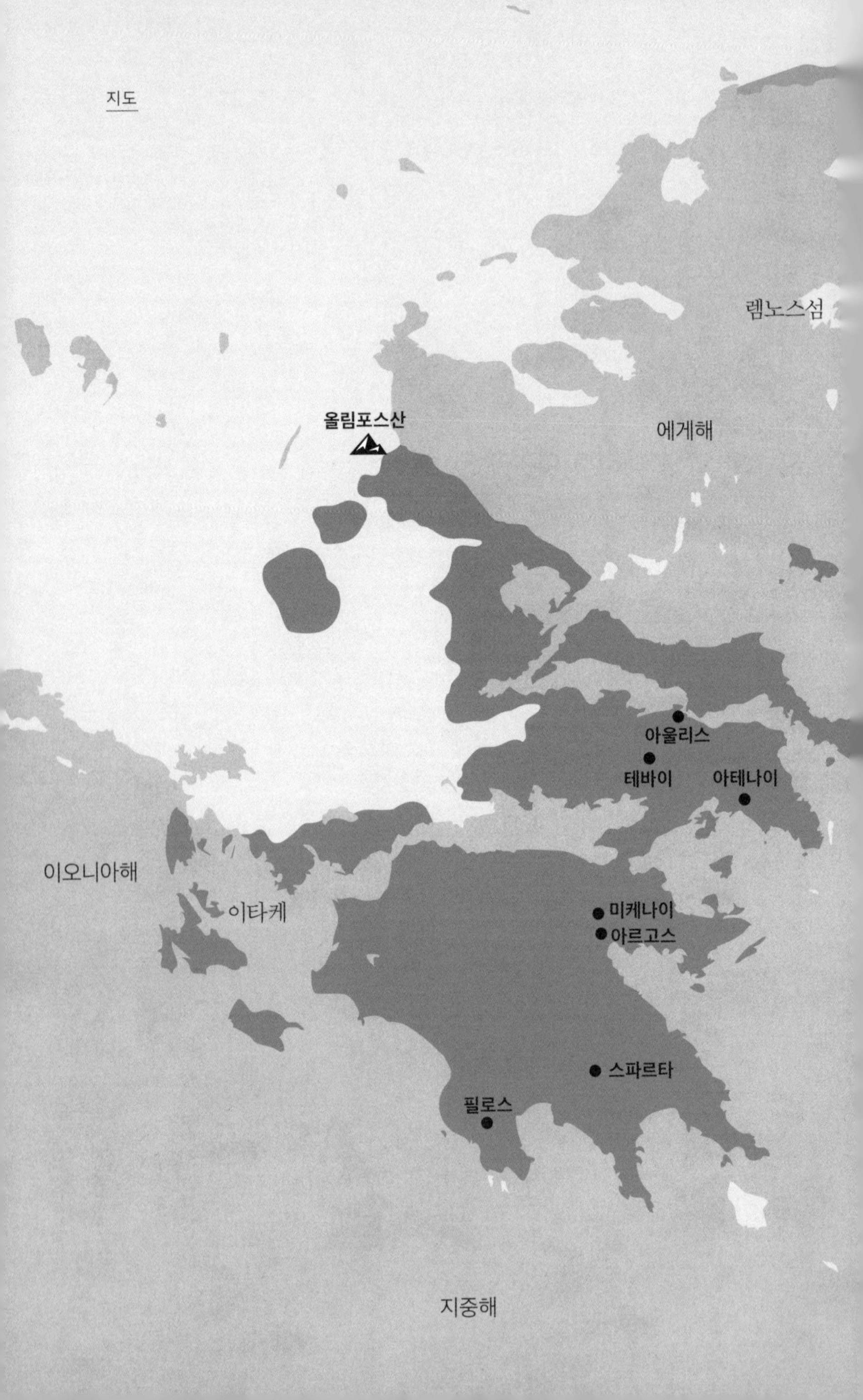

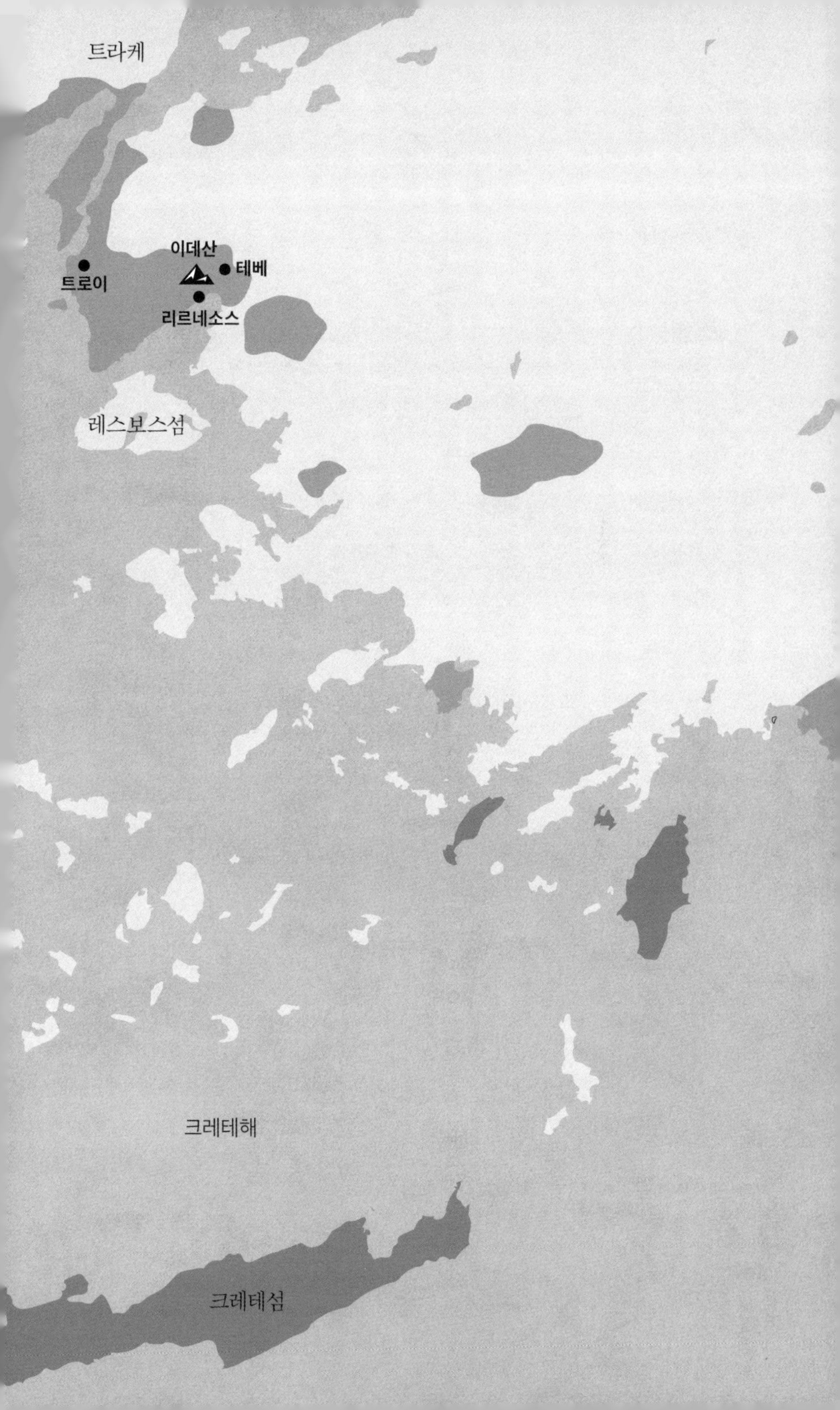
트라케
이데산
트로이
테베
리르네소스
레스보스섬
크레테해
크레테섬

그리스인

아트레우스 가문

아가멤논 그리스 본섬 아르고스 인근에 있는 미케나이의 왕.
아트레우스의 아들. 클리타임네스트라의 남편.
아르고스의 왕이라고도 불린다.

클리타임네스트라 미케나이의 왕비

이피게네이아, 오레스테스, 엘렉트라 아가멤논과 클리타임네스트라의 자식들

메넬라오스 아가멤논의 동생. 헬레네의 남편

스파르타의 헬레네 훗날의 이름은 트로이아의 헬레네 클리타임네스트라의 동생이자 동서

헤르미오네 메넬라오스와 헬레네의 딸

아이기스토스 티에스테스(아트레우스의 형제)의 아들.
아가멤논과 메넬라오스의 사촌

오딧세우스 가문

오딧세우스 이타케의 왕. 안티클레이아와 라에르테스의 아들.
페넬로페의 남편

페넬로페 이타케의 왕비. 직조 전문가

텔레마코스 오딧세우스와 페넬로페의 아들

또 다른 구성원

에우리클레이아 오딧세우스의 유모

에우마이오스 충직한 돼지치기

트로이아에서 오딧세우스의 귀환을 지연시킨 이들

폴리페모스	눈이 하나인 거인, 즉 키클로페스. 바다의 신 포세이돈의 아들
키르케	아이아이아섬에 사는 마녀
라이스트리고네스	식인 거인족
세이렌	반인반조의 여성들. 노래를 불러 선원을 죽음으로 이끈다.
스킬레	개와 여자가 결합한 괴물. 이빨이 아주 많다.
카립디스	배를 파괴하는 소용돌이
칼립소	오기기아섬에 사는 님프

아킬레우스 가문

펠레우스	그리스의 왕이자 영웅. 테티스의 남편. 아킬레우스의 아버지
테티스	바다의 님프. 아킬레우스의 어머니
아킬레우스	세상에서 가장 위대한 전사. 파트로클로스의 가장 가까운 친구이자 아마도 연인
파트로클로스	그리스의 전사이자 하급 귀족
브리세이스	트로이아에서 멀지 않은 작은 도시 리르네소스의 왕자비. 아킬레우스와 파트로클로스가 트로이아 전쟁 도중 생포한 인물
네오프톨레모스	아킬레우스의 아들

그 밖에 트로이아 전쟁에 연루된 그리스인

시논	전사
프로테실라오스	작은 그리스 도시 필라카이의 왕. 라오다메이아의 남편
라오다메이아	왕비

트로이아인

프리아모스 가문

프리아모스 트로이아의 왕. 수없이 많은 아들딸의 아버지

헤카베 프라이모스의 아내.
로마인들이나 후대의 셰익스피어는 헤쿠베라고도 불렀다.

헤카베와 프리아모스의 자식

폴릭세네 트로이아의 여자 영웅

카산드라 궁술, 의술, 질병의 신인 아폴론의 사제

헥토르 위대한 트로이아의 영웅

파리스 트로이아의 전사. 다른 남자의 아내를 유혹하는 남자

폴리도로스 프리아모스와 헤카베의 막내아들

헤카베와 프리아모스의 며느리

안드로마케 헥토르의 아내. 아스티아낙스의 어머니

참전한 다른 트로이아인

아이네이아스 앙키세스의 아들

크레우사 아이네이아스의 아내.
에우리레온(로마인들이 부른 이름은 아스카니오스)의 어머니

테아노 안테노르(프리아모스의 고문)의 아내. 크리노의 어머니

크리세이스 트로이아의 소녀. 아폴론 사제 크리세스의 딸

펜테실레이아 아마조네스 공주. 히폴리테의 자매.
트로이아인은 아니지만 전쟁 마지막 해 트로이아 편에서 싸웠다.

오이노네	트로이아 근처 산에 사는 님프

신

칼리오페	아홉 무사이 여신 중 하나[뮤즈]. 서사시의 무사.
제우스	올림포스 신들의 왕. 수없이 많은 신, 여신, 님프, 반신의 아버지
헤라	제우스의 아내이자 누이. 올림포스 신들의 여왕. 제우스가 유혹하는 대상은 모조리 싫어한다.
아프로디테	사랑, 특히 욕정적 사랑의 신. 대장장이 신 헤파이스토스의 아내. 때때로 전쟁의 신 아레스와 바람을 피운다.
아테나	지혜와 수비적 전쟁의 여신. 오딧세우스의 지원자. 아테나이의 수호 여신. 올빼미를 좋아한다.
에리스	불화의 여신. 말썽꾼
테미스	오래된 신들 가운데 하나. 혼돈에 맞서는 질서를 상징한다.
가이아	역시 오래된 신들 가운데 하나. 어머니 지구 같은 존재
모이라이	운명을 관장하는 세 자매 신 클로토, 라케시스, 아트로포스. 우리의 운명을 쥐고 뒤흔든다.

1
칼리오페

노래하소서, 무사 여신이여. 남자가 말하네. 그런데 날 선 말투를 들어 보면 도무지 부탁이 아닌 것 같아. 내가 저자의 소원을 들어줄 마음이 있었다면, 그냥 전사가 아침 전투를 준비하며 숫돌에 단검을 갈듯 시인이 내 이름에 대고 어조를 날카롭게 가다듬는 것이겠거니 했겠지. 하지만 오늘 나는 영감을 주는 여신이 될 기분이 전혀 아냐. 저 사람은 나로 산다는 게 어떨지 생각해 보지도 않았을 거야. 당연하지. 시인들은 죄다 자기 생각만 하니까. 그렇더라도 나한테 변함없는 관심과 지지를 요청하는 자기 같은 인간들이 날마다 얼마나 많을지 한 번도 생각해 보지 않았다니 놀라워. 이 세상에 대체 얼마나 많은 서사시가 필요하기에 그럴까?

세상의 숱한 분쟁과 전쟁, 포위된 도시, 약탈된 도시, 파괴된 마을.

온갖 불가능한 여정, 난파, 귀향, 이런 이야기들 모두 수없이 되풀이 하지 않았냐고. 정말 아직도 할 이야기가 더 남았을 거라 생각하나? 내가 인물의 일관성을 유지하게 도와주고 이야기가 음보에 맞지 않아 생긴 빈자리들을 채워 줄 거라고 생각하나?

나는 지상으로 눈을 돌려 시인의 수그린 고개와 축 처진 넓은 어깨를 봐. 척추 위쪽이 구부정하군. 늙은 남자야. 말투는 날이 서 있지만 늙은이야. 호기심이 솟네. 이렇듯 절절히 시를 갈급하는 이는 보통 젊은이일 때가 많은데. 엎드려서 그의 눈을 들여다보려는데 간절히 기도하며 눈을 감아 버렸네. 눈을 감고 있으면 어떤 사람인지 알아볼 수가 없는데.

옷깃에 아름다운 금 브로치가 달려 있어. 작은 잎사귀를 반짝이는 매듭 모양으로 엮은 브로치. 과거에 누군가한테 시를 지어 준 대가를 후하게 받은 모양이지. 재능이 있고 잘 나가는 시인이군. 물론 내 도움을 받았기 때문이겠지. 그런데도 그 이상을 원해. 얼굴을 환한 데서 제대로 보고 싶군.

나는 시인이 눈을 뜨기를 기다리고 있지만, 이미 결심은 섰어. 내 도움을 원한다면 나한테 제물을 바치겠지. 인간들은 그렇게 해. 처음에는 부탁하고, 다음에는 애원하고, 마지막으로 흥정을 하지. 그러니 나는 시인이 저 브로치를 나한테 주면 단어들을 줄 생각이야.

2
크레우사

귀청이 떨어질 듯한 천둥소리에 크레우사는 잠에서 깨어 숨을 헉 들이마셨다. 아기를 찾으려고 주위를 둘러보다가 아들이 이제 아기가 아니라는 사실을 떠올렸다. 성벽 밖에서 전쟁이 벌어지는 동안 아이는 이미 다섯 해의 여름을 보냈다. 아이는 자기 방에 있었다. 당연히 그렇겠지. 크레우사는 숨을 고르며 아이가 천둥 번개에 놀라 엄마를 부르는 소리가 들리길 기다렸다. 그런데 아무 소리도 들리지 않았다. 용감한 아이다. 크레우사의 어린 아들은 어찌나 용감한지 벼락 따위에는 울지 않는다. 전능한 제우스가 던진 벼락일지라도. 크레우사는 침대보를 어깨에 두르고 지금이 몇 시일까 생각했다. 투두둑 떨어지는 빗소리가 점점 커졌다. 방 저편이 희미하게 보이는 것으로 보아 새벽인 듯했다. 그런데 빛이 이상했다. 진한 붉은색 벽을 짙은 노란색이 흉한 핏빛으로 물들였다. 해가 뜨는 중이 아니라면 빛이 저렇게 노랄 리가 없는데? 비가 지붕을 두들기고 있는데 어떻게 햇빛이 방안으로 들어오지? 비몽사몽간에 정신이 없었던 터라 매캐한 냄새가 상상이 아니라 콧속에서 실제로 느껴지는 것임을 깨닫기까지는 잠시 시간이 걸렸다. 우르릉 쾅쾅 소리는 천둥이 아니라 지상에서 일어나는 파괴의 소리였다. 빗소리라고 생각했던 것은 마른나무와 짚에 불이 붙어 타닥거리는 소리였다. 일렁이는 노란빛은 햇빛이 아니었다.

위험한 상황임을 깨닫고 크레우사는 지금까지 굼뜨게 행동한 것을 벌충하려는 듯 침대에서 후다닥 뛰어내렸다. 불을 피해 당장 밖으로 나가야 했다. 벌써 방안으로 연기가 들어와 혀가 끈끈한 검댕으로 뒤덮였다. 크레우사는 남편 아이네이아스와 아들 에우리레온을 불렀으나 아무 대답이 없었다. 크레우사는 자기 방—좁은 침상에 신혼 때 직접 짰고 특히 자랑스럽게 여기는 적갈색 침대보가 덮인 작은 방에서 나갔으나 멀리 가지 않고 멈췄다. 방문 바로 밖에 있는 작고 긴 창문으로 불꽃을 보자 다급했던 발걸음이 그 자리에서 딱 멈췄다. 집에 불이 난 게 아니었다. 성채가 불타고 있었다. 트로이아에서 가장 높은 곳, 파수용 불이나 희생 제단의 불이나 말이 끄는 전차를 타고 머리 위로 지나가는 태양신 헬리오스의 불 말고는 어떤 불도 닿은 적이 없는 곳이었다. 그런데 만지면 늘 차갑던 성채 돌기둥 사이에서 불이 일렁이고 있었다. 크레우사는 불타오르는 성채 지붕과 목재에서 후두두 쏟아져 연기 속에서 작은 반딧불이처럼 맴도는 불꽃을 조용히 바라보았다.

크레우사는 아이네이아스가 불을 끄러 간 모양이라고 생각했다. 형제, 사촌들을 도와 물이든 모래든 뭐든 찾을 수 있는 것을 퍼 나르러 갔을 것이다. 포위 공격이 시작된 이후에 화재가 도시를 덮친 것이 처음은 아니었다. 그리고 남자들은 성채를 구하려고 뭐라도, 어떤 일이라도 할 터였다. 성채는 트로이아에서 가장 소중한 것들이 모여 있는 곳이었다. 보물창고, 신전, 그들의 왕 프리아모스의 집. 크레우사는 공포에 휩싸여 침대에서 뛰쳐나왔으나, 이제 집에 불이 붙지 않았고 자신과 아들이 위험하지 않다는 것을 알자 공포가 가라앉았다. 그러나 이 끝나지 않는 전쟁 동안 너무나 자주 그랬듯이 남편은 다시 또 위험한 상황이었다. 살아야 한다는 다급한 공포가 익숙한 불안으로 바뀌었다. 10년이라는 긴 세월 동안 남편이 도시 성벽 밖에 죽치고 있는 역병 같은 그리스인들과 싸우러 나가는 걸 보는 데 너무 익숙해져서, 두려움에 떨며 남편이 떠나는 모습을 보거나 공포에 질린 채 남편이 돌아오길 기다리는 데 너무 익숙해져서, 이제는 불안감이 어깨 위에 검은 새처럼 내려앉는 게 거의 편안하게 느껴질 지경이었다. 매번 집으로 돌아왔잖아, 크레우사는 자신을 달랬다. 언제나. 그러면서 검은 새가 제멋대로 깍깍거리며 머릿속에 심어 준 생각을 지우려고 했다. 과거에 그랬다고 이번에도 그러리라는 보장이 있어?

다시 엄청난 굉음이 울려 크레우사는 소스라쳤다. 크레우사를 잠에서 깨운 소리보다 확실히 더 큰 소리였다. 크레우사는 창문으로 고개를 내밀고 도시 아래쪽을 내려다보았다. 그때 생각보다 상황이 훨씬 심각하다는 걸 알았다. 성채만 타고 있는 게 아니었다. 성난 주황색 불꽃이 도시 전역에서 솟고 있었다. 크레우사는 집을 지켜 주는 신들을 향해 기도를 웅얼거렸다. 그러나 기도를 올리기엔 이미 늦은 뒤였다. 입으로는 소리를 내고 있었으나 크레우사는 이미 신들이 트로이아를 버렸음을 알았다. 도시 저편에서 신전들이 불타고 있었다.

크레우사는 좁고 어두운 복도를 달려, 정교한 장식무늬의 높은 벽이 있어 특히 사랑스러운 안마당을 거쳐 집 앞쪽으로 갔다. 아무도 없었다. 노예들도 다 어디론가 가고 없었다. 크레우사는 치맛자락을 밟고 비틀거리다 겨우 몸을 일으켜 치마를 왼손으로 짧게 말아 쥐었다. 다시 아들을 불렀다. 아이네이아스가 자기 아버지를 찾으러 가면서 아들을 데려간 걸까? 그런 걸까? 크레우사는 커다란 나무 문을 밀고 길로 나갔다. 이웃 사람들이 길에서 뛰는 모습이 보였다. 크레우사가 상상했던 것처럼 물을 나르는 사람은 아무도 없었다. 저마다 집에서 빠져나오기 전에 허겁지겁 꾸린 짐을 들었거나 맨몸이었다. 크레우사의 입에서 저절로 소리가 터져 나왔다. 사방에서 비명과 고함이 울렸다. 연기가 거리에 내려앉았다. 도시가 이미 엉망으로 무너진 모습을 보여 주기 치욕스럽다는 듯이.

크레우사는 어떻게 해야 할지 마음을 정하지 못하고 문간에 서 있었다. 남편이 돌아올 때까지 집에서 기다려야 할 것도 같았다. 여러 해 전, 남편은 도시가 함락되면 크레우사와 아들, 아버지와 다른 트로이아인 생존자들과 함께 멀리 배를 타고 나가 새로운 나라를 세우겠다고 말했었다. 크레우사는 남편의 입술에 손가락을 얹고 말을 잇지 못하게 막았다. 그런 말을 입에 올리면 장난꾸러기 신이 현실로 만들어 버릴 것만 같았다. 남편의 수염이 손에 닿아 간질거렸지만 크레우사는 웃지 않았다. 아이네이아스도 웃지 않았다. 그게 내 의무야,

아이네이아스가 말했다. 프리아모스왕의 명령이야. 만약 최악의 사태가 벌어진다면, 누군가는 새로운 트로이아를 건설할 책임을 떠맡아야 해. 크레우사는 남편이 돌아오지 않을지도 모른다는, 이미 죽었을지 모른다는, 새벽이 되기 전에 도시가 초토화되고 자기 집도 다른 집처럼 불에 타서 돌아오고 싶어도 돌아올 곳이 없을지 모른다는 생각이 다시 밀려들었으나 애써 떨쳐 버렸다.

그런데 어떻게 이런 일이 일어났지? 크레우사는 나무 문에 머리를 기댔는데 살갗에 닿은 검은 쇠못이 따뜻했다. 아래를 내려다보니 이미 옷자락 주름 사이에 끈끈한 검은 먼지가 들러붙어 있었다. 지금 여기에서 일어나는 일은 있을 수 없는 일이었다. 트로이아가 전쟁에 이겼으니까. 도시 밖 평원에서 10년 동안 소모전이 이어진 끝에 마침내 그리스군이 물러났다. 그리스군은 그 오래전 위압적인 배를 타고 이곳으로 왔다가 결국 빈손으로 돌아갔다. 전투는 도시 가까이에서 또 멀리에서 벌어졌고, 전선이 바닷가에 정박한 함선 코앞까지 나아갔다가 다시 트로이아 쪽으로 밀려오기도 했다. 일대일 결투도 있었고 전면전도 있었다. 양쪽 진영 모두 질병과 굶주림에 시달렸다. 위대한 전사가 쓰러졌고 겁쟁이는 목숨을 부지하러 몰래 달아났다. 그러나 결국에는 크레우사의 조국 트로이아가 승리했던 것이다.

그게 사흘 전이었나, 나흘 전이었나? 시간이 머릿속에서 뒤죽박죽이었다. 그렇지만 사실은 명확했다. 함대가 물러가는 것을 아크로폴리스에 올라가서 두 눈으로 직접 보았다. 며칠 전부터 그리스군이 짐을 싸고 있다는 소문을 들었다. 그리스군이 주둔지 밖으로 나오지 않고 있는 건 분명한 사실이었다. 아이네이아스와 동료들(크레우사는 그들을 전사라고 생각할 수가 없었다. 그건 도시 밖에서의 역할일 뿐 도시 안에서는 아니었으니까.)은 기습의 이점을 두고 토론했다. 난장을 일으키는 한편 무슨 일이 벌어지고 있는지 알아낼 수 있을 거라고 했다. 그렇지만 결국 성벽 안에 머물면서 인내심 있게 다음에 벌어질 일을 지켜보기로 했다. 창 한 자루 화살 한 개도 날아오지 않고 하루이틀이 지나자 사람들은 희망을 품기 시작했다. 어쩌면 그리스군 주둔지에 다시 역병이 도는지도 몰랐다. 몇 달 전에도 그런 일이 있어서 트로이아인들이 환호하며 모든 신에게 감사의 제물을 올렸었다. 그리스인들이 불경함을 저질러서, 트로이아는 절대 함락되지 않으며 인간의 손으로는 무너뜨릴 수 없다는 사실을 무모하게 부인해서 벌을 받은 것이었다. 저런 자들의 손에 무너질 수는 없었다. 거대한 배를 타고 등장한 오만한 그리스인들. 주목과 존경 없이 무명으로 노역하는 건 생각할 수도 없는 자들이라 하나같이 햇빛에 번쩍이는 청동 갑옷 차림이었다.

다들 그랬듯 크레우사도 역병을 내려 달라고 기도했었다. 그보다 좋은 일은 없을 것 같았다. 하루가 또 지나자 배들이 움직이기 시작했다. 돛대가 바르르 떨렸고, 그리스인들은 노를 저어 만에서 깊은 바다로 떠나갔다. 그때에도 트로이아인들은 가만히 있었다. 눈으로 보고도 믿을 수가 없었다. 도시 서쪽 스카만드로스강 어귀 건너에 있는 그리스군 야영지가 늘 눈엣가시였으나, 너무나 오래 그 자리에 있었던 탓에 이제는 텅 빈 해안이 너무나 이상했다. 괴사한 다리를 마침내 잘라낸 기분이었다. 이제는 전처럼 두렵지 않았으나 여전히 불안했다. 하루가 더 지나고, 병력과 부당하게 얻은 보물의 무게에 신음하며 마지막 남은 배까지 떠났다. 그리스군은 트로이아보다 병력이 적고 성벽이 낮은 프리기아 지방의 도시를 모조리 약탈했던 것이다. 그리스 함대는 노를 저어 바람 속으로 들어가 돛을 펼치고 멀리 떠갔다.

크레우사와 아이네이아스는 배들이 사라지고 한참이 지난 뒤까지 성벽 위에 서서 바닷가에 밀려드는 흰 포말을 보고 있었다. 두 사람이 서로 끌어안고 있다가 크레우사가 속삭이듯 물었으나 아이네이아스는 질문에 답하지 못했다. 왜 떠났을까? 다시 돌아올까? 이제 우리는 안전한 걸까?

멀리에서 쿵 하고 울린 소리에 크레우사는 다시 현실로 돌아왔다. 이제 아이네이아스를 찾으러 아크로폴리스로 올라갈 수는 없었다. 집에서도 성채 지붕이 무너져 연기를 내뿜는 게 보였다. 그 아래에 누가 있었다면 모두 죽고 말았을 것이다. 크레우사는 에우리레온이 아버지의 다리 사이로 뛰며 탐욕스럽게 타오르는 불을 애써 끄려는 모습을 떠올렸다가 얼른 머릿속에서 밀어냈다. 아이네이아스가 하나뿐인 아들을 위험 속으로 끌고 갔을 리가 없었다. 아이네이아스는 아버지 앙키세스를 안전한 곳으로 대피시키려고 갔을 것이다. 그런데 아이네이아스가 크레우사를 데리러 돌아올까, 아니면 크레우사가 밖으로 나와서 자기를 찾아오길 기대할까?

크레우사는 아이네이아스의 속마음을 자기 속보다도 더 훤히 알았다. 아이네이아스는 불길이 걷잡을 수 없게 번지기 전에 아버지를 찾으러 서둘러 나섰을 것이다. 앙키세스의 집은 불꽃이 가장 사납게 타오르고 있는 아크로폴리스 쪽이었다. 아이네이아스는 아버지 집으로 가는 길이 쉽지 않으리란 걸 알았을 것이다. 처음에는 집으로 돌아올 생각이었겠지만 이제 불가능하다는 걸 알았겠지. 지금쯤 성문을 향해 가면서 크레우사도 똑같이 오고 있으리라고 기대할 테다. 성 밖 평원에서 아이네이아스를 만날 수 있을 것이다. 아이네이아스는 얼마 전까지 그리스군 야영지가 있었던 곳으로 가겠지. 크레우사는 문간에서 잠시 망설이며 뭘 가져가야 할지 생각했다. 그때 남자들이 함성을 지르며 다가오는 소리가 들렸는데 크레우사가 모르는 언어였다. 그리스군이 도시에 들어와 있었다. 귀중품, 아니 외투 한 장조차 챙길 시간이 없었다. 크레우사는 연기가 가득한 거리 저편을 보고 뛰기 시작했다.

전날, 도시 전체에 물든 축제 분위기에 크레우사도 들떴었다. 10년 만에 처음으로 트로이아 성문이 활짝 열렸다. 마지막으로 도시 밖에 있는 스카만드로스평원에 나왔을 때 크레우사는 겨우 열두 살짜리 어린아이였다. 부모님은 크레우사에게 그리스군은 해적이자 용병이며 쉬운 먹잇감을 찾아 반짝이는 바다 위를 휩쓸고 다닌다고 말했다. 프리기아에 오래 머물지는 않을 거라고, 다들 말했다. 뭐하러 그러겠나? 그들이 내세운 구실을 믿는 사람은 아무도 없었다. 프리아모스의 아들 가운데 한 명을 따라 도망 온 여자를 되찾으러 왔다는 말을. 터무니없는 말이었다. 저렇게 셀 수 없이 많은 배가, 천 척에 달하는 배가 여자 하나 때문에 대양을 건너와서 도시를 포위한다고? 크레우사도 그 여자를, 긴 금발을 늘어뜨리고 옷단 가장자리마다 금실 자수를 놓은 붉은 드레스를 입고 목과 팔에 금장식을 두른 헬레네라는 여자를 보았지만, 그래도 이 여자를 데리러 대군이 그 먼 길을 왔다는 게 믿기지 않았다. 그리스군이 바다로 나선 꿍꿍이는 빤했다. 약탈한 물건으로 금고를 채우고, 잡아 온 노예로 집안을 채우려는 거였다. 그렇지만 트로이아로 온 것은 도를 넘은 행동이었다. 트로이아는 부유할 뿐 아니라 방비가 잘 갖춰진 도시임을 몰랐던 것이다. 그리스인들은 늘 그런 식이야, 크레우사의 부모가 말했다. 저들은 그리스인이 아니면 다 똑같다고, 다 야만인이라고 생각해. 트로이아가 미케나이, 스파르타, 이타케 등등 자기들이 고향이라 부르는 도시보다 발달한 도시일 수 있다고는 생각도 해 보지 않은 거야.

트로이아는 그리스군에게 성문을 열지 않을 것이다. 크레우사는 아버지가 어두운 눈빛으로 어머니에게 프리아모스왕의 결정을 전하는 모습을 보았다. 트로이아는 싸울 것이다. 그 여자도, 여자의 황금이나 옷도 돌려주지 않을 것이다. 그리스인들은 기회주의자야, 아버지는 말했다. 겨울에 비바람이 몰아쳐 배를 강타하기 전에 떠날 거라고. 트로이아는 유복하기로 이름난 도시였다. 프리아모스왕의 쉰 명의 아들과 쉰 명의 딸, 무한한 부, 드높은 성벽과 충성스러운 동맹국들. 그리스인들은 그런 도시가 있다는 말을 들으면 무너뜨리지 않고는 못 배긴다. 그게 그들의 본성이다. 트로이아인은 그리스군이 온 이유가 그것이라고 생각했다. 헬레네를 되찾아가겠다는 건 명분일 뿐이라고. 트로이아 여인들은 물가에 모여 빨래를 하면서 이렇게 말했다. 스파르타 왕이 의도적으로 헬레네를 파리스에게 딸려 보냈을 거라고. 원정에 필요한 구실을 만들기 위해서.

진짜 이유가 무엇이건 그리스군이 처음 크레우사의 도시 바깥쪽에 진을 쳤을 때 크레우사는 어린아이였다. 다음으로 성 밖으로 나왔을 때는 아들의 손을 잡고 있었다. 아이는 도시 전체를 놀이방으로 여기고 다녔지만, 성 밖 평원에는 처음 나와 보는 것이었다. 수년에 걸친 전쟁으로 뼛속까지 지친 아이네이아스조차도 마침내 성문이 끼익 소리를 내며 열리자 좀 밝아지는 것 같았다. 아이네이아스는 당연히 검을 차고 있었으나 창은 집에 두고 왔다. 정찰병들이 그리스군은 한 명도 남지 않았다고 보고했다. 해안에는 사람도 배도 없었다. 제물로 바쳐진 무언가, 나무로 만든 거대한 조상彫像 같은 것만 하나 남아 있다고 했다. 그리스인들이 그걸 누구에게, 왜 바쳤는지 알 수가 없었다. 집까지 무사히 항해하게 해 달라고 포세이돈에게 바쳤겠지, 크레우사는 남편에게 말했다. 두 사람의 어린 아들이 엄마 손을 놓고 흙밭으로 달려갔다. 풀이 다시 자랄 거야, 처음 밖으로 나왔을 때 크레우사는 에우리레온에게 이렇게 말했다. 자기가 어릴 때만 생각하고 지나친 기대를 심어 준 듯했다. 징 박힌 발굽이 땅을 짓밟고, 전차 바퀴가 땅을 갈고 지나가고, 피가 땅에 숱하게 뿌려졌다는 건 생각하지 못했다.

아이네이아스가 고개를 끄덕였고 크레우사는 남편의 얼굴에서, 짙고 굵은 눈썹 아래에서 아들의 모습을 언뜻 보았다. 그래, 포세이돈에게 바치는 제물이 틀림없어. 아니면 아테나일 수도 있지. 이렇게 오래 그리스인들을 지켜 줬으니. 아니면 트로이아에서 아무리 가축을 많이 바쳐도 트로이아라면 질색하는 헤라일 수도. 그들은 얼마 전까지 전장이었던 곳의 가장자리를 돌아서 만 쪽으로 걸어갔다. 에우리레온은 처음으로 흙과 돌이 아니라 모래를 발로 밟을 수 있게 될 터였다. 크레우사는 흙이 점점 굵어지고 여기저기 바다풀 덩어리가 돋은 걸 보며 바다가 가까워졌다는 걸 느꼈다. 부드러운 서풍이 불어오자 뺨을 타고 흘러내린 따뜻한 눈물이 느껴졌다. 남편이 흉터투성이 손을 뻗어 엄지손가락으로 눈물을 닦아 주었다.

"너무 힘들어?" 남편이 물었다. "집으로 돌아가고 싶어?"

"아냐, 아직은."

크레우사는 다시 눈물이 흐르는 걸 느꼈지만 두려움 때문은 아니었다. 두렵긴 했지만, 마음을 달래 줄 아이네이아스가 곁에 없긴 했지만 말이다. 거리를 가득 메운 자욱한 연기 때문에 눈에서 검은 눈물이 흐르는 것이었다. 크레우사는 도시 아래쪽으로 내려가는 길이라고 확신하고 좁은 길로 들어갔다. 도시 아래쪽으로 가서 벽을 따라가다 보면 성문이 나올 것이다. 크레우사는 트로이아성에 갇혀서 10년을 보냈고 이 길을 수도 없이 걸어 다녔다. 집 한 채 한 채, 모든 교차로, 길모퉁이, 골목 구석구석을 다 알았다. 그런데 언덕 아래로 내려가고 있다고 생각했는데 갑자기 길이 막혀 버렸다. 막다른 골목이었다. 크레우사는 가슴 속에서 공포가 솟구치는 걸 느꼈고, 숨이 모자라 숨을 헐떡였으나 목구멍에 끈끈한 재가 가득해 캑캑 기침이 나왔다. 남자들이 크레우사를 지나쳐 달려갔다—그리스인인가, 트로이아인인가? 연기를 막으려고 얼굴을 천으로 감싸고 있어 알 수가 없었다. 크레우사는 자기도 그렇게 하려고 얼굴을 가릴 만한 것을 주위에서 절박하게 찾았다. 숄은 집에 두고 왔는데 그걸 가지러 돌아갈 수는 없었다. 돌아가는 길을 안다고 하더라도 위험할 텐데 이제는 과연 길을 아는지도 확실하지 않았다.

크레우사는 잠시 걸음을 멈추고 낯익은 지표를 찾아서 지금 자기가 어디에 있는지 감을 잡고 도시에서 빠져나갈 최적 경로를 알아내고 싶었다. 그런데 그럴 시간이 없었다. 바닥 쪽이 연기가 더 옅어 보이길래 잠시 쭈그리고 앉아 숨을 쉬었다. 불이 사방으로 번지고 있었고 연기 때문에 확실하지는 않았으나 아주 가까워 보이는 불도 있었다. 크레우사는 왔던 길을 돌아서 교차로가 나올 때까지 갔다. 왼쪽을 보니 조금 환했고 오른쪽을 보니 짙은 어둠이 있었다. 크레우사는 빛에서 먼 쪽으로 가야 한다는 걸 알았다. 도시에서 가장 밝은 곳이 불길이 가장 격하게 타는 곳일 터였다. 그러니 크레우사는 어둠 속으로 갈 것이다.

아이네이아스와 함께 평원 아래쪽 그리스군 주둔지가 있던 곳 가까이 갔을 때는 해가 눈부시게 빛나고 있었다. 트로이아에서 가장 높은 곳인 성채나 감시탑에 올라가야만 이곳 주둔지를 볼 수 있었다. 크레우사는 남편이 싸우러 성 밖으로 나갈 때마다 그곳으로 올라갔다. 만약 자기가 남편이 평원에서 싸우는 모습을 볼 수만 있다면, 진흙탕과 피와 번쩍이는 칼날 사이에서 남편을 구분해 내지는 못하더라도,

남편을 안전하게 지킬 수 있으리라 생각했다. 그리고 지금 여기 그가 있었다. 크레우사의 팔을 잡고 옆에서 걷고 있었다. 크레우사는 만이 텅 비고 주둔지가 버려져 있는 것을 보면 크나큰 안도감이 들 줄 알았다. 그러나 아이네이아스와 함께 모래밭에 들어섰을 때는 사라진 배나 바닷가에 널린 잔해에 눈이 갈 겨를이 없었다. 먼저 온 트로이아인들이 그랬듯 그들의 시선도 위쪽으로 올라가 그 말馬을 향했다.

지금까지 그렇게 거대한 제물은 본 적이 없었다. 전쟁 전에 배를 타고 그리스에 다녀왔던 트로이아인들조차 그런 것은 본 적이 없다고 했다. 그리스인들은 또 이런 식으로 자기들이 특별한 존재라고 과시하는 모양이었다. 신들에게 바치는 제물도 상상을 초월할 정도로 터무니없는 크기였다. 그들은 할 수만 있다면 소 한 마리가 아니라 백 마리라도 바치는 이들이었다. 전쟁 초기에 고기 타는 냄새가 성벽을 넘어와 트로이아 성내를 가득 채웠었다. 크레우사가 작은 찻잔 하나를 채울 정도의 보리와 우유 약간으로 버티던 때였다. 그리스인들이 일부러 그러는 것임을 알았다. 포위된 도시 앞에서 죽은 짐승을 태우며 한껏 능력을 과시하고 있었다. 그렇지만 트로이아인의 기개는 굶주림 따위로 꺾이지 않았다. 전쟁이 1년을 채우고 다음 해까지 이어지자 크레우사는 그리스인들도 신들에게 그토록 후하게 바친 걸 지금은 후회하고 있으리라 생각했다. 그 소 중에서 몇 마리만 남겨 놓았다면 지금쯤 바다풀을 뜯어 먹으며 수가 꽤 늘었을 테고, 해마다 수척해지는 병사들에게 영양을 공급할 수 있었을 텐데.

그런데 이 제물은 어찌나 큰지 보고도 믿을 수가 없었다. 크레우사는 잠시 다른 데로 눈을 돌렸다가 다시 거대한 나무판을 보고는 재차 충격을 받았다. 머리 위로 우뚝 솟아 있었다. 성인 남자 키의 서너 배는 될 것 같았다. 만듦새는 조악했으나—그리스인들에게 뭘 기대하겠나?—말 모양이라는 것은 확실히 알 수 있었다. 갈기는 없어도 다리 네 개와 긴 풀로 만든 꼬리, 주둥이가 있었다. 도끼로 투박하게 자른 널판이지만 못으로 이어 붙인 솜씨는 꽤 깔끔했다. 제물임을 나타내려고 이마 쪽에 리본을 둘렀다.

"이런 거 본 적 있어?" 크레우사가 낮은 목소리로 남편에게 물었다. 남편이 고개를 저었다. 당연히 없지.

트로이아인들은 갑자기 말이 살아나서 이를 드러낼까 겁이라도 나는 듯 조심스레 다가갔다. 모형을 겁낸다니 어리석은 일이지만, 침략군이 덜렁 이거 하나만 남겨 두고 간다는 게 말이 되나? 남자들은 이걸 어떻게 할지 논쟁하기 시작했고, 여자들은 뒤로 물러서서 기이한 괴물을 두고 자기들끼리 수군거렸다. 긴 풀과 잔가지를 모아 저 괴물 발치에 쌓고 태워야 하지 않을까? 그리스 군대가 돌아가는 길에 순풍을 기원하며 신에게 바친 제물이라면(그럴 가능성이 높아 보였다. 크레우사는 그들이 전에 그보다 훨씬 끔찍한 제물을 바쳤다는 이야기도 들었지만.) 그걸 파괴함으로써 적에게 마지막 일격을 가할 수 있지 않을까? 그렇게 하면 신들의 호의가 그리스인들을 떠나지 않을까? 아니면 저 말을 끌고 가서 자기들이 신에게 바쳐야 할까?

처음에는 소리를 낮춰 말을 주고받았지만 이제는 고함이 터져 나왔다. 나란히 함께 싸웠던 남자들, 전우이자 피를 나눈 형제들이 동족을 향해 소리를 지르고 있었다. 말을 불태워야 한다, 내버려둬야 한다, 바다에 밀어 넣어야 한다, 도시로 끌고 가야 한다다고.

크레우사는 다들 닥치라고 하고 싶었다. 그러면 모래 언덕 위에 드러누워 팔다리를 뻗고 피부에 닿는 모래를 느낄 수 있을 텐데. 자유를 느껴 본 지 너무나 오래되었다. 그리스인들의 제물이 지금 트로이아인들에게 무슨 의미가 있다고? 크레우사는 에우리레온의 손을 잡아 자기 다리 쪽으로 끌어당겼고, 아이네이아스는 크레우사의 팔을 꽉 잡았다 놓고 앞으로 가 버렸다. 아이네이아스는 말다툼에 끼어들고 싶지 않았으나 트로이아의 수호자로서 의무를 외면할 수는 없었다. 남자들이 경험한 전쟁은, 남자들을 기다리다가 하루가 끝나면 남자들을 돌보고 먹인 여자들이 경험한 전쟁과는 전혀 다른 것이었다. 크레우사는 자기가 지금 서 있는 곳, 아무도 없이 남편과 아들과 셋이서만 평화로이 만끽하고 싶은 이곳이, 아이네이아스에게는 여전히 전장이라는 사실을 깨달았다.

갑자기 소란이 가라앉았고 누군가가 힘겨운 걸음으로 발을 끌며 크레우사를 지나쳐 갔다. 옹이 박인 발에 진홍색 예복 자락이 감겼다. 프리아모스는 연로한 만큼 노인처럼 걸었지만, 그래도 왕답게 고개를 치켜들고 있었다. 프리아모스의 자부심 강한 왕비 헤카베도 프리아모스와 나란히 군중 사이로 걸어 들어왔다. 헤카베는 다른 여자들처럼 뒤로 한걸음 물러서 있지 않았다.

"그만!" 프리아모스의 목소리가 살짝 떨렸다. 에우리레온은 모래 언덕을 부지런히 파는 딱정벌레를 발견하고는 엄마의 주의를 끌고 싶어 크레우사의 치맛자락을 잡아당겼다. 그러나 크레우사는 아들을 조용히 시켰다. 처음으로 도시 밖으로 나가는 날을 수없이 상상하면서 가장 절망적인 순간에도 한 줄기 빛으로 삼곤 했는데, 이날이 이런 식으로 펼쳐지리라고는 상상도 못 했다. 크레우사는 아들이 바닷가에 사는 동물들을 처음으로 보게 될 날을 간절히 기다렸었다. 그런데 지금은 아들을 조용히 시켜야 했다. 왕이 성난 신민들에게 말을 할 수 있도록.

"우리끼리는 싸우지 않는다." 프리아모스가 말했다. "오늘은. 한 명 한 명씩 생각을 듣겠다."

목마를 어떻게 해야 할지 온갖 주장이 나왔으나, 크레우사는 프리아모스가 어떤 결정을 내리든 아무 관심이 없었다. 말을 불태우든, 잘 간수하든, 무슨 차이가 있다고? 마지막으로 입을 연 사람은 사제 라오코온이었다. 체구가 육중하고 검은 곱슬머리에는 기름을 바른, 자기 목소리를 늘 지나치게 자랑스러워하는 남자였다. 라오코온은 그 자리에서 목마를 불태워야 한다고 단호히 주장했다. 그게 트로이아를 그토록 오래 벌한 신들을 달랠 유일한 방법이라고 말했다. 그밖의 방법은 모두 재앙을 가져올 치명적 실수라고 했다.

사방에 불이 붙어 연기가 일렁이며 솟았고 크레우사는 비틀거리며 성벽으로 가는 길을 따라갔다. 이 방향이 맞다고 생각했는데 이제는 확신이 없었다. 오르막을 달릴 때처럼 허파가 터질 것 같았다. 앞이 전혀 보이지 않아서 넘어질까 봐 한 팔은 앞으로 내밀고 다른 팔은 오른쪽으로 뻗어 건물 벽을 짚으며 앞으로 갔다. 그렇게 하지 않으면 자기가 앞으로 가고 있는지 아닌지조차 알 수 없었다.

크레우사는 머릿속을 어지럽히는 생각을 말로 만들지 않으려 애썼고, 불분명한 상태로만 떠올렸다가 얼른 밀어내곤 했지만, 명백한 사실을 부인할 수는 없었다. 트로이아를 구할 수는 없었다. 사방이 불타고 있었다. 불이 목조 지붕에 옮겨붙어 계속 번졌고 연기는 점점 더 짙어졌다. 돌로 지어진 도시에 불에 탈 수 있는 게 얼마나 있을까? 크레우사는 자기 집에서 불에 탈 만한 것을 전부 생각해 보았다. 옷가지, 침구, 에우리레온을 임신했을 때 짠 태피스트리. 느닷없는 상실감이 크레우사를 덮쳤다. 마치 몸에 불이 옮겨붙은 것처럼. 크레우사는 집을 잃었다. 10년 동안 도시가 함락될까 봐 두려움에 떨었는데, 지금 달아나는 크레우사 주위에서 도시가 무너져 내리고 있었다.

그렇지만 어떻게 그럴 수가? 트로이아가 전쟁에 이겼는데. 그리스군은 배를 타고 떠났고 트로이아인들은 목마를 발견했고 그자가 하라는 대로 했다. 벼락처럼, 크레우사는 무엇 때문에 도시가 불타게 되었는지 알아차렸다. 10년 동안 이어진 전쟁의 영웅들은 벌써 시인들이 부르는 노래가 되었지만, 정작 승리의 주역은 성벽 밖에서 싸운 전사들이 아니었다. 아킬레우스도 헥토르도 아니었다. 두 사람 다 이미 죽었으니까. 최후의 승리를 일궈 낸 자는 목마 근처 갈대밭에서 발견된 남자였다. 그 사람 이름이—크레우사는 기억나지 않았다. 뱀처럼 쉭쉭거리는 소리가 나는 이름이었다.

“시논입니다.” 남자가 울며 말했다. 두 자루의 창끝이 남자의 목을 겨누었고 남자는 무릎을 꿇고 엎드렸다. 트로이아 정찰대가 스카만드로스강이 바다와 만나는 어귀 건너 강둑 수풀에 숨어 있는 남자를 발견했다. 그러고는 창과 칼로 양쪽에서 위협하며 트로이아인들한테로 몰고 온 것이다. 포로의 손목이 밧줄로 묶여 있었고, 발목도 묶였던 듯 성난 붉은 자국이 남아 있었다.

“못 보고 지나칠 뻔했는데,” 정찰병 가운데 한 명이 창끝으로 포로를 찌르며 말했다. 창날이 상처를 내지는 않았으나 포로는 터져 나오는 비명을 억눌렀다. “빨간 리본이 눈에 띄었어요.”

괴상한 모습이었다. 칙칙한 색의 머리카락이 목덜미에서 구불거렸다. 머리카락에 기름을 발랐던 듯하나 진흙이 머리카락에 엉겨 있고 헐벗은 몸도 진흙투성이였다. 천으로 국부만 가린 벌거벗은 몸에 발도 맨발이었다. 그런데 머리둘레에 화사한 색상의 리본이 매여 있었다. 이렇게 더러운 남자한테, 사람이라기보다 짐승 같은 남자한테 이렇듯 깨끗하고 고운 것이 달려 있다니 어처구니가 없었다. 포로가 구슬픈 울음소리를 냈다.

“나를 죽이려 달아 놓은 것 때문에 결국 내가 죽는구나!”

크레우사는 울고 있는 더러운 그리스인을 보며 역겨움을 감출 수 없었다. 정찰병들은 왜 저걸 발견하고 바로 죽이지 않은 걸까?

프리아모스왕이 왼손 손가락 두 개를 들었다. “조용히.” 프리아모스가 말했다. 사람들이 조용해졌고 포로의 흐느끼는 소리도 조금 잦아들었다.

“너는 그리스인이냐?” 프리아모스가 물었다. 시논이 고개를 끄덕였다. “그런데 너를 두고 간 거냐?”

“뜻한 바는 아니었습니다, 폐하.” 시논은 손을 들어 얼굴에서 콧물을 닦아 냈다. “제가 도망쳤습니다. 신들께서 절 벌하시리라는 건 알지만, 어쩔 수 없었습니다…….” 말끝이 다시 울음으로 흩어졌다.

“그쳐라.” 프리아모스가 말했다. “아니면 내 병사들이 이 자리에서 너를 죽여 네 피를 갈매기한테 먹일 테니.”

시논은 마지막으로 꺽 하는 울음소리를 내더니 숨을 깊이 들이마셨다. “용서해 주십시오.”

프리아모스가 고개를 끄덕였다. “도망쳤다고?”

“그랬습니다. 그리스인으로 태어났고 평생 그리스군으로 싸웠지만요. 저는 어릴 때 아버지를 따라 여기에 왔습니다. 아버지는 오래전에 전투에서 죽었습니다. 폐하의 위대한 전사 헥토르의 손에요.” 트로이아인들 사이에서 웅성거리는 소리가 잔물결처럼 번졌다. “죄송합니다.” 시논이 처음으로 주위를 둘러보며 말했다. “원망하는 게 아닙니다. 우리는 적이었으니까요. 하지만 헥토르는 아버지를 악의로 대하지 않았습니다. 전장에서 아버지를 베었으나 시신에서 아무것도 취하지 않았습니다. 정교하게 만들어진 아버지 방패조차 가져가지 않았습니다. 저는 헥토르의 가족에게 아무 원한도 없습니다.”

헥토르를 잃은 충격이 너무 컸고 아직 상처가 아물지 않은 터라 프리아모스의 얼굴에 그늘이 드리웠다. 크레우사의 눈에는 왕이 잠시 평정을 잃는 듯 보였다. 크레우사 앞에, 그들 앞에 서 있는 사람이 왕이 아니라 너무 늙어 목에 걸린 금목걸이 무게를 지탱할 기력조차 없는 쇠약한 노인으로 보였다. 포로도 그걸 보았는지, 침을 삼키고 다시 입을 열었을 때는 목소리를 더 낮추어 왕에게만 들리게 말했다. 크레우사는 남자가 뭐라고 하는지 들으려고 귀를 세워야 했다.

“그러나 제 아버지에게는 적이 있었습니다. 그리스군 안에 막강한 적이 있었지요.” 시논이 말을 이었다. “우리는 불운하게도 특히 두 사람한테 적의를 샀습니다. 맹세코 저도 저희 아버지도 미움을 살 만한 어떤 행동도 하지 않았는데도요. 그런데도 칼카스와 오딧세우스는 처음부터 저희 아버지와 저를 미워했습니다.”

가증스러운 오딧세우스의 이름을 듣고 크레우사는 몸이 부르르 떨리는 것을 억누를 수가 없었다.

“오딧세우스의 적이라면 우리와 공통점이 없지 않군.” 프리아모스가 천천히 말했다.

“감사합니다, 폐하. 그는 가장 증오스러운 인간입니다. 그리스 병사들도 대부분 그를 싫어합니다. 마치 자기가 대단한 전사나 고귀한 왕이나 되는 것처럼 거들먹거리고 돌아다니거든요. 전투력은 별 볼 일 없고, 자기 왕국이라는 이타케는 아무도 부러워하지 않을 바위투성이 땅에 불과하죠. 그런데도 우리를 지휘하는 아가멤논왕이나 다른 이들은 늘 오딧세우스를 영웅으로 대접했습니다. 그러니 오만함이 점점 더 커지기만 했지요.”

“그랬겠지.” 프리아모스가 말했다. “그렇다고 네가 여기에 있는 까닭이나 네 나라 사람들이 이렇게 갑자기 사라져 버린 까닭은 설명이 안 된다. 또 칼카스라는 이름은 들어 본 적이 없는 것 같군.”

시논은 몇 차례 눈을 끔벅였다. 빨리 할 말을 하지 않으면 영원히 말할 기회를 잃으리란 걸 아는 것 같았다.

“그리스인들은 얼마 전부터 떠나야 한다는 걸 알았습니다. 칼카스는 그리스의 대사제인데 좋은 소식을 들려 달라고 신들에게 호소했습니다. 그러나 지난겨울부터 신들의 응답은 한결같았습니다. 트로이아는 성문 밖에 진을 친 그리스군에게 함락되지 않는다는 것이었습니다. 당연히 아가멤논은 그 말을 듣지 않으려 했고, 그의 동생 메넬라오스도 마찬가지였습니다. 그렇지만 그들도 더는 계속 고집을 부릴 수가 없었습니다. 그리스인들은 객지살이에 지칠 대로 지쳤으니까요. 전쟁에 이길 수가 없으니 전리품을 챙겨서 떠나는 게 낫다고 생각했습니다. 그렇게 주장하는 사람이 많았……."

"너도 그랬고?" 프리아모스가 물었다.

시논이 웃음을 지었다. "정식 토론에서 그런 건 아니고요. 저는 왕이 아니라 발언권이 없었습니다. 그렇지만 저희 일반병들 사이에서는 그렇게 말했습니다. 떠나야 한다고요. 아예 오지 말아야 했다고 생각했습니다. 그래서 저를 싫어했던 겁니다. 사병들은 다 저와 같은 마음이었으니 달랐고요. 이 전쟁에 명예를 건 장수들, 특히 오딧세우스의 미움을 샀지요. 어쨌든 그들도 신으로부터 직접 받은 메시지를 반박할 수는 없었습니다. 마지못해 집으로 돌아가기로 합의했죠."

"그래서 벌을 주려고 너를 두고 간 것인가?" 프리아모스가 물었다. 정찰병이 창을 조금 낮추어서 이제는 창끝이 시논의 목을 바로 겨누고 있지 않았다.

"아닙니다, 폐하." 시논은 눈물과 흙으로 얼룩진 두 뺨이 홀쭉해지도록 볼 안쪽을 잠시 빨아들이더니 말을 이었다. "그리스군이 트로이아로 출항할 때 있었던 일을 아십니까? 아울리스에 함대를 집결시켰으나 바람이 완전히 멈춰 버려 출항할 수 없었던 일을요?"

주위의 트로이아인들이 고개를 끄덕였다. 다들 듣고 전한 적이 있는 이야기였다. 그리스인이 아르테미스의 심기를 건드리는 바람에 여신이 바람을 모두 가져가 여신의 분노를 달래야 했다는 이야기. 그리스인들은 끔찍하게도 아르테미스를 달래려고 인신 공양을 했다. 이 끔찍하고도 그리스인다운 잔인무도함에 대해서라면 트로이아인들도 훤히 알고 있었다.

"그리스로 돌아갈 때가 되자 칼카스와 오딧세우스가 음모를 꾸몄습니다." 시논이 말을 이었다. "이타케 왕은 저를 제거해 버릴 기회를 놓칠 수 없었습니다."

크레우사는 포로의 머리에 둘린 붉은 리본을 다시 보았고 눈꺼풀 뒤쪽이 따끔거리는 것을 느꼈다. 설마 그렇게 끔찍한 일이 있었을 리는 없었다.

"제가 무슨 말을 하는지 짐작하신 것 같군요." 시논이 말했다. "칼카스가 그리스인들이 모인 자리에서 신께서 제물을 선택했다고, 임시로 만든 제단에서 저의 피를 마시고 싶어 하신다고 말했습니다. 군인들 사이에서 약간의 반발이 일었지만, 자기가 제물이 되는 것보다는 나으니까요."

"알겠다." 프리아모스가 말했다. "짐승을 바치듯 널 제물로 바치려고 했군."

"말만 그렇게 한 것이 아니라 실제로 준비를 시켰습니다. 제 손목을 묶었고요." 시논은 두 손을 들어 올려 아직 손에 묶인 더러운 밧줄을 보여 주었다. "발도 묶었습니다. 제 머리카락에 기름을 바르고 머리에 끈을 묶었습니다. 제물을 완벽하게 준비해야 하니까요. 그런데 발목이 손목만큼 단단히 묶여 있지 않았습니다." 시논이 손을 흔들었다. "경비병들의 감시가 소홀한 틈을 타서 끈을 풀었습니다." 그래서 발목에 그렇게 성난 자국이 남아 있는 것이었다.

"곧 경비병들이 저를 제단으로 끌고 가리란 걸 알았습니다. 그래서 처음에는 기어서, 다음에는 죽어라 뛰어서 주둔지에서 빠져나왔습니다. 고함 소리가 들리기 시작했을 때는 거의 갈대밭까지 다 와 있어서 엎드려 숨었습니다."

남자는 다시 눈물을 줄줄 흘렸고 트로이아 왕의 눈가도 같이 촉촉해졌다. 크레우사는 자기도 울고 있다는 걸 알았다. 그리스인들의 잔혹함은 잘 알고 있었으나 그래도 너무 끔찍한 이야기였다. 프리아모스의 아내 헤카베는 아무 말 없이 이 모습을 보고 있었다. 입술을 가늘게 모아 다물었고 잿빛 눈썹에 한껏 힘이 들어가 있었다.

"군인들이 저를 찾는 소리를 들었습니다." 시논이 말했다. "채찍과 창을 휘두르며 풀을 베는 소리를 들었습니다. 뛰어서 더 멀리 달아나고 싶었지만 섣불리 움직였다가 들킬까 봐 겁이 났습니다. 그래서 숨어서 제 삶에서 가장 긴 밤을 보내며 언제나 저를 지켜 주셨던 헤라 여신께 기도를 드렸습니다. 이튿날 아침이 되었고 제 기도가 응답을 받았습니다. 그리스인들이 원치 않는 희생자를 바치는 대신 나무로 제물을 만들어 신에게 바치기로 한 겁니다. 이 목마를 만들어 봉헌하고는 저를 두고 출항했습니다. 그러니 제가 이토록 불운하긴 하나 그래도 제게 주어진 것보다 며칠은 더 목숨을 부지한 셈입니다. 이제 왕께서 저를 죽이시겠지요. 저는 폐하의 도시를 파괴하러 온 사람 가운데 한 명이니까요. 이곳에 왔을 때 저는 어린아이에 불과했지만, 그래도 저를 적으로 생각하시더라도 할 말이 없습니다. 저한테는 몸값을 치러줄 가족도 없습니다. 그러니 제 시신을 제 죽음을 슬퍼할 고향 친지들에게 보내 달라고 빌지도 않겠습니다. 저는 친지가 없으니까요. 그저 딱 한 가지만 요청드리고 싶습니다."

"그게 무엇인가?" 프리아모스가 물었다.

"목마를 가져가세요."

크레우사는 바닥에 크게 넘어졌고 몸을 일으킬 때 정강이에서 피가 솟는 것을 느꼈다. 이제 한 치 앞도 보이지 않았으나 등 쪽에서 열기가 느껴졌기 때문에 이 방향으로 갈 수밖에 없었다. 등 뒤쪽은 전부 불에 타고 있는 걸까? 크레우사는 차마 뒤를 돌아볼 수 없었다. 뒤를 돌아 눈부신 불빛을 보면 다시 고개를 돌려 어두운 쪽을 봤을 때 앞이 보이지 않을 것 같았다. 이렇게 크레우사는 실제로 할 수 있는 일, 할 수 없는 일만 생각하면서 지금 일어나는 일에 전혀 대비가 안 되어 있음에도 한발 한발 버텼다. 치맛자락을 들고 뛰고 싶었지만, 무언가에 부딪힐 위험을 줄이기 위해 잰걸음을 디뎠다.

가던 길이 다시 벽으로 막히자, 오히려 잘 되었다는 생각이 들었다. 그렇게 절망에 굴복하려는데, 연기 속에서 왼쪽으로 두 집 사이를 통과하는 좁은 길이 언뜻 보이는 것 같았다. 이 집이 누구 집인지, 지금 여기가 어디인지 생각해 내려고 하는데, 멀찍이 있는 어떤 집에서 병사들 한 무리가 쏟아져 나왔다. 크레우사는 병사들 맞은편 건물 벽에 몸을 바싹 붙였고 병사들은 크레우사를 보지 못했다. 병사들은 웃으며 크레우사가 가려고 했던 좁은 길로 달려갔다. 뭐라 말하는지 듣지 않아도 이들이 집안에서 발견한 사람을 전부 죽였으리란 건 알 수 있었다. 크레우사는 그들이 사라질 때까지 기다렸다가 용기를 내 뒤를 따라갔다. 이 집이 누구 집인지 기억해 내려고 애썼었는데, 이제는 기억이 안 나서 다행이라고 생각했다. 저자들이 방금 누구의 목을 베었는지 알고 싶지 않았다.

크레우사는 옆쪽 벽을 손가락으로 훑으며 더 천천히 나아갔다. 군인들이 자기가 뒤쪽에서 따라오는 걸 보면 안 되기 때문이었다. 마침내 골목이 끝나고 넓은 길이 나왔을 때 크레우사는 자기가 해냈다는 걸 알았다. 성벽으로 가는 길을 찾은 것이다.

"목마를 가져가세요." 시논이 말했다. "그러면 그리스군의 힘을 빼앗을 수 있습니다. 그자들이 여기에서 목마를 만들어 그리스군의 수호자 아테나 여신에게 바쳤습니다. 이렇게 크게 만들었으니 트로이아인들이 자기네 도시로 끌고 갈 수는 없을 거라고 했습니다. 평원을 가로질러 저 멀리, 저 높은 아크로폴리스까지 끌고 가야 하는데, 어떻게 목마를 가져가겠냐며 비웃었습니다."

"어떻게 알지?" 헤카베가 물었다. 헤카베는 기초적인 그리스어로 말했지만 뜻은 명확했다.

"용서해 주십시오, 왕비님. 무슨 말인지 모르겠습니다." 포로가 대답했다.

"그자들이 저 목마에 대해 어떻게 생각했는지 네가 어떻게 알지?" 헤카베가 다시 물었다. "죽을까 봐 갈대밭에 숨어 있었다면서. 네가 달아난 다음에 목마를 만들었다고 했다. 그런데 뭐라고 했는지 어떻게 알지?"

크레우사는 남자의 얼굴에 순간 짜증이 스친 것 같다고 생각했다. 그러나 남자가 다시 입을 열었을 때 흘러나온 목소리는 여전히 슬픔으로 떨리고 있었다.

"원래 계획이 그것이었습니다. 칼카스와 오딧세우스가 저를 죽일 계획을 세우기 전에요. 그리스인들은 거대한 말을 만들어 신성한 힘을 거기 전부 쏟아부으려 했습니다. 그런 다음 성 밖에 당신네들을 조롱하는 의미로 세워 두려고 했죠. 그들이 집으로 무사히 돌아갈 수 있게 여신이 인도한다는 표식으로요. 아가멤논은 그런 오만한 제스처를 너무나 좋아합니다." 헤카베는 얼굴을 찌푸렸으나 더 아무 말도 하지 않았다.

"그러니 부디, 왕이시여." 시논이 말을 이었다. "그들이 무사히 귀향하지 못하게 해 주십시오. 해가 지기 전에 성채로 말을 끌고 가십시오. 병사들이 충분히 끌고 갈 수 있을 겁니다. 허락만 하신다면 저도 밧줄을 어깨에 메고 끌겠습니다. 일말의 망설임 없이 저를 죽이려 한 불경한 그리스인들을 벌하기 위해서라면 뭐든 하겠습니다. 제가 저 말을 폐하의 도시 꼭대기까지 끌고 갈 수 있게 해 주신다면, 그 일을 완수하는 즉시 폐하의 부하의 칼끝에 쓰러져도 여한이 없습니다. 맹세합니다."

"안 됩니다." 사제 라오코온이 더 참지 못하고 나섰다. "간청하옵니다, 폐하. 저 말은 저주받았고 저 말을 우리 도시 안으로 들인다면 우리도 그렇게 될 것입니다. 저자가 하는 말은 거짓입니다. 우리를 속이려는 게 아니라면 자기도 속은 겁니다. 여하튼 저 말을 우리 성벽 안으로 들이면 안 됩니다. 제가 아까 말했듯이 태워 버립시다." 라오코온은 육중한 팔을 들어 올려 손에 들고 있던 창을 말의 옆구리에 던져 꽂았다. 라오코온의 말이 끝나고 사람들이 놀라 조용해진 가운데 창이 웅 소리를 내며 진동했다.

다음에 무슨 일이 일어난 건지 크레우사는 정확히 몰랐다. 많은 이들이 뱀을 봤다고 했지만 크레우사는 보지 못했다. 크레우사는 갈대밭 쪽을 보고 있지 않았다. 그 남자, 시논, 그의 더럽고 속을 알 수 없는 얼굴을 보고 있었다. 시논이 라오코온의 말을 알아듣는다는 유일한 징표는, 그의 몸을 꽁꽁 묶은 밧줄 아래에서 팔뚝이 바르르 떨렸다는 것뿐이었다. 크레우사는 라오코온의 아이들이 놀려고 물에 들어갔을 거라고 생각했다. 왜 안 그러겠나? 어른들끼리 논쟁이 길어지면서 지루했을 테고, 트로이아의 아이들 누구나 그렇듯 바닷가에도 처음 와 봤고 모래에서도 처음으로 놀아 보는 거였다. 그러니 당연히 자기들끼리 강을 따라가다가 파도가 치는 바닷가까지 갔을 터였다. 두 아이가 사라졌다는 걸 누가 알아차리기도 전에 이미 얕은 물로 찰방찰방 들어갔겠지.

바다풀이 거대한 덤불처럼 자란다는 걸 크레우사는 알았다. 어릴 때 유모가 짙은 녹색 촉수를 따라 물에 들어가면 절대 안 된다고 신신당부했었다. 바닷말 순은 어린아이도 손으로 뜯을 수 있을 정도로 연하지만 식물의 본체는 굵고 질겼다. 발이 걸려 넘어지기가 너무 쉬웠다. 라오코온의 아이들도 그렇게 되었을 것이다. 한 아이가 둥근 고리 모양의 바닷말에 발이 걸려 넘어졌을 거다. 파도에 익숙하지 않아 겁을 먹었을 테고, 몸부림을 치다 보니 점점 더 심하게 엉켰겠지. 물에 빠진 동생을 구하러 뛰어든 다른 아이도 똑같은 처지가 되었을 것이다. 도와 달라고 외치는 가느다란 목소리는 바닷가 바람에 흩어졌으리라.

라오코온이 뒤늦게 아이들을 구하러 달려갔을 때는 바닷말이 무시무시한 모습으로 줄기를 뻗고 있었다. 누군가는 제물을 창으로 상하게 한 사제를 벌주려고 신들이 거대한 바다뱀을 보냈다고 말했다. 말이 입 밖으로 나오자, 믿는 사람들이 생겨났다.

사제가 익사한 자식들의 시신을 끌어안고 모래밭에서 울부짖고 있으니, 프리아모스로서는 다른 선택을 할 수가 없었다. 신들이 사제를 벌했으니 트로이아는 경고를 받아들여 그리스군 포로 시논의 말을 들어야 했다. 사람들은 목마 아래에 통나무를 깔고 평원을 가로질러 끌고 갔다. 남자들이 돌아가면서 밧줄을 당겼다. 길에 패인 우마차 바퀴 자국에 끼워 맞추기에는 너무 컸지만 힘겹게 겨우겨우 도시를 통과했다. 성채 가장 높은 곳까지 끌어올리자 환호성이 울렸고, 남자들은 아픈 팔을 문지르며 다시 밧줄을 둘둘 감았다. 프리아모스는 신들에게 제물을 바치고 잔치를 열겠다고 했다. 불을 피우고 고기를 굽기 시작하자 트로이아인들이 다시 환호했다. 먼저 신들을 위해 포도주를 따르고 다음에는 자기들 몫을 따랐다. 마침내 트로이아가 전쟁에서 이긴 것이다.

크레우사는 몸을 돌려 불타는 도시를 바라보았다. 성벽까지 왔으나 불이 자기를 앞질러 이미 여기 와 있었다. 계획했던 대로 성벽을 따라 성문까지 갈 수가 없었다. 길이 불타고 있었다. 지금 있는 곳에서 벽을 타고 올라갈 수 있다면, 어쩌면 탈출할 수 있을지 몰랐다. 그러나 성벽이 너무 높고 가파르고 붙잡을 데가 없었다. 크레우사를 앞서간 군인들은 이제 겁나지 않았다. 살육을 좇다가 짙은 연기에 질식해 이미 죽고 말았을 것이다. 앞쪽에 쓰러져 있는 군인들의 시신에 벌써 불이 옮겨붙는 것이 보였다.

자기가 어떤 운명에 처했는지 크레우사는 알았다. 머리 위쪽 아직 불타지 않은 지붕 위에서, 짙은 잿빛 연기가 달을 덮어 하늘이 컴컴한데도 울고 있는 새들보다 크레우사가 훨씬 먼저 알았다. 도시를 뒤덮은 불빛이 너무 환해서 새들이 아침이 온 줄 알고 우는 거였다. 크레우사는 이 기이한 광경을, 불과 새와 낮이 된 밤을 자기가 살아 있는 한 영영 기억하리라고 생각했다.

실제로 그랬다. 크레우사는 동이 트기 전에 이미 세상을 떴으니 별 의미는 없었으나.

3
트로이아의 여인들

여자들은 바닷가에서 멍한 눈으로 바다를 보며 기다리고 있었다. 마른 바닷말 냄새와 쓰러진 갈색 갈대 줄기 냄새가 옷자락과 떡 진 머리카락에 밴 연기 냄새와 다퉜다. 이틀 뒤, 그리스군이 마침내 불타 버린 도시를 샅샅이 뒤져 약탈하기를 마쳤고, 여자들은 자기가 누구에게 할당될지 알게 될 때를 기다리며 꺼져 가는 마지막 불씨에서 위안을 구하기라도 하듯 왕비 주위에 모여 있었다.

자그마한 몸이 가죽처럼 말랐고 눈이 반쯤 감긴 헤카베는 바닷물에 닳아 매끈해진 납작한 바위 위에 앉아 있었다. 헤카베는 남편 프리아모스가 제단에 매달린 채 악랄한 그리스인의 칼에 베여 가슴에서 짙은 피를 흘리며 살인자의 칼날 쪽으로 머리부터 고꾸라지던 모습을 떠올리지 않으려고 애쓰고 있었다. 도시가 함락될 때 알게 된 것이 한 가지 있었다. 늙은이는 젊은이처럼 죽지 않는다는 것. 늙은이는 피도 느리게 흘렀다.

헤카베는 입을 굳게 다물었다. 프리아모스를 죽인 놈, 신의 보호를 갈구하는 늙은이를 죽인 그놈은 잔혹함과 불손함과 불경함에 반드시 대가를 치를 것이다. 모든 걸 잃어버린 헤카베가 매달릴 수 있는 것은 그것 단 한 가지였다. 신전의 신성함을 경시한 자가 계속 목숨을 부지하며 잘 살 수는 없으리라는 것. 원칙이란 게 있었다. 전쟁 중에도 원칙은 있었다. 인간은 원칙을 무시할 수 있으나 신들은 그러지 않을 것이다. 성소로 몸을 피해 늙어 굳은 무릎을 꿇고 엎드린 노인을 참살하다니? 용서받을 수 없는 행동이었고, 연기와 재만 남은 트로이아의 왕비가 너무나 잘 알고 있듯이 신들은 좀처럼 용서하는 법이 없었다.

헤카베는 뺨 안쪽을 깨물었고 입안에 번지는 쇠 맛을 반겼다. 헤카베는 머릿속으로 다시 하나하나 읊기 시작했다. 전투에서 죽은 아들들, 매복하다 죽은 아들들, 이틀 전 도시가 도륙될 때 죽은 아들들. 자식을 한 명 한 명 잃을 때마다 햇볕에 너무 오래 놓아둔 짐승 거죽처럼 몸의 한 부분이 말라 버리는 것 같았다. 마침내 헥토르마저 죽었을 때, 도살자 아킬레우스가 가장 용맹한 아들의 목숨마저 가져갔을 때, 이제 더 말라 쪼그라질 수도 없다고 생각했었다. 그런데 한 신이—헤카베는 차마 헤라의 이름을 입에 올릴 수가 없었다—그 생각조차 오만하다고 여겨 헤카베에게 벌을 더 내리기로 한 것이었다. 단 한 여자 때문에. 이 모든 일이 그 여우 같은 스파르타의 창녀 때문이었다. 헤카베는 모래 위에 피를 뱉었다. 복수의 욕구는 처절했으나 아무 힘이 없었다.

헤카베의 눈에 바람을 타고 선회하다가 다시 바닷가로 날아드는 새 한 마리가 보였다. 어떤 징조일까? 날아드는 새는 신들이 보낸 메시지를 담고 있다고들 하지만, 숙련된 사제들만 날갯짓에서 의미를 읽을 수 있었다. 그렇지만 헤카베는 이 메시지를 단순한 것으로 확신했다. 아직 아들이 하나 남아 있다는 것, 그 많은 아름답고 키 크고 건장한 아들들 가운데 그래도 아직 하나가 살아 있다는 걸 헤카베에게 일깨우는 거라고 생각했다.

오직 그리스인들이 그 애가 어디에 있는지를 모르기 때문에, 아니 그 애의 존재 자체를 모르기 때문에 살아 있을 수 있었다. 헤카베는 몇 달 전 한밤중 남의 눈을 피해 막내아들을 성 밖으로 빼돌려 트라케에 있는 옛 친구에게 맡겼다. 친구에게 후하게 대가를 치러 주면서. 아무리 동맹국이라 해도 불리한 쪽을 편들게 하려면 뭔가로 부추기지 않으면 안 된다고 프리아모스가 말했다. 그런데 트로이아는 너무 오래 불리한 쪽이었다. 오직 튼튼한 성벽과 고집 하나로 10년째 그리스 대군을 상대로 완강하게 버티고 있었다.

헤카베와 프리아모스는 아이의 짐 속 깊이 금을 꼬아 만든 관 네 개를 넣었고, 아이가 떠나기 전에 꾸러미를 몸에 단단히 묶어 주었다. "도착하면 주인어른께 두 개를 드려라." 부모가 말했다. "나머지 두 개는 잘 감추어 두고 그게 있다는 걸 누구에게도 말하면 안 된다." "그럴 거면 무슨 소용인데요?" 아이가 물었다. 마음이 열려 있고 남을 잘 믿는 아이였다. "필요할 때가 되면 알 거야." 헤카베는 이렇게 대답하며 아이의 눈을 잘 들여다보기 위해 어깨에 손을 얹었다. 이미 엄마보다 훌쩍 커 버린 아이였지만. "모르는 사람이라도 금 조각을 받으면 더 많은 걸 해 줄 거야." 헤카베는 금관에서 튀어나온 가지를 손으로 구부릴 수 있다는 걸 보여 주었다. 필요하면 무른 금속을 조금 떼어 더 작은 뇌물로 쓸 수 있었다.

아들에게 딸려 보낸 노예에게는 아무 말도 하지 않았다. 금의 유혹이 너무 강하므로, 말을 타고 집을 떠난 지 하루도 못 되어 가슴에 칼을 맞을 수도 있었다. 비밀 유지가 관건이었으므로 헤카베는 아들이 입을 열었다가는 목숨이 위험해지리라는 걸 알게 해 달라고 신들에게 빌었다. 남편도 아들에게 경고했고, 헤카베도 그렇게 했다. 마지막으로 헤카베에게 입을 맞추고 도시 북쪽 낯선 길로 떠났을 때까지만 해도 그 아이가 마지막으로 남은 아들은 아니었다. 그렇지만 눈물을 흘리며 아들에게 작별을 고하던 순간 헤카베는 곧 그렇게 되리란 걸 알았다.

헤카베는 순간 몸서리를 느꼈고 어깨에 걸친 숄을 바싹 당겼다. 그리스인들은 도시를 느긋이 뒤지고 있었다. 뭐 하나라도 놓칠세라 구석구석 샅샅이 살피며 반짝이는 것들을 갈까마귀처럼 모았다. 온갖 은닉처에서 금과 동을 훔쳐 모래밭에 쌓았다. 공평하게 나누기 위해서였다. 작년에 전리품을 불공평하게 나누었다가 심각한 불화가 있었기 때문에 이번에는 만전을 기했다. 물론 속이려는 사람도 있었다. 작은 귀금속을 옷 안에 숨겼다가 걸린 사람들이 있었다. 그리스군 한 명은 금가락지를 뺨과 이 사이에 끼워 넣어 숨겼다가 동료들에게 들켰고 속인 죄로 얼굴을 칼로 베였다고 들었다. 이제는 뺨 안에 아무것도 숨기지 못할 것이다. 치아조차 숨길 수 없었다.

여자들은 무너진 상태로 무력하게 기다렸다. 세상이 끝나면 무슨 일이 일어나나? 폴릭세네는 어머니의 발치에 앉아 멍하게 어린아이처럼 손으로 어머니의 종아리를 위아래로 쓸고 있었다. 안드로마케는 시어머니한테서 약간 떨어져 앉았다. 안드로마케는 트로이아 태생은 아니지만 헥토르와 결혼하면서 트로이아인이 되었다. 아기는 안드로마케의 턱 밑에 머리를 기댄 채 칭얼거리고 있었다. 소음과 충격으로 잠을 잘 못 자서 기분이 좋지 않았다. 카산드라는 바다를 보고 소리 없이 입을 움직였다. 카산드라는 오래전에 입 밖으로 소리를 내지 않아야 한다는 걸 알게 되었다. 입에서 흘러나오는 말을 도저히 멈출 수가 없음에도.

여자들 가운데 우는 사람은 아무도 없었다. 다들 남편, 아버지, 형제, 아들을 잃은 상처가 생생했다. 밤새 머리카락과 옷을 쥐어뜯으며 고통스러워했다. 그러나 그리스군이 감시하며 탄식할 틈을 주지 않았다. 폴릭세네는 울다가 주먹으로 맞아 눈두덩이 시커메졌고 이제 여자들 모두 조용했다. 저마다 그럴 수 있을 때가 되면 혼자 슬퍼하겠다고 스스로와 서로에게 다짐했다. 그러나 다들 앞으로는 혼자 있을 때가 없으리란 걸 알았다. 전쟁이 끝나면 남자들은 목숨을 잃었다. 그러나 여자들은 목숨만 빼고 모든 걸 잃었다. 그리스인들은 승리했다고 해서 관대해지지는 않았다.

폴릭세네가 나지막이 목구멍에서 흘러나오는 울음소리를 냈으나 가마우지 울음소리와 섞여서 다행히 경비병의 귀에는 들어가지 않았다. 아무리 슬픔을 억누르려고 애를 써도 그럴 수가 없었다. "피할 수 있었을까요?" 폴릭세네가 어머니에게 물었다. "트로이아가 함락

될 수밖에 없었던 건가요? 이렇게 되지 않을 길은 없었나요?"

카산드라는 소리를 지르지 않으려고 참으며 어깨를 부르르 떨었다. 자기가 백 번, 천 번, 만 번 말했었다고 외치고 싶은 강렬한 욕구로 온몸을 떨었다. 그렇지만 아무도 귀 기울이지 않았다. 단 한 번도. 단 한순간도. 아무도 듣지 않았고 아무도 보지 못했지만, 카산드라에게는 언제나 오직 미래만 한없이 보였다. 그래, 한없이는 아니었다. 카산드라는 자신의 앞날도 다른 모든 것만큼 뚜렷하게 볼 수 있었다. 그게 짧다는 게 유일한 위안이었다.

헤카베는 발치에 앉은 딸을 내려다보고 손가락으로 폴릭세네의 머리카락을 빗질했다. 손바닥에 검댕이 얇게 묻어났으나 알아차리지 못했다. 헤카베는 딸을 어루만지는 자기 손을 차마 볼 수가 없었다. 오늘 밤이 오기 전에 그리스인의 손이 딸을 더럽히리란 걸 알았으므로. 유일한 의문은 어떤 자가 어떤 딸을, 어떤 며느리를 데려갈 것이냐는 거였다. 그렇게 된다는 건 기정사실이었고 과연 누구한테 가게 될 것이냐만이 의문이었다.

"모르겠다." 헤카베가 말했다. "신들이 아시겠지. 신들에게 물어보렴." 헤카베는 자신의 처참한 신민들 머리 너머로 바다를 내다보다가, 트로이아 여자 한 명이 보이지 않는다는 걸 알아차렸다. "테아노는 어디 있지?" 헤카베가 물었다.

4
테아노

안테노르의 아내이자 아들 넷과 딸 하나를 슬하에 둔 어머니인 테아노는 허리를 굽혀 초에 불을 붙이고 그을음과 함께 타오르는 작은 불빛 안에서 눈을 깜박였다. 아들 넷, 테아노의 임종이 오더라도 어미를 묻어 주지 못할 아들들. 전쟁에서 살아남지 못한 아들들. 다른 여인의 아들이 저지른 어리석은 짓 때문에 목숨을 잃은 아들들. 눈물이 흐르는 까닭은 연기가 눈에 들어가서이기도 하고 테아노가 식탁으로 들고 가 한가운데에 올려놓은 초의 심지가 타듯 가슴 깊은 곳에서 분노가 타오르고 있기 때문이기도 했다. 남편은 식탁 맞은편에 굳은살 박인 손으로 머리를 감싸고 앉아 있었다. 남편을 보아도 아무 애틋한 감정이 들지 않았다. 전쟁이 성벽 밖에서 10년째 계속되고 있는데 남편은 너무 늙어 싸우지도 못했다. 죽은 아들 가운데 하나를 한순간이라도 볼 수만 있다면, 대신 남편의 남은 목숨을 줘 버리고 평생 과부로 살아도 좋을 것 같았다.

"프리아모스한테 경고할 기회가 수없이 있었잖아." 테아노의 말에 안테노르는 고개를 저었다. 손가락에 가려 있던 안테노르의 굵은 회색 눈썹이 위로 치켜 올라갔고, 테아노는 초 양옆으로 손을 뻗어 안테노르의 손을 아래로 끌어내렸다. "기회가 있었다고." 테아노가 다시 말했다. 안테노르의 흐릿한 눈과 마주치자, 자기 눈에 남편이 늙고 힘없어 보이듯 자기도 남편 눈에 그렇게 보일지 궁금했다. 하얗게 센 머리, 주름진 피부, 얼굴에 깊이 새겨진 슬픔.

"듣지를 않아." 남편이 말했다. "왕은 그 여자의 실체를 몰라."

테아노는 땅에 침을 뱉었다. 트로이아에서 '그 여자'라고 하면 단 한 사람을 가리키는 말이었다. 10년이라는 세월 동안 그랬다. 테아노의 가장 소중한 보석 네 개를 앗아가 버린 10년.

"당신은 왕을 잘 섬겼지." 테아노가 말했다. "당신이 왕에게 그 창녀를 남편한테 돌려주라고 조언한 게 벌써 몇 년 전이야."

"그랬지." 안테노르가 맞장구를 쳤다. 두 사람은 이런 대화를 하도 많이 해서 이제는 마치 노래를 부르듯 저절로 다음 가락이 나왔다. 집으로 가는 길을 발이 저절로 찾아가듯이 대사를 기억하려 애쓰지 않아도 저절로 떠올랐다. 이제 몸의 일부가 된 것 같았다.

"프리아모스는 너무 교만해." 테아노가 말을 이었다. "여신이 나에게 그렇게 말한 게 한두 번이 아니야."

남편이 고개를 끄덕였다. 안테노르가 테아노를 처음 만났을 때 테아노는 아테나 여신의 사제였고 신전 경내에 부모와 함께 있었다. 그게 몇 년 전이던가? 안테노르는 기억해 낼 수가 없었다. 테아노는 눈이 영민한 총기로 반짝이고 몸짓이 나긋나긋한 아가씨였는데, 세월이 흐르면서 총명함이 조급함으로 바뀌었다.

"내가 예복을 바쳤어." 테아노가 다시 남편에게 상기시켰다. 트로이아의 여자들이 섬세하게 수를 놓아 예복을 만들었고 테아노가 지난여름 그 예복을 여신의 조상에 바쳤다. 그랬어도 아테나가 그리스에게 등을 돌리고 트로이아를 지지해 주지는 않았다. 막내아들이 시신이 되어 전장에서 돌아왔을 때 테아노는 낮은 목소리로 차라리 누더기 한 무더기를 바칠 걸 그랬다고 말했다. 정성껏 지은 예복이 아무 소용이 없었으니. 남편이 신성모독은 안 된다고 사정했지만, 이제 딸 크리노 하나만 남은 마당에 테아노 귀에는 아무 말도 들어오지 않았다. 아테나의 지시는 명확했다고 테아노는 말했다. 헬레네를 메넬라오스에게 돌려주어라. 도시를 더럽히는 요소를 제거하라. 황금 단지 열 개—프리아모스가 가진 가장 크고 화려한 황금 단지 열 개, 붉은 실과 금실로 정교하게 짠 태피스트리 열 장을 함께 딸려 보내라. 파리스에게 자기가 훔친 여자의 남편 앞에 엎드리고 용서를 빌라고 하라. 용서를 받지 못한다면, 프리아모스가 감싸고 돌던 아들의 목숨으로 어리석은 행동에 대한 대가를 치러야 할 거라고 테아노는 말했다. 손님은 집주인에게 예를 다해야 한다는 오래된 전통을 무시하고 집주인의 아내를 빼앗아가는 만행을 저질렀으니 그만한 대가는 각오해야 한다고.

"프리아모스는 아들에게 굴욕을 강요하지 않을 거야." 안테노르가 말했다.

"굴욕이라니!" 테아노가 쏘아붙이듯 말했다. "위신이 이미 땅에 떨어져서 진흙탕에서 짓밟힌 마당에 굴욕은 무슨 굴욕이야. 파리스는 난봉꾼이고 같이 자는 여자는 영원히 창녀로 기억될 텐데 아직도 위신이고 평판이 남아 있으리라고 생각한다면 미친 거지."

"왕은 그걸 몰라."

"알더라도 다른 방법이 없겠지." 테아노가 잠시 말을 멈추었다. "하지만 당신은 방법이 있어." 대화가 이렇게 이어진 것은 처음이었다. 테아노는 남편이 자기 표정을 읽지 못하고 눈만 끔뻑이는 것을 보았다. "메시지를 들었잖아, 안테노르. 오늘 밤에 활동을 개시할 걸 알잖아."

"아닐지도 몰라." 안테노르의 목소리가 떨렸다. "어딘가 가까운 곳에서 대기하고 있다고만 했어."

"어딘지 알잖아." 테아노가 콧방귀를 뀌었다. "그 목마 안에 있어. 틀림없어."

"하지만 테아노, 당신 생각이 맞는다고 하더라도 그 나무통 안에 몇 명이나 들어가겠어? 다섯? 끽해야 열? 그걸로 트로이아 같은 도시를 무너뜨릴 수는 없어. 턱도 없는 소리지. 우리한테는 10년 전쟁을 버틴 자부심이 있어. 어린아이가 지은 나무집처럼 허무하게 무너지지 않는다고."

"조용히 말해." 테아노가 남편을 나무랐다. "크리노 자잖아."

안테노르는 어깨를 으쓱했지만 목소리를 낮춰 말했다. "내 말이 맞는다는 거 알잖아."

"우리는 이야기의 절반밖에 몰라." 테아노가 대꾸했다. "그리스군이 배를 타고 떠난 것처럼 보였지. 사실은 떠나지 않았다면? 제물로 바친 말 안에 숨겨 놓은 전사들이 움직이길 기다리고 있다면? 그자들이 성문을 열어 군대를 들인다면?"

안테노르가 고통스러운 듯 얼굴을 일그러뜨렸다. "트로이아는 끝이지. 전부 약탈하고 불태울 거야."

"남자는 죽이고 여자는 노예로 삼고." 테아노가 남편의 생각을 이었다. "여자들 전부. 당신 아내. 당신 딸."

"경고해야 해." 안테노르가 동요된 얼굴로 주위를 둘러보았다. "지금 프리아모스에게 가야 해. 너무 늦기 전에 경고해야 해."

"이미 너무 늦었어." 테아노가 말했다 "목마가 이미 도시 안으로 들어왔으니. 우릴 구하기 위해 당신이 할 수 있는 일은 단 하나야."

"뭔데? 당신 계획은 뭔데?" 안테노르가 물었다.

"지금 성문으로 가. 당신이 성문을 열어."

"미쳤구나." 안테노르가 말했다.

"경비병들은 이미 한참 전에 자리를 떴을 거야. 그리스군이 배를 타고 멀리 가 버렸다고 생각하니까. 트로이아 땅에 남은 그리스인은 단 한 명, 그 뱀 같은 시논뿐이라고 생각하지."

안테노르는 아픈 듯이 오른손으로 왼팔을 문질렀다. 테아노가 말했다. "당신이 열지 않으면 시논이 성문을 열 거야. 그리고 그 용기에 보상을 받겠지. 당신이 아니라 그자가."

"나더러 우리 도시를 배신하라는 거야? 우리 고향을?" 안테노르가 물었다.

"난 우리 딸이 살아남길 바랄 뿐이야." 테아노가 말했다. "지금 가.

늦기 전에. 빨리. 그게 우리한테는 하나뿐인 기회야."

노인은 짐승 가죽 한 장과 섬뜩한 지시를 하나 받아 들고 돌아왔다. 집 문에 표범 가죽을 못으로 박아 놓으면, 그리스군이 그냥 지나치리라는 것이었다.

5
칼리오페

노래하소서, 무사 여신이여. 시인이 또 말하네. 그런데 이제는 꽤 풀이 죽은 소리야. 시인이 좌절해서 머리를 흔드는 걸 보고 나는 비웃지 않으려고 입술을 깨물지. 시가 왜 자꾸 잘못된 길로 가는 걸까? 처음에는 시인이 크레우사 이야기를 하면서 꽤 자신감을 얻은 듯했어. 서사시에 어울리는 주제를 다 다루었지. 전쟁이며 사랑이며 바다뱀이며. 크레우사를 끌고 아이네이아스를 찾아 도시를 헤매게 하면서 꽤 기분이 좋은 것 같더라. 엄청 즐기면서 화재를 묘사하는 거 봤지? 자기가 늘어놓는 말에 질식할 거 같더라니까. 그런데 겨우 도입부를 완성했나 싶을 때 크레우사가 길을 잃고 말았으니.

나는 불타는 도시에서 탈출한 여자들이 어떻게 되었는지 보라고 바로 시인을 바닷가로 데려갔는데, 시인은 살아남은 사람들이 불쌍한 크레우사보다 더 나을 것도 없다는 걸 알아차리지도 못했어. 이렇게 대놓고 주워 먹으라고 갖다주는 데도 알아먹지를 못하니 원. 나는 그에게 트로이아 전쟁 중 한 여자의 이야기가 아니라 전쟁에 휘말린 모든 여자들의 이야기를 주려는 건데. 뭐, 모두는 아니더라도.(헬레네를 넣을지 말지는 아직 결정을 안 했거든. 헬레네는 좀 짜증을 유발해서.)

나는 시인한테 전쟁을 양쪽 끝에서 볼 기회를 주려고 해. 전쟁이 어떻게 일어났는지, 그 결과가 어떻게 펼쳐졌는지. 규모 면에서나 주제 면에서나 장대하지. 그런데 시인은 테아노를 어떻게 묘사할지 이제 겨우 감이 왔는데 테아노 역할이 끝나 버렸다고 징징대고 있네. 멍청한 인간. 이건 테아노의 이야기도 크레우사의 이야기도 아니라고. 그들의 이야기지. 시인이 투덜거리기를 멈추고 계속 시를 짓는다면 그렇게 될 거야.

6
트로이아의 여인들

검은 가마우지 떼가 머리 위에서 선회하다가 한 마리씩 짙은 바다로 뛰어들더니 삼킨 물고기가 모가지 안에서 꿀떡거리는 채로 다시 솟구쳤다. 헤카베는 한쪽 다리에서 다른 쪽 다리로 중심을 옮겼다. 바위에 앉아 있다 보니 온몸이 쑤셨다. 통증이 척추 아래쪽에서부터 온몸의 뼈마디로 번졌다. 배가 고팠지만 아무 말도 하지 않았다. 다들 배가 고플 테니까. 삶이 완전히 무너져 내렸다고 굶주림이나 목마름도 사라질 거라고 생각하다니, 어리석었다. 아무리 노예라도 먹긴 먹어야 하니까.

헤카베는 주위에 있는 여자와 아이들을 둘러보며 하나하나 헤아리려 했다. 몇 가족이라도 보이지 않기를, 자욱한 연기와 혼돈 속에서 몇 명이라도 도망갔기를 바랐다. 딸과 며느리들을 모두 헤아리고 다른 여자들로 넘어갔다. 유순한 크레우사가 보이지 않았다. 크레우사의 남편 아이네이아스는 10년 동안 전쟁을 버텨 냈는데. 도시가 불탈 때 죽고 만 걸까? 아니면 크레우사와 아들을 데리고 탈출했을까? 헤카베는 부디 그랬기를 빌며 아프로디테 여신에게 짧게 기도를 올렸다. 헤카베는 바다에서 물고기로 포식하는 새들을 보면서, 아이네이아스와 크레우사가 흉포한 그리스군을 피해 수평선을 건너 새로운 보금자리를 찾아 항해 중일 수도 있을 거라 생각했다.

“또 누가 안 보이지?” 헤카베가 등을 돌리고 모래밭에 앉아 있는 딸 폴릭세네에게 물었다. 폴릭세네는 대답하지 않았다. 잠이 든 것도 같았다. 헤카베는 다시 셌다. 크레우사, 테아노, 테아노의 딸 크리노. 셋이 없었다.

폴릭세네 주변에 작은 빗을 들고 앉아 있는—상아가 아니라 나무 빗이라 뺏기지 않은 것 같았다—눈빛이 공허하고 안색이 창백한 젊은 여자가 대신 대답했다. 헤카베는 이 젊은이의 이름이 얼른 떠오르지 않았다. 충격이 너무 컸다. 저 애 부모가…… 아니다. 이미 이 세상 사람이 아니다.

“테아노 가족은 살려 줬어요.” 젊은 여자가 말했다.

“살려 줬다고?” 헤카베는 놀라서 쳐다보았다. 그리스군은 누굴 살려 줄 사람들처럼 보이지 않았다. “왜?”

그렇게 물었지만 헤카베도 알았다. 안테노르가 배신했다는 걸. 안테노르는 그리스인들에게 애원하라고, 헬레네를 돌려줄 조건을 협상하라고 조심스레 조언했으나, 그건 트로이아를 위한 조언이 아니라 자신의 이익을 위한 조언이었다.

젊은 여자는 어깨를 으쓱했다. "모르겠어요. 군인들이 그 집 앞을 그냥 지나가는 걸 봤어요. 문에 표범 가죽이 걸려 있었어요. 그리스군이 그걸 보더니 칼과 횃불을 다음 집으로 돌리더라고요. 그 가죽이 표시였어요." 여자는 말을 멈췄다. 그 다다음 집이 자기 집이었다.

헤카베는 코웃음을 쳤다. 적에게는 동지, 동지에게는 적인 두 얼굴의 배신자들. 헤카베는 배신자들에 대해 경멸의 말을 내뱉으려고 입을 열었다가 멈췄다. 비록 안테노르의 행동은 비열하기 그지없었으나, 안테노르가 프리아모스보다 자기 식구에게 더 나은 운명을 안겨주었음은 부인할 수 없었다. 테아노와 크리노는 자유의 몸이고, 헤카베와 딸들은 노예가 되었으니.

헤카베는 아들 헥토르의 아내(이제 죽은 헥토르의 과부가 되었구나, 하고 헤카베는 말을 고쳤다.) 안드로마케가 대화에 귀를 기울이고 있는 걸 알아차렸다. 안드로마케는 그러나 아무 말도 하지 않았다. 안드로마케는 전날 그리스 군인들이 밀쳐 대고 가슴을 주물럭거리고 낄낄거리며 도시 밖으로 끌고 나와 트로이아 여인들 무리에 던져 넣은 이래로 한마디도 하지 않았다. 안드로마케는 아기를 품에 꼭 안은 채 무릎을 꿇고 앞으로 쓰러졌다. 날카롭게 튀어나온 바위에 발목을 베어 피가 흐르는 데도 모르는 모양이었다. 헤카베가 군인들을 노려보자 그중 한 명이 저주의 눈빛을 막는 손동작을 했다. 헤카베는 코웃음을 쳤다. 자기가 그들에게 안겨 주고 싶은 건 무한한 슬픔의 바다인데 그런 손짓 하나로 막을 수 있을 거라 생각하다니.

헤카베는 안드로마케도 자기처럼 머릿속에 이름들을 하나씩 쌓고 있는 걸까 생각했다. 크레우사는 죽었거나 아니면 어떻게든 탈출했다. 그러나 테아노와 크리노, 이들의 이름은 헤카베가 매일 아침 눈을 떴을 때, 그리고 매일 밤 잠들기 전에 읊는 저주의 명단에 추가될 것이다. 헤카베는 트로이아의 몰락을 초래한 배신자, 살인자, 악인들을 벌할 기회가 자기에게 주어지리라고 믿을 만큼 어리석지는 않았다. 그러나 신이 그들이 누구인지 기억하기를 바랐다. 맹세를 저버린 자들에게 신들이 복수해 줄 것이다. 헤카베가 바랄 수 있는 것은 그것 한 가지였다.

며느리가 자기와 정반대로 하고 있다는 걸 알았다면 헤카베는 깜짝 놀랐을 것이다. 크레우사, 테아노, 크리노, 죽었거나 살았거나 어쨌든 자유로운 트로이아의 여인 셋. 안드로마케는 이들을 말 없는 기쁨으로 떠올렸다. 어딜 보든 자기와 같은 처지의 여자들밖에 보이지 않았다. 노예로 전락해 군인과 깡패들의 소유물이 된 처지. 그래도 누구의 소유물도 아닌 여자가 셋은 있었다.

폴릭세네가 갑자기 울음을 터뜨리며 잠에서 깼다. 여자들을 감시하는 역할을 맡은 그리스 병사들이 짜증스럽게 쳐다보긴 했으나 뭐라 하지는 않았다. 다들 악몽에 시달리고 있었다. 헤카베는 딸이 정신을 차리고 여기가 어딘지 확인하고는 점차 호흡을 가다듬는 것을 보았다. 여전히 악몽 속이었으나 꿈속에서 본 것보다는 덜한 악몽이었다. 폴릭세네는 낮은 신음을 내며 엄마의 무릎께에서 몸을 일으켰다. "자꾸 꿈에 아직 도시가 함락되지 않은 때가 나와요."

헤카베가 고개를 끄덕였다. 헤카베도 최악의 악몽은 불타는 벽이 무너져 내리는 꿈도, 무장한 군인이 쫓아오는 꿈도, 사랑하는 사람이 눈앞에서 죽는 꿈도 아니란 걸 알았다. 남편이 살아 있고, 아들이 활짝 웃고, 딸이 결혼식을 고대하는 꿈이란 걸 알았다.

"트로이가 함락되리란 걸 언제 아셨어요?" 폴릭세네가 물었다.

헤카베는 잠시 생각했다. "그 아마조네스가 쓰러졌을 때 이렇게 되리란 걸 알았어." 헤카베가 말했다. "네 아버지와 나는 그전에 직감했지. 그렇지만 아마조네스가 죽은 날, 그날 확실해졌어."

7
펜테실레이아

그 아마조네스 자매는 서로 너무 닮아서, 히폴리테가 죽으면서 펜테실레이아가 잃은 건 자매만이 아니었다. 자신의 그림자도 잃었다. 기억하는 아주 어릴 적부터 펜테실레이아는 히폴리테를 보면서 자기가 어떻게 생겼는지 알았다. 피부색, 생김새, 흉터 하나하나까지 자기가 가장 사랑하는 이의 몸하고 거의 똑같았다. 그래서 히폴리테가 화살이 흉곽을 관통해 고통으로 얼굴을 일그러뜨리며 쓰러졌을 때, 펜테실레이아는 언니와 자기 자신을 동시에 잃었다.

자매는 늘 무기를 가지고 놀았다. 펜테실레이아가 걸음마도 하기 전에 히폴리테는 어머니 궁의 넓은 홀 저편으로 돌을 던지는 법을 동생에게 가르쳐 주었다. 자라면서 점점 더 날카로운 날을 다뤘다. 목검과 무른 나무로 만든 창 대신 진짜 창을 손에 들었다. 그리고 펄펄

날았다. 둘 다 그랬다. 젊고 강하다는 건 말할 수 없이 짜릿한 일이었다. 자매는 거의 똑같이 생긴 말을 타고 몇 시간씩 돌아다녔다. 속보로 살살 걷다가 말을 달리기 시작해 산맥 구릉을 질주했다. 머리는 단단히 땋아 밝은색 가죽 모자 아래에 핀으로 고정했다. 숲 가장자리에 닿으면 말에서 내려, 말을 매어 둔 채 지쳐 쓰러질 때까지 달렸다. 숨이 차서 허파가 터질 듯한데 신음도 안 나올 때까지. 솔방울 사이에 누워 우듬지 사이로 비치는 하늘을 올려다볼 때면 세상에 자기들만큼 행복한 사람은 없다는 걸 알았다.

둘이 함께하던 놀이. 비탈을 뛰어 올라가 조약돌을 줍고 버려진 새 둥지를 줍고 언덕 아래로 다시 뛰어 내려와 숲속 보물 무더기에 추가했다. 점점 쌓여 가는 서로의 보물을 부러운 듯 쳐다보고 서로의 속도와 힘에 감탄했다. 속도를 시험해 볼 때마다 히폴리테는 늘 성공했다. 둘이 넓은 평원에 나란히 서서 초를 셌다. 제자리에, 준비, 땅. 펜테실레이아는 활에 화살을 재고 공중으로 높이 우아한 포물선을 그리도록 쏘아 올렸다. 동시에 히폴리테는 뛰기 시작했고 그토록 빨리 그토록 멀리 달릴 수 있는 자기 능력에 웃음이 났다. 화살이 땅을 향해 떨어지기 시작했을 때 히폴리테는 이미 그 자리에서 화살을 손으로 잡을 준비를 하고 기다리고 있었다. 히폴리테는 한 번도 실패한 적이 없었다. 마지막에만 빼고.

그렇게 펜테실레이아는 목숨보다 소중한 언니를 잃었다. 그냥 잃은 게 아니라 자기가 죽인 거였다. 사고였다고, 사람들은 펜테실레이아를 위로하려고 말했다. 이게 위로가 가능한 일이라는 듯이. 가장 소중한 것을 잃었기 때문에, 그냥 잃은 게 아니라 자기 손으로 그렇게 만들었기 때문에, 히폴리테 없이 살 수가 없었기 때문에, 펜테실레이아는 죽기로 마음먹었다.

하지만 죽음만으로는 충분하지 않을 테지. 이렇게 끔찍한 짓을 저질렀으니 자신에게 합당한 죽음은 오직 하나, 전투에서 전사로 싸우다 죽는 것뿐이었다. 어떤 전투인지는 중요하지 않았다. 펜테실레이아를 죽일 만큼 뛰어난 전사가 있기만 하면 됐다. 대부분 남자는 전투에서 아마조네스를 이길 수 없었다.(펜테실레이아는 오만하지 않았다. 자기 능력을 잘 알고 있을 뿐.) 그렇지만 아마조네스들이 속삭이며 입에 올리는 단 한 명의 남자가 있었다. 그들보다도 더 빠르다고 했다. 역사상 가장 빠른 전사. 그래서 펜테실레이아는 부하들을 데리고 전설적인 도시 트로이아를 향해 남쪽으로 긴 여정을 떠났다.

유목 민족인 아마조네스에게 힘든 여정은 아니었다. 아마조네스의 말은 튼튼해서 새벽부터 해 질 녘까지 지치지 않고 나아갔다. 어두울 때 잠시 쉬었다가 다음날 동이 틀 때 다시 길을 나섰다. 부하들이 공주를 말리고 싶었을 수도, 죽겠다는 계획을 거둬 달라고 빌고 싶었을 수도 있겠으나, 공주에 대한 존경심 때문에 그러지 못했다. 그저 묵묵히 이 길을 함께 가고, 옆에서 함께 싸울 것이다. 만약 펜테실레이아가 죽기로 결심했다면, 그들도 나란히 함께 죽을 결심이었다.

프리아모스왕은 정찰병을 통해 북쪽에서 여자들이 오고 있다는 소문을 미리 들어서 이들이 도착할 줄 예상하고 있었다. 트로이아 병사 두 명이 마중 나가서 펜테실레이아의 의향이 무엇인지 물었다. 스카만드로스평원에서 10년째 이어지고 있는 이 전쟁에서 누구 편을 들 것인지? 그리스군 아니면 트로이아군? 이 여전사들은 공격자인가, 수비자인가? 프리아모스는 금으로 만든 커다란 삼발이 두 개와 보석이 박힌 그릇을 보내 아마조네스와 동맹을 맺으려 했다. 펜테실레이아는 눈길도 제대로 주지 않고 선물을 받았다. 펜테실레이아는 화려한 물건에는 관심이 없었다. 말 위에서 생활하는 여자에게 그딴 것이 무슨 쓸모가 있나? 그렇지만 거절하는 것은 예의가 아니었기 때문에 받긴 받았다.

"당신들의 왕을 위해 싸우겠습니다." 펜테실레이아가 말했다. "돌아가서 왕께 아마조네스가 그리스군과 싸울 것이라고, 내가 아킬레우스와 싸워 그자를 죽이거나 그러다 죽겠다고 전하십시오." 어느 쪽이든 자기에게는 똑같이 만족스러운 일일 거란 말은 덧붙이지 않았다. 정찰병은 고개를 조아리며 절절한 감사의 말로 펜테실레이아를 추켜세우려 했다. 그러나 펜테실레이아는 감사의 말을 밀어냈다. 프리아모스가 자신의 지원에 감사하리란 말은 굳이 들을 필요가 없었다. 당연히 감사하겠지. 프리아모스의 아들, 트로이아에서 가장 위대한 전사 헥토르가 어떻게 되었는가 하는 이야기가 먼 북쪽 그들의 고향 스키티아 땅에까지 전해졌다. 헥토르가 어떻게 10년 동안 도시를 수비했는지, 어떻게 군사를 이끌고 무수히 이름난 승리를 거두었는지. 펜테실레이아는 알았다. 다들 이 전쟁 최대 격전의 날 이야기를 들었다. 헥토르가 아킬레우스의 갑옷을 입은 자와 맞붙어 그를 죽였고, 잠시나마 트로이아군은 아킬레우스가 죽었다고 믿었고, 그 기세로 그리스군을 진지 바로 앞까지 밀어붙인 날. 그런데 헥토르가 쓰러진 그리스인의 갑옷을 벗기고는 아킬레우스가 아니라는 것을 알았고 격분했다. 파트로클로스가 아킬레우스의 갑옷을 입고 아킬레우스 대신 싸운 거였다. 아킬레우스는 친구의 죽음을 알고 격한 분노에 휩싸였다. 아킬레우스는 퓨마처럼 포효하며 헥토르에게 복수할 것이며 앞길을 가로막는 트로이아인 모두 없애겠다고 맹세했다. 아킬레우스는 맹세대로 전장을 누비며 눈에 들어오는 사람을 전부 닥치는 대로 죽였고 마침내 헥토르와 마주했다. 펜테실레이아는 아킬레우스가 헥토르를 어떻게 죽였는지도 알았다. 진하고 검은 동맥혈이 발아래 흙을 물들였고 아킬레우스는 짐승처럼 기쁨의 함성을 질렀다. 아킬레우스는 헥토르의 발에 가죽끈을 묶고 헥토르의 시신을 능욕했다. 인간을 고깃덩어리로 만들어 버리면서 그 행동이 얼마나 불경한지는 안중에도 없었다. 아킬레우스는 트로이아 왕자의 시신을 끌고 성벽 주위를 돌았다. 무너져 내린 부모, 불쌍한 아내, 아무것도 모르는 어린 아들의 눈앞에서 성벽을 세 바퀴나 돌았다.

당연히 프리아모스는 아마조네스의 지원에 감사했다. 이제 그에게는 남은 것이 아무것도 없었으니.

펜테실레이아와 부하들은 트로이아 북쪽에 있는 시모에이스 강가에서 숙영했다. 나무 막대에 짐승 가죽을 묶어 허름하고 소박한 막사를 세웠다. 깔고 자는 짐승 가죽과 전투 때 입을 갑옷 말고는 짐도 거의 없었다. 식량도 변변치 않았다. 아마조네스는 트로이아인들이 누리는 호사를 경멸했다. 굶주리지 않을 정도의 소박한 음식이면 충분했다. 그 이상 먹어 봐야 몸만 굼떠질 뿐이었다. 펜테실레이아는 자기 존재를 공식적으로 알리고 싶지 않았으므로 그리스군에 사절을 보내지 않았다. 다음 날 아침 펜테실레이아가 부하들을 이끌고 트로이아군과 함께 전장에 나가면 안 그래도 알게 될 테니.

땅이 돌투성이고 딱딱했지만, 펜테실레이아는 언니가 죽은 뒤 처음으로 깨지 않고 푹 잤다. 이게 자신의 마지막 잠이 되리란 걸 알았다. 아마 그래서 잠의 신 힙노스가 기분 좋은 잠을 선사한 모양이었다. 펜테실레이아는 동이 트기 전에 잠에서 깨어 긴 팔다리를 죽 뻗으며 갑옷을 입을 준비를 했고 얼른 전투를 시작하고 싶어 몸이 달았다. 펜테실레이아는 밤새 타고 남은 불잉걸로 끓인 따뜻하고 고소한 죽을 부하들과 함께 먹었다. 다들 별로 말이 없었고 말을 하더라도 전술에 관한 이야기뿐이었다.

펜테실레이아는 막사로 돌아가 전투복을 입었다. 먼저 짙은 노란색 키톤, 즉 짧은 튜닉을 입고 칼집이 달린 두꺼운 갈색 가죽 허리띠로 허리를 조였다. 다음으로 아끼는 표범 가죽 망토를 걸쳤다. 이걸 입으면 보온도 되고 사나워 보이기도 했다. 그리스군이 이걸 보면, 달리는 표범을 따라잡아 벨 수 있는 여자를 감히 겁주려 하지는 못할 것이다. 표범의 앞발이 튜닉 아래로 늘어져 걸을 때마다 발톱이 펜테실레이아의 허벅지 앞쪽을 할퀴었다. 펜테실레이아는 샌들의 가죽끈을 근육이 울퉁불퉁한 장딴지에 단단히 묶은 다음 투구로 손을 뻗었다. 히폴리테의 투구로 높이 솟은 새카만 말총 깃이 달려 있었고, 투구 안에 덧댄 뱀피가 펜테실레이아의 뺨을 감쌌다. 아마조네스 공주는 그들 중 가장 위대한 전사인 언니의 모습으로 전장으로 나아갈 것이다. 펜테실레이아는 송아지 가죽 다섯 겹을 덧붙인 단단하고 둥근 붉은 가죽 방패를 집었다. 칼을 칼집에 꽂고 긴 창을 들어 무게와 창끝을 가늠해 보았다. 준비가 끝났다.

펜테실레이아의 말은 입질이 사나운 커다란 회색 암말이었는데 펜테실레이아가 갈기를 깔끔하게 땋는 동안 얌전히 서 있었다. 이제 어떤 전사도 펜테실레이아가 탄 말의 갈기를 잡지 못할 테고 혹여 시도했다가는 손가락이 잘릴 것이다. 모든 게 만족스럽게 준비된 다음 펜테실레이아는 몸을 돌려 자기를 따르는 여전사들—자신의 불완전한 거울 이미지를 보았다. 북쪽 산악 지대의 보석인 펜테실레이아의 아마조네스들이 이곳 평지에서 반짝이고 있었다. 이들은 어제 이전에는 본 적도 없는 도시를 방어하고 만난 적도 없는 여자와 아이들을 지키기 위해 싸울 것이다. 펜테실레이아는 가슴 속에서 무언가 치밀어 오르는 걸 느꼈다. 영영 사라지지 않는 슬픔 아래에서 솟아난 이 감정이 자부심이란 걸 깨닫기까지 잠시 시간이 걸렸다. 히폴리테를 살릴 수는 없지만 트로이아는 구할 수 있으며 펜테실레이아와 아마조네스가 그들의 구원자가 될 것이다.

펜테실레이아는 방패를 든 손에 고삐를 쥐었으므로 창을 던지는 팔은 자유로웠다. 히폴리테가 죽었을 때 펜테실레이아는 활을 떨어뜨렸다. 장례가 끝난 뒤 활을 잃어버렸다는 사실을 알았지만 찾으러 가지는 않았다. 다시는 활을 쏘지 않으리란 걸 알았기 때문이었다. 그렇지만 부하들은 모두 뛰어난 궁수였고, 화살통을 등에 메고 어깨에 활을 지고 있었다. 그리스군이 무슨 수로 이들을 당하겠나?

아마조네스들은 말에 올라타고 전장을 향해 달리기 시작했다. 시모에이스강 남쪽 낮은 땅을 벗어나자 멀리에서 트로이아의 성문 개방을 알리는 나팔 소리가 울렸다. 펜테실레이아와 부하들은 곧 도열한 트로이아 전사들의 옆을 가로질러 대열 앞쪽으로 나가서 섰다. 트로이아군은 오합지졸 부대가 되어 있었다. 음유시인의 노래에 등장하던 영웅들은 어디에 있나? 헥토르는 죽었다지만, 파리스나 글라우코스, 아이네이아스는? 펜테실레이아는 군인들을 훑어보며 눈살을 찌푸렸다. 몸집이 크거나 힘이 느껴지는 사람은 한 명도 없었다. 팔뚝 굵기도 펜테실레이아에 한참 못 미쳤다. 저 사이에 그 영웅들도 있을 텐데, 펜테실레이아가 기대했던 것과는 전혀 다른 모습이었다.

그리스 전사들이 서쪽 주둔지에서 이쪽으로 다가오는 것을 보고 펜테실레이아의 호흡이 가빠졌다. 트로이아군보다 별로 많지도 않았다. 천 척의 배가 트로아드 해안으로 군사를 실어 날랐다는 이야기가 전설처럼 진해지는데, 남은 게 고작 이것뿐이란 말인가? 얼마나 많은 사람이 죽었을까, 또 얼마나 많은 사람이 두 손을 들고 배를 타고 떠나 버렸을까? 그래도 그리스군 사이에서는 체구가 위풍당당하고 갑옷과 정교한 방패로 고귀한 신분을 과시하는 자들이 몇 있었다. 어딘가에 펜테실레이아가 갈망하는 죽음을 가져다줄 그 남자가 분명 있겠지.

그때 붉은색과 검은색 깃이 빛나는 투구가 눈에 들어왔다. 요새 그는 방패를 들지 않는다고 들었다—신 말고는 누구도 두렵지 않기 때문이었다. 10년 동안 전투에서 그를 압도한 트로이아인은 단 한 명도 없었다. 조금이라도 버틴 유일한 사람이 헥토르였는데, 죽어서 능욕을 당하고 뒤늦게 매장되었다. 그리고 헥토르를 죽이고 나자 그는 자기가 죽든 살든 아무 관심이 없었다. 펜테실레이아처럼. 이 남자가 펜테실레이아가 찾던 사람이었다. 아킬레우스, 미르미돈인의 왕. 미르미돈인들은 아킬레우스 뒤에서 검은 방패를 부채처럼 펼치고 있었다. 이자의 손에 펜테실레이아의 죽음이 있었다.

위대한 두 전사의 전투는—트로이아인들에게는 너무나 중대한 의미가 있는 것이었음에도—충격적으로 짧았다. 아무도, 펜테실레이아의 부하들조차도, 펜테실레이아가 죽이려 전투에 뛰어들었는지 죽으러 전투에 뛰어들었는지 알 수 없었다. 어느 쪽이든 결과는 마찬가지였다. 아킬레우스는 살아 있는 어떤 생명체보다 빨랐다. 산지山地를 누비는 스라소니보다도, 제우스의 메시지를 인간에게 전하는 헤르메스보다도 빨랐다. 그리고 펜테실레이아보다도 빨랐다.

펜테실레이아와 아마조네스 전사들은 바로 미르미돈인들 쪽으로 달려갔고, 미르미돈인들은 개미처럼 사방으로 흩어졌다. 그렇지만 10년 동안 전쟁을 치르며 전투에 인이 박인 이들이었다. 지세를 자기 집 안마당처럼 훤히 알았다. 북쪽 산지에서 싸우는 데 익숙한 아마조네스들은 그만큼 발놀림에 자신이 없었다. 말들은 곧 넓고 부드러운 흙밭이 좁고 돌투성이인 산길만큼 위험하다는 걸 알게 되었다. 아마조네스 궁수들이 개미 떼 같은 군인 무리를 조준해 오른쪽 옆구리를 쏘았다. 아킬레우스는 자기 병사들을 노리는 이들이 누구인지 보려고 몸을 돌렸다. 전장에서는 누구나 아킬레우스를 두려워하고 피하는데, 곧바로 자기들에게 덤벼들 만큼 대담한 자가 대체 누구인지?

새로 나타난 기마병들은 쌩쌩했지만 수는 많지 않았다. 아킬레우스는 반사적으로 부하들을 재빠르게 훑어보고 이미 열 명이 쓰러진 것을 확인하고 고개를 저었다. 작년 겨울 그리스군을 숱하게 쓰러뜨린 전염병이 돌 때처럼 공포감이 순식간에 번지면서 병사들이 주춤

주춤 물러났다. 아킬레우스는 부하들이 박살 나는 것을 두고 보지 않을 것이었다. 궁수들 뒤쪽에 칼을 들고 달려오는 자가 있었다. 저자가 저들의 왕인가? 그런 듯했다. 다른 기병들이 그를 둘러싸고 일대일 전투를 할 수 있게 보호하는 것처럼 보였다. 아킬레우스는 원하는 걸 줄 생각이었다. 번개처럼 빠르게 아킬레우스는 짧은 창을 던졌다. 아킬레우스의 조준은 정확했다. 왕의 말이 목에 창을 맞고 앞다리를 꿇고 쓰러졌다. 그러나 왕은 움찔하지도 않았다. 쓰러지는 말에서 민첩하게 뛰어올라 발끝으로 가뿐히 착지했다. 부하들의 머리 위에서 두 장수의 눈이 마주쳤고, 두 사람 다 이번이 목숨을 건 싸움이 되리란 걸 알았다. 아킬레우스가 소리쳐 명령을 내리자 부하들이 퇴각을 멈추고 다시 날아올 화살에 대비해 전열을 가다듬었다.

지금까지 수없이 그랬던 것처럼 무적의 아킬레우스는 전장을 가로질렀다. 아킬레우스는 다른 남자들보다 특별히 강하거나 용감하진 않았다. 상대적으로 조금 더 강하고 용맹할 테지만, 누구라도 운이 좋은 날에는 자기보다 더 강한 군인을 쓰러뜨릴 수 있기 마련이다. 그렇지만 지금껏 아킬레우스에게 손끝이라도 댄 사람은 한 명도 없었다. 그럴 만큼 가까이 다가가지도 못했다. 평원 위에 있는 이들 모두 아마조네스가 모르는 사실을 알고 있었다. 아킬레우스의 진정한 힘은 놀랍고 불가능할 정도로 빠른 속도에 있다는 것.

그래서 펜테실레이아로부터 수십 걸음 거리에 있던 아킬레우스가 다음 순간에는 펜테실레이아의 옆에 바싹 다가와 칼로 목을 벨 수 있었다. 아킬레우스는 사냥감을 잡은 사냥개처럼 칼을 살짝 흔들며, 펜테실레이아의 목에서 포도줏빛 피가 솟구쳐 자기 튜닉에 흩뿌려지는 것을 무심하게 지켜보았다. 그동안 수도 없이 많은 남자의 피를 덮어썼는데 하나가 더해진다고 달라질 것은 없었다. 아킬레우스는 칼을 뽑은 뒤 왕이 비틀거리다 무릎을 꿇는 것을 보았다. 펜테실레이아의 머리가 뒤로 젖혀지고 투구가 바닥에 떨어졌다. 그제야 위대한 전사는 자기가 여자를 죽였음을 알았다.

아킬레우스는 순간 강한 수치심을 느꼈다. 여자를 죽인 적이 없어서는 아니었다. 아킬레우스는 자기가 죽인 사람들을 희미하게만 기억했다. 이 죽음이나 저 죽음이나 다를 게 없었다. 미르미돈인들이 프리기아에서 수없이 많은 마을을 초토화하는 도중에 아킬레우스도 여자들을 수십은 죽였을 것이다. 모든 여자가 노예나 첩의 운명을 받아들인 것은 아니었다. 어떤 여자들은 남편을 버리지 않으려 했고 자식을 지키려 했다. 남편이고 자식이고 결국은 다 아킬레우스에게 죽임을 당했지만. 특별히 기억에 남은 사람은 아무도 없었다. 죽이기 위해서가 아니라 주체할 수 없는 분노 때문에 죽였던 헥토르의 얼굴조차도, 몇 달이 지나면서 이제 머릿속에서 잊히고 있었다. 그러나 지금 눈앞에 있는, 고통으로 일그러진 이 얼굴 같은 것은 본 적이 없었다. 아킬레우스는 마침내 자기가 후회할 행동을 저질렀음을 알았다. 이 여자는 자신의 거울상이었다. 파트로클로스가 한때 그랬던 것처럼. 아킬레우스는 여자의 입에서 쿨럭이며 솟구치는 피를 보고 충격에 빠졌다. 단 한순간도 망설임이나 공포를 드러낸 적이 없는 그가. 여자의 눈이 백내장이 덮이듯 흐려지는 것을 보았다. 여자가 입을 열고 한마디를 내뱉는 것을 보았고, 그 순간 빛이 어두워졌다. 아킬레우스는 공포에 휩싸여 하늘을 쳐다보았고 뒤쪽에서 누군가의 걸걸한 웃음소리를 들었다. 아킬레우스는 몸을 돌려 아무 생각도 하지 않고 그 남자를 찔렀다. 아킬레우스는 자기가 죽인 게 누구인지 영영 알지 못할 것이다. 다른 그리스 병사들이 아킬레우스가 자기들도 공격할까 봐 슬금슬금 뒤로 물러섰다. 그러나 아킬레우스의 머리에는 입에 피를 물고 죽은 여자 생각밖에 없었다.

죽으면서 이런 말을 남긴 사람이 또 있을까, 아킬레우스는 생각했다. '고맙다.'

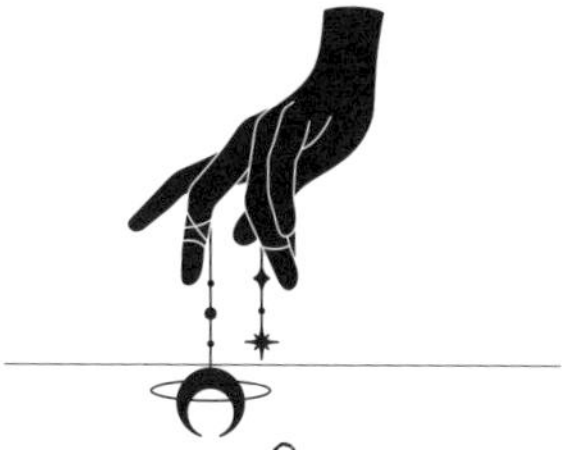

8

페넬로페

사랑하는 나의 남편에게,

당신이 아가멤논과 다른 왕들과 함께 트로이아에서 헬레네를 되찾아온다는 졸렬한 명분으로 배를 타고 이타케를 떠난 지 10년째라니, 말이 돼? 결국 천 척의 배가 바다를 건넜다는 게 사실이야? 음유 시인들의 노래에 따르면 그래. 한 남자의 아내를 찾겠다고 천 척의 배가 그 위험한 바다를 건너갔다고. 정말 대단한 일이지, 당신도 그렇게 생각할 거야.

당신을 원망하는 건 아냐, 오딧세우스. 당연히 아니지. 아직 새댁이었던 나와 태어난 지 몇 달밖에 안 된 아들을 두고 떠나기 싫어서 당신이 나름대로 최선을 다한 걸 아니까. 어쩌면 죽은 척하는 게 좀 더 효과적이었을지도 모르겠지만, 미친 척하는 것도 꽤 좋은 생각이었어.

그 오만한 아르고스 사람이 당신이 밭을 갈며 소금을 뿌리는 것을 보고 어떤 표정을 지었는지 아직도 생생히 기억나. 당신이 완전히 미쳤다고 생각했지. 당신이 아주 괴상한 표정을 짓고 있으니까 남자들이 불쌍해하는 눈으로 나를 쳐다보더라. 미친 남자와 결혼해 아이를 낳다니, 이런 기구한 운명이 있나. 그때는 당신이 전쟁에 끌려가지 않을 수 있을 것 같았어. 다른 그리스인들처럼 어리석은 맹세 때문에 전쟁에 휘말리지 않고 내 곁에 남을 것 같았지.

하지만 결국 아가멤논 그자가 당신을 끌고 갔지. 아가멤논이 부하에게 내 품에서 텔레마코스를 빼앗아 당신이 쟁기질하는 축축한 땅위에 내려놓으라고 명령했던 일을 잊을 수 있을까. 당신 아들을 위험에 빠뜨려 당신의 광기를 시험하려 한 거야. 그래도 아랑곳없이 계속 밭을 갈아 자식의 통통한 팔다리를 베고 지나갈 것인가? 아니면 아기를 알아보고 멈출 것인가? 그날 나는 아가멤논이 죽어 버렸으면 좋겠다고 생각했는데, 이렇게 말해도 되는지 모르겠지만 누군가의 죽음을 그렇게 간절히 빌긴 처음이었어. 내가 스파르타에서 자랐고 헬레네와 누구보다도 많은 시간을 같이 보냈다는 거 알지.

가끔, 기분이 울적해지고 외풍 심한 우리 궁 홀에 북풍이 불어올 때면 나는 아가멤논을 죽여 달라고 짧은 기도를 드려. 전에는 싸우다 죽었으면 좋겠다고 빌었지만, 지금은 떨어지는 돌에 맞는다거나 광견병에 걸린다거나 그렇게 더 치욕스러운 죽음을 맞길 바라.

그 상황에서 계속 미친 척할 수는 없었겠지, 이해해. 당신 아들, 우리 아이를 지키려면 쟁기질을 멈춰야 했고 그렇게 해서 들키고 말았어. 다음 날 아침 당신이 배를 타고 떠나는 걸 보며 나는 울었지만 그래도 당신이 그해가 끝나기 전에 돌아오리라고 생각했어. 부정한 아내 하나 잡아 오는 데 몇 달이나 걸리겠냐고 생각했지.

며칠이 흐르고, 몇 달이 흘렀지. 다음에는 계절이 바뀌고 해가 바뀌었어. 이제 10년이 됐는데, 메넬라오스는 아직도 아내를 돌아오게 설득하지도 못했고, 아니면 자기가 불그레한 얼굴의 따분한 남자라는 걸 인정하고 헬레네보다 덜 까다로운 다른 여자를 찾아 아내로 삼지도 않았지.

당신이 가 버린 뒤로 이렇게 오랜 세월이 지났다니 믿기지 않아. 당신은 아들이 걸음마를 하는 것도, 옹알이하는 것도, 우리 궁 동쪽 벽 옆에 있는 늙은 소나무 낮은 가지에서 그네를 타는 것도 보지 못했지. 애는 당신보다 날 닮았어. 나처럼 길쭉하고 마른 체형이야. 내가 그 아이를 마음속 깊이 사랑하긴 하지만, 그런데도 가끔 당신이 그날 그 애를 죽였다면 우리가 가질 수 있었을 다른 자식들을 생각할 때가 있어. 첫째를 잃은 대신, 넷을 더 낳았겠지.

이런 생각을 한다는 게 얼마나 큰 잘못인지 나도 알아. 그런데 계절이 수도 없이 바뀌었고, 여보, 이젠 나도 젊은 여자가 아냐. 신들에게 내가 나이 들어 불임이 되기 전에 당신을 돌려보내 달라고 빌었어. 어쩌면 내 기도가 응답받은 건지, 소문이 그리스 전역에 퍼져 우리가 사는 외진 바위 땅까지 들어왔어. 마침내 전쟁이 끝났다는 거야. 정말이야? 나는 묻기조차 두려워. 하지만 파수꾼이 봉화대에 불을 밝혀 언덕 꼭대기에서 꼭대기로 소식을 전했대. 마침내 그리스군이 승리했다고. 오딧세우스 당신도 승리에 한몫했겠지. 나는 텔레마코스한테 네 아버지는 세상에서 가장 똑똑한 남자라고 얘기해. 에우마이오스보다 똑똑해요? 텔레마코스가 물어. 당신을 모욕하려고 하는 말은 아냐. 얘가 에우마이오스를 엄청 따르거든. 내가 대답했지. 그래, 아버지는 돼지치기 에우마이오스보다 더 똑똑해. 엄마보다도 똑똑해요? 텔레마코스가 묻지. 아냐, 아가. 내가 말해. 엄마만큼 똑똑하진 않아. 그런 다음에 텔레마코스가 그걸 어떻게 아느냐고 묻지 못하게 나는 텔레마코스를 마구 간지럽히지.

하지만 만약에 텔레마코스가 묻는다면, 그래서 대답해야 한다면 이렇게 말할 거야. 나라면 내가 미치지 않았다는 걸 들키지도 않았을 거고, 내 예쁜 아들을 다치게 하지도 않았을 거라고. 나라면 내 발에다 쟁기를 박아 발을 쪼개서 우리 아들을 무사히 지키고 아르고스 놈들이 나를 데려가지도 못하게 했을 거야. 엄청나게 아프겠지만 그건 잠깐이니까. 그 사람들도 자기 발을 베는 사람이라면 미친 사람이 틀림없다고 생각했을 거야. 설령 일부러 한 짓이 아닐까 의심했더라도, 발에서 피를 줄줄 흘리는 사람을 배에 태우고 갈 수는 없었겠지. 제 발로 서지도 못하는 사람이 어떻게 전쟁에 나가겠어.

사실 이미 지나간 일을 두고 이렇다 저렇다 똑똑한 소리를 하기는 쉬워. 말했듯이 그 일에 대해 당신을 원망하지는 않았어. 지금도 그래. 그 인간들이 몰려와서 당신의 일거수일투족을 지켜보는 상황에서 당신은 최선을 다한 거지. 거의 성공할 뻔하기도 했고. 하지만 당신은 집을 떠난 지 너무 오래됐어, 오딧세우스. 이제 돌아올 때가 됐어.

당신의 사랑하는 아내,

페넬로페

9

트로이아의 여인들

밀물이 들어올 때 헤카베는 눈을 가늘게 뜨고 해를 보았다. 여자들이 아직도 헤카베 주위에 모여 있었다. 제각각 나뉘어 끌려가기 전까지는 여전히 헤카베가 그들의 왕비였다. 경비병이 강에 가서 물을 떠 오도록 허락해 주어, 찌그러진 그릇이든 뭐든 물을 담을 수 있는 뭔가가 있으면 물을 떠 올 수 있었다. 한밤중에 연기를 뚫고 집을 빠져나올 때 찌그러진 잔 하나를 줍고 안 줍고에 따라 갈증에 시달릴지 아닐지가 정해지리란 걸 누가 알았으랴? 헤카베한테 물그릇이 없는 걸 보고 젊은 여자 하나가 자기 잔을 왕비에게 주고 자기는 조용히 언니와 물을 나누어 먹었다. 헤카베는 고맙다는 말 없이 잔을 받았다.

헤카베가 경비병들에게 여자들이 먹을 음식을 갖다 달라고 말했지만 비웃음만 당했다. 어쨌거나 얼마 뒤에는 곡물 가루 한 자루와 찌그러진 솥단지 하나, 불을 피울 나뭇가지 몇 개가 배달되었다. 안드로마케는 아기를 가슴에 띠로 묶고 불을 지폈다. 손이 빨라서 금세 불을 피울 수 있었다. 폴릭세네는 물을 더 떠 올 수 있게 허락을 받았다. 경비병들도 폴릭세네가 달아나지 않을 거란 걸 알았다. 늙은 어머니가 바닷가에 저리 앉아 있는데 어떻게 달아나겠나? 여자들은 묽은 수프를 만들었다. 맛을 낼 재료라고는 바닷가에 똬리를 틀고 있는 굵고 축축한 밧줄 같은 찝찔한 바다풀밖에 없었다. 여자들은 불평 없이 먹었다. 경비병이 나중에 깜부기불에 묻어 빵을 만들 수 있게 곡물을 갖다주겠다고 했다. 헤카베는 경비병에게 언제까지 바위투성이 바닷가에서 옷가지가 찢어진 채 노숙해야 하냐고 묻고 싶었으나, 어떤 대답을 듣든 자기가 듣고 싶은 대답은 아니란 걸 알았다.

자기 백성들을 보는 건 이번이 마지막일 거였다. 그리스군은 약탈을 마치면 바닷가에서 멀지 않은 야영지로 돌아올 것이다. 자기들끼리 논쟁을 할 테고, 어쩌면 원로 한 명이 결정을 내릴 테고, 지위에 따라 여러 그리스 부족 수장들에게 여자들이 할당될 것이다. 그러면 여자들 모두 가족, 친구, 이웃과 헤어져 모르는 언어로 말하는 낯선 사람의 소유물이 되어 떠나야 했다. 헤카베는 그리스어를 조금 알았지만 그 사실이 알려지길 바라지는 않았다. 아마 자기 말고도 한두 명은 그리스어를 알 듯했다. 그러나 도시가 약탈당하면 그 안에 있는 모든 것이 파괴되기 마련이다. 언어까지도.

헤카베의 정신이 속임수를 부렸다. 만약 이 여자들 중 한 명과 함께 있을 수 있다면 누굴 골라야 하나? 행여 그런 소원이 이뤄질 수 있으리라는 듯이. 헤카베는 식구들을 보면서 어쨌거나 그 질문은 답이 빤하다는 생각을 했다. 혈육이 아니니 안드로마케는 아니었다. 자기가 가장 사랑하는 아들의 좋은 아내이자 손자도 낳아 준 며느리라 상당히 좋아하긴 했지만. 딸 카산드라는, 광기가 덮친 이후로 그저 골칫덩이였고 제 어미를 물어뜯는 등에 같았다. 어릴 때는 정말 사랑스러운 아이였던 걸 헤카베는 기억했다. 검댕처럼 새카만 머리카락에 조수웅덩이처럼 깊은 눈. 형제자매들과 넓은 돌바닥 홀에서 뛰어다녔고 관심을 한 몸에 받았다. 그러다가 어느 날 그 일이 일어났다. 아폴론 신전 입구에서 옷은 찢기고 머리카락은 헝클어진 채로 나온 것이다. 카산드라는 며칠 동안 말을 하지 못했다. 마치 입에서 말이 마구 나오려고 하는데 어떻게 말을 만들어야 하는지 모르는 것처럼 더듬거리고 버벅거렸다. 그러다가 마침내 다시 말할 수 있게 되어 아기 때부터 돌봐 온 유모에게 말을 늘어놓기 시작했지만, 완전히 횡설수설이었다. 카산드라는 끔찍한 이야기를 연달아 했다. 재앙이 닥치고 또 다른 재앙이 닥치고 또 닥치는 이야기. 사방을 보며 죽음과 파괴를 예언하는 카산드라의 말을 참고 들어 줄 사람은 아무도 없었다. 헤카베는 시간이 지나면 가라앉겠거니 생각하며 카산드라를 방에 가두었다. 도시가 불길에 휩싸이고 무수히 많은 사람이 성벽 안팎에서 죽임을 당하는 이야기를 굳이 들을 필요는 없었다. 그런데 노예들이 카산드라의 시중을 들지 않겠다고 했다. 회초리로 때리겠다고 해도 소용이 없었다. 카산드라가 노예들에게, 그들의 부모나 자식에게 죽음이 닥칠 것이라는 말을 해 댔던 것이다. 말도 안 되는 소리였고 정신 나간 여자가 하는 말이라 아무도 귀담아듣지 않았으나 어쨌거나 그런 소리를 들으면 마음이 불편했다. 어느 날은 카산드라가 비명을 지르며 울부짖기를…… 헤카베의 생각이 멈췄다. 뭐라고 했는지 기억나지 않았다. 카산드라는 언제나 그러듯 히스테리를 부리고 있었다. 무슨 내용인지는 중요하지 않고, 아무튼 헤카베가 손을 뻗어 카산드라의 뺨을 세게 때렸다. 카산드라는 헤카베의 손목을 잡고 붙든 채로 소리를 질렀다. 그러자 헤카베는 왼손으로 또 때렸고 결국 딸의 두 뺨에 붉은색 손자국이 생겼다. 오른뺨은 헤카베 손가락의 굵은 금가락지 때문에 더 깊이 패었다.

적어도 그날 이후로는 카산드라가 저주와 광기의 말을 좀 더 작은 소리로 내뱉었다. 식구들이나 노예들이나 여전히 카산드라를 보며 저주의 눈빛을 막는 동작을 하곤 했으나, 그래도 이제는 무시하기가 한결 쉬웠다. 여자들이 자기가 어디로 누구에게로 갈지 모르는 채로 기다리고 있는 지금도, 카산드라는 웅얼거리기만 할 뿐 분명히 말하지 않았다. 차마 말할 수가 없었다.

그래서 헤카베는 만약에 한 명을 골라 앞으로 같이 살 수 있다면, 폴릭세네를 택하리란 걸 알았다. 헤카베의 가장 아름다운 딸. 막내, 다른 트로이아 여자들과 달리 머리카락이 금빛인 아이. 사람들은 여신이 축복하여 이런 미모를 내려 주었나 보다고 말하곤 했으나 폴릭세네는 자만하는 법이 없었다. 폴릭세네는 착하고 사려 깊었고 누구에게나 사랑받았다. 헤카베는 과연 누가 이 아이를 데려갈까 생각하며 몸을 부르르 떨었다. 폴릭세네의 아버지 프리아모스가 제단에 매달린 채 성소 안이니 목숨만은 살려 달라고 애원하는데도 베어 버린 도살자 네오프톨레모스? 교활한 오딧세우스? 멍청한 메넬라오스?

헤카베는 아무 말도 하지 않았으나 폴릭세네가 엄마의 생각을 읽기라도 한 듯 갑자기 동요했다. 폴릭세네는 두 팔을 머리 위로 뻗으며 쭈그린 자세로 엉덩이를 들었다. "그 아마조네스는 아니었던 것 같아요." 폴릭세네가 말했다. 헤카베는 짜증이 튀어나오려는 걸 꾹 눌렀다. 이미 하는 말마다 헛소리인 딸이 있는데 또 생기는 건 원하지 않았다.

"뭐가 아마조네스가 아니었다는 거야?" 안드로마케가 조용히 물었다. 드디어 안드로마케의 입이 떨어졌다. 하지만 자고 있는 아기를 깨우지 않으려고 목소리를 낮췄다. 아기가 깨면 배고파 울 텐데, 아기한테 먹일 거라곤 우유를 넣은 암죽 조금밖에 없었다. "펜테실레이아가 죽어서 트로이아가 무너진 게 아니라고요." 폴릭세네가 말했다. "신들이 원해서 이렇게 된 거예요. 전에 거의 이길 뻔한 적이 있었잖아요? 그런데 신들이 마음을 바꾼 거예요. 그런 마당에 아마조네스가 전세를 바꿀 수는 없죠."

"전에?"

"그자들이 사제의 딸을 잡아갔을 때 말이에요. 리르네소스 여자하고요."

10
브리세이스와 크리세이스

어느 사제의 딸이냐고 물을 필요가 없었다. 트로이아에는 사제도 많고 딸들도 많았지만. 누군가가 사제의 딸을 입에 올린다면 그건 언제나 크리세스의 딸 크리세이스였다. 포위된 도시에서 빠져나갈 만큼 약삭빠르고, 그랬다가 그리스군에게 잡힐 만큼 무모한 딸이 크리세이스 말고 또 누가 있겠나?

그리스 군인들이 양치기 소년을 창으로 찔렀다. 크리세이스가 몰래 성 밖으로 빠져나가 만나곤 하던, 산지 구릉에서 양 떼를 돌보던 소년이었다. 소년은 달이 환한 밤에 돌아다니다가 그리스군에게 들켜서 군인들이 자기를 죽이고 양을 빼앗아 갈까 봐 늘 두려움에 떨었다. 하지만 크리세이스에게 그런 불안감을 드러낸 적은 없었다. 원래 수줍음이 많은 소년인 데다가, 겁이라고는 모르는 것 같은 여자아이

앞에서 겁먹은 모습을 보이고 싶지 않았기 때문이었다. 그리하여 마침내 어느 날 밤 두 사람이 새 둥지를 찾아다니는 족제비처럼 성벽 주위를 돌며 사냥하던 그리스 정찰병 둘에게 발각되었을 때, 다음에 일어난 일은 크리세이스가 전혀 예상하지 못한 것이었다.

양치기 소년이 두려워했던 대로 정찰병은 소년을 죽였다. 그러나 크리세이스는 소년의 가슴에서 피가 솟는 것을 보지 못했다. 사방이 캄캄했고 정찰병이 덮치면서 크리세이스가 들고 있던 횃불을 쳐서 떨어뜨렸다. 땅바닥이 젖어 있어서 불이 바로 꺼졌다. 남자들이 끈적한 손으로 크리세이스의 몸과 옷을 붙들고 주둔지로 끌고 갔다. 크리세이스는 무서웠지만 소리를 지르지는 않았다. 미친 생각이지만 그리스군에게 죽임을 당하는 것보다 트로이아 사람들한테 들키는 게 더 겁났기 때문이다. 크리세이스는 양치기 소년의 부드럽고 달콤한 입술을 생각했고 다시 그 입술에 입을 맞추지 못할 거라는 생각을 하자 갑자기 옆구리가 뒤틀리듯 아팠다.

군인들이 크리세이스를 도시에서 멀리 바닷가를 향해 끌고 갈 때 크리세이스는 트로이아 성채에 있는 아폴론 신전에서 타오르는 신성한 불꽃을 보았다. 아버지가 아폴론 신께 경배를 드리고 있을 시간이었다. 자기가 아버지를 저버렸다는 생각이 들자 양치기 소년을 잃고 느낀 아픔이 두 배로 커지는 것 같았다.

등판이 넓고 머리카락이 검은 크리세스는 아폴론 신의 사제였다. 크리세스의 아내는 딸을 낳다가 세상을 뜨고 말았다. 산고를 겪으며 아내의 생명이 조금씩 꺼지는 듯하더니 멈춰 버리고 말았다. 수척하고 파리한 얼굴로, 창백한 뺨에 엉킨 머리카락이 들러붙은 채로, 아내는 딸이 태어난 지 하루도 채 되지 않아 세상을 떴다. 상심한 남자는 아이를 돌보고 싶은 마음이 전혀 없었고, 이름도 지어 주지 않고 아이를 유모에게 맡겼다. 아기를 먹여서 살리라는 건지 아니면 이대로 죽도록 이데산 비탈에 버리라는 건지도 말해 주지 않았다. 마침내 크리세스가 슬픔을 가라앉히고 딸을 대면할 수 있게 되었을 때, 아기는 다른 사람들이 지어 준 이름으로 불리고 있었다. 크리세스의 딸 크리세이스.

크리세이스는 엄마를 닮았다. 갈색 머리카락이 어깨 위로 흘러내렸고 눈동자는 거의 까만색이었다. 피부색은 금빛이고 무용수처럼 사뿐사뿐 걸었다. 다만 어머니는 인내심 있고 순종적인 여자로 한 손에는 베틀 북을, 한 손에는 양모를 들고 늘 자기 자리를 지켰으나 크리세이스는 당나귀처럼 고집이 셌다. 다들 크리세이스가 아기일 때 말썽꾸러기 귀신이 들었나 보다고 했다. 그게 아니라면 어째서 성안에서 말썽이 일어날 때마다 크리세이스가 늘 거기에 끼어 있는지 설명할 도리가 없었기 때문이다.

그런데 크리세이스는 이제 성 밖에서 궁지에 빠졌다. 트로이아에서 포위가 시작된 뒤에 태어나서 자란 아이들은 다른 삶이 있다는 걸 아예 몰랐다. 그런데 전쟁 10년째에 열여섯 살이 된 크리세이스에게 도시는 집이자 감옥이었다. 크리세이스는 폴릭세네 같은 프리아모스의 딸들과는 달리 갇혀 있기를 거부했다. 도시에는 여기저기 비밀 통로가 있어서, 그걸 찾아낼 만큼 대담하고 모험심 있는 여자아이라면 그 길을 통해 아래쪽 평야로 나갈 수 있었다. 크리세이스는 몰랐다.

트로이아의 다른 젊은이들은 도시 밖으로 나갈 생각이 없다는 것, 몰라서 그 통로를 이용하지 않는 게 아니라 밖이 무서워서 안 나간다는 것을.

아버지가 종일 가 있는 아폴론 신전 뒤쪽에 성벽 아래로 뚫린 비밀 통로가 있었다. 크리세이스는 그 길로 빠져나가 양치기 소년을 만났다. 입술이 부드러운 소년을 생각하자 다시 슬픔이 솟았고, 한편으로는 신을 섬긴답시고 재간둥이 딸을 심심하게 혼자 몇 시간이고 신전 밖에 방치해 둔 아버지에 대한 원망이 치밀었다. 딸이 말썽을 부리리란 걸 아버지도 알았을 것이다. 늘 그랬으니까. 크리세이스는 어릴 때 대사제에게 맞은 적이 있었다. 제물로 바치려고 신전 경내 밖에 매어 둔 새끼 염소를 데리고 놀았다는 이유였다. 이건 애완동물이 아니야, 대사제가 소리치며 커다란 손바닥으로 크리세이스의 뺨과 팔을 때렸다. 신성한 짐승을 감히 코 묻은 손으로 더럽히려 하다니? 아버지는 옆에서 그자가 딸을 때리는 걸 보고만 있었다. 크리세이스는 나중에 아버지 표정이 무슨 의미였을지 곰곰이 생각해 보았는데, 아무래도 자기가 아버지를 부끄럽게 만들어 당혹스러워했던 것이라고 결론을 내렸다. 그런데도 아버지는 크리세이스를 혼자 놀게 내버려두었다. 말썽을 일으킬 것을 빤히 알면서도. 또 다른 감정이 크리세이스를 덮쳐 왔다. 어쩌면 아버지는 자기가 어떻게 되든 상관 않으리라는 생각. 어쩌면 아버지의 인내심을 너무 자주 시험한 것 같기도, 아버지를 너무 부끄럽게 한 것 같기도 했다.

크리세이스는 그리스 정찰병들을 따돌리고 도망쳐 볼까 하는 생각도 했다. 둘 다 자기보다 빠를 것 같지는 않았다. 그렇지만 아버지가 자기를 보고 얼마나 실망한 표정을 지을지, 자기가 이보다 사소한 잘못을 저질렀을 때 아버지가 얼마나 수치스러워했는지를 생각하자, 차마 달아날 생각이 들지 않았다. 이런 생각을 하다가 크리세이스의 걸음이 자기도 모르게 느려지는 바람에 그리스 병사 하나가 크리세이스의 허리를 찌르며 살을 움켜잡았고 크리세이스가 비명을 지르자 낄낄 웃었다.

아버지를 속상하게 하는 일을 자기가 세상 무엇보다도 두려워한다는 사실을 크리세이스는 깨달았다. 비밀 통로를 발견한 이래로 크리세이스는 평원 가장자리나 산 아래쪽을 숱하게 탐험하며 돌아다녔고, 트로이아 파수꾼이든 누구든 크리세스에게 이를 만한 사람에게 들키지 않으려고 나무 뒤 바위 뒤로 숨어다녔다. 그리스군에게 잡힐 수도 있다는 것, 그 자리에서 죽임을 당할 수도 있다는 것, 발아래 드문드문 돋은 풀을 피로 물들이게 될 수도 있다는 건 한 번도 생각해 보지 못했다. 그리스군에게 산 채로 잡히는 게 그리스군에게 죽임을 당하는 것보다 더 끔찍할 수 있다는 것도 생각해 보지 못했다.

주둔지가 가까워지자 남자들의 고함과 실랑이 소리가 들려 왔으나 뭐라고 하는지는 거의 알아들을 수가 없었다. 저 사람들은 다른 언어를 쓰는 걸까, 아니면 사투리가 심한 걸까? 알 수 없었다. 다들 무기를 들고 갑옷을 입고 있었다. 금속과 금속이 부딪히는 소리가 너무 시끄러워 치통이 느껴졌다. 경비병이 크리세이스를 막사로 끌고 가 거칠게 안으로 밀어 넣었다. 크리세이스는 가물가물 타는 횃불에 눈을 끔벅이며 외투로 몸을 단단히 감쌌다. 막사 안에는 다른 잡혀 온 여자들이 가득했다. 추위를 피하려는 듯 서로 어깨를 감싸고 옹기종기 모여 앉아 있었다. 크리세이스는 혹시 아는 사람이 있지 않을까 싶어 사람들을 훑어보았다. 그러나 크리세이스의 친구나 친척들은 모두 성벽 안에, 원래 크리세이스가 있어야 할 곳에 안전히 있었다. 이 여자들은 모르는 사람들이었고 아무도 크리세이스에게 말을 걸지 않았다.

크리세이스의 시선이 다른 사람들과 조금 떨어져 있는, 키가 크고 날씬하고 눈이 파랗게 빛나는 여자에게로 갔다. 머리카락은 마치 금에 불빛이 비치듯 신비롭게 반짝였고 피부는 창백했다. 아버지가 섬기는 아폴론 신전 근처 아르테미스 신전에 있는 금과 상아로 만든 아르테미스 조상하고 닮은 모습이었다. 다만 그 조각상은 장인이 돌에 금을 입히고 옷에 색을 칠하고 얼굴에 상아를 얇게 입히고 눈에는 청금석을 박아서 만든 것이었다. 크리세이스는 그처럼 아름다운 것은 세상에 없을 거라고 생각했었는데, 이 여자를 보니 그 조각상은 이 여자의 닮은 꼴이나 모방품에 지나지 않았다. 사제의 딸은 이 금과 상아로 만든 것 같은 여자 곁에 있기만 하면 아무 문제가 없을 듯한 생각이 들었고, 여자의 금빛 머리카락을 만지고 싶은 충동을 억누르며 여자 쪽으로 다가갔다.

"어디에서 잡혔어?" 다른 여자 한 명이 물었다. 여자 뒤쪽에서 불이 가물거리고 있어 사람의 윤곽밖에는 보이지 않았다. 크리세이스가 여자가 하는 말을 알아들을 수 있다는 걸 깨닫기까지 잠시 시간이 걸렸다. 억양이 강했지만 같은 언어였다.

"평원 가장자리에서요." 크리세이스가 답했다. "산기슭에서요."

키 큰 여자는 표정 변화가 없었다. 그림자처럼 보이는 여자가 고개를 돌려 크리세이스를 마주 보았다. 횃불이 여자의 동공에 반사되는 것밖에 보이지 않았으나 그래도 화가 났다는 걸 알 수 있었다. "넌 양치기가 아니구나." 여자가 말했다. "누가 봐도 한눈에 알겠어. 도시 안에서 왔지? 어쩌다 밖에서 잡혔어?"

크리세이스는 할 말이 없었다. "다른 분들은 어디에서 잡히셨어요?" 크리세이스는 대답 대신 질문을 했다.

"리르네소스." 여자가 말했다. "여기는 다 리르네소스 아니면 테베(헤라클레스가 트로이아 인근에 세웠던 도시 국가. 보이오니아에 위치한 테바이와는 별개의 지역이다—옮긴이)에서 잡혀 왔어."

크리세이스는 멈칫했다. "가까운 곳이에요?"

여자가 코웃음을 쳤다. "트로이아성 밖으로 나와 본 적이 없구나, 그렇지?" 크리세이스는 도시를 빠져나와 돌아다니곤 했단 이야기를 굳이 하지는 않았다. 이 여자들이 트로이아에 있는 친구들처럼 크리세이스의 모험 정신에 감탄하진 않을 테니까.

"그랬겠지." 여자가 말을 이었다. "리르네소스는 여기에서 말을 타고 하루 열심히 달리면 나와. 그리스군이 원정 습격을 왔지. 그 오랜 세월 너희의 호두처럼 단단한 성을 깨려다 실패했으니. 다른 먹잇감이 필요했어. 여기에서 리르네소스 사이에 있는 마을을 싹 다 약탈했어." 여자의 목소리가 누그러졌다. "그들이 휩쓸고 약탈하는 마을 이름이 너한테 생소한 것도 그럴 만하지. 한해 한해 지나면서 점점 더 그물을 넓게 치고 있거든. 자기 것이 아닌 것을 전부 빼앗고 가져갈 수 없는 것은 전부 불태우지 않으면 만족 못 하는 놈들이니까."

"아주머니 마을에 그렇게 했어요? 약탈하고 태웠어요? 남자들이 지켜 주지 않았어요?" 크리세이스가 물었다. 도대체 어떤 남자들이 여자들을 지켜 주지 않고 버린단 말인가? 자기 아버지를 포함한 트로이아 전사들이 이 여자들의 남편들, 아들들보다는 훨씬 용감한 모양이었다.

"어떤 남자들?" 여자가 되물었다. "그놈들이 우리 남자들을 다 죽여 버렸어."

"전부요?" 크리세이스가 말했다. 크리세이스는 아버지한테서 그리스군이 다른 군인보다 전투에서 뛰어나지 않다는 말을 숱하게 들었다. 더 용감하지도, 더 강하지도 않고 신들의 총애를 받는 것도 아니라고. 아버지 말이 거짓이었나?

"성에 갇혀 있어서 모르는 게 많구나?" 여자가 말했다. "그게 그리스군이 하는 짓이야. 남자들을 죽이고 여자와 아이는 노예로 삼지. 반도 전역에서 그 짓을 했어. 트로이아도 그렇게 될 거야. 운명이 명한 날이 되면." 크리세이스는 고개를 흔들었다. 그런 날이 올 리가 없었다. 아버지가 매일 아침 아폴론 신에게 제사를 올리고 제물을 바쳤고, 아버지뿐 아니라 도시 전역에 있는 신전에서 여러 사제들이 모든 신에게 제를 드렸다. 이토록 충실한 종이 가득한 트로이아를 신들이 저버릴 리가 없었다. 그럴 순 없었다. "너네 성벽이 그놈들을 영원히 막아 줄 순 없어." 여자가 덧붙였다. "잡혀 온 트로이아 여자가 네가 처음일 수도 있겠다만 네가 마지막은 아닐 거야. 저자들이 네 언니들과 엄마를 잡으러 가면"—크리세이스는 언니도 엄마도 없었지만 굳이 반박하지 않았다—"너네 남자들도 우리 남자들만큼 쓸모가 없을 거야. 죽어서 바닥에 쓰러진 군인은 싸울 수 없지. 그리스군이 우리보다 훨씬 많아서 어떻게 해볼 수도 없었어. 그자들은 그냥 군대가 아니야. 역병이야."

"고인을 애도하며 조의를 표합니다." 크리세이스는 아버지가 수없이 하던 말을 따라서 이렇게 말했다.

여자는 무뚝뚝하게 고개를 끄덕였다. "우리한테만 일어날 일이 아냐." 여자가 말했다. "애도는 네 식구를 위해 남겨 둬."

크리세이스는 고개를 돌렸고 자기도 모르게 파란 눈에 키 큰 여자를 빤히 보고 있었다. "고인을 애도하며 조의를 표합니다." 크리세이스가 또 말했다.

그제야 금발 조각상 같은 여자가 시선을 내려 처음으로 크리세이스를 쳐다보는 듯했다. "고마워요." 여자가 말했다. 목소리가 낮고 부드러웠고, 방금 전까지 이야기하던 여자처럼 거친 억양이 아니었다.

"옆에 앉아도 돼요?" 크리세이스가 물었다.

그림자 속에 있는 여자가 조각상 여자 대신 대답했다. "어디든 앉고 싶은 데 앉아도 돼. 아침이 되면 우릴 나눠 가질 텐데. 그때까지 어디 있든 달라질 게 없어."

"오늘 밤만이라도요." 크리세이스가 말했다. 크리세이스는 이 소원 하나가 이루어진다면 자기 운명이 조금이라도 나아질 거라고 굳게 믿었다. "저한테는 아무도 없어요." 크리세이스가 덧붙였다.

조각상이 자기 옆 땅바닥을 손으로 두드렸고 둘은 나란히 앉았다. "나도 아무도 없어." 여자가 조용히 말했다.

"아무도요?" 크리세이스가 물었다. 너무나 어울리지 않는 일이지만 크리세이스의 마음에 따스한 감정이 번졌다. 이 여자도 혼자라면,

말은 안 되지만 어쩐지 크리세이스도 덜 외로울 것 같았다. 여자가 고개를 끄덕였다. 가까이에서 보니 피부에 돋은 금빛 솜털이 보였고 이제는 조각상처럼 느껴지지 않았다.

“그자가 전부 다 죽였어.” 여자가 대답했다. “남편, 아버지, 남자 형제 셋. 우리 집을 지키려고 싸웠는데 그자가 와서 밀 줄기 베듯 베어버렸어.” 노래하는 듯한 목소리라 끔찍한 이야기인데도 크리세이스는 희한하게도 이게 시이겠거니, 다른 여자 혹은 다른 가족의 이야기겠거니 하는 생각이 들었다. 이 여자가 그토록 끔찍한 일을 겪었다고는 생각할 수 없었다.

“순식간이었지. 식구들이 무장하고 싸울 준비를 하고 서 있었어. 그런데 다음 순간에는 쓰러져 있었어. 전부 동시에. 처음에는 무슨 속임수를 부리는 줄 알았어. 그렇게 잠시 세상이 멈춘 것 같더니, 몸 아래 피가 번지기 시작했지.”

양치기 소년도 그렇게 되었을까? 순간 멈췄다가 쏟아졌을까? 크리세이스는 여자의 말을 끊을 수가 없었다. 여자는 그토록 많은 것을 잃었는데 그에 비하면 크리세이스가 잃은 것은 아무것도 아니었다. 그저 한 소년, 오늘 밤, 여전히 따스한 기억으로 남아 있는, 자기 손목을 잡던 그 손의 온기. 핑 도는 눈물을 느꼈지만 꾹 눌렀다. 여자가 자기 이야기를 계속하지 못하게 방해하고 싶지는 않았다.

“한순간 전만 해도 살아 있었는데. 곧 피가 고이기 시작하는데, 어찌나 많이 나오는지, 그렇게 많이 나오리라곤 상상도 못 했어. 그자가 전부 죽였어. 사람들이 하던 말이 허풍이 아니었어. 내 가족을 전부 잃었구나 생각하고 있는데, 머리가 하얗게 센 여자가 슬픔으로 정신을 잃고 미치광이처럼 그자의 말을 향해 달려들었어. 무기도 들고 있지 않았지. 뭘 하려고 했던 걸까? 그자를 말에서 끌어 내리고, 죽이고, 자기도 죽으려고 했을까? 말은 흔들림도 없이 앞으로 나아갔지. 그자가 오른쪽으로 살짝 몸을 숙였고 칼을 든 팔을 거의 움직이지도 않은 것 같았는데 여자도 목을 베여 땅에 쓰러졌어. 처음에는 그가 죽인 사람이 우리 어머니란 것도 몰랐어. 우리 어머니가, 죽은 남편과 자식들 옆 딱딱한 마른 땅에 누워 있는 거야. 그러니 나한테 아무도 없다는 말이 정말이란 걸 알겠지. 나는 식구들 몸 위에 흙 한 줌 뿌리기도 전에 잡혔어. 흙 한 줌도 못 뿌렸지." 크리세이스는 여자를 빤히 보았다. 눈이 부어 있지도 머리카락이 뜯겨 있지도 옷이 찢어지지도 않았다. 여자는 크리세이스가 무얼 보는지 알아차리고 고개를 끄덕였다. "그자들 앞에서 슬픔을 드러내지 않을 거야." 여자가 말했다. "그것만은 줄 수 없어. 혼자 있을 때 내 가족을 위해 울 거야."

"혼자 있을 수가 없으면요?" 크리세이스가 물었다.

"그러면 한밤중 가장 어두울 때 울어야지. 아무도 볼 수 없을 때." 여자가 말했다. "네 이름이 뭐니?"

"크리세이스." 사제의 딸이 말했다. "언니는요?"

"브리세이스." 파란 눈의 여자가 말했다.

크리세이스가 브리세이스와 등을 맞대고 웅크리고 누워 있는 사이에 하늘이 밝아지기 시작했다. 크리세이스는 한잠도 못 잤다. 이렇게 많은 여자들하고 같이 있기는 처음이었다. 어머니를 일찍 여읜 크

리세이스는 텅 빈 집에 혼자 있을 때가 많았다. 엄마가 있었으면 좋겠다고 생각한 만큼이나 자매가 있었으면 하고 간절하게 바라곤 했었다. 크리세이스는 밤새 브리세이스의 가족을 생각했다. 시신이 그대로 버려졌으니 영혼이 레테 강가에서 헤매고 있을 터였다. 누군가가 그들을 불쌍히 여기고 흙 몇 줌이라도 위에 뿌려 주기 전에는 뱃사공에게 줄 게 아무것도 없어 강을 건너 지하세계로 갈 수가 없었다. 얼마나 오래 기다려야 강을 건널 수 있을까?

그러나 브리세이스는 자기 말을 지켰다. 울지도 흐느끼지도 않았다. 그냥 망토를 바닥에 펼쳤다. 그리고 그 위를 손바닥으로 두드렸다. 크리세이스가 누울 자리도 있다는 뜻으로. 크리세이스는 여자 옆에 누워 몸에서 뿜어 나오는 온기를 느꼈다. 금빛 머리카락에서 약초 냄새와 크리세이스가 모르는 무언가의 냄새가 났다. 동물 냄새인데 마음을 달래 주었다.

전날 밤 말을 많이 했던 여자가—크리세이스는 그 사람의 이름은 끝내 못 알아냈다—그리스군에게 곡물 가루와 물을 받았다. 여자가 아무 맛이 없는 미지근한 국을 끓였고 크리세이스도 먹었다. 군인 둘이 와서 천막 문을 열어젖히며 모두 밖으로 나오라고 했을 때는 차라리 마음이 놓였다. 이제 기다리는 일이 끝났기 때문이었다.

경비병이 여자들을 한 줄로 세웠다. 그들에게는 뭔가 순서가 중요한 것 같았으나 여자들에게는 아무 의미 없었다. 경비병끼리 누가 왼쪽으로 가야 할지 오른쪽으로 가야 할지를 두고 논쟁했다. 나이 많은 여자들은 크리세이스와 반대편으로 가길래 처음에는 나이순으로 세운 것인가 했다. 그런데 꼭 그런 것은 아니었다. 크리세이스만큼 어려 보이는 여자가 둘 더 있었는데도, 브리세이스가 크리세이스의 바로 옆에 있었다. 한참 더 밀쳐지고 당겨진 끝에 크리세이스는 줄 가장 끄트머리에 가게 되었다. 군인들이 하는 말 몇 마디는 알았지만 목소리가 거칠고 말이 빨라서 그 이상은 알아듣기 힘들었다.

대신 크리세이스는 주위를 훑어보았다. 숙영지가 양쪽으로 그리고 앞쪽 바닷가까지 뻗어 있었고, 바닷가에는 수년 전 그리스군이 타고 온 거대한 범선들이 있었다. 비바람에 망가진 더러운 막사가 옹기종기 모여 있고 여기저기 작은 우리 안에 굶주린 듯 보이는 소들이 있었다. 몸을 돌려 뒤쪽을 보니 숙영지 북쪽 면에 방비용 목책이 보였다. 뾰족한 나무 말뚝이 크리세이스의 도시를 화살처럼 겨누고 있었다. 경비병 한 명이 크리세이스의 팔뚝을 잡고 다른 여자들과 같은 방향을 보도록 거칠게 돌려세웠다. 그래도 크리세이스는 비명을 지르지 않았다. 속으로 자기 자제력에 브리세이스도 감탄했을 거라고 생각했다. 그렇게 많은 것을 잃은 여자가 침착을 유지할 수 있다면 크리세이스도 할 수 있었다.

한 줄로 서서 기다리는 여자들 위로 구름을 뚫고 나온 아침 햇살이 사정없이 내리쬐었다. 크리세이스는 한 줄로 선 여자들의 눈에서 공포를 보았다. 감추려 하지 않는 사람도 있었다. 줄줄 울면서 살을 쥐어뜯고 머리카락을 뽑았다. 크리세이스는 자기도 그럴 수 있으면 좋겠다고 생각했다. 곁에 없는 아버지를, 불쌍한 양치기 소년을 생각하며 울고 싶었다. 그렇지만 크리세이스는 이자들에게, 트로이아의 적에게 자신의 두려움을 드러내지 않을 생각이었다. 크리세이스는 아버지의 딸이니 어떤 그리스인 앞에서도 울지 않을 것이다.

마침내 전령이 뿔나팔을 입에 대고 소리를 냈다. 군인들은 한 번에 모이지 않고 사방에서 천천히 나타나 크리세이스 앞에 모였다. 복식이 같고 무기도 같고 고향도 같은 군인들끼리 무리를 지어 왔다. 크리세이스는 아버지가 아폴론 신에게 기도를 드리며 저주하던 그리스 부족들의 명단을 기억해 내려고 했다. 보이오티아인, 미르미돈인, 아르고스인, 아이톨리아인. 다들 트로이아인들처럼 전쟁에 지쳐 보였다. 얼굴과 팔에 흉터 자국이 생생했다. 눈에는 보이지 않는 부상으로 절뚝거리는 사람은 더 많았다.

크리세이스는 여자들 앞에 모인 그리스 병사들의 조롱기 어린 얼굴을 빤히 쳐다보았다. 그리고 고개를 들어 그들의 배를 보았다. 크리세이스도 이들 중 한 명에게 넘겨져 그리스로 끌려갈까? 생각조차 할 수 없는 일이지만 피할 수도 없는 일인 것 같았다. 트로이아가 아닌 곳으로 끌려가 다시는 고향을 볼 수도, 아는 사람을 만날 수 없으리란 생각은 차마 할 수가 없었다. 크리세이스는 배에 정신을 집중하고 바다를 건넌다는 건 어떤 일일까 생각했다. 평생 한 번도 배를 타고 바다로 나가 본 적이 없었다. 아니, 바닷가에 가 본 기억도 없었다. 크리세이스가 아기일 때 아버지가 바닷가로 데리고 갔었으려나? 사제의 법복을 입은 아버지가 얕은 물에서 노는 아기를 보고 있는 모습을 떠올려 봤지만 터무니없게 느껴졌다. 아버지가 수없이 말했듯이 크리세이스는 아버지를 실망시키려고 태어난 아이이고 그 예상을 벗어난 적이 없었다.

남자들 사이에서 웅성거리는 소리가 났다. 마지막으로 각 부족의 수장들이 도착한 모양이었다. 병사들보다 키가 더 크고 목과 팔도 더 굵어 보였다. 어쩌면 당당한 태도 때문에 그렇게 보이는지도 몰랐다. 옷도 무수히 꿰매고 덧댄 게 아니라 새 옷이었다. 브리세이스의 가족을 죽인 사람이 분명 이 중에 있을 거였다. 브리세이스에게 들은 바로는 대단한 전사, 엄청나게 속도가 빠르고 잔인한 사람임이 분명했다. 일반 사병일 리가 없었다. 누군지 알아내기 위해 전사들을 훑어보았다. 그러다 보니 저 수장들 하나하나 모두 지난 아홉 해 동안 크리세이스가 아는 누군가를 죽였으리란 생각이 떠올랐다. 사촌, 삼촌, 친구 아버지 등. 다 하나같이 악한일 텐데 이 중에서 더 나은 사람이 있으리라는 생각 자체가 말이 안 된다는 생각이 퍼뜩 들었다. 그래도 브리세이스를 위해서 기도할 수는 있었다. 크리세이스는 브리세이스가 자기 가족을 몰살한 자에게만은 가지 않기를 빌었다.

그런데 신들이 가까이에 있었더라도 크리세이스의 기도를 들어줄 생각은 없었던 모양이었다. 전령이 다른 그리스인들에 비해 느린 말씨로, 뒤쪽에 있는 사람들에게도 잘 들리도록 큰 소리로 외쳤다. 최근 습격에서 탁월한 성과를 올린 수장들에게 전리품이 수여될 것이라는 말이었다. 군인들이 환호했다.

“첫 번째로 미케나이의 왕, 아가멤논(이 책에서 미케나이의 왕이자 아르고스의 왕으로 나온다—옮긴이)에게.” 전령이 외쳤다.

군인들의 함성에 전령의 말이 묻혔는데, 모두가 동의한다는 뜻으로 소리치는 것은 아님을 크리세이스는 알아차렸다. 머리카락이 잿빛으로 셌고 이마 선이 V자형인 덩치 큰 남자가 바로 크리세이스 앞에 와서 섰다. 이자가 그리스군 가운데 가장 큰 권력을 가진 자였다. 왕 중의 왕, 트로이아 성채에 연인 파리스와 함께 있는 헬레네의 남편

메넬라오스의 형이었다. 트로이아를 상대로 전쟁을 벌이려고 그리스 군대를 소집한 사람이 바로 이 사람, 아가멤논이었다. 아가멤논은 손을 들어 아르고스인들의 환호를 진정시킨 다음 앞으로 한걸음 나왔다.

"아가멤논왕에게." 전령이 다시 말했다. "노예를 가장 먼저 선택할 권한을 드립니다."

아가멤논은 줄줄이 선 여자들을 제대로 쳐다보지도 않았다.

"얘로 하지." 아가멤논이 크리세이스 쪽으로 고갯짓을 하며 말했다. 누군가가 크리세이스를 뒤쪽에서 잡고 아르고스 왕 쪽으로 밀었다. 크리세이스가 비틀거리자 남자들이 웃었으나 크리세이스는 넘어지지 않고 몸을 일으켜 세웠다. 발에 찌릿한 통증을 느꼈지만 그래도 잠시나마 방금 자기를 차지한 뚱뚱한 늙은 남자한테서 눈을 뗄 수 있었던 게 다행이다 싶었다.

"가자." 아가멤논이 말했다. "아니, 잠깐." 아가멤논이 전령을 보고 말했다. "여자들을 다 할당한 다음 각자 숙소로 데려가지. 다른 이들이 누굴 고르는지 보고 싶군." 부하들이 다시 포효했다. 크리세이스는 자리로 돌아갔다.

"두 번째로," 전령이 외쳤다. "우리 중에서 가장 위대한 전사, 아킬레우스."

귀가 먹먹할 정도로 큰 소리가 울렸다. 이자가 군인들이 가장 사랑하는 사람이었다. 아가멤논의 얼굴을 보니, 아가멤논도 자기한테 보낸 환호는 형식적이었음을 알아차린 듯했다. 늙은 얼굴이—크리세이스는 아가멤논이 자기 아버지보다도 더 늙은 것을 보고 역겨움을 애써 억눌렀다—질투로 불타올랐다. 크리세이스는 가장 큰 함성이 울리는 쪽으로 눈을 돌렸다. 검은 옷을 입은 전사들 사이에서 앞으로 나오는 저자가 바로 트로이아인들에게 재앙과 같은 존재인 아킬레우스였다. 마치 신처럼 머리카락도 피부도 금빛이었다. 트로이아 사람들이 말하길 아킬레우스는 여신, 바다 님프의 아들이라고 했는데 그 말이 납득이 갔다. 입매에 잔인함이 어려 있음에도 불구하고 아름다웠다. 아킬레우스는 환호를 가라앉히려 하지도 않았다. 그냥 자기가 입을 열면 저절로 다들 조용해지리란 걸 알았다.

"그 옆 여자를 데려가겠소." 아킬레우스가 말했다. 아킬레우스는 옆에 서 있는 남자를 돌아보았다. 아킬레우스보다 키가 약간 작고 근육은 더 적고 머리카락 색은 더 어두웠으나 닮은꼴이었다. 그 남자가 고개를 끄덕였다. "노란 머리." 아킬레우스가 다시 확인했다. 아킬레우스의 부하들이 다시 환호했고 브리세이스는 들릴락 말락 신음을 냈다. 브리세이스의 입 쪽으로 귀를 가까이 대고 있던 크리세이스 말고는 아무도 그 소리를 듣지 못했을 것이다. 그러나 그 순간 크리세이스는 자기가 새 친구를 위해 올린 기도를 신들이 외면했음을 알았다. 바로 이 사람, 아킬레우스가 브리세이스의 눈앞에서 가족을 몰살시킨 사람이었다. 이제 브리세이스는 아킬레우스의 소유가 되었고 그걸 막기 위해 할 수 있는 일은 아무것도 없었다. 그럼에도 크리세이스는 울지 않았다. 브리세이스도 마찬가지였다. 두 사람 다 마치 활시위처럼 팽팽하게 당겨진 상태였으나 절대 끊기지 않을 것이다.

나머지 여자들과 그들 집에서 약탈해 온 산더미 같은 귀금속을 나누는 데 한참 시간이 걸렸다. 그러나 크리세이스의 귀에는 아무것도 들어오지 않았다. 크리세이스는 브리세이스의 손등에 손가락을 갖다 댔고 그렇게 두 사람은 작열하는 햇빛 아래에서 사람에서 물건으로 바뀌어 가고 있었다. 분배가 끝나자 경비병이 크리세이스에게 소리쳤고 크리세이스가 화들짝 놀라자 재미있어했다.

"천막에 짐이 있으면 지금 가져와." 경비병 한 사람이 말했다. 크리세이스가 가져올 게 아무것도 없다고 말하려는데 브리세이스가 크리세이스의 손을 잡으며 경비병에게 고개를 끄덕여 보였다. 두 사람은 어젯밤을 보낸 막사로 걸어 돌아갔다.

"난 챙길 게 없어요." 크리세이스가 말했다.

"있어. 이거." 브리세이스는 어제 깔고 잤던 망토를 뒤지더니 작은 가죽 주머니를 꺼냈다. "이거 받아. 그자가 술을 따라 달라고 하면 술잔에 이걸 넣어." 크리세이스는 멍한 눈으로 주머니를 보았다. "내 말 들었어?" 브리세이스가 손을 뻗어 친구의 팔을 흔들며 말했다. "와인에 한 자밤 넣어. 그자는 술에 꿀을 잔뜩 넣어 달게 먹으니까 맛을 못 느낄 거야. 중요한 일이야."

"그럼 어떻게 되는데요?" 크리세이스가 속삭이듯 물었다. "독이에요?"

브리세이스가 고개를 저었다. "먹으면……." 브리세이스가 말을 멈췄다. "너한테 관심이 없어질 거야. 아니면 불능이 되거나. 그렇게 되면 화를 낼 수도 있어. 널 때릴지도 모르고. 하지만 어쨌든 너를 범할 수는 없어. 알겠니?" 크리세이스가 고개를 끄덕였다. 브리세이스는 크리세이스의 가장 깊은 두려움을 크리세이스가 미처 떠올려 마주하기도 전에 알고 있었던 것이다. 크리세이스의 머리카락 한 가닥이 얼굴로 흘러내리자 브리세이스는 아무 생각 없이 손을 뻗어 머리카락을 귀 뒤로 넘겨 주었다.

"만약 그자가 심하게 화를 내면, 딸이 있냐고 물어봐." 브리세이스가 계속 말을 이었다. "딸 생각을 하면 우울해져. 그럼 널 다치게 하지 않을 거야."

"고마워요." 크리세이스가 말했다. "하지만 언니는요? 언니도 이게 필요하지 않아요?"

브리세이스가 어깨를 으쓱했다. "난 알아서 할게." 브리세이스가 말했다. "내 걱정은 안 해도 돼."

"다시 볼 수 있어요?" 크리세이스가 물었다.

"그럼. 주둔지가 그렇게 크진 않아. 남자들이 싸우러 자주 나갈 테니 그때 만나자. 아침에. 물가에서. 기억할 수 있겠어?"

크리세이스는 다시 고개를 끄덕였다. 브리세이스가 한 말을 한마디도 잊지 않을 생각이었다.

브리세이스는 가족을 몰살한 남자를 다섯 걸음 뒤에서 따라갔다. 발이 바닥에 닿을 때마다 상처 하나 없는 장딴지가—그 오랜 세월의 전투에도 불구하고 말도 안 되게 매끈했다—울끈불끈 도드라졌다. 키가 크고 어깨가 넓고 골반은 좁았다. 이두박근은 황소 허벅지만큼 굵었다. 그런데도 어찌나 가볍게 걷는지 걸을 때 부츠 가죽이 쓸리는 소리조차 나지 않았다. 그의 옆에서 걷는 남자는 그만큼 크지도 덩치가 좋지도 근육이 우락부락하지도 않았다. 머리카락은 더 짙어서 칙

칙한 갈색이었고 피부는 전쟁의 상흔으로 덮여 있었다. 오래전에 아문 상처가 여기저기 붉은 선으로 남아 있었다. 남자는 아킬레우스와 보조를 맞추기 위해 원래 자연스러운 걸음보다 보폭을 좀 더 벌려야 했다. 그 속도를 유지하려 애쓰면서 허리를 움찔거렸다. 그러면서 몇 걸음 갈 때마다 뒤를 돌아보며 브리세이스가 잘 따라오고 있는지 확인했다. 브리세이스가 도망갈까 봐 그랬을 리는 없었다. 아킬레우스의 부하 미르미돈인들이 사방을 둘러싸고 있었다. 그런데도 그는 고개를 돌려 브리세이스를 보고 다시 아킬레우스에게로 눈을 돌렸다.

"거만한 늙은 바보." 아킬레우스가 말하고 있었다. "초조해하는 게 역겨워. 절박함이 냄새로 느껴질 정도야."

"절박할 만하지." 작은 남자는 불안해하는 말을 진정시킬 때처럼 부드러운 목소리로 아킬레우스를 달랬다. "우리 모두 아는 사실을 그자도 아니까. 네가 그리스에서 가장 위대하다는 것. 질투심 때문에 죽을 지경일 거야. 속에서 천불이 나겠지."

아킬레우스가 고개를 끄덕였다. "얼마나 더 많이 죽여야 하는 거야?" 아킬레우스의 목소리가 갑자기 어린아이처럼 우는 소리가 되었다. "얼마나 죽여야 날 인정하냐고?"

"다들 널 인정해." 친구가 대답했다. 반박하려는 게 아니라 위로하려는 듯 느릿느릿한 말투였다. "아가멤논이 네가 자기보다 뛰어나다는 걸 인정하지 않으려는 건 놀랄 일이 아냐. 그걸 인정하고 나면 뭐가 남겠어?"

"얄팍한 자존심이 남겠지." 아킬레우스가 날카롭게 말했다. "그거면 그자에게 충분하지 않을까. 그자는 여신의 아들도 아니고 윗대로 거슬러 올라가 봐야 저주받은 혈통과 행운밖에 없어. 그런데도 근거 없는 자신감으로 잔뜩 가슴을 부풀리고 돌아다니고 내 검으로, 오직 나 혼자만의 힘으로 얻은 보물을 가장 먼저 골라가잖아."

친구는 아무 말도 하지 않았지만 브리세이스는 둘 사이에 긴장이 감도는 걸 느꼈다.

"혼자는 아니지." 아킬레우스가 말을 고쳤다.

"전리품은 대개 네 검으로 얻어 냈지." 친구가 웅얼거리듯 말했다.

"내 미르미돈 병사들이, 내 지휘에 따라 얻어 낸 거야." 아킬레우스가 덧붙였다.

브리세이스는 자기 도시에서 아킬레우스가 말을 타고 휘젓고 다니며 검을 휘둘러 미처 도망가지 못한 사람들을 모두 우수수 베어 버리는 것을 보았다. 늙은 아버지, 건장한 남편, 어린 동생들, 정신줄을 놓아 버린 어머니까지 차례로 베었다. 자기 적수나 되는지, 싸울 만한 능력이나 있는지는 고려하지 않았다. 숨 쉬는 것만큼이나 쉽게 리르네소스 사람들을 학살했다. 아킬레우스의 부하들은 오직 한 가지 분야에서만 쓸모가 있었다. 아킬레우스가 혼자 한바탕 학살을 저질러 차지한 보물과 여자들, 아이들을 한데 모으는 일이었다. 아킬레우스는 전투 실력이 부족한 친구의 비위를 맞추려고 애쓰는 한편, 친구는 아킬레우스를 진정시키려 하고 있다는 걸 브리세이스는 깨달았다. 참 희한한 일이었다. 서로에게 최대한 다정하게 대하려고 애쓰는 전사들이라니.

"그자는 엉뚱한 여자를 골랐어." 작은 남자가 웃었다.

아킬레우스가 친구를 돌아보았다. "당연하지." 아킬레우스가 말했다. “가장 끝에 있는 여자를 골랐지. 경비병들이 그렇게 세워 놓으면 그렇게 하게 되어 있어. 다른 사람들이 그 여자가 가장 아름답다고 판단하면 그대로 따라가지. 그자는 어떤 일이건 남들 의견을 따라가는 사람이니까. 심지어 여자를 고를 때도.”

“어째서 그런 순서로 세웠는지 모르겠어.” 친구가 말했다. “눈먼 남자라도 우리가 잡아 온 여자 중에서 저이가 가장 아름답다는 걸 알 텐데. 헬레네조차도 그 이상 완벽할 순 없을 것 같은데.”

아킬레우스는 다정한 표정을 지으며 웃었지만 브리세이스는 그 다정함이 거짓임을 알았다. “정말 모르겠어?” 아킬레우스가 물었다.

친구가 그 자리에 우뚝 섰으나 아킬레우스는 멈추지 않아, 다시 따라잡으려고 몇 걸음을 뛰어야 했다. “뇌물을 먹였구나!” 친구가 말했다.

아킬레우스가 웃었다. “당연히 뇌물 줬지. 네가 저 여자가 좋다고 해서, 너한테 주고 싶었어. 내 당연한 권리대로 내가 가장 먼저 선택할 수 있었으면 좋았겠지만. 하지만 내가 그 문제 가지고 아가멤논하고 다투면 네가 좋아하지 않을 걸 아니까. 아가멤논의 선택을 너한테 유리하게 조작했지. 아가멤논은 모를 줄 알았어. 끝에 있는 여자가 더 어렸으니까. 하지만 넌 이 여자를 더 좋아하지.”

친구는 아무 말도 하지 않았다.

“화난 건 아니지?” 아킬레우스의 말투에서 브리세이스는 다시 내면에 숨어 있는 어린아이의 목소리를 들었다.

“당연히 아니지.” 친구가 말하며 아킬레우스의 팔을 토닥였다. “그냥 놀란 거야. 네가 그런 속임수를 쓸 줄이야.”

“네스토르의 아이디어였어.” 아킬레우스가 대꾸했다. “그 교활한 노인네는 불화가 일어나지 않는 걸 최우선으로 생각하니까. 자기 왕을 속이는 한이 있더라도.”

“아가멤논이 가장 먼저 골랐으니.” 친구가 말했다. “안 그랬단 말은 못 하겠지.”

“오늘 밤 횃불 아래에서 아가멤논이 자기 여자를 보고 어린애를 골랐다는 걸 깨달았을 때 어떤 표정을 지을지 상상해 봐.” 아킬레우스가 말했다. “날마다 네 여자를 아가멤논 막사 가까운 곳으로 보내. 거기서 물을 길어오라고. 그러면 자기가 뭘 놓쳤는지 깨닫겠지.”

“그래야겠다.” 친구가 말했다. “내가 직접 데리고 가서 그자 표정을 직접 보고 너한테 아주 자세히 전해 줄게.”

“그것만으로도 뇌물이 아깝지 않겠다.” 아킬레우스가 말했다. 브리세이스는 아무 말 없이 자기 앞 땅만 보면서 계속 두 사람의 뒤를 따라 걸었다.

크리세이스는 아르고스 왕의 막사 바깥쪽 야트막한 의자에 앉아 짠 내 나는 맑은 공기를 연거푸 들이마셨다. 아가멤논의 막사 안에서는 더러운 마구간 같은 악취가 났다. 크리세이스는 숨이 막힐 지경인데 아가멤논은 그 역한 냄새를 알아차리지 못하는 것 같았다. 아가멤논의 참모들 가운데 차마 그걸 지적할 사람도 없었다. 아가멤논의 부하들이 등 뒤에서 그를 비웃는 걸 크리세이스는 보았다. 키가 작고 몸이 다부지고 눈빛이 약삭빠른 오딧세우스와 굵은 나무처럼 생긴 젊

은 남자 디오메데스는 아가멤논이 등을 돌리면 서로 마주 보고 우스꽝스러운 표정을 지었다. 그들도 크리세이스처럼 아가멤논의 숙소를 역겹게 여겼다.

그래도 브리세이스가 준 약초가 있었다. 크리세이스는 브리세이스가 시킨 대로 해가 바다 너머로 넘어가기 시작할 때 아가멤논의 포도주에 작은 이파리 몇 개를 넣었다. 밤마다 아가멤논은 크리세이스에게 달려들어 몸을 더듬었지만 옷만 좀 잡아당기다가 곧 의식을 잃고 죽은 듯 쓰러지곤 했다. 크리세이스는 약을 너무 많이 먹이고 있는 건 아닌가 걱정했다. 아가멤논이 중독되어 죽을까 봐 걱정한 것은 아니었다. 물론 아가멤논이 입에 거품을 물고 죽은 채 발견되면 곤란한 처지가 되리란 생각은 들었지만. 그래서가 아니라, 날마다 작은 가죽 주머니 안을 들여다보면서 이걸로 언제까지 버틸 수 있을지 헤아리며 걱정했다. 브리세이스가 더 주거나 아니면 어떤 풀을 찾으라고 알려 줄 수 있으려나? 브리세이스는 이 약을 아마도 리르네소스에서 가져왔을 것 같았다. 크리세이스는 그 주머니에 있는 게 전부이며 더는 구할 수 없을 거라는 생각을 하면 속이 뒤틀리는 것 같았다.

크리세이스는 막사 뒤쪽에 있었기 때문에 아르고스인 막사 앞쪽에서 뭔가 소동이 일어난 걸 잠시 뒤에야 알아차렸다. 축축한 땅 위에서 분주히 움직이는 발소리, 말발굽 소리가 들렸다. 고함 소리, 소리 낮춰 속삭이는 소리, 다시 고함이 들리더니 마침내 누가 자기를 보자고 하냐고 묻는 아가멤논의 목소리가 들렸다.

크리세이스는 군인들 눈에 뜨이지 않게 잡혀 온 다른 여자들이나 캠프를 따라다니는 일꾼들이 모이는 곳에 가 있는 편을 좋아했다. 요리용 솥과 개울가 빨래터에서 가까운 곳이었다. 그러나 크리세이스는 호기심을 이기지 못하고 눈에 뜨이지 않게 몸을 낮추고 막사에 바싹 붙은 채 가장자리를 돌아 앞쪽으로 갔다.

지난 며칠 동안 크리세이스가 겪어야 했던 모든 굴욕—물건처럼 다루는 손, 음탕한 눈빛, 비웃는 웃음—중에서도 (나중에 크리세이스가 생각하기에) 이게 최악이었다. 무엇 때문에 소란인지 보려고 모퉁이 너머로 고개를 내밀었을 때 크리세이스의 눈에 들어온 것은 자기 아버지였다. 아버지는 지팡이를 들고 머리에는 의례용 관을 쓰고 아르고스 왕 앞에 서 있었다. 아버지가 아마 아가멤논보다 한두 살 어릴 터였다. 아버지와 어머니는 오랫동안 아기를 가지려고 애를 썼으나 운이 없었다. 크리세이스가 두 사람의 마지막 기회이자, 어머니에게는 마지막 행운이었던 셈이다. 그런데 그리스군 사이에서 보니 아버지가 더 늙고 왜소해 보였다. 아르고스 병사들이 위협적인 표정으로 아버지 뒤쪽에 모여들었다.

크리세이스는 두려움과 수치심으로 몸이 얼어붙는 것 같았다. 그리스 왕의 온갖 시중을 들고 빨래를 하던 낮에도, 아가멤논에게 약을 먹이고 막사 안에서 가능한 한 멀리 떨어져 딱딱한 바닥에서 잠을 청하던 밤에도, 지금처럼 자신의 노예 상태가 뼈저리게 느껴지지는 않았다. 자기를 그토록 못마땅하게 여기던 아버지가, 자기를 구하러 왔다니. 자기가 아는 아버지와는 하나도 맞지 않는 일이었다. 아버지가 누군가를 살리겠다고 그리스군에게 빌러 오다니, 그것도 다른 사람도 아닌 크리세이스를. 아버지가 너무나 가까이에 있어서, 크리세이스는 아버지를 부르고 지금까지 했던 모든 잘못, 두 사람을 여기까지 오게 만든 모든 실수를 사죄할 수도 있을 것 같았다. 평생 다시는 볼 수 없으리라 생각했던 아버지를. 눈이 익숙하지 않은 느낌으로 욱신거렸고 크리세이스는 눈물이 터져 흐르기 직전임을 알았다. 그러면서 동시에 아버지가 너무나 왜소해 보여서 강한 부끄러움을 느꼈다. 크리세이스는 아버지가 누구에게도, 그리스군 전체에도 꿇리지 않는다고 생각했었다. 그런데 그들 사이에 서 있는 모습을 보니 아버지가 평범한 인간에 불과하다는 걸 알았다. 다만 사제일 뿐.

그러나 아버지는 자기가 섬기는 신에게 자기가 얼마만큼의 가치가 있는지를 아는 사제였다. 크리세스는 원래 겸손이라는 것을 모르는 사람이고, 지금 딸을 풀어 달라고 호소하러 왔음에도 구걸할 생각은 없었다. 아가멤논 앞에 서자 크리세스는 고개를 숙였지만 아주 잠깐이었다. 바닥에 엎드리지는 않았다. 대신 무슨 거래를 하러 온 사람처럼 입을 열었다.

"아가멤논왕이시여, 제 딸을 돌려주시길 요청합니다." 크리세스가 말했다. 말투는 차분하고 부드럽기까지 했다. 그러나 아가멤논은 조용한 요구에 반응하지 않는 사람이란 걸, 아버지는 몰라도 크리세이스는 알았다. 아가멤논은 대화보다 고함이 먼저 터져 나오는 사람이고 자기와 태도가 다른 사람은 의심부터 했다.

"네 딸은 여기 없다. 누가 여기 있다고 하나?"

"아폴론 신이 말씀해 주셨습니다."

사람들이 웅성거렸다. 어떤 사람은 대놓고 크리세이스의 아버지를 조롱했다. 자신의 중요성이나 안전을 과대평가하는 늙은 미치광이 사제라며. 그렇지만 몇몇은 귀를 기울이며 가만히 서 있었다.

"그렇다면 신의 메시지를 잘못 읽었군." 아가멤논이 말했다. "염소를 한두 마리 더 바치면 해석이 더 정확해질 거다." 남자들이 웃음을 터뜨렸다. 트로이아에 제물로 바칠 짐승이 거의 남지 않았다는 건 누구나 아는 사실이었다. 포위된 도시는 신에게 바칠 제물이 한정되어 있을 테니, 신들이 트로이아인들보다 자기들에게 우호적일 수밖에 없다고 그리스인들은 믿었다.

크리세이스는 아버지를 대신해 수치심을 느꼈다. 뺨이 붉어졌고 얼굴이 뜨겁게 달아오르는 걸 느꼈다. 왜 아버지는—크리세이스는 무슨 말로 표현할지 생각해 낼 수가 없었다. 왜 아버지는 아버지 같지 않을 수 없는 걸까? 크리세이스가 하고 싶은 말은 이런 것이었다. 아버지는 크리세이스에게 행동거지를 바꾸라고 수없이 잔소리했다.(크리세이스는 말을 안 들었지만.) 그런데 지금 거리를 두고 새로 보니 아버지도 똑같았다. 크리세이스 자신과 똑같았다. 크리세이스는 손을 뺨에 가져다 댔다. 단지 부끄러워서 얼굴이 달아오르는 것은 아닌지도 몰랐다.

"궁사 아폴론을 속일 수는 없고 저를 속일 수도 없습니다." 아버지의 차분한 목소리에 분노가 어려 있었다. 크리세이스는 전에도 이런 목소리를 여러 차례 들어보았다. "크리세이스가 여기 있으니, 돌려주시길 요청합니다."

크리세이스의 이름을 듣자 아르고스 군인들이 비웃음을 멈추고 불편한 기색을 보였다. 아가멤논이 실제로 지난번 전리품을 나눌 때 트로이아 소녀를 데리고 가지 않았나? 그리고 그 여자가 그런 이름으로 불리지 않나?

"감히 나한테 뭘 요청한다고?" 아가멤논이 비웃었다. 그러나 목소리에 즐거운 기색은 전혀 없었다. 크리세이스에게는 뒤통수밖에 보이지 않았지만 표정도 전혀 즐거운 표정이 아니리란 게 짐작이 갔다. "당신은 이곳의 불청객이야." 아가멤논이 이어 말했다. "네놈이 벌써 죽어 땅에 쓰러지지 않은 건 오직 내가 네 신에게 선의가 있기 때문이다. 더는 내 인내심을 시험하지 마라."

"아폴론 신은 자신의 종을 해치는 자를 벌하실 것입니다." 크리세스가 말했다. 크리세이스는 아버지의 고집을 맞닥뜨려야 했던 일이 수도 없었던 터라, 아가멤논이 거의 불쌍해질 지경이었다. 크리세이스는 그리스 주둔지에서 벗어나 집으로 돌아가기만을 간절히 바라면서도 돌아가면 아버지가 얼마나 끔찍한 벌을 내릴지 차마 상상하기도 힘들었다. 아버지는 이에 비하면 사소하기 그지없는 말썽을 저질렀을 때도 크리세이스를 때린 적이 있었다. 만약 아가멤논이 갑자기 마음을 누그러뜨리고 크리세이스를 보내 준다면 아버지는 어떻게 할까? 크리세이스는 오직 트로이아로 돌아가고 싶은 마음뿐이었다. 그렇지만 점령군 앞에서 사제의 자존심을 굽혀야 했던 일을 아버지가 그냥 넘어갈 리 없다는 건 불 보듯 뻔했다.

"아폴론 신이 거만하고 어리석은 자를 주둔지에서 쫓아냈다는 이유로 벌을 내리진 않으실 거다." 아가멤논이 말했다. "이런 식으로 적군의 인내심을 시험하고도 무사할 수 있을 거라곤 생각 안 하겠지."

"좋소." 크리세스가 등을 더 꼿꼿이 펴며 말했다. 아버지가 거의 안도한 것처럼 보인다고 크리세이스는 생각했다. 아버지는 타협보다 충돌을, 토론보다 싸움을 좋아했다. "그게 답이오? 아폴론 신이 요구하시는데도 내 딸을 돌려주지 않을 것이오?"

"딸은 돌려줄 수 없다. 네가 신성모독을 한 것 같군. 자신이 신성한 존재라고 주장하지만 사실이 아냐. 네가 입에 올리는 건 아폴론 신의 요구가 아니라 실은 네 요구겠지."

"그렇게 믿고 싶다면 설득할 방법이 없소." 아버지의 목소리는 거의 속삭이듯 했다. 크리세이스가 어릴 때 가장 무서워했던 게 아버지의 분노가 이렇게 조곤조곤한 목소리로 표출될 때였다. "나는 못 하지만. 아폴론 신께서 하실 거요."

아가멤논이 부하 두 사람에게 소리쳐 명령했다. "저자를 요새 밖으로 데려가라. 죽어 마땅하나 사제를 죽이지는 않겠다. 내 말 들었나?" 아가멤논이 크리세스에게 소리쳤다. "네 오만함은 참을 수 없지만 내 주둔지에서 무사히 나갈 수는 있게 해 주겠다."

크리세스는 가만히 서 있었고 군인 두 명이 뒤에서 다가와 양팔을 잡았다. 군인들이 거칠게 크리세스를 밀칠 때 갑자기 크리세스가 천막 뒤에 숨어 있는 크리세이스 쪽을 쳐다보았다. 크리세이스는 아버지에게 뺨이라도 맞은 것처럼 얼굴이 붉어지는 걸 느꼈다. "내가 널 집으로 데려갈 거다." 아버지가 말했다. 크리세이스가 짙은 굴욕감을 느끼고 있음에도, 그 말이 말 안 듣는 자식을 꾸중하겠다는 위협이 아니라 아버지가 딸에게 하는 약속처럼 들렸다. 한밤중이 되어 그리스 왕이 더러운 막사 안에서 죽은 듯 자고 있을 때 크리세이스는 그 일을 생각했다. 아버지가 어떻게 자기가 거기 있는 줄 알았는지, 다른 사람들은 크리세스가 뭐라 말했다는 사실조차 알아차리지 못했는데 어떻게 자기는 그 말을 똑똑히 들을 수 있었는지, 도무지 설명할 수가 없었다.

브리세이스는 낮은 침상에 앉아 머리를 빗었다. 아킬레우스의 친구, 파트로클로스가 브리세이스를 빤히 보고 있었다. 브리세이스가 미르미돈 막사에 온 이래로 밤마다 그랬다.

"이런 색 머리카락은 처음 봐." 파트로클로스가 낮은 목소리로 말했다. "꿀단지에서 꿀이 흘러내리는 것 같아."

브리세이스는 이런 말이나 다른 비슷한 칭찬을 어릴 때부터 수없이 들었다. 남자고 여자고 걸음을 멈추고 브리세이스의 머리카락을 만지며 색이 정말 특별하다고 말하곤 했다. 그 미모 덕에 브리세이스는 남편을 만나 결혼했고 노예가 되었고 이렇게 살게 된 거였다. 남편이 청혼하지 않았다면, 그리스군이 자기에게 눈독 들이지 않았다면, 브리세이스는 자유인으로 남을 수 있었을지도 모른다. 아니면 그 자리에서 그냥 죽을 수 있었거나.

"늘 그렇게 슬픈 얼굴이었어?" 파트로클로스가 물었다. 브리세이스는 소리를 지르고 싶은 충동을 억눌렀다.

"자매가 있어요?" 대신 브리세이스는 이렇게 물었다. 파트로클로스가 고개를 저었다. "어머니는요?" 브리세이스가 다시 물었다.

"내가 어릴 때 돌아가셨어. 기억이 안 나."

"그럼 가장 사랑하는 사람은 누구예요?" 브리세이스가 물었다.

파트로클로스가 잠시 생각했다. "아킬레우스." 파트로클로스가 어깨를 으쓱했다. "어릴 때부터 가장 친한 친구였어."

"아킬레우스를 빼앗기면 어떨지 잠깐이라도 상상해 볼 수 있어요?" 브리세이스가 물었다.

"그게 가능할까." 파트로클로스가 웃었다. "누가 시도라도 했다간 눈 깜짝할 사이에 아킬레우스의 손에 죽을걸."

"그럼 만약 누군가 당신을 그 사람한테서 앗아간다면요? 당신 칼놀림이 그 사람만큼 빠르지는 않지 않아요?" 남자에게 친구보다 못하다고 하면 얼굴을 붉힐 줄 알았는데, 파트로클로스는 그러지 않았다. 파트로클로스는 아킬레우스에 대한 헌신이 지극해 질투를 아예 느끼지 않았다.

"그런다면 당신하고 같은 심정이겠지." 파트로클로스가 말했다. "내 가장 큰 행복을 빼앗긴 심정."

"난 당신이 사랑하는 친구가 내 가장 큰 행복을 난도질하는 걸 봤어요. 내 가족의 피가 흙을 물들이는 걸 봤어요. 그런데 어떻게 나한테 늘 슬펐냐고 물을 수 있어요?"

"늘 슬펐냐고 묻지 않았어." 파트로클로스가 말을 바로잡았다. "늘 슬픈 얼굴이었냐고 물었지. 당신 얼굴은 고통이 빚어 낸 것처럼 보여. 여기 공허함이 있어." 파트로클로스가 손을 뻗어 브리세이스의 광대뼈를, 다음에 쇄골을 차례로 건드렸다. "당신이 언제나 이런 얼굴이었는지, 아니면 노예가 되어서 이렇게 된 건지 궁금해서 물은 거야."

"슬픔에 비하면 자유는 중요하지 않아요." 브리세이스가 말했다. "남편과 동생들을 살릴 수만 있었다면 내 자유쯤은 얼마든지 포기할 수 있었을 거예요."

"그런데 그럴 수 없었고 결국 당신은 모든 걸 잃었지. 신들은 아킬레우스를 총애해. 당신네 도시는 아킬레우스의 이야기에서 당신네들이 어떤 위치인지 인정하고, 저항하지 말고 항복했어야 했어. 이제 리르네소스는 흔적도 없이 사라졌고 이 전쟁을 노래하는 음유시인의 노래에서 반 줄 정도나 차지하겠지."

브리세이스는 파트로클로스를 노려보았으나 파트로클로스가 자기를 도발하려 한 말이 아님을 알았다. 그리스인들은 다 똑같았다. 자기들 외에는 다 무가치하다고 생각했다. "내 식구의 삶이 죽음으로 무의미해지는 건 아니에요. 당신 친구는 음유시인이 자기를 잘 다뤄 주길 바라야 할걸요. 늙은 부부를 죽인 건 영예로운 행동이 아니라고 할 사람이 많으니까요. 어쩌면 사람들이 아킬레우스의 무분별한 잔인성과 불명예를 노래로 만들어 부를지도 모르죠."

파트로클로스가 웃었다. "역사상 가장 위대한 영웅이라고 부를걸. 아킬레우스가 죽인 사람이 이미 수백 명인데 당신 가족이 더해지고 말고가 무슨 의미가 있나?"

"위대함의 기준이 그것뿐이에요? 셀 수도 없을 만큼 많은 사람을 죽이는 거요? 군인이든 무장 안 한 민간인이든 가리지 않고 죽이는 거요?"

"여자치고는 말재간이 좋네. 당신 남편은 참을성이 아주 강했겠는데."

"내 남편에 대해 말하지 말아요. 그러면 당신하고 다시는 말 안 할 거예요." 두 사람 사이에 침묵이 내려앉았고 브리세이스가 화를 낸 것에 대해 파트로클로스가 과연 어떻게 반응할지 두 사람 다 생각하는 중이었다. 파트로클로스는 잠시 말없이 앉아 있다가, 벌떡 일어나서 막사를 가로질러 브리세이스 쪽으로 갔다. 파트로클로스는 브리세이스의 손에서 빗을 받아 브리세이스 옆자리에 올려놓았다.

"아가멤논이 당신을 데려가지 못하게 하려고 아킬레우스가 경비병들에게 뇌물을 얼마나 줬는지는 몰라." 파트로클로스가 말했다. "하지만 그 두 배를 줬더라도 아깝지 않았을 거야."

브리세이스는 대답하지 않았다.

다음 날 아침, 염소 몇 마리가 죽었다. 이상한 일은 아니었다. 트로이아 반도의 염소는 워낙 비쩍 말라서 그리스 염소처럼 윤기가 번드르르하고 튼튼하지 않았다. 그래서 아무도 특별하게 생각하지 않았다. 그런데 다음 날에는 염소 우리 안에 산 염소보다 죽은 염소가 더 많았고, 그리스군이 인근 농부들에게서 빼앗아 온 암소도 시들시들했다. 암소가 염소보다 기질이 더 억세서 죽는 데 더 오래 걸렸다. 암소는 첫 번째 그리스 병사가 죽고 나서 거의 반일이 지나도록 버티다가 결국 쓰러져 입에 거품을 물고 마지막 숨을 내쉬었다.

열병이 너무나 순식간에 닥쳐서 병에 걸린 걸 알아차리지도 못했다. 해가 뜨겁게 내리쪼이고 주둔지에 그늘이 없어서 더운 게 아니라 병에 걸린 것임을 깨달았을 때는 이미 죽음이 눈앞에 다가와 있었다. 치료사들도 할 수 있는 일이 없었다. 수없는 전투를 겪으며 상처를 꿰매고 지지는 데 도가 튼 치료사들이었다. 그러나 이들이 만든 약초 혼합물은 뜨거운 남풍처럼 주둔지를 휩쓴 역병을 치료하는 데 아무 효과가 없었다. 환자들이 실제로 존재하지 않는 벌레가 기어다닌다며 피부를 긁어 대 팔에는 상처가 나고 다리에는 궤양이 생겼다. 입과 눈꺼풀에 물집이 생겼고 날카로운 손톱으로 물집을 잡아 뜯어 상처가 났다. 염소, 소, 주둔지를 집으로 삼은 개 몇 마리에 이어 사람들도 죽어 갔다. 사람들이 처음에는 기도했고 다음에는 울었다. 어떤 것도 도움이 되지 않자 그들은 왕을 찾아갔다.

크리세이스가 평소처럼 아가멤논의 막사 뒤쪽에 숨어 있을 때 군인들이 찾아와 호소하기 시작했다. 크리세이스도 뭔가 문제가 생겼다는 것, 질병이 돈다는 건 알았다. 아침에 강가에서 빨래하던 여자 한 명이 전날 죽었고 오늘은 다른 사람이 앓아누웠다. 브리세이스를 비롯해 미르미돈 막사에 사는 여자들은 며칠째 보이지 않았다. 아름다운 친구가 병에 걸려 누웠을지 모른다는 생각을 하면 크리세이스는 견딜 수가 없었다. 모든 걸 잃었는데—크리세이스도 브리세이스도—이제는 목숨조차 빼앗기는 걸까? 크리세이스는 브리세이스에게 전갈을 보내고 싶었지만 믿고 전갈을 맡길 사람이 아무도 없었다. 게다가 물가에서 빨래하는 여자들 말에 따르면 미르미돈인들이 다른 그리스인들을 만나지 않겠다고 거부하고 있다고 했다. 아직까지 미르미돈 막사에는 병에 걸린 사람이 아무도 없기 때문이라고 했다. 이 역병도 적의 검처럼, 신과 같은 아킬레우스만은 건드리지 못하는 모양이었다.

당초 아가멤논은 자기들 말을 들어 달라고 막사 앞에 모인 자들을 만나기를 거부했다. 하지만 모인 사람들이 해산하지 않고 계속 버텼고 웅성거리는 소리는 점점 더 커졌다. 아가멤논은 어쨌든 조만간 그들을 만날 수밖에 없을 테지만 겁쟁이라서 피하고 있다는 걸 크리세이스는 알았다. 아가멤논은 부하들과 논쟁하는 것을 극도로 기피했다. 말로는 누구와 붙어도 좀처럼 이기지 못한다는 걸 알기 때문이었다. 하지만 성질이 워낙 개 같아서 자꾸 말다툼이 일어나곤 했다. 크리세이스가 지금껏 같이 살아 본 남자는 아버지뿐이었다. 크리세이스는 늘 아버지가 냉랭하고 고집스럽다고 생각했었는데, 지금 생각하니 아버지는 책임을 회피하지 않으며 강하고 신념이 있는 사람이기도 했다.

아가멤논은 전혀 그렇지 않다는 걸 알 수 있었다. 아가멤논은 자기가 얼마나 중요한 인물인지 떠벌이는 데 무척 많은 시간을 들였지만 왕이 반드시 내려야 하는 결단은 기피했다. 이렇게 나약하고 소심한 사람이 어떻게 이런 권력자의 지위에 오르게 됐을지 크리세이스는 의문이었다. 크리세이스는 그리스인들의 이기심 때문이라고 결론을 내렸다. 그리스인들은 하나같이 자기가 가장 우선이고 다음은 부하들, 그다음에야 다른 그리스인들을 쳐다보았다. 업적에 따라서가 아니라 얼마나 많이 가졌냐에 따라 사람의 가치를 평가했다. 크리세이스는 아가멤논왕과 자기 아버지를 비교해 보았다. 아버지는 자기나 딸이 그처럼 얄팍해지는 것을 절대 용납하지 않을 것이다. 그래서 크리세이스는 아가멤논의 더듬는 손이나 더러운 성질머리를 겁내면서도 주인에 대해 묘한 우월감을 느꼈다.

막사 안에서 아가멤논의 참모들이 절박하게 읍소하는 소리가 갑자기 멈추었다. 아가멤논이 막사 밖으로 나가, 숨 막히는 더위 속에서 왕을 기다리며 성난 야유의 함성을 내던 사람들을 마주 보았다. 그렇다고 해서 이들의 말을 들어줄 생각은 없었다.

"막사로 돌아가라." 아가멤논이 소리쳤다. "열사병은 전에도 있었다. 이번에도 다를 게 없다. 하루이틀이면 가라앉을 것이다."

"열사병이 아닙니다." 군중 가운데에서 한 남자가 외쳤다. "다른 병입니다."

겁에 질린 새들이 짹짹거리는 소리 같은 웅성거림이 더 커졌다. "막사로 돌아가라." 아가멤논이 다시 말했다.

"우리한테 한 얘기를 말씀드려요." 다른 남자가 소리쳤고 그 말을 듣자 크리세이스는 도저히 계속 숨어 있을 수가 없었다. 무슨 일이 벌어지는지 눈으로 봐야 했다. 크리세이스는 천막 두 개 사이 공간으로 사람들이 보이는 위치까지 기어갔다. "말해요." 더 많은 사람들이 외쳤다. 마침내 누군가가 앞으로 나왔다. 사제라는 걸 바로 알 수 있었다. 눈빛이 오만했고 정교하게 장식된 예복을 입었는데 신을 섬기기 위한 옷이면서 자신이 중요한 인물임을 드러내는 역할도 했다.

"뭔가, 칼카스?" 아가멤논이 물었다. "오늘은 또 나한테 뭘 바치라고 할 건가?"

희한한 소리를 한다고 크리세이스는 생각했다. 우리에 비쩍 마른 송아지 몇 마리밖에 안 남았다는 걸 아가멤논도 알 텐데. 이 오합지졸 그리스군 무리는 희생 제물을 골라 바칠 수 있는 형편이 아니었다.

"신들의 뜻을 들었습니다." 칼카스가 말했다. "이 사람들 말이 맞습니다. 이건 평범한 질환이 아닙니다. 아폴론 신이 우리에게 내린 징

벌입니다."

웅성거리는 소리가 더욱 커지자 아가멤논이 주먹을 들어 진정시켰다.

"아폴론 신의 징벌이라고? 그럼 소 100마리를 바쳐." 아가멤논이 말하자 사람들 사이에 비웃음이 퍼졌다. 주둔지에 있는 소를 전부 다 모으더라도 100마리는커녕 스무 마리도 되지 않을 터였다.

"200마리를 바친다 해도 소용없을 겁니다." 칼카스가 말했다. "궁사의 신께서는 단 한 가지를 요구하십니다. 사제의 딸을 그 아비에게 돌려주어야 한다는 것입니다."

크리세이스는 목구멍이 턱 막히는 느낌이었다. 아버지가 말했던 대로 정말로 아폴론 신의 분노가 그리스군을 덮친 거란 말인가?

아가멤논의 얼굴이 시뻘게지며 무시무시하게 달아올랐다. "내 보상을 내놓으라고? 절대 그럴 순 없어." 아가멤논이 말했다.

"역병에서 벗어날 유일한 방법입니다." 칼카스가 대답했다. "그 사제가 딸을 돌려받으려고 자기가 섬기는 신에게 저주를 요청했습니다. 우리가 딸을 돌려주기 전에는 역병이 걷히지 않을 겁니다."

"우리?" 아가멤논이 소리를 쳤다. "그 계집애는 '우리' 것이 아니야. 내 것이지. 아폴론 신이 왜 단 한 사람에게만 보상을 내놓으라고 요구하겠나? 그 사람이 왜 나, 그리스 전체의 왕인 나여야 하냐고? 왜 오딧세우스나 아이아스가 상을 내놓으면 안 되고?"

한참 침묵이 흘렀다. "폐하가 보상으로 받은 여자가 아폴론 사제의 딸이기 때문이지요." 칼카스가 말했다.

"너는 항상 나를 궁지에 몰아넣을 음모를 꾸미지." 아가멤논이 말했다. "그리스를 떠나오기 전에도 그랬어. 너의 간교 때문에 이미 난 내 딸, 내 첫째를 잃었어." 아가멤논의 갈라지는 목소리를 듣고 크리세이스는 왜 브리세이스가 아가멤논이 난폭하게 굴면 딸 이야기를 꺼내라고 했는지 문득 알아차렸다. 이자는 자식을 잃었고 그 일을 떠올리기조차 힘들어했다. "그런데 이제 내 보상을 빼앗아 가겠다고. 그리스의 무수한 수장들 가운데서 하필 내 것을. 당장 꺼져라. 아니면 내가 내 손으로 널 죽이겠다."

"믿어 주십시오, 왕이시여. 제가 나쁜 소식을 전하고 싶어서 그러는 것은 아닙니다." 칼카스가 말했으나 크리세이스는 이 사람이 이 일을 무척 즐기고 있음을 간파했다. 거의 쩝쩝 입맛을 다시는 것 같았다. "여하튼 딸을 아버지에게 돌려주어야만 합니다. 그러지 않으면 그리스군이 그 대가를 치르게 됩니다."

"돌려주시오." 누군가가 외쳤다. "돌려주시오." 다른 사람이 따라 했고 곧 군중이 입을 모아 외쳤다. 아가멤논은 군중을 구석구석 둘러보았으나 다른 의견을 내는 사람은 한 명도 보이지 않았다. 다 한마음이었고, 하나로 똘똘 뭉쳐 아가멤논에게 맞서고 있었다. 크리세이스는 자기가 그리스군 주둔지를 떠날 수 있게 되었음을 알았다. 아버지는 약속을 지킨 것이다. 아버지가 점령군조차 뜻대로 굽힐 수 있는 존재란 걸 몰랐다니.

"내 보상을 그냥 뺏기지는 않겠어." 아가멤논이 말했다. "너!" 아가멤논이 오딧세우스를 가리켰다. "아킬레우스한테 가서 내가 그의 여자를 달라 한다고 말해. 내 여자를 뺏긴다면 대신 나는 그의 여자를 갖겠다."

소리치던 군중이 쥐 죽은 듯 고요해졌다. 왕이 진심으로 한 말은 아니겠지? 오딧세우스는 죽은 나무에 기대어 서 있었는데, 당혹감으로 이마를 일그러뜨렸다. "정말로 제가 그러길 원하십니까?" 오딧세우스가 천천히 몸을 똑바로 세우며 물었다.

"당연하지." 크리세이스는 큰소리 뒤에 숨겨진 망설임을 느낄 수 있었다. 다른 사람들도 들었을 게 분명했다. 그러나 아가멤논은 물러서지 않았다. "그자의 여자를 데려와. 그리고 내 여자는 그 빌어먹을 아비한테 데려다주고."

브리세이스는 트로이아 소녀 앞에서 그리스군에게 자기가 우는 모습은 절대 보여 주지 않을 거라고 다짐한 적이 있었다. 브리세이스는 그 약속을 자기가 예상했던 것보다 더 오래 지켰다. 가족을 잃고도 울지 않았고, 아킬레우스가 약탈에 대한 보상으로 자기를 골랐을 때도 울지 않았다. 파트로클로스가 자기를 침대로 데려갔을 때도 울지 않았다. 남편의 기억이 아직 너무 생생해서, 남편이 뒤쪽에서 원망없이 얼쩡거리는 듯 느껴지는 데도 울지 않았다. 남편은 착한 사람이었다. 파트로클로스도, 다른 상황이었다면 그랬을 것이다.

오딧세우스가 미르미돈 주둔지로 와서 아킬레우스에게 아가멤논이 여자를 데려오라고 했다고 말했을 때도 울지 않았다. 아킬레우스는 울었다. 무력한 분노로 끓어올랐다. 친구가 그토록 화를 내는 것을 보고 파트로클로스도 울었다. 그러나 브리세이스는 다른 남자의 막사로, 다른 남자의 침대로 끌려갔어도 울지 않았다. 아버지가 신에게 호소한 덕에 다시 트로이아로 돌아간 크리세이스가 밉지도 않았다. 미워해 봐야 무슨 소용이 있나?

미르미돈인들은 브리세이스가 아가멤논의 막사로 옮겨진 날부터 전투를 중단했다. 아킬레우스가 아르고스 왕의 행동에 분노하여 부하들과 함께 전장에서 철수한 것이다. 브리세이스는 다른 부족 수장들—디오메데스, 아이아스, 오딧세우스, 네스토르가 왕에게 조언하는 말을 들었다. 걱정 마십시오, 그들이 말했다. 분노가 오래가진 않을 겁니다. 아킬레우스는 살육을, 뜨거운 피를 다시 원할 거예요. 아가멤논은 미르미돈 왕자가 뭘 하든 안 하든 아무 관심 없다고 주장했다. 우리 편에 이토록 많은 영웅이 있고 신들도 다른 남자의 아내를 빼앗아 간 자가 벌을 받지 않을 수는 없다는 걸 아시니까, 굳이 아킬레우스까지는 필요 없다고 했다. 그자가 아무리 빠르고 아무리 칼끝이 매섭다 한들.

브리세이스는 참모들이 아가멤논의 숙소에서 나가면서 아킬레우스의 화는 절대 풀리지 않을 것이라고 낮은 목소리로 말하는 것도 들었다. 아킬레우스가 다시는 싸우지 않겠다고 맹세했으니 분명 그럴 것이다. 다시 전장으로 나가고 싶어 하는 전사가 많다는 건 사실이었다. 이제 역병도 지나갔으니. 그러나 전사들은 아킬레우스를 단순한 전사가 아니라 상징이나 부적 같은 존재로 여겼다. 처음에는 역병이 덮치더니, 이제는 최고의 전사를 잃은 것이다. 아직도 신들이 그리스 편이라는 확신이 들지 않았다.

어쨌거나 병사들은 창과 검을 들고 평원으로 돌아가서 싸웠다. 그리고 날마다 전우를 임시 들것에 싣고 피투성이가 돼 돌아왔다. 9년

넘게 싸우는 동안 한 번도 겪어 보지 못한 최악의 손실이 16일 동안 이어지자 참모들이 아가멤논에게 뭔가 행동을 취해야 한다고 했다. 그리스 범선을 지켜 줄 장벽을 쌓아야 했다. 장벽을 쌓지 않으면, 그래서 헥토르의 최근 승리에 고취된 트로이아군이 그리스군을 주둔지까지 몰아붙이고 이어 바닷가로, 배가 있는 데까지 몰아간다면 너무나 위험했다. 트로이아군이 배에 도달한다면 배에 불을 지를 것이었다. 이게 바로 매일 아침 아가멤논을 위해 싸우러 전장으로 나가는 그리스군의 최악의 공포였다. 배들이 불타 버린다면 아무도 고향으로 돌아갈 수 없었다.

처음에 아가멤논은 습관대로 귓등으로도 듣지 않았다. 그런데 동생 메넬라오스가 왔다. 붉던 머리카락이 햇빛에 바래 모래 빛깔이 되었고 붉은 얼굴은 당혹감으로 파랗게 질렸다. 메넬라오스는 장벽을 짓지 않는다면 부하들—스파르타군의 충성을 장담할 수가 없다고 했다. 트로이아반도에 발이 묶여 적에게 물어 뜯길 가능성이 있다면 아무리 위협하고 뇌물을 먹인다 한들 병사들이 떠나지 않게 막을 도리가 없었다. 죽기 위해 이 먼 타지까지 배를 타고 와서 10년 동안 싸운 건 아니니까. 메넬라오스는 병사들이 들고일어나서 자기를 남겨 둔 채 배를 타고 스파르타로 떠나 버리지 않으리라고 장담할 수 없었다. 이 말을 듣고 아가멤논은 가장 좋아하는 장난감이 망가진 어린아이처럼 엉엉 울었다. 결국 굴복하고 장벽을 짓겠다고 했다.

벽이 완성된 다음 날 헥토르와 트로이아군이 어찌나 거세게 몰아붙이던지 그리스군은 장벽, 목숨, 배까지 전부 잃기 직전까지 갔다. 이제 병사들이 대놓고 반발했다. 짐을 챙겨 집에 돌아갈 준비를 하는 사람도 있었다. 지난 10년은 그저 불운한 실수였다며. 그리스군에서 가장 연장자이며 아가멤논에게 가장 큰 영향력을 미치는 네스토르가 아킬레우스에게 사절을 보내라고 아가멤논을 설득했다. 여자를 돌려보내십시오, 사람들이 아가멤논에게 간청했다. 여자 열 명을 더 딸려 보내십시오. 제발 전장으로 돌아오라고 사정하십시오.

아가멤논은 당연히 거부했지만 오래 버티지는 못했다. 그처럼 지독하게 오만한 자의 눈에도 그리스군을 구할 방법은 그것뿐임이 빤히 보였기 때문이었다. 아킬레우스는 아가멤논의 요청을 전하러 간 부하들을 그냥 돌려보냈다. 결국 아가멤논은 네스토르를 보냈다. 젊은이가 늙은 장수의 호소를 무시할 수는 없을 것이라고 생각했기 때문이었다. 그러나 아킬레우스는 그리스군 최고 권력자가 무릎을 꿇고 빌어도 싸우지 않겠다고 했다. 네스토르는 친구만큼 분노하지는 않은 파트로클로스에게 대신 매달렸다. 결국 아가멤논이 아킬레우스가 보상으로 받은 여자를 돌려주는 조건으로, 파트로클로스가 아킬레우스 대신 다시 전장에 나가도록 설득해 냈다. 최상의 결과는 아니었지만 그만하면 나쁘지 않다고 하는 사람도 있었다.

브리세이스는 아가멤논의 막사에서 18일을 보내며 아가멤논이 처음에는 트로이아군의 진격에, 다음에는 그리스인들의 조언에 격분하며 온갖 성질을 부리는 것을 겪은 터라 포악하고 심통 맞은 왕을 떠나게 되어 다행이라고 생각했다. 브리세이스는 아킬레우스와 파트로클로스에게 돌아갔고, 다음 날 파트로클로스는 트로이아군과 싸우러 나가게 되어 있었다. 파트로클로스가 브리세이스의 머리를 빗겨 주었다. 손길이 거의 다정하기까지 했다.

이튿날 저녁 파트로클로스의 시신이, 원래 아킬레우스의 것인 갑옷을 헥토르가 아직 따스한 파트로클로스의 시신에서 벗겨 갑옷이 없는 채로 돌아왔을 때, 브리세이스는 파트로클로스가 돌아오길 기다리고 있었다. 아킬레우스가 슬픔으로 울부짖을 때 브리세이스는 파트로클로스를 씻기고 가장 좋은 옷을 입혔다. 브리세이스는 자기를 잡아 오고 소유한 이 남자에게, 남편에게는 해 줄 수 없었던 것을 해 줄 수 있었다. 그러나 브리세이스는 울지 않았다.

브리세이스는 파트로클로스의 몸이 장례용 장작더미 위에 놓였을 때도 울지 않았다. 아킬레우스가 새끼 잃은 퓨마처럼 미쳐 날뛰며 죽은 친구에게 복수하겠다고 전장으로 돌아갔을 때도 울지 않았다. 이제 전쟁의 흐름이 뒤집혔다는 것을 누구나 느낄 수 있었고 바다에서 폭풍우가 다가올 때처럼 공기에서 냄새를 맡을 수 있었다. 아킬레우스가 전차 뒤에 누더기가 된 시신을 매달고 전장에서 돌아왔을 때도 울지 않았다. 아킬레우스는 죽은 헥토르의 시신을 질질 끌며 성벽 주위를 세 바퀴 돈 뒤에야 돌아왔다.

아킬레우스는 트로이아의 영웅이 막사 밖에서 썩어 가도록 내버려두었다. 브리세이스는 새벽 이른 시간에 몰래 빠져나가 헥토르의 시신을 씻기고 매장이나 화장 준비를 할까 고민했으나 차마 그러지 못했다. 사흘 뒤, 이야기는 많이 들었으나 본 적은 없었던 트로이아의 늙은 왕이 아킬레우스를 찾아와 아들의 시신을 돌려 달라고 읍소하는 소리가 들렸다. 프리아모스왕이 갈라진 목소리로 무자비한 살인자에게 자비를 구걸하는 것을 들었고, 아킬레우스가 누그러져 노인에게 보물을 받고 죽은 아들을 내주는 것을 보고는 놀랐다.

그토록 오래 참았으니, 브리세이스는 자기 눈이 우는 법을 잊어버렸을 거라고 생각했다. 그러나 여러 날이 지난 뒤 아킬레우스의 장례용 장작더미 앞에 섰을 때—전투에서 아폴론 신에게 당했다고 사람들이 말했다—그제야 브리세이스는 울었다. 아킬레우스를 제외한 모든 사람을 위해 울었다.

11
테티스

아킬레우스를 위해 흘린 눈물도 있었으나 바닷물에 구분할 수 없이 섞여 버렸다. 테티스는 아들이 죽자, 아들이 살아 있을 때도 수없이 그랬듯 울었다. 사실 테티스는 아들이 태어나기 한참 전부터 울었다. 하도 잘 울어서 다른 바다 요정들이 테티스를 놀리곤 했다. 오케아노스의 깊고 푸른 물이 테티스가 흘리는 한없는 눈물로 채워진다면서. 어떤 네레이데스(바다의 정령—옮긴이)는 테티스가 숲의 님프였다면 테티스의 숲은 금세 습지가 되었을 거라고 심술궂게 말하기도 했다.

테티스는, 인간에 불과하고 네레이데스의 짝으로는 전혀 걸맞지 않은 펠레우스가 자기와 결혼하겠다고 했을 때도 울었다. 제우스가 자신을 이 치욕적인 결합에서 구해 주지 않으리라는 게 분명해졌을 때도 울었다. 테티스의 아들이 자기 아버지보다 더 위대해질 것이라는 예언이 있어서, 아이가 신보다 더 위대해지면 안 되기 때문에 제우스는 아이를 반신半神으로 만들기로 한 것이었다.

테티스는 아들이 자기에게 슬픔을 안겨 줄 것임을 알았다. 제 아버지보다 위대하다고? 안 그런 사람도 있나? 테티스는 남편의 필멸의 피를 경멸했고 이코르(신들의 몸에 흐르는 영액—옮긴이) 대신 그 피가 아들의 혈관에 흐른다는 사실을 혐오했다. 테티스는 아들이 신이 되길 바라며 아기를 스틱스 강물에 목욕시켜 얇은 인간 피부를 두터이 만들었다. 전쟁이 닥치자 아들을 안전하게 지키려고 애썼다. 테티스는 아킬레우스가 트로이아에 간다면 집에 돌아오지 못하리란 걸 알았다. 언제나 알았다. 제우스만 예언을 듣는 것은 아니었다. 테티스는 그리스 장수들이 아킬레우스를 데리러 왔을 때 아킬레우스를 숨겼으나 결국 그들이 끌어냈다. 역겨운 오딧세우스는 너무 영리해서 속임수에 넘어가지 않았다. 테티스는 오딧세우스가 살아 있는 한 원한을 가슴에서 떨쳐 버릴 수 없을 것이다. 이타케의 왕에게 바다는 절대 안전한 곳이 될 수 없으리라. 테티스가 깊고 컴컴한 바닷속에 있는 한은.

그러나 9년이라는 긴 세월 동안 아킬레우스는 무사했다. 아킬레우스가 죽인 사람의 명단은 점점 길어지고 점점 대단해졌지만 아킬레우스는 털끝도 다치지 않았다. 테티스는 전쟁 10년째에 접어들어 아킬레우스가 인간 여자를 둘러싼 사소한 다툼 때문에 전장에서 물러났을 때 짧은 불꽃 같은 희망을 느끼기도 했다. 하지만 아킬레우스가 어머니에게 조언을 구할 때마다 테티스는 사실대로 말해 줄 수밖에 없었다. 테티스는 따스한 검은 물에서 나와 아들에게 자기가 오래 전부터 알았던 사실을 말했다. 아킬레우스는 긴 삶과 짧은 명성을 누리거나 아니면 짧은 삶과 영원한 명성을 누리거나 둘 중 하나를 택해야 한다는 사실을. 아킬레우스는 절반만 신이니까. 둘 다 가질 수는 없었다.

테티스는 자신의 축축한 말이 아킬레우스의 귀로 똑똑 떨어지자마자 아들이 이미 결정을 내렸다는 걸 알았다. 아킬레우스는 절대 명성 대신 삶을 택하지 않을 것임을. 신의 혈통을 이어받았으므로 그런 것은 생각조차 할 수 없는 일이었다. 그래서 테티스는 헤파이스토스에게 부탁해 새 갑옷과 새 방패를 만들어 달라고 했다. 아킬레우스의 갑옷은 친구가 입고 나갔다가 더러운 트로이아인들에게 빼앗겼기 때문이었다. 신들의 가호가 있으니 아킬레우스가 바위에 영원한 이름을 새길 시간이 좀 더 길어질 것이라고 테티스는 생각했다.

그렇지만 헥토르가 죽자, 아킬레우스가 차가운 땅에 쓰러뜨린 영웅의 명단에 펜테실레이아마저 오르고 나자, 테티스는 아들도 곧 그들을 따라 스틱스강을 건너리란 걸 알았다. 아들이 아폴론의 손에 쓰러졌을 때(간통자 파리스로 가장하고 있었으나 테티스를 속일 수는 없었다.), 테티스는 결국 이날이 오리란 걸 알았음에도 울었다. 아들이 죽었는데도 너무나 아름다워 죽었다는 게 믿기지 않았다. 아주 작은 상처, 치명적인 궁수 신이 날린 화살 한 발이 낸 상처 때문에 사랑하는 아들은 죽고 말았다. 이제 아킬레우스는 축복받은 자들의 섬 엘리시온에 있다. 그런데 테티스는 아들이 자신의 선택을 후회한다는 걸 알았다. 언젠가 오딧세우스가 지하세계에서 아킬레우스를 만나 죽음이란 어떤 것이냐 물을 텐데, 아들은 죽은 영웅이 되느니 차라리 살아 있는 농부가 되겠다고 대답할 거였다. 테티스는 분노와 수치심을 느꼈다. 자신의 아들이 정말로 필멸자라는 사실, 다른 것보다도 목숨을 더 가치 있게 여긴다는 사실에. 어머니인 내가 이렇게 많은 것을 주었는데 어떻게 그토록 어리석고 감사할 줄 모르는 걸까? 이따금 자신은 진정으로 아들의 마음을 알 수 없을 거란 생각이 들었다. 테티스는 영원히 죽지 않으니까. 그럴수록 아들이 더욱 경멸스러울 뿐이었다. 아비의 피가 테티스가 생각했던 것보다 더 진하게 흐르고 있었던 모양이었다. 그래서 테티스는 울었지만, 테티스의 눈물에서는 아무 맛도 나지 않았다.

12
칼리오페

그자가 나더러 노래하라고 한 번만 더 조르면 물어 버려야지. 이 시인이란 작자들이 어찌나 주제넘은지 기가 막혀. 내가 자기한테 영감을 주는 일 따위 말고 다른 할 일이 없을 거라고 생각하는 걸까? 내가 지들 따까리냐고. 시인들이 무사 여신을 섬기는 거지, 그 반대가 아니란 걸 까먹은 걸까? 아니 그리고 새로 지은 시행을 외워 암기할 줄은 알면서 나한테 '부디 부탁드린다'고 할 정신머리는 없는 거야?

사람은 누구나 죽어야 하는 겁니까, 시인이 어린아이처럼 징징거리며 묻네. 이 전쟁이 아니라 어떤 다른 전쟁 이야기를 쓰고 있다고 착각했나 봐. 전쟁에서는 파괴가 일어나기 마련이야. 그게 전쟁의 본질이지. 나는 가끔 시인의 꿈에 들어가 속삭여.(내가 바쁘긴 한데, 이자가 잘 때 모습이 꽤 보기 좋거든.) 아킬레우스가 죽으리란 걸 알았지 않냐고. 헥토르가 그보다 먼저 죽으리란 것도 알았고. 파트로클로스가 죽을 것도 알았고. 이 이야기 전에도 여러 번 읊었잖아. 싸우다가 쓰러진 남자들 생각을 하기가 괴롭다면 뭐하러 서사시를 짓지?

아, 이제 알겠다. 시인이 괴로워하는 건 전사들의 죽음 때문이 아니네. 앞으로 일어날 일을 아는데, 그게 서사시보다 비극이 될 거 같아 걱정하는 거야. 나는 자면서 뒤척이는 시인의 가슴팍이 오르내리는 것을 봐. 남자의 죽음은 서사시고, 여자의 죽음은 비극이라는 건가? 이자는 갈등의 본질을 잘못 이해하고 있어. 서사시는 수없이 많은 비극이 한데 엮인 거야. 학살 없이는 영웅이 될 수 없고 학살에는 원인과 결과 둘 다가 있지. 그건 전장에서 시작되고 끝나는 게 아냐.

내가 허락한 서사시의 본질을 진정으로 이해하려면 시인은 전쟁의 희생자가 죽은 사람만이 아니란 걸 받아들여야 할 거야. 전장 밖의 죽음이 전투 중에 일어난 죽음보다 더욱 고귀할(심지어 더 영웅적일) 수 있다는 것도. 하지만 시인은 크레우사가 죽었을 때 아프다고 말했어. 크레우사의 이야기가 축축한 땔감 위에 떨어져 타지 못하고 꺼져 버린 불씨처럼 끝나 버리게 하고 말았으니까. 정말 아프지, 내가 속삭였지. 아파야 했어. 크레우사는 이야기에 달린 각주가 아니라 사람이니까. 크레우사는, 트로이아의 여인 모두는 다른 사람들과 마찬가지로 기억되어야 해. 그리스 여인들도 마찬가지고. 전쟁은 싸움터 위에서 펼쳐지는 한판 승부로 판가름 나는 스포츠가 아냐. 전쟁은 세상 곳곳으로 멀리멀리 뻗어 모든 사람을 끌어들이는 그물이야.

시인이 내 성전을 떠나기 전에 이걸 가르쳐야지. 그러지 않으면 시는 한 편도 짓지 못할 테니.

13
트로이아의 여인들

밀물이 들어와 해초를 모래밭으로 밀어 올렸고 여자들은 계속 바위에 앉아 기다렸다. 그리스 경비병은 조금 전에 사라졌다. 바닷가 아래쪽에서 다른 경비병이 달려와 빨리 따라오라며 데리고 간 후에 돌아오지 않았다. 그러나 여자들은 도망칠 생각은 하지 않았다. 보잘것없는 소지품을 챙겨서 여기서 도망가 봤자 무슨 소용인가? 갈 데가 없었다. 만에 그리스 배가 금세라도 출항할 준비를 하고 줄지어 서 있었다. 그리스인들이 차지하지 않고 남겨 둔 것은 재와 연기만 남은 도시의 잔해뿐이었다.

"브리세이스 때문에 일어난 일이 아니었더라도 아킬레우스는 결국 싸웠을 거야." 헤카베가 말했다. "그자는 죽이고 괴롭히고 고통을 주려고 사는 사람이야. 내 아들을 죽이는 것만으로는 충분하지 않았겠지."

어떤 아들을 말하는 거냐고 아무도 묻지 않았다. 헤카베가 말하는 것은 늘 헥토르였다. 아킬레우스가 헥토르의 다른 형제들도 여럿 죽였음에도. "더럽히고 능욕해야만 했던 거야. 프리아모스가 무릎을 꿇고 헥토르의 시신을 달라고 빌게 만들어야만 했어. 노인이 엎드려 빌게 만들었지. 아킬레우스는 그런 인간이야. 설령 아가멤논이 자기 여자를 데려가 그 자리에서 목을 베었더라도 결국 다른 그리스군과 함께 싸웠을 거라고. 그자는 도살자니까."

카산드라는 하늘에서 원을 그리며 나는 갈매기들을 올려다보았다. 어제도 카산드라는 같은 시간에 갈매기가 그러는 것을 보고 있었다. 폴릭세네는 정신이 온전치 않은 언니가 반복적인 움직임에 편안함을 느끼는 것을 오래전부터 알았다. 곧 갈매기들은 얕은 물로 들어온 고기 떼를 향해 하나씩 뛰어들 것이다.

바닷가 저 멀리, 경비병들이 사라진 쪽에도 새들이 모여 공중에서 맴돌며 기다리고 있었다. 카산드라는 그 이유를 진작부터 알았다.

"정말 그렇게 생각하세요?" 폴릭세네가 어머니에게 물었다. "아킬레우스는 살인자가 될 운명을 타고났다고?"

헤카베는 어깨를 으쓱하다가 바다에서 불어온 찬 바람에 어깨를 부르르 떨었다. 폴릭세네는 자리에서 일어서며 잿빛 얼룩이 묻기 전에는 밝은 사프란색이었던 고운 모직 숄을 벗어 어머니의 어깨에 둘렀다. 폴릭세네는 고맙단 말을 기대하지 않았고 헤카베는 아무 말도 하지 않았다.

"그렇게 생각하신다면, 아킬레우스는 선택의 여지가 없었다는 말이 되네요." 폴릭세네가 말했다. "운명이 시키는 대로 따랐을 뿐이라면 어떻게 미워하겠어요? 어머니나 내가 그 사람 삶을 어쩌지 못하는 것처럼 본인도 자기 삶을 어쩌지 못한다면요?"

"당연히 선택할 수 있었어." 헤카베가 대꾸했다. "내 아들들을 죽이거나 다른 여자의 아들들을 죽이거나. 그자가 잘하는 건 오직 학살뿐이었으니까."

카산드라는 고개를 끄덕이며 모래에 대고 속삭이듯 말을 뱉었다. "이게 끝이 아니야, 이게 끝이 아니야, 이게 끝이 아니야."

14
라오다메이아

이른 아침에도 필라카이는 뜨거웠다. 이곳은 테살리아 지방 아래쪽, 동쪽에는 파가사이만이 있고 남쪽과 서쪽은 프티오티스산맥으로 둘러싸인 지역으로 늘 더웠다. 해가 사정없이 내리쬐는 프로테실라오스의 작은 왕국에서는 나무도 크고 무성하게 자라지 못해 엷고 듬성듬성한 그늘밖에는 내주지 못했다. 멀리 곧고 날카로운 지그재그 모양으로 솟은 산맥을 보며 라오다메이아는 자기도 산양처럼 저기서 헤매고 싶다는 생각을 종종 했다. 저 위 나무가 굵게 자란 곳은 틀림없이 훨씬 시원할 테니. 라오다메이아는 관자놀이와 무릎 뒤쪽에 땀이 고이는 걸 느꼈다. 라오다메이아가 어릴 때 부모님이 옛날이야기를 들려 주곤 했는데, 그중에서도 기억에 또렷이 남은 것은 태양신 헬리오스가 날마다 그들이 사는 도시 꼭대기에 멈춰서 말을 쉬게 한다는 이야기였다.

라오다메이아는 날마다 걸었다. 궁에서 나와 성벽을 향해 내려가, 필라카이에서 바다로 이어지는 길로 나갔다. 날마다 바닷가에서 선원과 무역상들이 상륙할 때까지 기다렸다. 트로이아에서 테살리아까지 오는 데 며칠이나 걸릴까? 렘노스섬을 지나, 짙은 에게해를 건너 에우보이아섬 해안을 따라 파가사이만으로 들어오려면. 라오다메이아는 그 경로를 머릿속에 또렷이 새겨 두고 있었다. 프로테실라오스가 출발하기 며칠 전부터는 자기가 어떻게 집에 돌아올 것인가 하는 이야기밖에는 하지 않았기 때문이다.

"울지 마, 작은 왕비." 라오다메이아가 눈물에 빠져 죽을 만큼 주체할 수 없이 줄줄 눈물을 흘리고 있을 때 프로테실라오스가 말했다. 프로테실라오스가 손을 뻗어서—검을 휘두르기보다는 리라를 뜯기에 더 잘 어울릴 가늘고 긴 손가락을 뻗어 엄지손가락으로 눈물을 닦아 주었다. "내가 그리워지기도 전에 돌아올걸. 약속해."

라오다메이아는 마치 그 말을 믿는다는 듯 고개를 끄덕였다. "한 가지 더 약속해 줘." 라오다메이아가 말했다.

"뭐든." 그가 대답했다.

"첫 번째가 되지 않겠다고 약속해." 라오다메이아가 말했다. 프로테실라오스는 예쁜 이마에, 라오다메이아가 첫눈에 보고 반했던 미간에 가는 주름을 만들어 무슨 말인지 모르겠다는 표시를 했다. 입으로는 겁에 질린 말을 달래듯 계속해서 조곤조곤 다독이는 소리를 냈다.

"진심이야." 라오다메이아는 팔은 그만 쓰다듬고 자기 말에 귀를 기울이라고 말하고 싶었다. 그렇지만 프로테실라오스의 금빛 피부가 불빛에 반짝여 라오다메이아 자신도 하려는 말에 집중하기가 어려웠다. "트로이아에 상륙할 때 당신 배가 다른 배보다 뒤에 가게 해야 해. 가장 먼저 닻을 내리면 안 된다고."

"내가 키를 잡을 것 같진 않은데." 프로테실라오스는 곁에 있는 라오다메이아의 몸이 굳어지는 걸 느끼고 덧붙였다. "어쨌든 조타수한테 서두르지 말라고 할게. 바다괴물과 소용돌이 이야기를 해서 주의를 딴 데로 돌릴게."

"내 말을 진지하게 받아들이지 않는 거지." 라오다메이아가 말했다. 라오다메이아는 남편이 잡을 수 없게 팔을 빼내고 저항하려 했지만 그럴 수 없었다. 남편과 살을 맞대고 있을 때도 남편의 손길을 갈망했으니까. "다른 사람들이 당신보다 먼저 배에서 내리게 해. 조금 뒤로 물러서 있다가 다른 사람들이 먼저 내리기만 하면 아무 일 없을 거야."

"아." 프로테실라오스가 말했다. "하지만 배에서 빨리 내릴수록 당신한테 더 빨리 돌아올 수 있을 텐데."

"아냐." 라오다메이아가 말했다. "아니라고, 제발. 그렇지 않아. 당신이 가장 먼저 배에서 내리면 안 돼. 절대." 라오다메이아는 다시 눈물을 쏟았다.

프로테실라오스는 인내심 있게 웃으며 라오다메이아의 머리카락을 헝클었다. "울지 말라니까, 작은 왕비님. 제발 그만해."

두 사람의 침실이 다른 궁을 기준으로 보았을 때 딱히 크거나 호사스럽지는 않다는 걸 라오다메이아는 알았다. 왕국도 작고, 궁도 작고, 라오다메이아도 작았으니까. 아담한 거지, 프로테실라오스는 웃으며 말하곤 했다. 프로테실라오스는 라오다메이아가 아름답지 않았더라도 결혼했을 거라고, 천장 낮은 이 궁에 딱 들어맞을 왕비는 라오다메이아뿐이라고 농담을 하곤 했다. 그래도 벽이 두꺼워서 궁 안은 시원했다. 이 작고 더운 도시에서 유일하게 시원한 곳이었다. 그래서 왕국 전체가 저녁 햇볕에 구워지고 있을 때도 두 사람의 침실에서는 누비이불을 덮고 횃불로 불을 밝힐 수 있었다. 라오다메이아는 남편과 둘이서만 오붓하게 부둥키고 있을 수 있는 이 방을 다른 어느 곳보다 좋아했다.

그렇지만 헬레네에게 구혼했던 사람들 모두 아울리스에 함대를 집결하라는 호출이 왔고 라오다메이아의 작지만 완벽한 행복은 무너져 내리기 시작했다. 라오다메이아는 프로테실라오스도 당연히 헬레네에게 구혼했었다는 사실을 알았다. 그때는 남편이 자신을 만나기 전이었으므로 아주 조금만 섭섭해했다. 그런데, 아, 그러지 않았더라면. 구혼자들 모두, 헬레네가 그들 중 누구와 결혼하든, 만약 헬레네가 사라지면 다 같이 나서서 다시 찾아오겠다고 맹세했기 때문이었다. 그 맹세가 아니었다면 헬레네는 결혼할 수 없었을 것이다. 그리스의 왕들 전부 헬레네와 결혼하기를 원했으니까. 이렇게 많은 이들이 헬레네를 차지하려고 다투었으니, 그로 인한 결과를 피할 수는 없었다.

결국 헬레네를 데려간 남자는 그리스인도 아니고 맹세를 한 사람도 아니었다. 그렇다고 라오다메이아의 남편이 한 맹세를 깨뜨릴 수는 없었다. 그래서 헬레네가 트로이아의 왕자를 따라가 버렸을 때 프로테실라오스도 다른 그리스군과 힘을 합해 헬레네를 데려오기 위한 전쟁에 나서라는 지시를 받았다. 스파르타의 왕이 왕비를 잃었다는 이유로, 100명의 왕비가 왕을 잃어야 했다. 라오다메이아는 트로이아인들을 원망한 만큼 그리스인도 원망스러웠다. 라오다메이아가 바란 것은 정말 소박한 것이었는데. 오직 남편이 자기의 것이고 안전하게 가까이 있기만을 바랐는데.

그런데 그 작은 바람이 무너졌다. 라오다메이아는 그 일이 일어난 순간에, 전령이 자신이 무엇보다도 겁내던 소식을 가지고 돌아오기 며칠 전에 알았다. 처음부터 알고 있었던 것 같기도 했다. 그 두려움을 차마 말로 표현하기 전부터 이미. 프로테실라오스를 만난 순간, 이상한 일이지만 라오다메이아는 그를 잃을 것을 알았다. 아버지가 처음 남편을 소개해 주었을 때 서로 다른 감정이 전쟁을 벌이던 것을 기억했다. 첫눈에 푹 빠져들면서 동시에 격한 슬픔을 예감했다.

라오다메이아는 남편을 배웅하러 배가 있는 곳까지 와서 마지막으로 남편의 품에서 눈을 감았을 때 알았다. 다시 한 번 남편에게 모래로 덮인 트로이아 해안에 늦게 내려서라고 빌었다. 마지막이 되라고, 마지막에서 두 번째가 되라고, 그리스인 가운데 선두로 낯선 땅에 발을 들여놓지만은 말아 달라고 간청했다. 라오다메이아는 떠나는 남편이 자기가 웃는 모습을 기억할 수 있도록 눈물을 참았다. 그러나 이제 남편이 자기를 볼 수 없을 거란 생각이 들자마자 울음을 터뜨렸고 멈추지 않고 울었다. 라오다메이아는 멀어지는 남편을 더 이상 알아볼 수 없을 때까지 보고 있다가 그다음에는 남편이 탄 배가 점이 되어 사라질 때까지 지켜보았다. 그러고 난 다음에도 바닷가를 떠날 수 없었다. 여기에서 뒤돌아 바다를 등지면 영원히 행복을 등질 것 같은 강한 예감이 들었다. 급기야 노예들이 라오다메이아를 억지로 궁으로 끌고 갔다. 라오다메이아가 (눈물을 흘리고 있는 데다 땅거미가 져서 앞이 잘 보이지 않아) 비틀거리다 쓰러질까 봐 하녀가 허리를 감싸 안았다. 하녀는 라오다메이아가 이미 쓰러졌으며 다시는 일어나지 못하리란 걸 몰랐다.

부모가 라오다메이아를 달랬다. 프로테실라오스는 돌아올 거야. 그렇게 멀지 않아. 바다가 고요하구나. 사실은 너무 고요해서 문제였다. 프로테실라오스가 테살리아를 떠나고 며칠 뒤에 전갈을 보내왔다. 자기를 포함해 그리스군 전체가 바람이 없어 아울리스에서 떠나지 못하고 있다고. 함대가 출항할 수 없다는 소리에 라오다메이아는 잠시나마 출정을 포기하지 않을까, 남편이 다시 집으로 돌아오지 않을까 기대했다. 라오다메이아는 머릿속에서 자꾸 떠오르는 이미지—남편이 엄지발가락이 길고 바깥쪽으로 벌어진 아름다운 왼발을 살짝 앞으로 딛고 뱃머리에 선 모습이, 트로이아에서 운명을 향해 뛰어들려는 모습이 아니라 테살리아 해안으로 돌아오는 모습이라고 생각했다. 그 모습이 너무나 생생하게 보였다. 남편이 마치 무용수처럼 무릎을 살짝 굽히고 정확하고 신중하게 앞으로 무게를 보내고 있었다.

하지만 헛된 희망이란 걸 라오다메이아도 알았다. 원정대 대장인

아가멤논이 신들의 분노를 달래 배를 띄울 바람을 다시 불게 하려고 극악무도한 짓을 저질렀다. 함대는 예상대로 출항했다. 함대는 트로이아에 무사히 도착했고, 라오다메이아의 남편, 라오다메이아의 사랑하는 남편은 얼른 전쟁을 끝내고 작은 왕비의 곁으로 돌아가고 싶은 생각에, 배에서 뛰어내려 얕은 물이 찰랑거리는 바닷가에 내려섰다. 트로이아군이 기다리고 있었으나 프로테실라오스는 겁쟁이가 아니었다. 전령이 끔찍한 소식을 갖고 돌아오기 전에는, 라오다메이아는 남편이 그토록 뛰어난 전사인 줄 몰랐다. 혹시 누가 묻는다면 그렇다고, 당연하다고 말했을 것이다. 그렇지만 또 마찬가지로 자랑스럽게 남편이 도망칠 수도 있을 거라고 말했을 것이다. 남편이 용감하고 창과 검을 잘 다룬다는 사실이 라오다메이아에게 위안이 될 리가 없었다. 남편이 싸우지 않겠다며 안락의자 뒤에 숨어 달달 떨고 있었더라면 훨씬 좋았을 것이다. 어떤 여자가 겁쟁이를 사랑하겠냐고, 누가 말하는 걸 들은 적이 있다. 라오다메이아는 그 질문에 이렇게 대답할 수 있었다. 겁쟁이를 사랑하지 않으면 대신 시체를 사랑해야 하는 사람이라고.

남편의 용맹이 라오다메이아에게는 아무 위로가 되지 않았으나 다른 사람들은 위안을 얻었다. 시민들은 죽은 왕에 대해 자부심을 느꼈다. 햇빛에 바랜 삼베 천막 아래에 앉아 프로테실라오스의 업적을 이야기했다. 부하들보다 앞장서 배에서 뛰어내려 트로이아인을 세 명—아니 네 명이나 죽였다고, 미르미돈인들은 아직 상륙도 하기 전의 일이었다고. 미르미돈의 왕을 사람들은 발 빠른 아킬레우스라고 부르지만, 그들의 왕이 더 빨랐다고. 어찌나 자랑스럽게들 말하는지 몰라요, 노예들이 라오다메이아를 달래려고 전해 주었다. 게다가 프로테실라오스를 벤 사람은 평범한 트로이아인이 아니었다고 했다. 다름 아닌 헥토르, 야만인의 왕 프리아모스가 가장 총애하는 아들이었다. 헥토르는 덩치가 황소 같다고들 했다. 키 크고 힘이 세고 도시를 지키려고 필사적으로 싸웠다. 소중한 것을 지키려고 싸우는 사람이 공격하는 사람보다 훨씬 더 필사적이란 건 누구나 아는 사실이다. 그런 자가 나섰기 때문에 그들의 젊은 왕이 쓰러져 그리스군 최초의 전사자가 되고 말았던 것이다.

남편이 죽었다는 소식이 전해졌을 때 라오다메이아는 어떻게 해야 할지 몰랐다. 옷을 찢고 머리를 뜯고 뺨을 할퀴었다. 마땅히 그러리라고 기대한다는 걸 알기 때문이었다. 날카로운 손톱으로—남편과 사랑을 나눌 때 남편의 척추를 훑어 내려가던 손톱으로—살갗을 뜯었고 상처가 나는 순간 고통에서 놓여나는 느낌이 들었다. 신체적 아픔은 라오다메이아가 느끼는 것에 비하면 너무나 약했지만, 그래도 그렇게나마 아픔이 표현되는 게 아무것도 없는 것보다는 나았다. 그 뒤에 따르는 욱신거리는 느낌은 성에 차지 않았다. 상처는 나았지만, 다른 것은 아무것도 나아지지 않았다. 부모와도 친구와도 하인들과도 대화를 나눌 수가 없어서 라오다메이아는 똑같은 경로를 계속해서 돌았다. 도시를 가로질러 동쪽으로 가서 비리비리한 나무 아래 아무도 기다리지 않고 앉아 있었다. 라오다메이아가 들어야 할 소식은 이제 없었기 때문이다.

필라카이 시민들은 날마다 슬픔에 절어 있는 왕비를 혼자 내버려두었으나, 라오다메이아가 앉아 있는 나무 맞은편 대장간에서 일하는 대장장이는 그럴 수가 없었다. 덩치가 크고 거대한 팔뚝은 검댕투성이이고 뚱뚱한 배에 갈색 가죽 허리띠를 두른 대장장이는 왕이 떠난 뒤 늘 대장간 맞은편에 앉아 있는 왕비를 보았다. 대장장이는 자신이 특별히 마음이 무르다고는 생각해 보지 않았다. 왕이 쓸 창날을 두들겨 만든 사람이 자기였고 전장에서 무슨 일이 일어나는지도 알았다. 그러나 왕비에게서 악취처럼 풍겨 나오는 슬픔—사람들이 발길을 돌리게 하고 빨리 걷기 힘든 날씨임에도 발길을 서두르게 만드는 지독한 기운에도 대장장이는 고개를 돌리지 않았다. 왕비의 모습을 보고 대장장이는 태어난 지 몇 달 안 된 둘째를 잃었을 때 아내의 모습을 떠올렸다. 아기가 잠을 잘 못 자고 자꾸 칭얼대더니, 어느 날 아침에 보니 요람에서 죽어 있었다. 아픈 기색도 없었고 다친 데도 없었다. 완벽한 아기였다. 살아 있을 때는 숨을 할딱였는데, 죽은 뒤에 오히려 더 아름다웠다. 대장장이는 아기를 자기가 판 구덩이에 묻었다. 아내는 며칠 동안 말을 하지 않았다. 대장장이는 자기들에게 아직 아들이 하나 있고—이제 막 아장아장 걸음을 떼며 엄마 치맛자락을 잡아당기는 아이였다—앞으로도 여럿 더 가질 거라며 아내를 달랬다. 그러나 아내는 슬픔이 치울 수 없는 벽처럼 앞에 버티고 있는 듯 길을 찾지 못했다. 아내는 집 밖으로 나오지 않았고 점점 파리해지고 메말라갔다. 하루이틀 뒤부터 대장장이는 아침마다 대장간으로 갈 때 아들을 데리고 나왔다. 엄마가 먹지 않으니 아이도 먹이지 않으리란 걸 알았기 때문이다. 대장장이는 누나들, 형수들에게 자기 아내와 이야기 좀 해 보라고 부탁했다. 하지만 아무도 그 사람의 마음속에 닿을 수 없었다. 아기가 죽고 한 달 뒤, 대장장이는 아내마저 묻었다.

대장장이는 좋은 사람이었고 가족을 부양할 만한 수입도 있었기 때문에 1년이 가기 전에 다시 짝을 만났다. 두 번째 아내는 열 살 어렸고 골반이 넓고 잘 웃는 사람이었으며 아이가 금세 다섯 더 늘었다. 새 아내는 큰아들을 자기 자식하고 다를 바 없이 대했고, 그래서 대장장이는 고마운 마음에 아내 이야기를 하다가 가끔 목이 메곤 했다. 친구들은 이 덩치 큰 남자가 정 때문에 절절매는 걸 보면서 껄껄 웃음을 터뜨리고 잔을 들어 올리곤 했다. 하지만 결코 잔인한 비웃음은 아니었다.

매일 아침 대장장이는 라오다메이아가 나무로 걸어오는 것을 보았다. 그리고 매일 오후 대장장이는 그날의 일을 마치고 난 다음 무언가 다른 것을 만들기 시작했다. 대장장이는 부자는 아니었지만 트로이아와 전쟁을 시작한 그리스군에 무기를 상당히 많이 팔았다. 또 그리스군이 출항한 다음에 들어와서 쓰지 않고 남은 커다란 청동 덩어리가 있었다. 아내는 남편이 조금 늦게 돌아와도 불평하지 않았고 대장간에 남아 뭘 하느냐고 묻지도 않았다. 대신 아내는 남편의 겨드랑이와 허리띠 아래 땀의 소금기 때문에 피부가 쓸리고 붉게 부은 자리에 올리브기름을 발라 주었다.

왕이 배를 타고 파가사이만으로 떠난 지 두 달 후, 대장장이는 갑옷 정강이받이를 두드려 모양을 잡으면서 작은 왕비가 나타나기를 기다렸다. 하도 많이 만들어서 보지 않고도 망치질을 할 수 있었다. 이틀날 주인이 정강이받이를 찾으러 와서 입어 보면 다리에 딱 맞을 터였다.

라오다메이아가 나무 아래 자기 자리에 와서 앉았을 때, 대장장이는 자기가 하는 일이 최선인지 마지막으로 한 번 더 생각했다. 그런데 왕비의 새처럼 작은 몸이 너무나 수척해져서 도저히 그냥 두고 볼 수가 없었다. 대장장이는 천천히 다가갔다. 자기 덩치 때문에 왕비가 놀랄까 봐 걱정되었기 때문이었다.

"포트니아(고대 그리스에서 신분이 높은 여성을 부르는 호칭—옮긴이)." 대장장이가 고개를 살짝 숙이며 말했다. 바보가 된 기분이 들었고 속으로 이웃 사람들이 이른 아침이라 바빠서 자기 꼴을 보지 않기만을 빌었다. 라오다메이아는 들은 기색이 없었다. 대장장이는 왕비 앞에 쭈그리고 앉았다. "마마?" 대장장이가 다시 불렀다. 라오다메이아는 멍하니 먼 곳을 응시하던 눈에 초점을 맞추고 자기 앞에 거대한 바위가 굴러와 있는 것을 보았다. 그게 사람이란 걸 알고 깜짝 놀랐다.

"전 도와드릴 수 없어요." 라오다메이아가 말했다. 이 사람이 뭘 원하든—먹을 것이든, 물이든—라오다메이아에겐 없었다. 그런 것을 구해 줄 기운도 없었고. "용서하세요. 도와드릴 수가 없네요." 라오다메이아가 말했다. 두 사람의 눈이 마주쳤고 대장장이는 첫 번째 아내의 깊은 고통을 그 눈에서 다시 보았다. 필로노메를 구하지는 못했지만, 이 여자는 구할 것이다.

"도움을 청하려는 게 아닙니다, 포트니아." 대장장이가 말했다. 그 단어를 듣고 라오다메이아는 거의 웃을 뻔했다. 프로테실라오스가 두 사람만의 침실에 있을 때 그렇게 부르곤 했던 것이다.

"이리 오세요." 대장장이가 말했고 라오다메이아는 혼란스러운 눈으로 쳐다보았다. 대장장이는 두툼한 손을 내밀었고 라오다메이아는 그가 아버지이고 자기는 아이이기라도 한 듯 그 손을 잡았다. 대장장이가 대리석과 돌을 실은 수레가 지나가며 생긴 움푹한 바퀴 자국을 피해 가며 라오다메이아를 흙길로 인도했다.

"이쪽으로 오세요." 대장장이는 낮은 담으로 길과 구분되어 있는 대장간 안으로 들어갔다. 라오다메이아는 대장장이의 땀에 절어 번들번들 윤이 나는 송아지 가죽 풀무를 지나 안으로 들어갔다. 낡은 모루와 큰 날을 만들고 남은 금속 도막으로 만든 작고 날카로운 창날들이 널린 곳을 지나자 창고로 가는 문이 나왔다. 라오다메이아의 눈이 어둠에 적응하는 데 시간이 좀 걸렸다. 녹여 다른 물건으로 만들거나 땜질해서 수선해야 할 찌그러진 냄비와 금이 간 솥이 보였다.

그 뒤, 가장 구석에, 천 무더기가 있었다. 아니, 무더기가 아니란 걸 라오다메이아는 깨달았다. 천 한 장이 뭔가 커다란 것을 덮고 있었다. 라오다메이아보다도 더 큰 무언가를.

"모르는 사람의 선물이지만 받아 주시겠어요?" 대장장이가 말하며 빠른 손놀림으로 천을 획 벗겼다. 라오다메이아는 폐가 저 밖에 있는 풀무처럼 꽉 짓눌려 공기가 다 빠져나가는 느낌이었다. 거기, 자기 앞에, 프로테실라오스가 서 있었기 때문이었다. 라오다메이아는 자기 발이 저절로 움직이는 것도 몰랐고 그저 남편의 완벽한 얼굴을 향해 뻗은 손을 따라 앞으로 나아갔을 뿐이었다. 마치 청동 아래 피가 흐르는 것처럼 따스하게 느껴졌다. 라오다메이아는 입을 열었지만 아무 말도 나오지 않았다.

"진심으로 애도합니다." 대장장이가 말했다. "원하신다면 언제든 수레로 궁으로 올려 드리겠습니다."

라오다메이아가 고개를 끄덕였다. "네, 네."

대장장이는 라오다메이아의 얼굴을 보고는, 다시 작품을 덮어놓기 위해 천을 펼쳤다.

"안 돼요!" 라오다메이아가 소리쳤다. "그러지 마세요." 라오다메이아는 두 팔을 동상에 감고 꼭 끌어안았다. 대장장이가 미소를 지었다. "걱정 마세요." 대장장이가 말했다. "제 아들들이 곧 올 겁니다. 그때까지 여기 계셨다가 아들들하고 같이 이걸 가지고 집으로 돌아가시면 돼요."

"그를 데리고요." 라오다메이아가 말했다. "고마워요. 그럴게요."

그 뒤 몇 달 며칠 동안 라오다메이아는 한시도 청동 남편의 곁을 떠나지 않았다. 동상 곁이 아니면 먹지도 마시지도 않으려 했고 방에서 나가려고도 하지 않았다. 라오다메이아의 부모는 딸이 계속 이럴까 봐 걱정이 되었다. 노예들도 처음에는 안타깝게 생각했으나, 시간이 지나자 남편의 죽음을 받아들이고 재혼하려 하지 않는 젊은 여자를 못마땅하게 보았다. 다른 남자한테 아이를 여럿 낳아 줄 수 있을 만큼 젊으면서도.

부모는 딸을 설득하려 했으나 소용이 없자 딸을 위해 최선이라고 생각하는 일을 하기로 했다. 어느 날 밤 딸이 잠들 때까지 기다렸다가 노예들을 시켜 방에서 동상을 빼냈다. 라오다메이아가 깨어 보니 동상이 화장용 장작 위에서 그리스에서 돌아오지 못한 시신 대신 타고 있었다. 라오다메이아는 찢어지는 듯한 비명을 지르며 불 속으로 몸을 던졌다.

신들이 이걸 보고는, 이례적으로 라오다메이아를 불쌍히 여겼다. 라오다메이아가 아버지에게 끌려 나와 또다시 자해하지 못하게 방에 감금되자, 신들은 헤르메스를 보내 지하세계의 왕과 협상했다. 처음이자 마지막으로 하데스가 요청을 들어주었다. 라오다메이아는 축축이 젖은 베개에 가망 없는 눈물을 흘리다가 문득 등에 얹힌 따스한 손을 느꼈다.

“쉬이, 작은 왕비님, 울지 마.” 남편이 말했다. 드디어 라오다메이아는 울음을 그쳤다.

두 사람은 하데스의 인내심이 다하기까지 단 하루를 함께 보냈고 프로테실라오스는 다시 망자의 땅으로 돌아갔다. 전에 한 번 잃었던 것을 다시 잃고서 살아갈 수는 없었던 라오다메이아는 침대 시트로 올가미를 만들어서 남편의 뒤를 따라갔다. 신들은 라오다메이아의 헌신에 대해 한마디씩 했고, 필라카이 사람들이 왕과 왕비를 위해 사당을 짓자 그들의 기도를 듣고 미소를 지어 주었다.

15
이피게네이아

아버지한테서 아킬레우스와 혼인하게 되었다는 전갈이 도착하자, 어머니의 하인들이 순식간에 짐을 챙겨서 궁 밖으로 나섰는데, 어찌나 서둘던지 이피게네이아는 위대한 전사가 마음을 바꾸기라도 할까 봐 겁이 나서 그러나 생각했다. 하지만 아킬레우스가 자기와 결혼하는 걸 기뻐하지 않을 이유가 있나? 이피게네이아는 아가멤논과 클리타임네스트라의 딸이고 오레스테스와 엘렉트라의 누이이자 메넬라오스의 조카이며 헤르미오네의 사촌인데. 그런데 아킬레우스는 뭐 별 볼 일 있나? 물론 사람들 말이 역사상 가장 위대한 전사라고 하지만, 아직 전쟁에 나가 본 적도 없지 않나. 게다가 아킬레우스가 정강이받이를 두르고 검을 뽑는 것도 다 이피게네이아의 가족을 위한 일이었다. 함대가 트로이아로 진격할 준비를 마치고 아울리스에 집결하고 있었다. 이들 그리스군 전부를 지휘하는 사람은 이피게네이아의 아버지 아가멤논이고 아킬레우스는 미르미돈인의 수장에 불과했다. 물론, 소문에 따르면 아킬레우스가 아폴론보다 민첩하고 헤르메스보다 빠르고 아레스보다 더 파괴적이라고들 했다. 아무리 그래도 이피게네이아와 결혼하는 게 밑지는 결혼은 아닐 터였다. 이피게네이아는 턱을 앞으로 쑥 내밀며 감히 자기를 깔보고 헐뜯는 상상 속 인물들을 질타했다.

이피게네이아와 어머니는 아울리스가 어디에 있는지도 모른 채 아울리스를 향해 길을 떠났다. 아직 어린 남동생은 데려왔지만 젖먹이 엘렉트라는 유모와 함께 집에 남겨 두었다. 이들이 탄 작은 마차는 돌길 위를 덜컹거리며 달렸고 길이 너무 험해지면 어머니와 이피게네이아가 마차에서 내려 말의 부담을 덜어 주었다. 미케나이 북쪽 산지에서 말을 잃는다면 큰 낭패이기 때문이었다. 이피게네이아는 바위를 덮은 모래를 밟았다가 발을 삐끗할 뻔했지만 작열하는 햇빛과 불어오는 모래바람을 피해 상자 안에 고이 넣어 둔 사프란색 드레스를 생각하며 마음을 달랬다. 이피게네이아는 아름다운 신부가 되어 아버지 군대의 모든 남자들에게 눈길을 받을 것이다.

그러나 이런 생각을 하며 겨우 마음을 달랠 수 있었던 건 이피게네이아뿐이었다. 어머니는 드디어 아울리스에 도착했을 때 열기와 먼지 때문에 짜증이 있는 대로 나 있었고 무엇보다도 아버지가 마중 나오지 않은 것에 분개했다. 무뚝뚝한 군인이 두 사람을 막사로 서둘러 데려가면서 아가멤논이 주둔지 어딘가에 있긴 한데 정확히는 아무도 모른다고 했다.

"왕께서는 아내와 아들딸을 보고 싶어 하실 걸세." 클리타임네스트라는 가축 먹이와 무기를 들고 바삐 오가는 군인들에게 외쳤다. 아무도 걸음을 멈추고 귀 기울이지 않았다. 미케나이의 왕비는 여기에서 전혀 중요한 존재가 아니었다.

어머니가 한번 화나면 쉽게 가라앉지 않는다는 걸 아는 이피게네이아는 동생을 데리고 막사 밖으로 나와 조수 웅덩이로 갔다. 동생은 오는 길에 주운 막대기로 작은 게를 찌르며 놀았고 이피게네이아는 수면에 자기 모습을 비춰보았다. 아래쪽에서 보면 마치 턱이 두 개인 것처럼 보여 예뻐 보이는 각도는 아니었지만. 이피게네이아는 뒤로 물러선 다음 더 잘 보려고 목을 한쪽으로 기울였다. 짙은 색 머리를 가운데에서 가르마를 탔고 곱슬곱슬한 머리카락을 옆머리에 핀으로 단단히 고정한 다음 머리 꼭대기에서 화려한 컬을 이루며 쏟아지게 했다. 등으로 흘러내린 머리카락이 사프란색 웨딩드레스하고 완벽하게 어울릴 것이었다. 그런데 이피게네이아의 눈에 들어온 군인들 가운데—서로 이야기를 하거나 칼싸움 연습을 하며 힘과 기지를 겨루는 군인 가운데 이피게네이아에게 눈곱만큼이라도 관심을 주는 사람이 하나도 없었다. 이피게네이아의 신랑 될 사람이 너무 무서워서, 오후 햇살에 이렇게 어여쁘게 앉아 있는 공주에게 수작을 걸 엄두도 못 내는 걸까?

이피게네이아는 아킬레우스가 어머니가 있는 막사로 공식적으로 인사를 하러 오거나, 아니면 오레스테스가 건드리면 붉고 부드러운 팔을 꽃잎처럼 오므리는 불가사리를 가지고 놀고 있는 이곳으로 조용히 이피게네이아를 보러 오지 않을까 내심 기대했는데, 그런 일은 없었다. 잔뜩 긴장하고 있을지도 모르지, 이피게네이아는 생각했나. 그렇게 명성이 자자한 사람이 겁쟁이일 리는 없지만.

오레스테스를 데리고 숙소로 가 보니 어머니가 아가멤논과 메넬라오스를 잠깐 만나고는 성질이 조금 가라앉아 있었다. 클리타임네스트라는 아무도 마중을 안 나왔다는 사실에 아직 짜증이 나 있었으나, 이렇게 빨리 오리라고는 예상치 못했다는 말을 듣고 기분이 약간 풀렸다. 클리타임네스트라는 자만심이 강한 여자로, 무엇보다도 자기가 해낸 일을 두고 남자들이 남자처럼 해냈다고 감탄할 때 가장 기분이 좋았다. 자신을 아내보다 왕비로 여겼고 다른 여자와 비교되는 것을 좋아하지 않았다. 다른 여자들에 비해 엄청나게 우월하다는 뜻으로 비교할 때가 아니라면.

"결혼식은 내일 동틀 무렵에 한단다." 클리타임네스트라의 말을 듣고 이피게네이아는 기쁜 듯 고개를 끄덕였다. 이피게네이아는 어머니처럼 여성스러운 것들을 경멸하지는 않아서 물건을 뒤져 내일 쓸 화장품을 챙겼다. 이마와 뺨에 빨간 동그라미를 그리고, 그 둘레에 작게 빨간 점을 찍어 마치 작은 태양처럼 만들 것이다. 눈 주위에는 굵고 검은 선을 그리고, 진한 눈썹을 더 짙게 칠할 것이다. 머리에 드리울 우아한 금 사슬도 있었다. 결혼식이 시작될 때, 이피게네이아는 준비가 되어 있을 것이다. 완벽한 신부의 모습으로.

동트기 전 그을음이 나오는 횃불 불빛 아래에서 이피게네이아는 단장을 했다. 선을 긋고 동그라미를 그렸고, 반짝이는 금 사슬을 정성스레 땋아 내린 머리카락에 묶었다. 하녀가 정확히 이피게네이아가 바란 대로 머리를 단장해 주었다. 이피게네이아는 여행 도중에 밤마다 머리 모양을 연습해 보길 잘했다고 생각했다. 모든 게 완벽해야 하는 순간이니까. 이피게네이아는 노예에게 화장이 잘 되었는지 보라고 했다. 치켜든 턱을 왼쪽과 오른쪽으로 기울이며 두 뺨에 그린 동그라미가 수평이 맞는지 확인한 다음에 안에 색을 채워 깔끔한 동그라미를 완성할 생각이었다. 어머니는 화장은 안 했지만 이피게네이아가 한 번도 본 적 없는 밝은 빨간색 드레스를 입었고 두 사람은 잠시 서로 손을 꽉 잡고 웃었다.

"나 아름다워요." 이피게네이아가 말했다. 너무 자명했기에 질문으로 꾸며 물을 수조차 없었다.

"그렇고말고. 여기 있는 남자들이 평생 본 중에 가장 아름다운 신부일 거야. 그리스 땅 어느 쪽에서 온 남자든." 어머니가 말했다. "자." 어머니는 진한 향유가 담긴 작은 병을 꺼냈고 이피게네이아는 으깬 꽃 향기를 손과 윤기 흐르는 머리카락에 발랐다. "완벽해." 어머니가 말했다. "넌 오늘 나를 뿌듯하게 만들 거야. 내 큰딸이, 그리스에서 가장 위대한 전사와 결혼하다니."

바깥쪽에서 무거운 발소리와 작고 나지막한 소리가 들렸다. 군인들이 이피게네이아를 바닷가 제단으로 데려가려고 온 것이었다. 오레스테스가 아직 자고 있어서, 클리타임네스트라는 아들을 깨워서 미케나이 왕자로서 미케나이 공주가 미르미돈 왕비가 되는 장면을 보도록 해야 할까 잠깐 망설였다. 하지만 아기가 보챌 것을 생각하자 짜증이 나서 그냥 노예들에게 맡겨 두고 나왔다. 천막 덮개를 젖히자 온갖 다양한 어중이떠중이 병사들이 모여 기다리고 있었다.

"난 이런 게 아니라 의장대를 기대했는데." 클리타임네스트라가 말했다. "아가멤논이나 가족을 이보다는 더 예우해야 하는 거 아니에요?"

군인들이 사과의 말을 웅얼거렸으나 말투에 진정성이 전혀 없었다. 얼른 전쟁에 나가고 싶구나, 이피게네이아는 생각했다. 실제로 싸우는 걸 본 적도 없는 남자와 아직 같이 전장에 나가 보지도 않은 지휘관 딸의 결혼식을 보고 싶은 생각이 없는 모양이었다. 아직은 명예나 자부심을 느끼기 전이니까. 어머니는 이런 것을 이해 못 했다.

이피게네이아가 샌들 가죽끈에 발이 쓸리지 않게 끈을 다시 묶을 수 있도록 군인들이 기다려 주었고, 곧 바닷가를 향해 다 같이 걷기 시작했다. 이피게네이아는 말없이 클리타임네스트라 뒤를 따라가며 자신의 완벽하게 곧은 목 위 옆얼굴이 어떻게 보일까 생각했다. 문득 아버지가 와서 아무 일 없을 거라고 말해 줬으면 좋겠다는 생각이 들었다. 그런데 전날 아버지가 막사에 들렀을 때 엇갈린 이후에 아버지는 다시 오지 않았다. 그래도 바닷가 근처 높은 모래 언덕을 돌아가자 아버지가 앞쪽 임시 제단 옆에 서 있는 모습이 보였다.

물가에 엄청나게 많은 수의 군인들이 도열해 있고 그 뒤에는 거대한 배가 줄지어 있었다. 트로이아는 이런 대군을 결코 버텨 내지 못할 것이었다. 이피게네이아는 순간 남편이 이런 단기전에서 무용을 드러내기는 어렵겠다는 생각에 슬픔을 느꼈다. 다른 전쟁이 또 있겠지. 이피게네이아는 아버지를 향해 계속 걸었다. 아버지는 예복을 근사하게 차려입었고 화려한 예복을 입은 사제 옆에 서 있었다. 그때 이피게네이아는 모래가 발가락 사이로 들어와 쓸리는 것을 느꼈고, 뭔가

가 잘못되었다는 걸 깨달았다.

배의 돛이 미동도 하지 않았다. 아직 더워지기 전인 이른 아침이었는데 주변 공기가 숨이 막힐 듯 답답했다. 어제도 동생이 조수 웅덩이에서 노는 걸 보고 있을 때 답답함을 느꼈지만 그때는 이상하다고 생각하지 않았다. 바위로 둘러싸인 오목한 곳에 있었으니까. 그런데 이 많은 군인들, 이 많은 배가 있는데, 바람에 흔들리는 게 아무것도 없었다. 돛이 전부 축 늘어져 있었다. 바닷가 근처 공기가 이렇게 고요할 수는 없었다. 이게 무슨 징조인가? 이피게네이아는 숨이 가빠지는 걸 느꼈다. 신들이 이 결혼에 대해 이피게네이아에게 경고를 보내는 걸까? 아니면 그 반대일까? 축하의 뜻으로 바람을 멈추게 한 걸까? 어머니에게 묻고 싶었으나 클리타임네스트라는 아무 이상한 낌새를 느끼지 못하는 것 같았다. 클리타임네스트라는 자기 결혼식에 가는 사람처럼 당당하게 앞으로 나아갔다. 군인들이 딸과 자기 사이에 끼어들었을 때 클리타임네스트라는 깜짝 놀란 듯했다. 군인들이 클리타임네스트라를 옆으로 데려갔고 군인 네 명은 이피게네이아와 함께 계속 제단을 향해 갔다.

이피게네이아를 불안하게 만드는 건 바람 없는 하늘만이 아니었다. 뭔가 다른 게 있었다. 남자들은 여자들만큼 결혼식에 관심이 없을 수도 있다. 그걸 감안하더라도, 분위기가 전혀 축하하는 분위기가 아니었다. 식이 끝나면 포도주 부대를 돌려 가며 마실 수 있을 거란 기대만으로도 들뜰 법한데. 남자들이 들뜨기는커녕 이피게네이아에게뿐 아니라 서로에게도 마음을 닫고 있는 듯 보였다. 이피게네이아가 지나갈 때는 눈살을 찌푸렸고 신부의 아름다움에 감탄하기는 커녕 바닥만 보고 있었다. 이피게네이아는 자기가 뭔가 잘못한 게 분명하다는 생각에 끔찍한 심정이 되었다. 보기 흉한 옷을 입었거나 화장을 잘못했다거나. 그런데 어머니의 노예들은 입을 모아 칭찬했었는데. 결혼식에 너무나 잘 어울리는 차림이라고.

그때 이피게네이아는 아버지의 칼이 아침 햇살에 반짝이는 것을 보았고 순간 모든 것을 알았다. 신이 진실을 머릿속에 넣어 주기라도 한 것처럼. 공중에 감도는 불길한 고요는 신이 보낸 것이었다. 아르테미스가 아버지가 한 어떤 행동에 기분이 상했고, 제물을 바치지 않으면 배가 출항할 수 없다고 했다. 그러니 결혼식도 없고 이피게네이아의 신랑도 없었다. 오늘만이 아니라 앞으로도 영원히. 이피게네이아는 감각은 흐릿해졌지만 정신은 또렷했다. 분노에 찬 어머니의 목소리가 들렸지만, 마치 동굴에서 울리는 메아리처럼 아득했다. 경비병은 제단 앞에서 멈춰 섰고 이피게네이아는 혼자서 흔들리는 계단 세 칸을 올라가 아버지에게 갔다. 아버지는 이피게네이아가 처음 보는 사람 같은 얼굴이었다.

이피게네이아는 말없이 아가멤논 앞에 무릎을 꿇었다. 눈물이 줄줄 흘러 수염을 적셨으나 어쨌거나 아가멤논은 칼을 높이 들었다. 삼촌 메넬라오스가 아가멤논의 뒤에 있었고 아침 햇빛 속에서 붉은 머리카락이 타올랐다. 메넬라오스가 아가멤논에게 시련을 견딜 힘을 주려는 듯 손을 뻗는 게 느껴졌다. 이피게네이아는 가죽 갑옷을 입은 남자들의 바다를 보며 저 중 누가 아킬레우스일까 생각했다. 오른편을 보자 어머니가 보였다. 어머니가 입을 벌리고 짐승처럼 울부짖고 있었으나 이피게네이아는 귀에 웅웅거리는 소리가 가득해 뭐라고 하는지 들을 수 없었다. 다섯 남자가 클리타임네스트라를 붙들고 있었고 결국 그중 한 명이 팔을 목에 걸고 제압해야 했다. 그랬는데도 어머니는 힘없이 쓰러지지 않았다. 계속 소리를 지르고 몸부림치고 폐에 더 숨이 남아 있을 것 같지 않을 때까지 울부짖었다.

칼이 내려올 때 앞줄에 있는 남자들 다수가 고개를 돌렸다. 움찔하지 않았던 남자들조차도, 무얼 보았는지 이후에 좀처럼 이야기하지 않았다. 군인 한 명은 그 결정적 순간에 여자가 사라지고 그 자리에 사슴이 놓여 있었다고, 자기가 똑똑히 봤다고 말했다. 하지만 아무도 그 말을 믿지 않았다. 전쟁에 나가 본 적이 없는 젊은이들이나 무수한 전쟁을 겪었으나 딸을 가진 아버지들이나 칼이 내려올 때 시선을 돌렸지만—이피게네이아의 목에서 피가 뿜어 나오는 것을 차마 볼 수 없어 눈을 감았지만—그 눈 돌린 자들조차도 이피게네이아가 아버지의 발치에 창백한 시신으로 쓰러져 있는 것을 보았기 때문이다. 그리고 그들은 그때 산들바람이 그들을 감싸는 것을 느꼈다.

16

트로이아의 여인들

그날 저녁, 그리스군이 하루 이틀 더 트로이아반도에 머물며 부당하게 얻은 취득물과 남은 여자들 배분을 마무리하리라는 게 분명해졌다. 여자들 대부분은 이미 끌려갔고 이제 왕가의 일원인 헤카베와 딸들, 며느리들만 남았는데 이들은 스스로를 영웅으로 여기는 남자들에게 나뉘어 보내질 예정이었다.

다시 해가 뉘엿뉘엿 기울 때 그리스 병사 두 명이 다른 여자 한 명을 밀고 끌며 나타났다.

"뭐 하는 거야?" 여자가 내뱉듯 말했다. "메넬라오스한테 데려가 줘." 남자들은 여자의 말을 무시하고 웃으며 트로이아 여자들 무리에 밀어 넣었다.

"메넬라오스가 내일 아침에 찾으러 올 거야." 병사 중 한 명이 말했다. "네가 여기 있다는 걸 알면. 그전까지는 네가 좋아하는 트로이아인들과 같이 있어." 두 사람은 서둘러 자기네 막사로 돌아갔다. 날이 어둑해서 다른 그리스군에게 들키거나 다음날 여자들이 자기들을 지목할 위험이 없다고 생각하는 거였다.

공기가 차가워지고 있었으므로 카산드라는 불을 활활 지피는 데 집중했다. 아무 쓸모 없다고 카산드라를 비웃곤 하던 헤카베조차도 사제인 딸이 최소한 불을 다루는 재주는 있다는 걸 인정했다. 카산드라는 앞을 내다볼 수 있으므로 곧 벌어질 만남을 두려워하고 있었다. 그럼에도 불구하고, 그 오랜 시간 동안 보아 왔음에도, 여전히 카산드라는 그리스군에게 함부로 다뤄지면서도 품위를 잃지 않는 여자의 비현실적인 아름다움에 눈길을 빼기지 않을 도리가 없었다.

헬레네는 10년 전 파리스와 함께 트로이아에 입성했을 때와 조금도 달라 보이지 않았다. 파리스는 스파르타에서 헬레네를 데리고 와서는 헬레네가 자기 아내이며 트로이아에서 자기와 함께 살 거라고 공포했다. 아름다운 한 쌍이었다. 파리스는 이목구비가 진하고 검은 머리카락에서 향수 냄새가 났고, 헬레네는 키가 크고 피부가 희어서 평범한 새들 가운데 있는 한 마리 백조처럼 보였다. 사람들 말이 헬레네는 알에서 태어났다고, 제우스와 레다의 딸이라고들 했다. 불쌍한 틴다레오스, 아내가 백조의 모습을 한 신하고 바람을 피웠다니. 실제로 헬레네의 금빛 머리카락, 창백한 피부, 짙은 색 눈, 반짝이는 옷이 어쩐지 인간이 아닌 것처럼 느껴지곤 했다. 헬레네가 옆에 없을 때는 헬레네의 외모를 묘사하기가 어려웠다. 그런 완벽함을 인간의 눈으로 기억에 담을 수는 없는 것 같았다. 왕궁에서는 사람들이 아주 오래된 습관처럼 으레 아무 핑계를 대며 헬레네와 같은 방에 있으려고 했다. 남자들뿐 아니라—남자들은 늘 헬레네가 지나갈 때마다 굶주린 듯 공중에서 냄새를 킁킁거렸다—여자들도 그랬다. 헬레네를 혐오하는 여자들도, 그러니까 트로이아의 거의 모든 엄마들, 아내들, 딸들도, 헬레네를 오래 못 보면 견딜 수가 없었다. 헬레네를 경멸하면서도 헬레네를 쳐다보아야만 했다.

"트로이아의 창녀, 이제 그자들이 널 그렇게 부르니?" 헤카베가 경멸 가득한 표정으로 입을 뒤틀며 물었다.

"그런 것 같아요." 헬레네가 대답했다. "내 남편 부하들은 원래 딱히 창의력이 풍부한 사람들이 아니라. 아가멤논의 부하들도 나을 게 없네요. 그러니 어머니 질문에 대답은 '그렇다'가 되겠네요."

"메넬라오스가 네가 돌아오길 갈구하고 있을 줄 알았는데." 헤카베가 말했다. "하룻밤이라도 너하고 떨어져 있지 않으려 할 줄 알았다. 그토록 오래 못 보았으니."

"내일까지는 기다릴 수 있을 거예요. 그 사람이 원하는 건 헬레네라는 여자를 아내로 갖는 거니까요. 헬레네를 가졌고, 잃었고, 이제 다시 찾았죠. 내가 옆에 있고 없고는 전혀 중요하지 않아요. 내가 다른 사람하고 같이 있지만 않으면."

"남편이 막돼먹은 인간이라고 동정이라도 해 달라는 거야?" 헤카베가 쏘아붙였다. "감히 네가?"

"제가, 건드리는 것마다 망가뜨리고, 내 존재만으로 더럽히고 망쳐 버리는 제가요?" 헬레네가 짜증스럽다는 듯 눈썹을 치키며 말했다. "아뇨, 동정을 기대하지도 원하지도 않아요. 그저 메넬라오스가 왜 무관심하냐고 물으시길래 대답했을 뿐이에요."

"그리스인들은 네가 돌아오는 게 반갑지 않은 모양이구나." 헤카베가 말했다.

"당연하지 않겠어요? 어머니처럼 저 사람들도 전쟁이 제 탓이라고 생각하는데."

"당연히 네 탓이라고 하겠지." 안드로마케의 목소리는 파도 소리에 묻힐 정도로 작아 카산드라의 귀에는 잘 들리지 않았다. "다들 너를, 파리스를 탓해."

"적어도 나한테 잘못을 다 떠넘기지는 않네요." 헬레네가 말했다. 헥토르는 파리스를 싫어했지만, 헥토르도 안드로마케도 난데없이 한 식구가 된 헬레네에게는 늘 친절하게 대했다. 안드로마케가 고개를 끄덕였다.

"난 아냐." 헤카베가 말했다. "네 탓이라고 본다. 파리스는……." 헤카베가 잠시 말을 멈췄다. "도덕 관념이 없는 바보지. 하지만 넌 유부녀잖아. 파리스를 거부했어야지."

"파리스도 유부남이었어요." 헬레네가 말했다. "왜 다들 그 사실은 잊어버리는 거죠?"

"파리스는 님프와 결혼했잖아." 헤카베가 말했다. "님프가 남편을 돌려 달라고 우리 도시를 포위 공격하지는 않지."

헬레네는 주위를 둘러보고 해초가 널려 있는 울퉁불퉁한 바위 하나를 골랐다. 몇 걸음 가서 그 위에 앉았다. 그 순간 그 바위가 왕좌처럼 보였다. 지는 해조차 헬레네의 눈을 똑바로 비추지 못하는 것 같았다.

"왜 저만 비난하세요?" 헬레네가 물었다. "파리스가 저한테 온 거 기억하시죠? 스파르타에, 메넬라오스의 궁에 단 한 가지 목적으로 왔어요. 저를 유혹하려고요."

"유혹당한 네 잘못이야."

"그래요." 헬레네가 한숨을 쉬었다. "제 잘못이죠. 잘생긴 아드님이 간청한다고 들어준 거요. 저 말고 다른 사람들도 죄다 그랬지만요. 그 예쁜 사람이 살갑게 응석을 부려 대면 도저히 거절하지 못했잖아요."

사실이었기 때문에 헤카베는 더 말하지 못했다. 헤카베는 청년이 되어 나타난 파리스를 무척 사랑했다. 섬세하게 잘생긴 얼굴에 금세 웃음이 터지는, 기분을 맞춰 주기 정말 쉬운 아이였다. 더 성실하고 더 효심 깊은 다른 아들들도 있었으나 헤카베는 파리스를 강아지처럼 예뻐했다. 아무도 파리스를 거부할 수가 없어서 파리스는 영 제멋대로였다. 프리아모스조차도, 파리스가 그리스에 가야 하니 배를 한 척 달라고 했을 때 따져 묻지 않았다. 어디로, 왜 가는지 물은 사람이 한 명이나 있었나? 헤카베의 주름진 뺨이 붉게 물들었다. 아무도 묻지 않았다는 걸 헤카베는 알았다. 파리스가 트로이아에서 헬레네를 데리고 돌아왔을 때 모두 기겁하자, 파리스의 얼굴에서 웃음기가 가시고 대체 왜 그러냐는 듯 삐진 표정을 짓던 것을 헤카베는 잊지 못할 것이다. 파리스는 식구들이 당연히 뛰쳐나와 자기와 새 아내를 반가이 맞으리라고 생각했는데 그러지 않는다고 황당해했다. 그리스 함대가 만에 들어왔을 때는 그만큼 황당해하지는 않았다. 그런데도 트로이아 사람들이 자기들을 반기지 않는 게 자신이 한 행동의 결과가 두려워서가 아니라 다른 무슨 악의적인 이유가 있어서라고 믿는 듯했다. 형제들, 친구들, 이웃들이 자기가 일으킨 전쟁에서 죽어 가는 것을 보면서도 파리스는 한 번도 사죄하거나 책임을 인정하지 않았다. 파리스는 문제는 자기 행동이 아니라 메넬라오스의 터무니 없는 반응이라고 생각했다. 지금까지는 누구나 파리스가 원하는 건 뭐든 들어주고 심지어 뭐든 안겨 주려고도 했다. 그래서 늘 하던 대로 했는데, 뜬금없이 전쟁이 일어난 것이었다.

"대체 메넬라오스는 왜 파리스를 집으로 들인 거지?" 헤카베가 물었다. "아내를 다른 남자와 단둘이 남겨 두는 남자가 어디 있나?"

헬레네가 눈을 굴렸다. "메넬라오스 같은 남자는요, 자기는 절대 다른 남자의 아내를 유혹하지 않을 테니 안 그런 남자도 있다고는 상상도 못 하죠. 환대의 의무에 따라 낯선 사람을 정중하게 손님으로 맞긴 하지만, 손님의 향수 뿌린 머리카락이나 예쁜 옷차림, 나긋한 목소리에 금세 질려 버려요. 손님을 내보내서 신들의 심기를 거스르기는 싫은데, 단 하루도 같이 있고 싶지는 않은 거죠. 그래서 사냥 여행을 떠나면서 아내한테 따분한 손님을 잘 접대하라고 부탁하고 손님이 떠나면 바로 돌아오겠다고 약속하죠. 아내와 손님이 서로를 어떤 눈빛으로 보는지 알아차리지도 못하고, 자기가 사냥개를 데리고 멀리 떠나 있는 동안 자기 집에서 사냥이 벌어지리란 것도 깨닫지 못하는 거예요."

"하지만 네가 파리스를 거부할 수도 있었잖아." 헤카베가 말했다. "남편과 딸을 버리다니……."

헬레네가 어깨를 으쓱했다. “아프로디테를 거부할 수 있는 사람이 어디 있어요?” 헬레네가 되물었다. “신의 힘을 거스를 수는 없어요. 아프로디테가 저한테 파리스를 따라 트로이아로 가라고 했을 때 전 거부하려고 애썼어요. 그런데 다른 선택지를 주지 않더군요. 아프로디테가 나한테 어떻게 하라고 말한 다음에 사라졌는데, 그 뒤로 귓속에서 멀리서 들리는 비명 같은 고음이 계속 울리는 거예요. 파리스가 우리 집에 들어온 이후로 그 소리가 사라지지를 않았어요. 처음에는 제가 미친 줄 알았어요. 다른 사람은 아무도 못 듣는데 내 귓속에서만 한없이 계속 울리니까요. 귓구멍을 밀랍으로 틀어막아도 그치지 않았어요. 그런데 파리스가 나에게 입을 맞추고 내가 파리스를 침대로 데리고 가자 울부짖는 소리가 약해졌어요. 내가 파리스를 따라 배에 탄 다음에는 아예 사라졌고요. 신을 거부하면 그렇게 되는 거예요. 미쳐 버리죠.”

헤카베는 카산드라를 똑바로 보고 있었다. 카산드라는 작은 막대로 모래 위에 무언가를 쓰고 있었는데 한 글자 위에 다른 글자를 겹쳐 쓰는 바람에 글자가 뒤섞여 읽을 수가 없었다. “어쨌든 간에.” 헤카베가 헬레네를 돌아보았다. “네가 파리스를 따라가지 않겠다고 했다면 그 소음이 저절로 사라졌을지도 모르지. 어쨌거나 메넬라오스가 네가 암시하는 것처럼 아무 생각이 없는 사람이라면 왜 그리스군을 전부 모아서 너를 찾으러 왔을까?”

“우리 아버지 틴다레오스가 전부 맹세하도록 시켰으니까요.” 헬레네가 말했다. “내가 결혼할 나이가 되자, 그리스에 있는 남자 전부가 나하고 결혼하고 싶어 했어요.”

"어련했을까." 헤카베가 내뱉듯 말했다.

"사실을 말하는 것뿐이에요." 헬레네가 말했다. "물으시니까 대답한 거고요. 그리스 전역에서 왕과 왕자들이 청혼하러 우리 아버지에게 몰려왔어요. 아버지는 이 중 한 명 말고는 모두 실망할 테니까 딱하면 전쟁이 일어나겠다고 생각하셨죠. 그래서 아버지가 그 사람들 전부에게 나와 결혼하는 사람이 누구든 그 결혼을 지켜 주기로 맹세하게 시킨 거예요. 아프로디테가 아드님한테 저 말고 다른 여자를 상으로 주었다면 전쟁은 일어나지 않았을 거예요. 원망해야 할 대상은 제가 아니라 아프로디테 여신이에요."

헤카베가 대답하려고 입을 여는데 갑자기 카산드라가 소름 끼치는 울음소리를 냈다. "조용히 해." 헤카베가 쉿소리를 내며 딸의 뺨을 때리려고 손을 들었다. 카산드라는 어머니가 눈에 들어오지 않는 듯 빛이 사라져 가는 바닷가를 바라보았다. 멀리에서 그리스 병사 두 명이 주둔지 쪽으로, 트로이아 여인들이 있는 쪽으로 무언가 묵직한 것을 들것에 담아 들고 오고 있었다. 카산드라는 그게 물건이 아니라 사람이라는 걸 진작 알았다.

17
아프로디테, 헤라, 아테나

세 여신은 자기들은 공통점이 하나도 없다고 말할 테지만, 셋 다 자기가 주인공이 아닌 사교 행사를 극도로 싫어한다는 점에서는 똑같았다. 그리고 싫은 기색을 전혀 감추지 못하는 것도 똑같았다. 그러니 테티스와 펠레우스의 결혼식에서 세 사람 다 뚱해 있을 것은 그날 해가 하늘을 가로지르는 여정을 시작하기 전부터 이미 분명했다.

세 명 중에서 못마땅해할 근거가 가장 없는 사람은 아마 헤라일 터였다. 헤라는 큰 키로 위엄 있게 서 있었는데 아름답고 투명한 얼굴이 살짝 찡그린 탓에 약간 망가졌고, 커다란 갈색 눈은 소란한 주변 너머 어딘가에 고정하고 있었다. 사실 고작 바다 님프인 테티스는 올림포스의 여왕 헤라가 언짢아하고 말고 할 상대도 못 되었다. 그뿐만 아니라 테티스는 참으로 드물게도 헤라의 남편 제우스의 접근을 거

부하는 용기를 보이기까지 했다. 헤라가 님프든 여신이든 인간이든 누군가를 증오할 때는 보통 제우스의 끊임없는 외도가 그 바탕에 있었다. 한때는 제우스가 위협하든 꼬드기든 해서 눈에 들어오는 모든 이와 잠자리를 같이한다 싶을 때도 있었다. 그러다 보니 아주 짜증스러운 일이 일어났다. 여기저기에 반신들이 나타나 저마다 자기 아버지가 제우스라고 주장하기 시작한 것이다. 이렇듯 무척 무례하고 저속한 일이 벌어진다는 게 헤라에게는 가장 거슬렸다. 헤라는 최선을 다해 남편을 벌주었지만 남편이 신들의 왕이다 보니 복수 삼아 할 수 있는 일에는 한계가 있었다. 제우스가 헤라보다 막강했기 때문에 헤라도 어쩔 수 없는 면이 있었다. 그래서 대신 여자들, 특히 인간 여자들을 벌주었다. 기회가 있으면 속여서 고통으로 몰아넣었다. 제우스는 자기가 지켜 주겠다고 맹세해 놓고도 여자들한테 오랫동안 관심을 주며 돌보지는 않았다. 또 다른 어여쁘고 어린 여자한테 눈길이 돌아갈 때가 많았다. 헤라는 그렇게 쉽게 눈길을 돌리지 않았다. 어쨌거나 테티스는 헤라의 원망을 살 만한 행동은 전혀 하지 않았다. 제우스가 당연하게도 뜨거운 눈빛을 보였을 때 테티스는 도망쳤다.

어쩌면 예언 때문이 아니라 거부당했기 때문에 제우스가 이렇게 나온 것일 수도 있었다. 제우스는 테티스의 뜻을 무시하고 테티스에게 지위에 맞지 않는 인간 남자와 결혼하라고 강요했다. 헤라는 남자 이름도 못 기억했다. 지금 자기들이 와 있는 그리스 무슨 섬인가의 무슨 왕이라고 했다. 이 군도 구석구석의 이름을 다 알 수는 없는 일이니까. 헤라는 자기 모습을 조각한 거대하고 멋진 신상이 없는 섬은 굳이 애써 기억하려 하지 않았다.

여하튼 신들은 그 예언이 이 결혼의 이유라고 입을 가리고 수군거렸다. 제우스는 테티스의 아들이 아버지보다 위대해질 거라는 예언을 들었다. 사람이라면 누구나 바라는 일이지만, 신들은 누구나 이를 두려워했다. 특히 제우스가 아버지 크로노스를 밀어내고 올림포스 최고의 왕좌를 차지한 데다 크로노스도 아버지 우라노스를 왕좌에서 몰아냈으니 그럴 만했다. 전능한 제우스이지만 이토록 위대하고 무시무시한 운명을 타고난 아들의 아버지가 되는 위험을 감수할 리가 없었다. 그래서 테티스의 아들은 반신반인으로 만들어, 위대하지만 평범한 인간에 비해서만 위대하게끔 한계를 짓기로 했다. 이렇게 위험의 싹을 잘랐고 테티스가 이 결혼에 갖는 불만에는 아무도 귀 기울이지 않았다.

한편 아프로디테는 모든 결혼을 작은 패배로 받아들였다. 아프로디테는 사랑을 드높였으나 그게 혼인 관계의 사랑은 아니었다. 혼인 관계의 사랑 따위에는 관심이 없었다. 대체 그게 뭐라고? 동반자 관계? 출산의 전 단계? 아프로디테는 터져 나오는 경멸을 누르느라 애썼다. 무엇 때문에 온몸을 불태우는 열정 대신 동반자 관계를 택하지? 편한 남편 대신 스릴을 주는 애인을 택하지 않을 사람이 있나? 아이가 방에서 조용히 나가고 대신 연인이 다른 문으로 몰래 들어오기를 바라지 않을 이가 있나? 아프로디테는 자기 전문인 눈먼 열정보다 부부의 사랑을 선호할 사람이 있다고는 도무지 생각할 수가 없었다. 사람들이 입버릇처럼 배우자와 자녀가 소중하다고 말하긴 하지만(실제로 아프로디테도 아들이 하나 있고 꽤 좋아했지만), 아프로디테는 진실을 알았다. 깊은 밤, 남녀가 마음 깊은 곳의 소망을 속삭이는 시간, 그 기도가 향하는 곳은 아프로디테 자신이란 것을. 사람들은 낮과 달리 밤에는 건강이나 장수를 기원하지 않았다. 눈을 멀게 하고 귀를 먹게 하는 열정이 찾아오기를, 그 열정에 보답받기를 갈구했다. 그밖에 다른 것—부, 권력, 지위 등은 그들이 진정으로 원하는 것 주위에 그걸 막거나 감추려고 둘러 놓은 가구에 지나지 않았다. 그리고 이 열정은 결혼과 아무 상관이 없었다. 오늘 저 얼간이의 얼굴을 보면 알 수 있을 거다. 신부를 보면서 눈을 맞추려고 하지만 번번이 실패하는 신랑. 저 사람은 그런 열정을 느낀다는 게 어떤 건지 알지만, 결혼으로는 그걸 충족시킬 수 없다는 것도 알 거다. 테티스를 침대로 데려갈 수는 있으나 테티스의 경멸이 그가 느낄 쾌락을 전부 망치고 말겠지. 님프가 인간을 사랑할 수도 있지만(아프로디테는 머릿속으로 그런 전력이 있는 님프들의 목록을 떠올려 보았다. 메로페, 칼리로에, 오이노네…….) 테티스는 아니었고, 테티스는 이 그리스인에 대해 오직 혐오감밖에 비치지 않았다.

아프로디테의 뒤를 이어 늦게 도착한 아테나는 결혼식이라면 늘 짜증스러웠다. 회색 눈의 여신 아테나는 헤라만큼 키가 크지 않았지만 보통 늘 투구를 뒤로 기울여 쓰고 있어 실제보다 더 커 보였다. 아테나는 아프로디테 옆에 서기를 싫어했다. 그 옆에 서면 자기는 막대기처럼 뻣뻣해 보이는 것 같았다. 아프로디테의 머리카락은 완벽하게 물결치듯 등 뒤로 흘러내렸고, 페플로스(고대 그리스의 여성용 긴 원피스—옮긴이)는 마치 젖은 듯 몸에 밀착되었다. 아테나는 어깨에서 발목까지 모양 없이 늘어진 드레스를 내려다보면서 어떻게 똑같은 옷을 입어도 아프로디테는 저렇게 다르게 보일까 생각했다. 아프로디테는 늘 희한하게도 촉촉하고 자극적으로 보였다. 눈은 짙고 푸른 바다색이고 피부에서는 희미하게 바다 냄새가 났다. 드레스 아래 몸은 수면 위에서 호를 그리는 돌고래나 물개처럼 매끈한 굴곡을 이루었다. 아테나는 어떻게 이렇듯 누군가를 경멸하면서도 동시에 욕망할 수 있을까 궁금했다. 자기를 이토록 불편하게 만드는 여신에게서 멀어지고 싶었으나 동시에 폭 안기고 싶기도 했다. 아테나는 창을 더 단단히 움켜쥐며 자신의 열정의 대상은 두뇌와 무술임을 모두에게 상기시켰다. 남녀 모두 기술과 지혜를 달라고 아테나에게 기도했다. 사랑이나 자녀나 건강 같은 것을 달라고 기도하지는 않았다. 전쟁에 관한 조언이나 전략을 구하고 날랜 솜씨를 나눠 달라고 했다. 그래서 아테나는 다른 여자들이 혹하는 것에 관심이 없음을 드러내기 위해 늘 창을 들고 투구를 쓰고 다녔다. 결혼식 따위. 또 아테나는 이타케 젊은이—앞에 복잡한 운명이 놓인 영리한 남자—에 대해 느끼는 감정도 털어 버렸다. 남자들이 곁에서 떠나갔을 때 여자들이 느낀다는 감정하고 비슷했다. 오딧세우스는 지금 새 신부 페넬로페한테 푹 빠져 있으니까. 하지만 아테나는 전쟁 말고 다른 분야도 잘 알았고, 언젠가 오딧세우스가 방랑을 하리란 것도 알았다. 아테나는 적당한 때에 적당한 곳에 있기만 하면 됐다. 필요하면 적절히 변장한 채로.

세 여신은 지루하고 짜증 나는 하루를 보낼 수밖에 없겠다고 체념한 터였다. 올림포스 신들이 모두 결혼식에 참석했으니 자리를 뜰 수도 없었다. 님프들이 테티스의 주위에 모여들고, 펠레우스는 신들이 모인 것을 보며 자기가 얼마나 못 올 곳에 와 있는 건가 생각할 때, 세 여신은 말없이 이 결혼을 저주했다. 여신들만 불쾌해하는 것은 아니었다. 테티스도 이 여신들이 안 왔더라면 얼마나 좋을까 생각하고 있었다. 펠레우스와 결혼하지 않을 수 있었다면 물론 가장 좋았겠지만. 펠레우스가 제우스와 무슨 거래를 한 모양이었는데 바다 님프가 대놓고 거부할 수는 없는 일이었다. 대신 테티스는 제우스의 죄책감을 이용해서(제우스도 이 얼뜨기 같은 남자와 자기를 엮은 것에 대해 미안한 감은 있을 테니까) 앞날에 무언가 필요한 것을 얻어 내겠다고 마음먹었다. 이 수모는 절대 잊지 않을 것이다.

어쨌든 오늘 결혼을 해야만 한다면 찡그린 헤라의 면상을 안 보고 할 수 있었다면 좋았을 텐데. 헤라는 얼굴에 늘 서려 있는 못마땅한 기색만 지워도 훨씬 더 보기 좋을 터였다. 또 아테나가 늘 데리고 다니는 깩깩거리는 올빼미까지 굳이 대동하고 참석하지 않았더라면 참 좋았을 것이다. 게다가 신이든 인간이든 여자라면 아프로디테가 자기 결혼식에 와서 뚱하게 입을 삐죽거리고 있기를 바랄 리는 없었다. 모든 눈이—테티스의 신랑의 눈을 포함해서—아프로디테 쪽으로 돌아갔다. 테티스가 가장 아름다운 바다색 페플로스를 입고 등장했으나 신랑은 거품에서 태어난 여신을 쳐다보느라 신부 쪽으로는 눈길도 제대로 주지 않았다. 테티스는 세 여신이 바닷속으로 사라져 버리길 빌었으나 오늘 테티스의 소망은 아무 효력이 없었다.

테티스는 무시하기로 마음먹고 세 여신에게 등을 돌렸다. 대신 제우스가 결혼식 장소로 공포한 완만한 아이기나섬의 모래밭 저편을 보았다. 온갖 신과 요정들이 모여 있는 것이 보였고 자신의 굴욕을 보러 온 이들이 이렇게 많다는 사실에 순간 분노가 솟구쳤다. 모두에게 복수하고 싶다는 생각이 들었다.

그런데 복수는 전혀 다른 곳에서 시작되었다. 금빛으로 반짝이며 땅 위로 굴러왔다.

아프로디테는 처음 그게 굴러와 발에 부딪혔을 때는 알아차리지 못했다. 아프로디테는 사람이건 짐승이건 신이건 무슨 사소한 구실이든 찾아서 자기를 건드리려고 하는 일에 익숙했다. 심지어 나무도 때때로 가지를 낮춰서 아프로디테의 머리카락에 걸리려 했다. 잠시 뒤에, 잔을 돌리는 사람이 신부와 신랑, 다른 어떤 신보다도 먼저 아프로디테에게 암브로시아를 주려고 서둘러 왔을 때, 아프로디테는 잔을 받으러 앞으로 한 걸음 나가다가 눈부시게 반짝이는 금속 공이 자기 샌들에 부딪혀 굴러가는 것을 보았다.

아프로디테는 안 그래도 금을 생각하고 있었다. 테티스의 귀걸이 때문에. 아무리 아프로디테지만 그래도 오늘 식을 올리는 신랑에게 접근해서 지금 신부에게 주려는 귀걸이를 자기한테 달라고 하는 건 좋은 행동이 아니란 걸 알았다. 그래 볼까 생각해 보지 않은 것은 아니지만. 머리가 둘인 뱀이 금 원숭이 두 마리를 완벽한 원으로 둘러싼 모양의 아름다운 귀걸이였다. 짙은 빛깔의 홍옥이 원둘레에 줄줄이 달려 있고 홍옥마다 금으로 만든 작은 새 한 마리가 달려 있었다. 내 귀에 달면 얼마나 아름다울까, 아프로디테는 생각했다. 테티스의 짙은 색 바다풀 같은 머리카락 속에서는 묻혀 버릴 텐데. 저 귀걸이가 아프로디테가 아니라 테티스의 것이라니 말이 안 되는 일이었다.

아프로디테가 손을 뻗어 금 공을 잡으려 하는데 눈이 빠르고 손도 빠른 아테나가 먼저 잡아챘다. 아프로디테가 넥타르 잔을 받으려다가 공을 발로 차서 아테나의 발뒤꿈치 쪽으로 보내고 말았던 것이다.

"그거 내 거야." 아프로디테가 말했다.

아테나는 순진한 척하는 표정을 지으며 이쪽저쪽을 쳐다보았다. "아닌 것 같은데." 아테나가 말했다. "내 발 앞으로 굴러왔으니, 내 거라고 봐."

"내놔." 아프로디테가 말했다. 아프로디테가 입을 삐죽거리기 시작했고, 이게 발동을 거는 신호였다. 곧 아프로디테가 자신의 설득력을 최대로 가동하면 아테나가 아무리 버티려 해도 못 버티고 공을 건네줄 수밖에 없었다. 아프로디테가 무언가를 원하면 누구도 그걸 주지 않고는 못 배겼다. 헤라를 제외한 그 누구도.

"둘이 뭣 때문에 다투는 거야?" 헤라가 날카롭게 물었다. "아테나가 내 장난감을 훔쳐 갔어요." 아프로디테가 말했다. "그래서 돌려달라고 하는 거예요."

"쟤 거 아니에요." 아테나가 말했다. "내 거예요. 누가 내 발치에 던졌어요."

"누가 던진 거 아냐. 내가 떨어뜨렸는데 굴러서 너한테 간 거야. 그런다고 네 게 되지는 않아." 아프로디테가 헤라를 보며 말했다. "그런다고 쟤 것이 되는 건 아니잖아요."

"보자." 헤라가 손을 뻗었고 아테나가 반사적으로 손을 돌려 공을 가리자 헤라는 씩 웃었다. "보자고 했잖아." 헤라는 아테나의 주먹을 두 손으로 잡고 공을 빼냈다. 아테나는 뺏기지 않으려 했지만 다른 손에 창을 들고 있어서 막을 수가 없었다.

"내 공이에요." 아테나가 다시 말했다. 다른 신들도 뭔가 소동이 일어났음을 알아차렸다. 싸움은 언제나 좋은 구경거리라, 하나둘 모여들기 시작했다.

"공이 아냐." 헤라가 말했다. "봐." 헤라가 완벽한 모양의 황금 사과를 내밀었다. 거의 공처럼 둥글었는데 위쪽 지름이 좀 더 크고 그 위에 작은 금색 꼭지가 있었다. 아래쪽이 오목하게 파였고 손안에 쏙 들어갔다.

"어쨌든 내 거예요." 아테나가 말했다.

"뭐라고 써 있네." 헤라가 사과를 돌려 보며 말했다. "테 칼리스테 Te kalliste, 가장 아름다운 이에게."

"내 거라고 했잖아." 아프로디테가 어깨를 으쓱했다. "나 말고 누구겠어?"

잠시 적막이 흘렀다. "내 것일지도 모르지." 헤라가 말했다. "그런 생각 안 해 봤어?"

"돌려줘요." 아테나가 말했다. "아빠!"

신들이 주위를 둘러보았고 뒤쪽에서 키가 크고 수염이 무성한 제우스가 얼른 자리를 뜨는 모습이 보였다.

"도망가는 거 다 보여." 헤라가 소리쳤다. 제우스가 걸음을 멈췄다. 깊은 한숨을 내쉬었다. 어딘가에서 마른하늘에 날벼락이 울리고 사람들은 제우스 신을 달래러 신전으로 달려갈 것이다. 제우스는 몸을 돌려 아내를 마주 보았다.

"나한테 뭐 물어볼 것이라도?" 제우스가 물었다. "아니면 셋이서 잘 정리하고 있나?"

금발의 아폴론이 누이 아르테미스의 옆구리를 찔렀다. 어떤 것에도 의견의 일치를 보지 못하는 이 세 여신이 남매에게는 한없는 즐거움의 원천이었다.

"이 사과에 '가장 아름다운 이에게'라고 새겨 있어." 헤라가 남편에게 설명했다. "사과가 누구 것인지에 대해 약간의 논란이 있네."

"논란의 여지가 없어요." 아프로디테가 말했다.

"있어." 아테나가 말했다.

"이 난제를 해결할 방법은 한 가지뿐이야." 헤라가 말을 끊으며 말했다. "우리 중 누가 이걸 가져야 할지 누군가 결정해야겠지." 헤라는 자기 앞에 모인 수많은 신을 바라보았다.

서로 밀치며 앞으로 나와 구경하고 있던 이들이 이제 뼈아프게 후회하며 갑자기 모래를 한 알 한 알 헤아리고 싶다는 듯 땅에 시선을 고정했다. "당신이 해야 해, 여보." 헤라가 말했다.

제우스는 아내를 쳐다보았는데, 아내는 짜증과 위엄이 느껴지는 표정을 짓고 있었고, 딸은 상처받은 듯 호소하는 얼굴이었다. 또 다른 딸은 언제나처럼 완벽했지만 제우스가 자기 말고 다른 둘 중에서 누구를 고르리라고는 꿈에도 생각하지 않는다는 게 누가 보기에도 빤했다. 만약 그랬다가는 용서받을 수 없으리란 것도.

"난 못해." 제우스가 말했다. "아내하고 딸들 사이에서 어떻게 편을 고를 수가 있어? 남편이나 아버지라면 아무도 못 하는 일이야."

"그럼 내 공 나한테 줘요." 아프로디테가 작은 조개 같은 이를 빠드득 갈며 말했다.

"사과라니까." 아테나가 말했다. "그리고 내 거야."

"둘 다 주제넘구나." 헤라가 말했다. "내가 갖고 있는데."

"나한테서 빼앗아 갔잖아요!" 아테나가 외쳤다.

빛이 번쩍였고 세 여신은 발아래 모래가 움직이는 걸 느꼈다. 대지를 흔드는 포세이돈이 논쟁에 끼려는 건가? 주위에 있던 신들이 일순 보이지 않았다. 대신 눈부신 구름이 주위를 감쌌고 셋은 발아래 땅이 단단한 돌투성이로 바뀐 것을 느꼈다. 구름이 걷히자 여신들은 높다란 진녹색 소나무가 자라는 언덕에 와 있다는 것을 알았다.

"여기가 어디야?" 아프로디테가 물었다.

"이데산 같은데." 아테나가 주위를 둘러보다가 산 아래 평원 너머 높은 탑이 있는 성채를 보고 말했다. "저기 트로이아 아냐?"

헤라가 어깨를 으쓱했다. 트로이아가 어떻게 생겼는지 알게 뭐람.

마치 소원이라도 빈 것처럼 웬 젊은이가 갑자기 세 사람 앞에 나타났다. 검은색 머리카락이 이마를 덮었고 뾰족한 모자를 살짝 삐뚜름하게 써서 어쩐지 불량해 보였다.

"넌 누구냐?" 헤라가 물었다.

"저는 프리아모스의 아들 파리스입니다." 파리스는 익숙하던 곳이 갑자기 낯설어져서 어리둥절했으나 말투에 티를 내지 않으려고 애썼다. 조금 전까지만 해도 파리스는 이데 산기슭 풀밭에서 소를 지키고 있었다. 그런데 지금은 정말 희한하게도 전에 본 적이 없는 컴컴한 숲속 빈터에 와 있었다. 주위를 보니 산꼭대기 가까이인 것 같은데 그렇다고 하기에는 공기가 너무 따뜻했다. 그리고 세 명의 여인이—

약간 너무 크고, 몸 안에 조명이 켜진 것처럼 희미하게 금빛을 내는 여인들이 자기를 보고 있었다. 여신이 틀림없었다.

"네가 우리 심판이 되어야 해." 아프로디테가 말했다. 인간은 아프로디테 자신을 가장 아름답다고 여길 게 당연했다. 만에 하나, 그렇게 생각하지 않는다면 그 불쌍한 심장을 한 번 뛰기도 전에 바스러 뜨릴 생각이었다.

"심판이요? 제가 뭘 판가름해요?" 파리스가 말했다.

"이 사과에 가장 아름다운 이에게 주는 거라고 쓰여 있어." 아테나가 헤라가 들고 있는 사과를 손가락으로 찌르며 말했다. "저 사람한테 줘요." 아테나가 말했다. "제우스가 정한 거예요."

헤라는 한숨을 쉬며 젊은이에게 손짓했다. "자." 헤라가 사과를 젊은이의 손에 던졌다. "이 사과가 누구 것인지 정해."

"제가요?" 파리스가 물었다. 파리스는 조금 전까지만 해도 저 아래 산기슭에 내버려둔 소 떼가 잘 있을지 걱정이었다. 그런데 지금은 퓨마나 늑대가 울부짖어도 귀에 들어오지도 않을 것 같았다. 파리스는 사과를 돌려 보며 따스한 빛에 감탄했다. 이토록 아름답고 순수한 장난감이라니 여신들이 다툴 만도 했다. 사과에 이런 글자가 새겨진 게 보였다. '가장 아름다운 이에게.' 파리스는 글자를 새긴 사람이 '칼리스테'라고 여성형 명사를 썼다는 게 아쉬웠다. '칼리스토'라고 남성형으로 썼다면 파리스 본인이 사과의 주인이 될 텐데.

"그래." 아프로디테는 욕망을 바로 알아보았다. "아름답지, 그렇지 않아?"

"여러분들만큼이나요." 파리스가 능숙하게 칭찬했다.

"알아." 아테나가 말했다. "이제 선택해."

파리스는 정말 난감한 얼굴로 세 여신의 얼굴을 차례로 보았다. 아프로디테는 당연하게도 모든 사람이 말하듯이 너무나 아름다웠다. 옷이 가슴 위에서 팽팽하게 당겨지고 몸에 감기듯 달라붙어 있어 아름다운 얼굴을 한없이 보고 싶음에도 불구하고 시선이 몸쪽으로 가곤 했다. 여신의 벌꿀 같은 머리카락에 손을 감고 몸과 몸을 맞대고 자기 입술 아래에서 여신의 입술이 열리는 것을 상상하자 그것 말고 다른 것은 아무것도 생각나지 않았다. 당연히 사과는 이 여신에게 바칠 것이다. 정말 대단한 여신이었다.

그런데 그때 헤라가 헛기침을 하는 바람에 끈이 끊어졌다. 완전히 끊어진 것은 아니지만 잠시 흩어졌다. 헤라는 아프로디테와 아테나 사이에 우뚝하게 서 있었다. 키가 크고 우아하고 강력해서 손을 뻗어 파리스를 들어 올려 바위에 집어 던질 수 있을 것처럼 느껴졌다. 손목과 발목이 어찌나 가늘고 우아한지 이상한 얘기지만 집어 던져지더라도 황홀할 것 같았다. 이 여신을 화나게 만들고 싶지는 않아, 갑자기 이런 생각이 들었다. 그러다 파리스는 멈칫했고 이것이 자기 생각이 아니라는 걸 깨달았다. 그냥 그 단어들이 마치 귀로 들은 것처럼 머릿속에 펑 나타났다. 아무도 입을 열지 않았는데도. 파리스는 그 비법을 알 수 있을까 하고 헤라의 입을 빤히 보았지만, 아무것도 알 수 없었다.

그리고 왼쪽에, 셋 중에서 가장 놀라운 존재가 있었다. 트로이아 성채 신전에 아테나 조각상이 있었다. 등신대보다 크고 범접하기 어려운 느낌을 주었다. 깨끗하고 날카로운 얼굴이고 치맛자락에 핏방울이라도 흘렸다간 맨손으로 목이 졸릴 듯했다. 그런데 지금 앞에 서 있는 여신 본인은 전혀 달랐다. 범접하기 어려운 느낌은 분명 있는데, 얼굴이 너무나 어려 보여서 경외감을 불러일으킨다기보다 매혹적으로 느껴졌다. 어릴 때 친구의 말괄량이 여동생을 다른 남자아이들하고 똑같이 취급하며 같이 놀았는데, 어느 날 보니까 엄청나게 매력적인 여자로 자라서 너 따위는 내 발밑에도 안 온다고 하는 것 같은 느낌이랄까. 그 순간 파리스는 여신에게 걸맞은 존재가 되기 위해서라면 무엇이라도 하겠다는 생각이 들었다.

아프로디테가 조그만 발을 굴렀다. "네가 골라야 한다고 했잖아. 이제 골라." 아프로디테가 말했다. 그 말이 마치 뱀처럼 그들 사이 땅위를 구불구불 기어 와서 파리스의 몸에 감기는 것 같았다. "이 사과는 누구 거지?"

"모르겠어요." 파리스가 말했다. "제가 결정을 못 내린다고 나무라실지 모르겠지만, 사실 세 분은 제가 지금까지 본 가장 아름다운 존재예요. 세 분과 인간 여성의 격차가 얼마나 지대한지 저로서는 차마 가늠할 수가 없네요. 땅속 굴에 사는 개미한테 어느 산이 가장 높냐고 묻는 것하고 마찬가지예요. 저는 못 해요."

"시간이 더 필요하겠구나." 아테나가 말했다. 아테나는 사과가 이미 아프로디테 손에 들어가지 않은 것만으로도 기뻤지만 파리스에게 티를 내지 않으려고 했다. "네가 판단을 내릴 수 있게 도와줄까?"

잠시 침묵이 있었다.

"내가 도와줄게." 아프로디테는 이렇게 말하고는 몸을 움찔거려서 드레스를 어깨에 고정하고 있던 브로치가 스르르 풀리게 했다. 드레스가 흘러내려 알몸이 드러났고, 파리스는 자기 혀로 목이 막혀 죽을 듯한 얼굴이었다.

"아, 그래?" 아테나가 말했다. "해보자고?" 아테나도 손을 뻗어 드레스 브로치를 풀어 투구와 창만 남긴 채 당당하고 늘씬한 알몸으로 섰다. 헤라는 아무 말도 하지 않았지만 헤라도 순식간에 알몸이 되었다.

"못……." 파리스가 더듬거렸다.

"말을 못 해?" 아프로디테가 물었다.

"숨을 못 쉬겠어요." 파리스가 대답했다. 파리스는 프리기아 모자의 끈을 풀어헤쳐 땅 위에 던졌다. 머리카락이 젖어 머리통에 들러붙어 있었다.

"이게 네 결정에 도움을 줘어?" 헤라가 물었다. 파리스는 헤라의 목소리가 이토록 깊고 허스키한지 몰랐었다.

"그렇지 않습니다." 파리스가 말했다. "실은 오히려 반대입니다."

"제우스가 너더러 결정하라고 널 데려왔어." 헤라가 말했다. "네가 선택해야 해."

"잠시 시간을 주세요." 파리스가 대답했다. "근처에 샘이 있나요? 물을 좀 마셨으면 좋겠어요."

"결정을 하면 마실 수 있어." 헤라가 위협이라는 게 거의 드러나지 않을 정도로 부드러운 목소리로 말했다. 헤라가 한 걸음 다가오자 파리스는 뒤로 물러나지 않기 위해 온 힘을 다했다. "내가 더 쉽게 만들어 줄게." 파리스가 바로 코앞으로 바싹 다가온 헤라의 반짝이는 얼굴에서 눈을 돌릴 수 있었다면, 자매답게 똑같이 짜증을 내며 눈을 굴리는 아테나와 아프로디테를 볼 수 있었을 것이다. "이 사과는 가장 아름다운 여신을 위한 거지, 알다시피." 파리스는 자기가 사과를 들고 있다는 사실을 잊고 있었다. 묵직한 사과가 마치 열기를 내며 진동하는 듯했는데도. "하지만 여신의 아름다움은 인간의 아름다움하고는 다르지. 그건 외모만이 아니라, 능력이기도 해. 나는, 네가 보면 알겠지만 매우 아름다워."

파리스는 힘없이 고개를 끄덕였다. 파리스는 헤라가 이렇게 눈부신데 어떻게 제우스가 한눈을 팔 수 있는지, 그것도 몇 번이고 반복해서 그럴 수 있는지 정말 놀랍다는 말을 할까 잠시 생각했다. 그렇지만 헤라의 빛나는 눈을 보자 어쩐지 이 말이 의도와 달리 칭찬으로 받아들여지지 않으리라는 생각이 들었다.

"나는 아름답기만 한 게 아니야." 헤라가 말을 이었다. "매우 강력하기도 해. 나는 제우스의 아내이자 누이이고 올림포스산 꼭대기에서 제우스 바로 옆자리를 차지하지. 내가 원하면 왕국을 세울 수 있고 또 내가 원하면 왕국을 무너뜨릴 수도 있어. 그러니까 날 선택해야 해." 파리스는 실제로는 존재하지 않는 헤라의 숨결이 목덜미에 닿기라도 한 듯 머리카락이 쭈뼛 솟는 걸 느꼈다. "날 선택하면 네가 원하는 왕국 어디든 지배할 수 있게 해 주겠어. 어떤 것이든. 알아들었어? 원한다면 트로이아를 가질 수도 있고, 아니면 스파르타, 미케나이, 크레테도 좋아. 어디든 네 마음에 드는 곳. 그 도시가 네 앞에 고개를 조아리고 널 왕이라고 부를 거야."

헤라가 뒤로 물러섰고 파리스는 침을 꿀떡 삼켰다.

"정말…… 이럴 거예요?" 아테나가 헤라를 노려보았다. "좋아요."

아테나는 헤라가 물러나며 생긴 빈자리로 성큼 걸어갔다. 파리스는 관자놀이와 등허리에 땀이 맺히는 걸 느꼈다. "그 사과를 나한테 줘야 한다는 건 굳이 말할 필요도 없을 거야." 아테나가 말했다. 아테나의 녹회색 눈이 헤라의 눈과 너무나 다르다고 파리스는 생각했다. 헤라의 눈은 진하고 갈색이었고 마치 동굴처럼 그 안에서 길을 잃을 것 같았다. 그러나 아테나의 눈은 솔직한 지성으로 파리스를 바라보았고, 그래서 오만한 생각이긴 하지만 갑자기 자기가 아테나와 동등한 존재인 것 같은 기분이 들었다. "헤라가 너에게 도시를 주겠다고 했지." 아테나가 말했다. 파리스는 아무 말도 하지 않았지만 그래도 아테나는 파리스의 마음을 다 아는 것처럼 말했다. "왕국을 준다니? 네가 들고 있는 그 사과가 정말 탐나는 모양이야. 넌 아마도 내가 그것에 필적할 만한 뭐를 줄 수 있을지 궁금해하고 있겠지?" 이번에도 파리스는 대답하지 않았으나 아테나는 멈추지 않고 말을 이었다. "아마 넌, 적이 쳐들어오기라도 하면 왕국이 선물이라기보다 짐으로 느껴질 거란 생각을 하고 있을 거야." 파리스는 사실 아테나가 바싹 다가와 있어서 몸에 거의 닿을 듯한 아테나의 가슴 말고 다른 생각은 할 수 없었으나 차마 아니라고 하지는 못했다. "네 생각이 맞아." 아테나가 말했다. "왕국을 지킬 수 없으면 왕국이 있어 봐야 아무 소용이 없지. 왕은 적과 싸워서 이길 수 있어야 해. 난 너한테 그걸 줄 수 있어, 파리스. 너한테 지혜, 전략, 전술을 줄게. 네 것을 빼앗아가려는 사람한테서 지킬 힘을 줄 수 있어. 그것보다 더 중요한 게 있을까? 사과를 나한테 줘. 그럼 내가 너의 수호자이자 조언자이자 전사가 되어 줄게."

“저거 여신님 올빼미예요?” 황갈색 새가 날개를 펄럭이며 공터를 가로질러 오른쪽 썩은 나무 둥치에 앉는 걸 보고 파리스가 물었다.

“내 올빼미는 안 돼!” 그러더니 잠시 생각하는 듯했다. “원한다면 한 마리 구해 줄게.”

“고맙습니다.” 파리스가 대답했다. “혹하는 제안이네요.”

아테나가 고개를 끄덕이고 한걸음 물러서 헤라 옆으로 갔다. 올빼미가 아테나에게 날아와 쭉 뻗은 팔 위에 내려앉았다. 아테나는 올빼미 뒤통수 털을 쓰다듬었고, 올빼미는 아테나의 손을 부리로 살살 쪼았다.

파리스는 아프로디테를 보고 있었는데도, 눈을 뗄 수가 없었는데도, 아프로디테가 움직이는 건 보지 못했다. 아프로디테는 순식간에 파리스의 뒤에 있다가, 앞에 있다가, 사방을 감쌌다. 손으로 팔을 스치듯 건드리자 파리스는 다리에서 힘이 빠져 그 자리에서 주저앉을 것 같았다. 그저 그 자리에 엎드려서 여신을 숭배하고 싶었는데 평생 무언가를 그토록 간절히 원했던 적이 없었다. 햇빛을 받은 모래 같은 여신의 머리카락이 파리스를 감쌌고 파리스는 입술에서 소금기를 맛봤다.

“그 사과 내 거라는 거 알잖아.” 아프로디테가 말했다. “나한테 주면 너한테 세상에서 가장 아름다운 여자를 줄게.”

“당신이요?” 파리스의 목소리가 갈라졌다.

“나 말고.” 아프로디테가 대답했다. “난 널 파괴하고 말 거야. 넌 인간이니까.” 파리스는 파괴되는 게 과연 그렇게 끔찍한 일일까 생각했다. “나와 가장 가까운 걸 줄게. 이름은 스파르타의 헬레네야.” 순간 엄청나게 아름다운 여자의 이미지가 떠올랐다. 불타는 노란 머리카락, 흰 피부, 백조 같은 목—그러고 다음 순간 그 모습이 사라졌다. 아프로디테는 바다 위 물거품처럼 아른거리며 멀어졌다.

파리스는 손에 쥐고 있는 단단한 황금 사과를 내려다보았다. 다시 자기 앞에 서 있는 세 여신을 쳐다보았고, 파리스는 이 사과의 정당한 주인은 오직 한 여신임을 알았다.

여신들은 올림포스산으로 돌아갔고, 아테나는 다시는 헤라나 아프로디테와 말도 섞지 않겠다고 맹세했다. 특히 그 역겨운 작은 손에 사과를 쥐고 우쭐대는 아프로디테하고는.

"너 헬레네한테 남편이 있다는 말은 안 했잖아." 헤라가 못마땅한 듯 말했다. 헤라는 천천히 복수하는 편을 좋아했기 때문에 자기를 괴롭혔다고 해서 말도 안 하지는 않았다.

"중요한 것 같지 않아서요." 아프로디테가 대답했다. "그게 뭐 중요해요? 파리스도 아내가 있잖아요."

18
페넬로페

사랑하는 남편,

전에 당신이 골칫거리란 경고를 들었어. 어머니는 말썽이 당신 이름에 새겨져 있어서 피할 수가 없다고 말씀하시곤 했지. 나는 어머니한테 그런 소리 하지 말라고, 당신은 너무 똑똑해서 말썽 같은 것에는 휘말리지 않을 거라고 했어. 꾀로 앞지를 거라고 했지. 그게 안 되면, 재빠르게 달아날 거라고. 말썽이 바다에서 당신을 찾아올 수도 있다는 걸 알아야 했는데. 바다에서는 꾀나 속도가 큰 도움이 안 되니까.

트로이아가 무너지고 1년이 지났는데, 당신은 아직도 돌아오지 않았네. 1년. 트로이아가 당신이 10년 전 그곳에 갔을 때보다 지금은 더 먼 곳이 된 거야? 어디에 있는 거야, 오딧세우스? 나한테 들려오는 이야기는 그다지 희망적이지 않아. 음유시인들이 노래로 부르는 당신이야기를 들으면 당신은 터무니없다고 웃을 거야. 적어도 나는 그러기를 빌고 있어.

음유시인 말이 당신이 트로이아에서 출항했고, 해적 등의 사건을 몇 건 겪은 끝에 양을 치는 외눈박이 거인이 사는 섬에 고립되었다지. 눈이 하나고 양은 아주 많은 이 거인족을 키클로페스라고 부른다고 들었어. 그런 말도 안 되는 이야기 들어 봤어? 시인들 말이 당신이 사악한 키클로페스가 사는 동굴에 갇혔다는 거야. 키클로페스는 당신 일행을 잡아먹으려고 했고. 일단 당신부터 죽이려고 했을 거야.

음유시인이 노래하길 당신과 동굴에 갇힌 부하들은 바로 사기가 떨어져 절망했다지. 하지만 늘 그러듯 당신이 계략을 생각했다며. 혹시 시인들이 다른 사람 집에서 노래를 부를 때는 이야기 내용을 바꾸는 걸까? 어쨌든 이타케궁에서는 늘 노래에 당신이 가장 빠르고 가장 머리 좋고 가장 창의적인 사람으로 등장해. 당신이 키클로페스에게 포도주가 가득한 가죽 부대를 주며 마시라고 했대. 이게 마지막 식사라면, 어쨌든 환대하는 뜻으로 함께하고 싶다면서. 양젖을 먹고 사는 거인한테 희석하지 않은 포도주 한 부대를 준 거야. 거인이 그렇게 금세 취한 게 당연하지. 여행자여, 네 이름이 뭔가, 거인이 취해서 꼬부라진 혀로 물었어. "내가 먹을 사람이 누군지 알고 싶다."

"다들 저를 '아무도안'이라고(아무도 아니라고) 부릅니다." 당신은 거인이 오딧세우스를 죽였다고 자랑하는 영광을 누리게 하고 싶지 않아 이렇게 말했어. 거인은 취한 데다가 아마 머리도 나빴던 탓인지 그게 당신의 진짜 이름이라고 생각했어.

사실 거인에게 술을 먹일 생각은 누구라도 할 수 있지. 당신 계획에서 특히 눈부시게 잔혹한 부분은 그다음이야. 음유시인들은 이 부분을 정말 좋아해. 이 이야기를 노래로 부르고 또 부르곤 하지. 키클로페스가 포도주를 잔뜩 마셔 술이 몸속에 피처럼 흐르자 당신 부하들은 잠든 키클로페스를 죽이려 했어. 그러고 나면 죽은 거인과 함께 동굴에 갇히게 되리란 생각은 못 한 거야. 당신은 키클로페스가 멀쩡하게 살아 있어야, 동굴 입구를 막는 문 역할을 하는 바위를 굴려 열 수 있다며 말렸지. 당신이나 부하들이 아무리 힘을 합해 봐야 바위 문을 열 수는 없었으니까. 부하들이 당신 말을 믿지 않아서 직접 입증해 보였어. 전사 세 명이 온 힘을 다해서 밀었지만 바위는 꿈쩍도 하지 않았어. 아무도 탈출할 수가 없었지. 그제야 부하들도 복잡한 문제임을 깨달았지.

내가 '멀쩡하게'라고 했던가? 당연하지만 당신은 키클로페스가 멀쩡하길 바라진 않았어. 다만 딱 알맞은 곳을 다치길 바랐지.

당신은 키클로페스가 돌투성이 땅에서 양을 돌볼 때 커다란 지팡이를 짚으며 돌아다니는 것을 보았어. 하루 일을 마치고 동굴로 들어온 다음 바위를 굴려 동굴 입구를 닫아 자기가 자는 동안 늑대나 다른 포식자가 동굴 안으로 들어오지 못하게 해서 양을 안전하게 지키지. 그런데 아무리 거인이라도 바위를 움직이려면 두 손이 필요하거든. 그래서 일단 양 떼를 동굴 안으로 몰아넣고, 지팡이를 입구 옆에 세워 놓고, 자유로운 두 손으로 바위를 밀어.

당신은 그 지팡이를 가져다가 불씨 위에 얹고 계속 돌렸어. 부하들은 10년 동안 이어진 전쟁에서 살아남았는데, 집으로 돌아가는 길에 거인에게 잡아먹혀 죽게 되었다니 운명이 어떻게 이렇게 기구하냐며 한숨짓고 탄식했지. 하지만 당신은 부하들 말에는 대꾸 안 하고 당신 키만큼이나 긴 지팡이를 계속 돌려 끄트머리를 뾰족하게 태웠어. 그랬는데도 부하들이 당신이 뭘 하려는지 알아차리지 못해서, 당신이 부하들에게 뒤로 물러서라고, 거인의 양 떼 사이에 숨으라고 두 번이나 말해야 했지. 나는 음유시인이 이 부분을 노래하기도 전에 당신이 뭘 하려는지 알았는데. 그 무자비함이 내가 처음에 당신을 사랑한 이유 중 하나였어, 오딧세우스. 지금도 그렇고.

당신은 뾰족해진 지팡이를 거인의 눈에 찔러 넣고 돌렸고, 치지직 소리가 나며 눈알이 튀어나왔어. 음유시인들이 노래하길 거인의 비명이 전장에서 죽은 자들을 깨울 만큼 크게 울렸다네. 당신은 물러서 양 떼 사이에 숨어 있는 부하들한테로 갔어. 양들이 도망가지 못하게 북슬북슬한 목을 꼭 안고 있었지. 키클로페스는 시커멓게 타서 피가 흐르는 눈구멍에서 지팡이를 뽑고 아까보다 더 큰 소리로 비명을 질렀어. 어찌나 끔찍한 소린지 다른 거인들이 달려왔어. 거인들은 저마다 양 떼를 키우며 서로 교류 없이 동굴에서 단독 생활을 한다고 하네. 그런데 이런 끔찍한 울음소리를 듣기는 처음이라, 그냥 무시할 수가 없었어. 무슨 일이야, 거인들이 바위 바깥쪽에서 물었어. 바위를 밀고 들어온다는 건 거인들 입장에서는 너무 심한 사생활 침해였지. 그래서 말없이 동굴 안에서 나는 소리에 귀 기울이며 서 있었어. 나 다쳤어, 동굴 안의 키클로페스가 외쳤어.

오딧세우스, 당신이나 나라면 이렇게 물었을 거야. 어쩌다 다쳤어? 아니면 나라면 이렇게 물었을 것 같아. 내가 어떻게 도와줄까? 하지만 키클로페스들은 우리와 관습이 달라서 자기들에게 가장 중요한 것을 물었어. 누가 다치게 했는데? 다친 키클로페스는 그 질문에 대한 답을 알았기 때문에 걸걸한 목구멍 가장 깊은 곳에서 우러나오는 목소리로 외쳤어. 아무도안이야. 내 눈을 아무도안이 뽑았어. 다른 거인들은 서로 쳐다보더니 어깨를 으쓱했어. 원래 호기심이 많은 종족이 아니라. 무척 고통스러운 듯한 소리를 듣고 오긴 했지만, 다들 똑같은 답을 들었으니까. 아무도 자기를 다치게 하지 않았다고.

공연한 소동에 짜증을 내며 거인들은 각자 동굴로 어슬렁어슬렁 돌아갔고 말썽꾼은 관심에서 지웠어. 이것만 해도 대단한 성취고, 가짜 이름이 당신도 기대하지 않은 좋은 성과를 냈지만, 그래도 당신은 여전히 머리를 굴리고 있었다지. 역시 내 남편이야.

이 대목에서 음유시인들은 잠시 노래를 멈추고 목을 축여. 음유시인들은 당신을 동굴에 갇힌 채로 남겨 두고 긴장감을 높이기를 좋아해. 그러면 포도주 한 잔을 더 얻어먹을 수 있다는 걸 아는 거지. 술 한 잔이 더 들어가면 그제야 노래를 이어 가. 당신이 아침이 왔다는 걸 알았대. 키클로페스의 동굴 꼭대기에 너무 작아서 사람이 통과할 수는 없고 너무 높아 올라갈 수도 없는 구멍이 하나 있거든. 햇빛이 들어오고 연기가 나가는 구멍 때문에 새벽이 되었다는 걸 알았어. 양들도 알아서, 희미한 회색빛이 동굴에 들자 매애 울기 시작했어. 키클로페스는 양 떼를 풀밭으로 내보내야 했지만 사람들은 달아나지 못하게 막을 셈이었지. 그래서 바윗돌을 절반 정도만 굴리고, 그 옆에 버티고 앉았어.

당신 부하 한 명이 훌쩍이는 소리를 냈는데 다행히 양들의 울음에 묻혔어. 여전히 거인한테서 탈출하기는 불가능하다고 생각하고 우는 거였어. 하지만 당신은 어떻게 해야 할지 알았지. 양 세 마리를 하나로 묶고, 부하들한테 양의 북슬북슬한 배를 꼭 붙들고 매달리는 법을 보여 줬어. 발로 걷어차자 양들이 문을 향해 달렸어. 당신이 세 마리를 또 묶어 두 번째 부하를 매달고 있을 때 키클로페스는 거대한 손으로 양의 북슬북슬한 등과 머리를 만져 보고 사람이 타고 있지 않은 걸 확인하고는 양이 나갈 수 있게 뒤로 물러섰어. 당신 차례가 되었는데—늘 그러듯 마지막으로 남았지—커다란 숫양 한 마리밖에 남지 않았어. 다행히도 당신은 키가 크지 않으니까. 당신은 숫양 배 쪽에 매달려 키클로페스를 통과해 빠져나가 자유의 몸이 되었어.

당신은 무사히 탈출했고, 당신을 붙잡았던 괴물은 무사하지 못했지. 하지만, 아, 오딧세우스, 당신한테는 양한테 양털이 붙듯 말썽이 따라붙는구나. 배를 타고 떠나면서 당신은 자제하지 못하고 다친 거인이 있는 섬을 향해 소리쳤다며. 당신, 오딧세우스가 거인을 이겼노라고. 도무지 자신의 승리를 떠벌리지 않을 수가 없었던 거야. 당신이 눈먼 거인이 포세이돈의 아들이란 걸 알았다면, 거인이 아버지에게 저주를 내려 달라고 하리란 걸 알았다면, 과연 다르게 행동했을까, 난 잘 모르겠네. 당신은 으스대고 싶은 마음을 주체하지 못하니까.

시인들은 포세이돈이 당신에게 저주를 내렸고 당신이 이타케로 돌아가는 데 10년이 걸릴 거라고 했대. 당신 부하들도 함께 벌을 받을 것이고, 당신은 부하들 없이 홀몸으로 돌아올 거라고 저주했다고. 부하들이 한 명도 남지 않을 거라고. 오딧세우스, 부하들이 당신을 버리는 걸까, 아니면 집으로 돌아오는 길에 죽고 마는 걸까? 이타케에서 당신들을 기다리는 우리에게는 두 가지 전망 다 암울하기는 마찬가지야. 여보, 나는 당신이 당신 아닌 다른 사람이 되길 바란 적은 없어. 하지만 당신이 키클로페스에게 이름을 가르쳐 주려고 할 때 내가 옆에서 당신 입을 막을 수 있었더라면 좋았을 텐데.

당신의 사랑하는 아내,

페넬로페

19
트로이아의 여인들

“왜 그래?” 카산드라에게 왜 울부짖냐고 물은 사람은 안드로마케였다. 어머니나 동생은 카산드라가 급작스레 과도한 히스테리를 부리는 까닭을 궁금해하지 않은 지 오래되었다. 카산드라는 한순간에는 극히 정상적인 사람처럼 얌전히 앉아 있다가, 다음 순간에는 느닷없이 몸을 부르르 떨고 단어들을 씹어 내뱉었는데 도무지 알아들을 수가 없는 말들이었다.

“걔야, 걔야, 걔야.” 카산드라가 소리쳤다. 어머니가 뒤통수를 후려치려고 하는 걸 느끼고 카산드라는 목소리를 낮추려 했지만 공포가 온몸을 사로잡아 도무지 주체할 수가 없었다. “내 동생.” 카산드라가 말했다. “내 동생, 내 어린 동생, 내 막냇동생, 구해 낸 동생이 죽었어, 죽었어, 죽었어, 죽었어.”

이 말을 듣고 헤카베는 움찔했다. “입 다물어, 아니면 내가 네 혀를 잘라 버릴 테니. 네 동생이 빠져나간 건 아무도 알면 안 돼. 아무도. 내 말 들었어? 걔가 살려면 네가 입을 다물고 있어야 해.”

카산드라는 마치 경련을 일으키듯 작은 동작으로 고개를 흔들었다. “너무 늦었어, 너무 늦었어, 그 앨 구하기엔 너무 늦었어.” 카산드라가 말했다. “그리스인들에게서 폴리도로스를 구하기엔 너무 늦었어. 이미 걔가 누구인지, 걔가 있다는 거, 걔가 어디 있는지 알아. 왜냐면 이미 여기 있고 그들이 차지했으니까.”

폴릭세네가 부드러운 손길로 어머니의 팔을 붙잡았다. “조금 있으면 가라앉을 거예요, 어머니. 그런다는 거 아시잖아요. 그리스군이 가까이 오기 전에 잠잠해질 거예요.”

폴릭세네는 무거운 짐을 들고 바닷가를 따라 다가오는 그리스 병사들 쪽으로 고갯짓했다.

“소용없어, 소용없어.” 카산드라의 목소리가 잦아들어 속삭임이 되었다.

“폴리도로스는 여기 없어.” 헤카베가 폴릭세네에게 쏘아붙였다. 막내아들 폴리도로스와 가장 가까운 형제자매가 폴릭세네였는데도, 폴리도로스가 트로이아 밖으로 무사히 나가기 전까지는 탈출 계획을 폴릭세네에게도 비밀로 했었다. “걔는 안전해. 여러 달 전에 안전한 곳으로 보냈어.”

“알아요, 어머니. 카산드라 말에 신경 쓰지 마세요. 말도 안 되는 소리란 거 알잖아요. 항상 그랬잖아요.”

안드로마케는 아무 말 없이 카산드라의 등에 손을 얹고 살살 쓰다듬었다. 극도로 흥분한 카산드라를 달래는 건 불안해하는 노새를 달래는 것하고 비슷했다. “쉬.” 안드로마케가 말했다. “쉬.”

카산드라는 소리 내지 않고 입 모양만으로 말하기 시작했다. 그리스 병사가 여자들이 있는 곳에 왔을 때쯤 카산드라는 거의 입도 움직이지 않고 있었다. 눈물이 줄줄 흘러 코에서 흐른 콧물과 뒤섞였다.

그리스 병사들은 서로 몇 마디 주고받더니 들고 온 짐을 모래 위에 내려놓았다. 누더기 무더기처럼 보였지만 두 사람은 큰 짐을 던 듯 안도하며 몸을 일으켰다. 가까이 서 있는 군인은 손등으로 허리를 문질렀고 다른 사람은 헤카베에게 말을 걸었다.

“당신이 프리아모스의 아내요?”

“프리아모스의 과부요.”

“그렇게 불리길 원하신다면.” 군인이 씩 웃었다. 점령군 입장에서는 과거의 지위가 앞으로의 삶에 조금이라도 영향을 미치리라고 생각하는 오만한 노예만큼 재미있는 것이 없었다. 이렇게 자존심 높은 늙은이를 골리는 건 특히 더 재미있고.

“누군지 아나?” 그가 말했다. 발치의 천을 발로 찼지만 그대로였다. 천이 축축이 젖어 있어 벗겨지지 않았다. 병사는 욕을 하며 몸을 굽혀 천 끄트머리를 잡고 홱 벗겼다.

얼굴만으로는 아무도 알아보지 못했을 것이다. 파도와 바위에 부딪혀 퉁퉁 붓고 시커메져 있었다. 왼뺨은 찢겼고 목둘레에는 보라색 물집이 있었다. 튜닉에 놓인 자수를 보고 헤카베는 속에서 터져 나오는 나지막한 울음소리를 냈다. 아들이 처음 그 옷을 입어 보던 때를 기억했다. 반짝반짝하게 닦은 물잔에 자기 모습을 비춰보고는 얼굴이 이상하게 일그러져 보인다며 웃었다. 노예가 붉은 천 가장자리에 오밀조밀한 자수를 놓던 것을 기억했다. 바닷물 속에서 튜닉의 색이 바래서 헤카베의 속을 뒤집어 놓는 살색으로 바뀌어 있었지만—헤카베는 알았다.

폴릭세네는 동생 곁으로 달려가 그 위에 몸을 던졌다. “안 돼.” 폴릭세네가 울부짖었다. “안 돼, 안 돼, 안 돼.”

“누군지 아는 모양이네.” 그리스 병사가 웃자, 동료가 못마땅한 듯 혀를 찼다.

“시신은 두고 가지.” 나이 많은 쪽이 말했다. “슬퍼하라고 하고.”

“오딧세우스가 발견한 건 모두 막사로 가져오라고 했잖아요.” 첫 번째 남자가 재미가 가신 듯 대꾸했다.

“뭘 찾았는지 보고하면 돼. 자식을 애도할 수 있게 하자고. 너도 네 어머니가 그렇게 해 주길 바랄 테지.”

젊은 남자는 뚱한 얼굴로 고개를 끄덕였고 두 사람은 그리스 주둔지로 돌아갔다.

“내 동생.” 폴릭세네가 말했다. “내 예쁜 동생.” 폴릭세네는 얼굴을 할퀴어 양 뺨에 붉은 자국 네 줄을 만들었다. 안드로마케는 폴릭세네 대신 헤카베 옆에 서서 가냘픈 몸을 뒤흔들며 흐느끼는 노인을 꽉 붙들었다. 안드로마케는 머리를 쥐어뜯고 싶었지만 그럴 힘이 남아 있지 않았다.

그리고 어째서인지 다들 카산드라가 이 일을 예고했다는 사실은 전부 잊어버렸고 카산드라는 전혀 다른 이야기를 했다고 믿었다. 언제나 그러듯 사실이 아닌 것으로 밝혀질 이야기를 했다고.

20
오이노네

오이노네는 이제 어디에서도 어울리지 못했다. 그렇게 된 지 꽤 되었다. 전에는 자기가 어디에 속했는지 알았다. 산속에서 시내 옆에서 달리고, 나무 그늘에서 쉬고, 피리를 불며 새들과 노래를 겨루었다. 오이노네가 평범한 산의 님프로 살 때는 어떻게 살아야 할지 알았다. 그러다가 파리스를 만났고 모든 게 달라졌다.

처음에는 좋은 쪽으로 달라졌다. 하지만 그때는, 처음에는 파리스가 파리스란 걸 몰랐으니까. 파리스는 트로이아의 몰락을 가져올 거라는 예언 때문에 갓난아기 때 트로이아에서 추방당했으니 원래는 하루도 못 살고 죽을 운명이었다. 파리스의 부모는 차마 파리스를 키울 용기는 없었으나, 그렇다고 죽일 용기도 없었다. 프리아모스와 헤카베는 아기를 양치기한테 맡기며 산비탈에 버리라고 했다. 그러나 양치기는 차마 지시를 따를 수가 없었다. 아기를 산속 공터에 내려놓기까지는 했으나, 지팡이를 높이 쳐들었다 내려쳐서 아기의 머리를 깨는 것은 도저히 할 수가 없었다. 양치기는 아기를 죽이지 않고 몰래 데리고 와 염소치기로 키웠다. 어린아이 하나가 도시에 무슨 해를 끼칠 수 있다고? 이 일은 아무도 모를 것이다.

그래서 처음 산기슭에서 염소 떼를 모는 파리스를 봤을 때 오이노네는 살짝 근육이 붙은 섬세하게 생긴 젊은이가 양치기의 아들이라고만 생각했다. 그렇지만 너무나 잘생겨서, 아름답기까지 해서, 오이노네는 몰래 숨어서 며칠 동안 파리스를 따라다녔다. 오이노네는 파리스가 자기 쪽을 쳐다보더라도 어린 나무 사이에 몸을 숨길 수 있었다. 하지만 파리스가 왜 쳐다보겠나? 오이노네는 통통 튀어 다니는 염소보다 훨씬 조용히 땅 위에서 움직일 수 있는데. 파리스도 피리를 불었다. 앉아서 염소가 풀을 뜯는 걸 보면서 통통한 입술에 피리를 물고 불었다. 마침내 파리스 앞에 모습을 나타냈을 때 오이노네는 이미 절반은 사랑에 빠져 있었다.

두 사람이 결혼하는 날, 파리스는 오이노네에게 양치기 아겔라오스는 양아버지이고 자기는 원래 트로이아 왕궁 출신이라고 말했다. 사실 예지와 치유라는 두 가지 능력이 있는 오이노네는 파리스와 처음 이야기를 나눈 순간 이미 파리스가 프리아모스와 헤카베의 아들이란 걸 알았다. 오이노네는 자기들 두 사람의 앞날을 생각하면 이상하게 머릿속이 웅웅거렸지만 이상한 느낌을 그냥 무시했다. 배 속에서 벌써 아들이 자라고 있었으니, 어떻게 무시하지 않을 수 있겠나?

세 여신이 나타나 파리스에게 심판을 요구하기 전까지 두 사람은 완벽한 행복을 누리며 살았다. 오이노네는 그렇게 믿었다. 다른 이들은 못 믿겠다고 하리란 걸 알았지만. 파리스가 자기를 떠난 게 아니라 잡혀간 거라고. 적어도 처음에는 잡혀간 게 맞았다. 파리스는 집에 돌아와서 그날 있었던 일을 솔직하게 말했다. 산기슭에서 염소들 풀을 먹이고 있는데 갑자기 안개가 덮쳐 왔다고. 어느새 산 위에 있는 공터에서 세 여신에 둘러싸여 있었고, 셋이 무슨 장신구 같은 걸 가지고 다투더니 각자 자기를 선택해서 그걸 상으로 달라 했다고. 오이노네는 이름을 듣지 않고도 누구였는지 짐작이 갔다.

오이노네는 파리스가 결국 어떤 기준으로 결정을 내렸는지, 어떻게 그 다툼이 해결되었는지는 분명하게 듣지 못했다. 한 가지는 알았다. 파리스가 산 아래로 내려가 염소 떼를 모아 와야 했기 때문에 평소보다 늦게, 해가 지고 나서도 한참 뒤에 집으로 돌아왔다는 것. 그날 밤 파리스는 그답지 않게 산만하고 신경이 날카로웠다. 다음 날 아침, 파리스는 트로이아로 가서 부모를 만나야겠다며 오이노네에게 작별을 고했다. 그전에는 부모님을 만난다는 말을 한 번도 한 적이 없었고 도시 성벽 안에서 살고 싶다는 기색을 한 적도 없었다. 오이노네는 잡아 봐야 소용이 없다는 걸 알았다. 게다가 하루이틀이면 궁금한 것에 답을 듣고 돌아오리라고 생각했다.

파리스가 떠난 다음에야 흐릿했던 머릿속이 또렷해졌다. 파리스는 내일도, 그다음 날도, 돌아오지 않으리라. 그는 왕자로 인정받기 위해 트로이아로 가고 있었다. 그러고 나서—오이노네는 잘못된 예감임이 분명하다고 생각하며 관자놀이를 문질렀다—파리스는 배를 타고 그리스로 떠날 것이다. 그리스! 대체 왜? 대체 무슨 이유로 행복하게 잘 살던 남자가 아내와 아들을 버리고 바다를 건너가겠나? 파리스에게는 완수해야 할 과업도 없고, 신이 어떤 임무를 부과하지도 않았다는 건 확실했다. 오이노네에게는 예지 능력이 있는데도 파리스가 무얼 하려고 하는지는 알 수가 없었다. 앞날을 꽤 자세하게 볼 수 있는 오이노네의 시야가 파리스에 관해서만은 부옇게 흐려지곤 했다. 오이노네는 아버지인 강의 신 케브렌에게도 무슨 일이 일어나고 있느냐고 물었으나 케브렌도 모르기는 마찬가지였다.

그래서 오이노네는 파리스가 트로이아로 다시 왔을 때 산으로 올 거라고 생각했다. 자기한테 돌아올 거라고. 다른 님프가, 온통 잔인한 웃음을 지으며 진실을 알려 주었다. 오이노네의 남편 파리스는 그리스에서 데려온 새 아내와 함께 도시에서 살고 있다고. 오이노네는 아들, 자신의 아들이자 파리스의 아들이 햇볕에 달궈진 땅 위에서 아장아장 걷는 것을 보며 어떻게 아빠가 아들 생각을 전혀 하지 않을 수 있을까 생각했다. 그토록 잘 안다고 생각했던 남자가 어떻게 그렇게 배신할 수 있나? 오이노네가 안다고 믿었던 모든 것이 혼란 속에서 전부 흩어져 버렸다.

오이노네는 전쟁이 그 여자를 뒤따라올 것을 알았다. 이데산 정상에서도 쇠가 맞부딪히고 피비린내가 풍길 것을 느낄 수 있었다. 그래서 거대한 배들이 만으로 들어왔을 때도 놀라지 않았다. 아들은 숲 속 깊은 곳에 안전하게 숨겼다. 자신과 파리스에게는 낭만적인 도피처였던 곳이 그리스군이 소와 염소를 잡아 잔치를 벌이려고 산기슭을 훑기 시작하자 편리한 은신처가 되었다. 빠른 속도로 흐르는 케브렌강이 막아 주고 있었던 덕에 그리스군은 끝내 은신처를 발견하지 못했다. 오이노네는 남편에게 버림받았으나 아버지는 계속 오이노네를 지켜 주고 있었다.

10년이라는 긴 세월이 흘렀고, 오이노네는 파리스를 거의 잊었다. 다정한 웃음도, 눈꺼풀이 살짝 처진 눈도. 파리스는 사람이라기보다 꿈처럼 느껴졌다. 이제 개암색 눈에 호두색 피부의 호리호리한 젊은이로 자라난 아들이 파리스가 존재했었다는 유일한 증거였다.

전쟁은 트로아드반도 전역에서 펼쳐졌다. 처음에는 이쪽에서, 다음에는 저쪽에서. 이따금 오이노네와 아들은 풀밭에 앉아 전차들이 그리스 진영에서 쏟아져 나와 수비하는 트로이아군을 향해 몰려가는 것을 보았다. 거리가 너무 멀어서 전사들의 얼굴까지는 보이지 않아 오이노네는 파리스가 아직 살아 있는지 어쩐지 알 수 없었다.

물론 당연히 살아 있을 거였다. 죽었다면 그리스 여자 헬레네(오이노네가 그 이름을 생각 속에서라도 떠올릴 수 있기까지 여러 해가 걸렸다.)가 남편에게 돌아갔을 것이고 전쟁은 끝났을 테니. 오직 파리스의 고집이 전쟁을 이토록 오래 끌어가고 있었다.

그러나 결국 산의 님프의 눈에도 전쟁의 패자와 승자가 결정되었음이 빤히 보였다. 트로이아 전사들의 수가 눈에 뜨이게 줄었다. 그리스 병사도 줄었지만 애초에 병력이 훨씬 많았다. 헥토르가 쓰러졌을 때 오이노네는 헥토르가 마치 자기 남편이나 아들이라도 되는 듯 가슴이 찢어질 것 같았다. 오이노네는 파리스의 형 헥토르를 만난 적도 없고 얼굴을 본 적도 없지만, 그래도 그리스 최고 장수와 최후의 결전을 벌이는 모습을 보고 그 사람임을 알았다. 모든 사람이 헥토르 이야기를 했다. 트로이아의 마지막 보루. 그리스군도 헥토르를 존경했고 트로이아는 헥토르에게 의지했다. 헥토르는 모든 면에서 동생 파리스와 반대였다. 여자 때문에 도시를 위험에 빠뜨린 자에게 돌아가는 것은 경멸뿐이었으니. 그 점에 있어서는 적군이건 아군이건 한마음이었다.

전장에서 오만하게 우쭐대는 사람이 보였다—아킬레우스일까? 며칠 전 아킬레우스가 헥토르의 손에 죽는 것을 보았는데, 지금 보니 죽은 사람은 아킬레우스의 갑옷을 입은 다른 사람이었다. 이 전사는 너무나 빠르고 능란하고 잔인했다. 아킬레우스가 분명했다. 그가 헥토르를 쓰러뜨리고, 시신을 전차 뒤에 묶고 질질 끌며 성벽을 돌았다. 이처럼 지독한 광경은 본 적도 없고 앞으로도 볼 일이 없으리란 걸 오이노네는 알았다. 오이노네는 아들에게 눈물을 보이지 않으려고 감췄다. 저 멀리 평원에서 일어나는 전쟁을 게임이나 다름없게 느끼는 아들에게, 알지도 못하는 사람이지만 그 사람의 죽음이 억울해서 우는 까닭을 설명할 말이 없었기 때문이다.

남편에 관해서는 자기 예지력에 맹점이 있음을 오이노네는 다시금 알게 되었다. 파리스가 비틀거리며 오이노네의 오두막 바깥쪽 수풀을 헤치고 와서 비명과 함께 땅바닥에 쓰러졌을 때에야, 오이노네는 파리스가 다쳤다는 사실을 알았다.

"오이노네." 파리스가 불렀다. "제발."

자기 이름을 부르는 소리를 처음 들었을 때는 상상이라고 생각했다. 10년 동안 이름을 불러 준 사람은 아무도 없었다. 아들은 아끼며 돌보는 가축들을 몰고 산에 갔다가 길을 잃으면 '엄마' 하고 외쳐 불렀다. 강의 신 케브렌은 '딸아'라고 불렀다. 님프들은 이름을 불렀지만 오이노네는 님프들과 교류를 끊은 지 오래였다. 고작 인간일 뿐인 남편에게 버림받았다는 굴욕을 견디기 힘들었기 때문이었다. 그래서 오이노네는 파리스가 떠난 뒤에 자주 그랬듯 자기가 또 말하는 새에게 자기 이름을 가르쳐 주었나 보다 하고 생각했다. 그런데 다시 들렸다.

"오이노네, 제발. 날 좀 도와줘."

이번에는 착각이 아니었다. 확실히 자기 이름을 들었고 누구 목소리인지도 알았다. 오이노네는 소리가 나는 쪽으로 서둘러 갔고 수천 번 꿈꾸었던 것을 맞닥뜨렸다. 처음에는 두려워하며, 이후에는 분노하며 떠올렸던 것. 두 사람이 사랑하게 된 지 얼마 안 되었을 때, 오이노네는 파리스가 오래 떠나 있는 것을 싫어했다. 파리스가 멧돼지에게 들이받히거나 늑대에게 공격당할까 걱정했다. 오이노네는 파리스가 자기 앞에 치명상을 입고 쓰러져 있는 장면을 수도 없이 떠올렸고, 하데스의 탐욕스러운 손아귀에서 파리스를 구해 내려면 자신의 치유력을 다 쏟아부어야 하리란 것을 알았다. 캄캄한 밤에 오이노네는 이게 인간을 사랑한 대가라고 속으로 되뇌었다. 영영 사라지지 않는 죽음의 공포. 파리스가 떠나고, 뒤늦게 굴욕스럽게도 파리스가 다시 돌아오지 않으리란 걸 깨달은 후에는 그 장면을 다르게 떠올렸다. 파리스가 갈색 솔잎에 덮인 집 앞마당을 가로질러 기어 와 도와 달라고 비는 모습. 오이노네의 반응은 늘 달랐다. 어떤 때에는 관대하게 용서하고 목숨을 구해 주었다. 어떤 때에는 파리스가 목구멍으로 마지막 숨을 뱉는 것을 묵묵히 지켜보고 있기도 했다.

그런데 그 꿈이 눈앞에 현실이 되어 있었다. 파리스의 기름 바른 머리카락은 땀으로 젖어 이마에 들러붙어 있었다. 아름다운 얼굴에는 고통의 흔적이 깊게 패였고 한때 아들처럼 호두색이었던 고운 피부는 창백한 잿빛으로 변했다. 파리스는 앞으로 쓰러지며 팔 위에 머리를 뉘었다. 왼 다리가 이상한 모양으로 늘어졌고 상처를 감싼 천에서 스며 나온 진한 피가 보였다. 호흡이 거칠었고 말할 기운을 끌어내는 데 온 힘을 들여야 했다.

"오이노네, 나 죽을 것 같아. 당신이 도와주지 않으면 난 죽어."

오이노네는 발치에 누워 있는 남자를 보며 자기가 어떻게 이 사람을 사랑했었나 의아해했다. 너무나 연약했다. 너무나 인간이었다. 인간에게는 무언가 불쾌한 면이 있는데, 신들은 그게 사실임을 누구나 알기 때문에 입에 올리지 않았다. 인간에게서는 이상한 냄새가 났다. 젊을 때는 희미하지만 나이가 들면서 악취처럼 강력해졌다. 어쨌든 언제나 그 냄새가 있었다. 죽음의 냄새였다. 건강한 사람, 육신이 멀쩡한 사람, 심지어 어린아이한테도 보이지는 않지만 지울 수 없는 낙인이 있었다. 지금 파리스에게서 그 냄새가 독하게 풍겼다.

"제발." 파리스가 말했다.

"여기까지 어떻게 왔어?" 오이노네가 물었다.

"도저히 더 못 걸을 때까지 걸었어." 파리스가 말했다. "그다음에는 기었어."

“아버지가 강을 건너게 해 줬네.”

“응, 당신이 날 안 보려고 할 수도 있다고 하셨어.”

오이노네가 고개를 끄덕였다.

“그래도 내가 빌었더니 건널 수 있게 물살을 늦춰 주셨어.”

“헛고생했어.” 오이노네가 말했다. 오이노네 자신도 이 말을 자기 귀로 듣기 전에는 자기가 이렇게 대답하리란 걸 몰랐다. 파리스의 얼굴에 고통의 기색이 스쳤다.

“날 낫게 해 줄 수 있잖아.” 파리스가 말했다. “마음만 먹으면.”

“내가 마음을 안 먹으면?” 오이노네가 물었다. “내가 당신 피를 멎게 하고 상처를 아물게 하고 싶지 않다면? 내 약초는 내 아들, 아들의 염소, 누구든 나를 배신하지 않은 이를 위해 아껴 두겠다면? 그러면 어떡하지?”

“오이노네, 그렇게 말하지 마. 그렇게 화내지 마. 내가 떠난 지 10년이 넘었어…….” 파리스는 숨이 차서 기침을 하더니 다시 통증이 닥치는지 비명을 질렀다.

“나를 과부로 만들고 떠난 지 10년이 넘었지. 나하고 우리 아들, 내가 낳은 당신 아들을 버리고 갔어. 우리 생각은 조금도 하지 않고. 이제 살겠다고 기어 오면, 이제 나는 과부가 아닌 거야? 당신 여기까지 오는 길에 한 번이라도—단 한 번이라도 생각해 봤어? 내가 과부로 사는 것에 익숙해지지 않았을까 하는 생각? 내가 과부로 사는 법을 익혀 나갔고, 이제 그렇게 사는 걸 좋아하게 되지 않았을까 하는 생각? 단 한 순간이라도 내가 뭘 원할지, 내가 어떤 심정일지 생각해 봤냐고?”

"아니." 파리스가 말했다. 인간 여자라면 알아듣기 힘들 작은 소리였다. "나 죽어 가, 오이노네. 그 생각 말고 다른 생각은 안 했어."

"그래서 당신을 치료하지 않겠다는 거야." 오이노네가 말했다. "당신 생각밖에 안 하지. 내 앞에 엎드려 마땅한 지금조차도……."

"나 당신 앞에 엎드려 있어." 파리스의 갈라진 입술에 희미한 미소가 유령처럼 스쳤다. 그 남자가 오이노네가 사랑했던 남자였다.

"나를 위해서 엎드린 건 아니지." 오이노네가 말했다. "당신을 위해서지. 당신을 낫게 해 줄 순 없어. 당장 이 산을 떠나. 안 그러면 당신 죽음으로 이 산이 오염될 거야."

오이노네는 몸을 돌려 떠났다. 한참 뒤, 목초지에서 돌아오는 아들을 맞으러 밖으로 나갔을 때, 파리스가 흔적도 없이 사라진 것을 보았다. 솔잎 위에 피 한 방울조차 남아 있지 않았다. 오이노네는 이번에는 그 대화가 정말 현실이었음을 확신하면서도, 자기도 모르게 그것도 또 다른 꿈이었나 생각했다.

21
칼리오페

알지, 내가 좋아하는 거. 오이노네 말이야. 시인이 여자들이 이야기에 등장했다가 사라지곤 한다고 진절머리를 내는 건 아는데, 이제는 시인도 이 전쟁은 이런 식으로 설명할 수밖에 없다는 걸 조금씩 알아가는 것 같아. 이 시인도 처음에는 이전의 무수한 시인들이 그랬듯이 라오다메이아는 무시하고 다루지 않을 생각이었을까? 그렇게 어린 나이에 그렇게 많은 것을 잃은 여자인데 최소한 이야기라도 전해져야 마땅하지 않겠어?

전쟁 이야기를 하는 방법은 여러 가지가 있지. 전쟁 전체를 단 하나의 사건으로 압축할 수도 있어. 예를 들면 어떤 남자의 행동에 대한 다른 남자의 분노라든가. 10년에 달하는 전쟁 전체를 그렇게 요약할 수도 있겠지. 하지만 이건 남자들의 전쟁일 뿐 아니라 여자들의 전쟁이기도 하니, 시인은 여자들의 고통을 들여다볼 거야. 늘 이야기의 주변으로 밀려나 남자의 희생자로, 남자의 유족으로, 남자의 노예로 다루어지던 여자들의 이야기를 할 거고, 아니면 차라리 입을 다물어야 할걸. 여자들은 자기들 차례가 오길 너무 오래 기다렸어.

왜일까? 너무 많은 남자들이 서로서로 남자들 이야기만 들려 주었기 때문이지. 남자들은 아킬레우스의 영광에서 자기 모습을 보는 걸까? 아킬레우스의 젊음을 묘사하면 늙어가는 육신이 더 강인해지는 느낌이 드나? 잔치에서 잔뜩 먹어 댄 시인의 뚱뚱한 배가 헥토르의 단단한 근육을 연상시킨다는 건가? 터무니없는 생각이야. 어쨌든 간에 남자들 이야기를 하고 또 하는 데는 뭔가 이유가 있겠지.

만약 시인이 또 나한테 불평하면 난 이렇게 물을 생각이야. 오이노네의 영웅적인 면모가 메넬라오스보다 못하다고 생각하니? 메넬라오스는 아내를 뺏기고, 아내를 찾아오려고 군대를 일으켜 수없이 많은 사람이 목숨을 잃게 만들고, 수없이 많은 사람이 과부, 고아, 노예가 되게 만들었지. 오이노네는 남편을 잃고 혼자 아들을 길렀고. 둘 중에 어떤 게 더 영웅적인 행동일까?

22
트로이아의 여인들

헬레네가 그리스군 주둔지 쪽에서 남자들이 오고 있다는 걸 가장 먼저 알아차렸다. 헤카베는 아들의 죽음을 슬퍼하며 밤을 새운 터였다. 폴릭세네, 안드로마케를 비롯한 다른 트로이아 여인들도 헤카베와 함께 슬퍼했다. 카산드라도 같이 슬퍼했는지 아니면 뭔가 자기만의 이유로 울고 있었던 건지는 알 수 없었다. 헬레네가 자기를 경멸하는 여자들에게 다가가 소식을 전했다.

"그리스인들이 오고 있어요."

헤카베는 황폐한 얼굴을 들어 올렸다. 제 손톱으로 할퀸 자리가 굵은 보라색 선으로 남아 있었다. "뭘 원하는 거지?" 헤카베가 흐느꼈다. "내 아들을 묻지 못하게 막으려는 건가? 그런 건가? 그 무수한 불경에 하나를 더 추가하려는 건가?"

“그럴지도요.” 헬레네가 대답했다.

“어머니한테 그러지 말아요.” 폴릭세네가 말했다. “제발. 이미 충분하지 않아요?”

“괴롭히는 거 아니야.” 헬레네가 말했다. “사실을 말해 주는 것뿐이지. 어쩌면 저자들이 폴리도로스를 데리러 왔을 수도 있지. 어쩌면 날 데리러 왔을 수도 있고. 아니면 너. 우리 중 누구일 수도 있다고.”

“이 일이 전부 당신 탓인데 어떻게 그렇게 아무 죄책감이 없어요?” 폴릭세네가 물었다. “어떻게 그래요?”

“쟤 잘못이 아니야.” 긴 밤을 보낸 탓에 헤카베의 목소리는 걸걸했다. “내 잘못이야.”

“어머니 잘못이라고요?” 폴릭세네가 물었고 안드로마케는 폴릭세네와 헬레네가 동시에 어리둥절한 표정을 짓는 것을 보았다. “어떻게 어머니 탓일 수 있어요?”

“그 애가 태어났을 때 그 애가 트로이아의 몰락을 가져올 거란 말을 들었어.” 헤카베가 울며 말했다. “예언은 명확했지. 파리스를 죽이지 않으면 파리스가 우리 모두를 죽일 거라고.”

침묵이 흘렀다. “그런데…… 왜?” 폴릭세네는 말을 맺을 수 없었다. 폐허가 된 도시에서 나온 연기를 마시면서도 차마 그 말은 할 수 없었다. 어른이 되어 도시로 돌아와 자기 권리를 주장하기 전까지는 있는 줄도 몰랐던 오라비를 왜 죽이지 않았냐고 물을 수는 없었다.

“왜 신들의 경고를 듣지 않았냐고?” 헤카베가 말했다. “넌 아직 결혼을 안 했으니까…….”

이 말에 카산드라가 나지막이 울부짖는 소리를 냈지만 아무도 주의를 기울이지 않았다. 헤카베가 말을 이었다. "막 태어난 아기가 도시의 몰락을 가져올 거란 말을 듣는 게 어떤 심정일지 너는 몰라. 아기가 너무……." 헤카베는 지나치게 감상적으로 들리지 않을 말을 찾느라 잠시 머뭇거렸다. "작았어. 너무나 작고, 눈은 커다랗고, 완벽한 아기였지. 우리는 도무지—나는 도무지—할 수가 없었어. 질식시켜 죽이라는 말을 들었지만. 너무나 작았지. 너도 언젠가 네 아이가 생기면 이해할 거다."

"그래서 어떻게 하셨어요?" 헬레네가 물었다. 헬레네는 스파르타에 두고 온 딸 헤르미오네 이야기는 지금껏 단 한 번도 하지 않았다. 헬레네는 딸이 살아 있는지 아닌지조차 몰랐다. 그렇단 말을 입에 올리지는 않았는데 그랬다가는 헤카베나 폴릭세네한테 어떻게 딸을 버리고 와 놓고 뻔뻔하게 보고 싶다느니 할 수 있냐고 한 소리 들을 게 뻔했기 때문이었다. 하지만 제 손으로 버렸더라도 보고 싶을 수는 있었다.

"왕의 양을 치는 양치기 아겔라오스에게 맡겼어." 헤카베가 말했다. "트로이아 성벽 밖으로 데리고 가서 버리라고 했어. 산 어딘가에 버리라고."

"파리스를 죽이라고 시켰다고요?" 폴릭세네가 물었다.

"모두를 살리려고 그랬어." 헤카베가 대꾸했다. "다른 자식들을 살리려고, 아직 태어나지 않은 자식까지. 그 끔찍한 운명은 오직 파리스에게만 해당되는 것이니까. 파리스가 죽는다면, 너희들 나머지 자식들은 살겠지. 도시는 무너지지 않을 테고. 프리아모스와 나는 그만한 대가는 치러야 한다고 생각했어. 차마 우리 눈으로 볼 수는 없었지만." 폴릭세네는 어머니를 쳐다보았다. 어머니가 때로 무자비할 때가 있다는 건 알았지만, 이건 뭔가 달랐다. 감상성과 잔혹함이 묘하게 결합되어 있었다. 헤카베가 말하는 것을 보며 폴릭세네는 어머니의 평소 표정이나 단호함과 짜증이 묻어나는 목소리를 알아볼 수가 없었다.

"그런데 양치기가 프리아모스의 명령을 따르지 않았군요." 헬레네가 말했다. "어머니 잘못이 아니에요."

헤카베는 대개 늘 헬레네를 쳐다보지 않고 눈을 피했다. 그런데 지금은 헬레네의 완벽한 눈을 똑바로 보고 있었다.

"내 잘못이야." 헤카베가 중얼거렸다. "양치기가 우리 말을 안 들을 걸 알았어. 난 그 사람이 무른 사람이란 걸 알았고 아기를 데려가서 키울 것을 알았지. 마음이 여린 사람이었거든. 어미하고 떨어져 있는 늑대 새끼를 발견해도 차마 죽이지 못하더라니까. 생각해 봐라! 늑대를 못 죽이는 양치기라니. 나는 그 사람이 너무 물러서 아기를 죽이지 못하리란 걸 알았어. 하지만 아무 말도 하지 않았지."

"프리아모스도 양치기가 마음 약한 사람인 줄 알았어요?" 헬레네가 물었다. 헤카베가 고개를 끄덕였다. "그러니까 역시 어머니 탓은 아니네요. 적어도 어머니만의 잘못은 아니에요." 헬레네가 말했다. "프리아모스도 같은 결정을 내렸고, 파리스는 프리아모스의 아들이고 트로이아는 프리아모스의 나라잖아요. 모든 일을 공모하긴 했으나 어머니한테 결정권이 있었던 건 아니죠. 더 큰 책임은 프리아모스에게 있어요."

"프리아모스는 무덤에 있으니까." 헤카베가 말했다. "살아 있는 사람 중에서는 내가 죄를 짊어져야 해. 파리스 때문에 내 막내, 아무 죄 없는 아들마저 죽었어. 마지막 슬픔이 찾아와서 내 이기심과 어리석음을 꾸짖는구나."

"폴리도로스는 어머니를 원망하지 않을 거예요." 안드로마케는 낮은 목소리로 말했지만 모두 안드로마케의 말을 들으려고 고개를 돌렸다. "착하고, 마음이 넓고, 가끔 바보짓도 했지만, 다른 사람을 탓하거나 괴롭히는 아이는 아니었어요."

헤카베는 눈물이 핑 도는 것을 느꼈지만 다시 울지는 않으려 했다. "착한 아이였지." 헤카베가 고개를 끄덕였다.

"폴리도로스는 어머니한테 뭐라 하지 않을 거예요." 폴릭세네도 이렇게 말했다. "그리스인들에게 폴리도로스를 묻을 수 있게 해 달라고 해요."

"안 된다고 하면?" 헤카베가 물었다. 헤카베의 고통에 벌써 조용한 분노가 스미고 있었다.

"지금 흙으로 덮어요." 안드로마케가 말했다. "그러면 하데스의 문으로 들어가 축복받은 자들의 섬에 갈 수 있어요. 제대로 된 장례식은 나중에 치르거나, 아니면 못 치를 수도 있겠죠. 그렇지만 폴리도로스는 그전에 이미 가야 할 곳에 가 있을 거예요."

여인들은 말없이 해야 할 일을 했다. 폴리도로스의 몸에서 피와 모래와 바다풀을 깨끗이 씻어 내고. 위에 한 줌 흙을 뿌리고. 하데스, 페르세포네, 그리고 지하세계로 가는 길에 동행하며 길 안내를 해 줄 헤르메스에게 기도를 드렸다. 그리스군이 바싹 다가왔으나 폴리도로스는 이미 닿을 수 없는 곳에 안전하게 가 있었다.

23

페넬로페

사랑하는 남편에게,

한 해가 더 지났는데 당신은 아직도 집에 조금도 가까워지지 않았네. 아니면 가까워졌다가 다시 멀어진 걸까. 저녁거리를 구하러 다니는 어떤 늙은 방랑 시인한테 들었는데, 당신이 바람의 신 아이올로스의 호의를 샀다는 거야. 아이올로스 덕에 우리 바위투성이 벽지 이타케가 보이는 곳까지 왔대. 그런데 당신 선원들이 뭔가 바보 같은 짓을 했다지—어떤 단순한 지시를 무시했다던가—그래서 바람이 그만 다시 반대 방향으로 바뀌어 바람 신의 섬까지 도로 데려다 놓았다며. 아무리 아이올로스라고 해도 지친 여행자를 두 번 도와주지는 않을 거야. 누구나 알듯이 아이올로스도 당신한테 이런 불행이 닥친다는 건 신의 눈 밖에 났기 때문이란 걸 아니까. 아이올로스가 뭐 하러 인간 따위를 위해 다른 신에게 맞서겠어?

틀림없이 당신은 포세이돈이 그냥 잠시 장난을 치면서 당신을 이쪽으로 보냈다가 저쪽으로 보냈다가 하는 거라고 생각할 거야. 그런데 만약 그런 게 아니라면 어쩌지? 아들 키클로페스의 눈을 멀게 한 것에 대한 보복이라면? 신에게 인간의 삶은 눈 한 번 깜빡할 시간 정도밖에 안 돼. 신은 당신이 1년 동안 집에 오지 못하게 할 수도 있고 10년 동안 못 오게 할 수도 있지. 신의 입장에서는 두 가지가 하나도 다르지 않을 테니까.

당연하지만 당신이 걱정돼. 아이올로스가 당신에게 순풍을 불어주려 했다는 이야기를 듣고는 너무 아쉬웠어. 당신이 나한테서 멀지 않은 곳에 있다는 걸 몰랐다니. 목구멍 안에서 시큼한 실망의 맛이 느껴질 지경이야. 그렇지만 이곳에 전해진 다른 이야기에 비하면 그 이야기는 그래도 확연히 기운을 북돋는 이야기였지. 내가 당신의 고통스러운 여정에 대해 전해지는 이야기의 10분의 1이라도 사실로 믿었다면 당신이 이미 저세상 사람이란 확신이 들었을 거야. 어쩌면 당신이 진짜 죽었을지도 모르지. 마치 밀물이 들어올 때 모래 위에 메시지를 쓰고 있는 것 같은 기분이 들어. 언젠가는 과연 내가 무슨 말을 하고 싶었는지 당신이 알게 될까 확신할 수가 없으니.

늙은 시인이 노래하듯이 당신 배 한 척을 제외하고 모두 잃지는 않았기를 바라. 그날 밤 난 그 시인에게 편안한 잠자리를 내주지 않았어. 시인은 딱딱한 빵으로 식사를 하고 딱딱한 바닥에서 자야 했지. 다음 날 저녁에 그 뒷이야기를 부를 때는 당신이 어딘가 바닷가에 안전하게 상륙했다며 달콤한 노래를 부르더라. 내 기분을 달래려고 밤

새 새로 작곡한 게 분명했어. 효과는 없었지만.

난 시인이 이틀째 밤에 부른 노래에 나오는 안전한 섬의 이름도 벌써 까먹어 버렸네. 뭔가 희한한 이름이었는데, 아무튼 곧 생각나겠지. 첫째 날 밤에 시인이 부른 노래에서는 당신이 또 다른 거인들에게 공격당했어. 처음에는 키클로페스를 만났고, 대담하게 탈출한 다음 이어 라이스트리고네스를 만났대. 이 거인 이야기는 처음 들었는데, 시인 말이 식인 거인족이래. 나는 그럼 키클로페스와 뭐가 다르냐고 물었지. 폴리페모스도—오딧세우스 당신이 눈멀게 한 거인의 이름이야. 당신은 굳이 이름을 묻지 않아 몰랐겠지만—당신과 부하들을 잡아먹으려고 했었잖아. 음유시인은 눈의 개수가 어쩌고 하며 음보도 안 맞게 몇 줄을 읊조리며 얼버무리더라고. 내가 시인들이 부르는 노래를 믿지 못하는 것도 그럴 만하지 않아?

그리스인 한 사람이 바다를 항해하면서 식인 거인을 만날 확률이 얼마나 될까? 말썽을 일으키는 당신 능력을 익히 아는 나조차도 한 번이면 충분하다고 생각하는데. 하지만 당신이 라이스트리고네스를 만나지 않았다면, 동료 대부분을 잃지 않았다면, 당신이 타고 있는 배 말고 다른 배를 전부 잃지 않았다면 아침에 눈을 뜨는 순간 내 머리에 떠오르는 질문에 어떻게 대답할 수 있지? 당신이 어디에 있을까 하는 질문 말이야.

시인들은 하나같이 영웅들의 용맹과 당신의 위대한 행적을 노래해. 당신이 위대하다는 것에는 다들 의견이 일치하는 것 같아. 그렇지만 뒤에 남겨진 우리에게 어떤 용기가 필요한지 노래하는 사람은 아무도 없네. 당신이야 한 가지 역경에서 다른 역경으로 계속 옮겨 가고 있으니 집을 떠난 지 얼마나 되었는지 생각할 겨를도 없겠지. 항상 불가능한 선택을 하고 항상 기회를 잡고 위험을 무릅쓰니까. 그러다 보면 시간이 잘 갈 거야. 반면에 집에 당신 없이 혼자 앉아 텔레마코스가 아기에서 아이로, 이제 잘생긴 젊은이로 자라는 걸 지켜보면서 재가 아빠를 다시 보는 날이 오긴 할지 생각하고 있으면 어떻겠어? 그것도 영웅적 기질 없이는 불가능한 일이야. 기다림이 내가 감내해야 했던 일 가운데 가장 가혹한 일이었어. 사별하고 비슷한데, 죽었는지 아닌지 모른다는 점이 다르지. 내가 어떤 고통을 느꼈는지 안다면 당신도 눈물을 흘릴 거야. 당신은 감상적인 면이 있으니까.

아, 당신이 위험을 피해 도착했다는 섬의 이름이 생각났어. 아이아이아. 그 섬이 어디에 있는지, 아니 실제로 존재하기는 한지 궁금하네. 시인이 당신 앞에 갖다 놓을 식인 거인이 이제 바닥났는지, 당신이 아이아이아에 상륙했을 때 무슨 일이 일어났나 하는 이야기는 한층 더 희한하게 지어냈더라고. 라이스트리고네스가 당신에게 바위를 던져서 당신 부하 대부분을 익사시켰고, 당신이 탄 배는 최대한 빨리 도망쳐 눈에 보이는 첫 번째 섬에 상륙했다고 하더라. 그 배들을 다 잃었다니, 오딧세우스. 그 많은 사람을. 나는 시인이 당신 이야기를 잘못 전한 것이기를 빌고 있어. 아니라면 당신이 돌아온 다음에 그 많은 아버지와 어머니, 아내와 누이들에게, 아가멤논의 전쟁에서 살아남은 전사가 오딧세우스의 귀향길에서 살아남지 못했다는 이야기를 차마 어떻게 전하겠어? 그렇게 끔찍한 일을 당한 사람들의 얼굴을 내가 어떻게 마주하겠어?

만약 그게 사실이라면, 당신 동료들이 정말 그렇게 많이 죽었다면,

시인이 다음에 일어난 일이라고 들려준 이야기가 그럴듯하게 들리기도 해. 당신이 섬을 탐험하는 동안 부하들한테 배에서 기다리고 있으라고 지시했다는 것 말이야. 그런 일을 겪었으니 나머지 동료들까지 위험에 빠뜨릴 수는 없었겠지. 혼자 위험을 감수했을 거야. 그래야 내 남편이지. 그래서 당신은 창을 들고(눈이 빠르고 조준이 정확한 게 당신의 자랑이니까) 먹을 것을 찾으러 나섰어. 울창한 숲을 탐험하면서 바닷가 근처에 이렇게 식생이 풍성한 것은 처음 본다고 혼잣말을 했지. 마치 섬이 마법에 걸리기라도 한 것 같다고. 당신이 이 말을 하는 순간 전율이 온몸을 훑고 지나갔는데, 당신은 그냥 차가운 바닷바람 때문일 거라고 믿고 싶었지. 당신은 물가에서 가파른 모래 언덕 위로 올라갔고 배가 정박한 곳이 섬에서 지대가 높은 쪽이며 섬 전체가 키 큰 소나무로 덮여 있다는 걸 알았어. 앞쪽으로 땅이 완만한 경사를 이루며 아래로 뻗어 있었어. 잘못 본 게 아닌가 거듭 확인했는데, 분명히 앞쪽 나무 사이에서 연기가 솟아 올랐어. 최근에 방문한 섬 두 곳에서 도움을 구하려다가 위험에 처했던 일을 생각하자 심장이 빠르게 뛰었어. 아직은, 피할 수만 있다면, 위험을 무릅쓰고 섬의 안쪽을 탐사하고 싶지는 않았어.

그리고 당신은 나의 똑똑하고 꾀바르고 또 무엇보다도 운 좋은 남편이니까, 방법을 찾았어. 바로 그 순간 거대한 수사슴이 앞쪽 수풀에서 나온 거야. 아직 숲으로 깊이 들어가지도 않았는데 사냥감이 높고 거대한 뿔과 긴 목을 뽐내며 저절로 나타난 거지. 사슴이 눈에 보이기 전에 당신은 예민한 귀로 소리를 들었어. 당신이 있는 곳이 바로 더운 낮에 사슴이 물을 마시러 오는 샘 위쪽이었지.

음유시인이 노래할 때 나는 볼 수 있었어. 매 순간을 전부 볼 수 있었어. 당신은 머뭇거리지 않았지. 청동 촉이 달린 창을 날렸어. 날이 수사슴의 목을 뚫었고, 사슴은 물가에 그대로 쓰러졌어. 당신은 돌투성이 땅 위를 발을 다치면서 서둘러 내려갔는데 사냥감이 있는 곳까지 가서야 잘못 봤다는 걸 알았어. 위에서 봤던 것보다 훨씬 큰 사슴이었어. 당신 힘으로 들 수 없을 만큼 컸어. 그렇다고 버리고 갈 당신도 아니지. 당신은 창을 잡아 뺐고 사슴은 마지막 숨을 내뱉었어.

다음에 당신은 땅 위에 자란 덩굴을 베어 그걸로 사슴 다리를 한데 묶었어. 한쪽 어깨로 들 수는 없어서 목에 걸쳐 온몸으로 무게를 떠받쳐야 했어. 창을 지팡이 삼아 균형을 잡으면서 비틀비틀 걸어 끝이 구부러진 당신 배 뱃머리를 향해 갔지.

그날 밤에 부하들과 구운 사슴고기와 달콤한 포도주로 만찬을 즐겼고 섬 안으로 깊이 들어가면 뭐가 있을까 상상하면서 잠들었지. 다음 날 아침, 당신은 더 많은 사람을 데리고 섬을 탐험해 보기로 했어. 하지만 키클로페스나 라이스트리고네스의 섬에 갔을 때보다는 더 신중하게 접근하고 싶었어. 부하들도 끔찍한 일을 두 번이나 겪었으니 당연히 조심스러워져서, 두 패로 나누어 가자는 제안에 얼른 동의했지. 음유시인이 구체적으로 얘기해 주더라고. 당신이 한패를 이끌고, 당신 친구 에우릴로코스가 다른 패를 이끌었다고. 양쪽에 스물두 명씩. 당신과 에우릴로코스는 반대 방향으로 갔다가 해가 지기 전에 다시 배로 돌아와 만나기로 했다지.

당신네 패는 특별한 일이 없었어. 이번에 사슴은 나타나지 않았지만 당신이 토끼 몇 마리를 잡아서 부하들을 기쁘게 했지. 당신은 사위가 어두워지고 태양이 전차를 타고 먼바다 너머로 달리고 있을 때 배로 돌아왔어. 배에서 다른 쪽으로 간 부하들이 돌아오길 기다렸는데 오질 않는 거야. 한참 뒤에, 에우릴로코스만 혼자 돌아왔어. 에우릴로코스가 들려준 이야기는 믿기 힘든 것이었지.

에우릴로코스는 울면서 말했어. 섬 중심을 향해 나아갔는데, 가다 보니 나무가 드문드문해졌다고. 그러다가 공터가 나왔고 높은 돌담이 나타나 깜짝 놀랐대. 여기서 그만 돌아가고 싶다는 사람들도 여럿 있었어. 건물이 어찌나 큰지 거인 한둘 정도는 충분히 들어갈 것 같았거든. 도망갈 것인가 말 것인가를 두고 조용히 논쟁하고 있는데, 어느덧 보니 이미 포위되어 있었지.

숲에서 퓨마들이 나오는 바람에 일행이 주춤주춤 물러서며 뒤돌았는데, 뒤쪽에는 늑대 떼가 바짝 다가와 있었던 거야. 다들 순간 겁에 질렸으나 곧 동물들 행동이 이상하다는 걸 알아차렸어. 퓨마는 마치 쓰다듬어 달라는 듯 꼬리를 흔들었고 늑대는 충성스러운 사냥개처럼 남자들의 손에 주둥이를 들이밀었어. 물론 당신 부하들은 이 짐승들이 짐승이 아니라 사람이란 건 몰랐지. 이들이 꼬리를 흔든 건 애정 때문은 아니고 절박함 때문이었어. 말을 할 수가 없는데, 다른 표현 방법도 없었으니까.

그때 대궐 같은 집 문이 활짝 열렸고 그 안에 압도적으로 아름다운 미모를 지닌(음유시인의 말에 따르면) 님프가 한 명 서 있었다며. 머리카락은 꼬아 복잡한 형태로 땋아 내렸고 낮은 목소리로 노래를 부르는데 그 소리를 들으니 다들 고향 생각에 가슴이 미어졌어. 이타케가 그리워서.

당연히 그들은 님프를 따라 안으로 들어갔고 당연히 님프의 식탁에 앉았지. 너무나 어리석은 이야기 아니야? 어찌나 잘 속아 넘어가는지, 이 전사라는 사람들 말이야. 하지만 생각해 보면 10년이라는 긴 세월 동안 땅바닥에서 자며 모닥불에 그을린 고기만 먹었으니. 그 다음에 한 해를 더 바다에서 보내며 이 고생 저 고생을 했고. 그러니 아름다운 여인이 멋지게 조각된 나무 의자에 앉으라고 초대했을 때 방심할 만도 하지. 격식을 갖춰서 초대했다는 게 음식 못지않게 유혹적이었을 것 같아. 너무 오래 짐승처럼 살아온 탓에 다시 사람답게 사는 기분을 만끽하고 싶었을 거야.

님프는 그들에게 치즈와 보리와 꿀을 주었고 남자들은 포도주를 곁들여 음식을 먹었지. 님프는 당연히 음식에 전부 약을 넣어 놓았지만, 꿀의 달콤한 맛이 너무 오랜만이라 이상한 맛은 전혀 알아차리지 못했어. 에우릴로코스만 주저하면서 대궐 문밖에 남아 문과 벽 사이 틈으로 안을 들여다보았어. 뭔가 미심쩍은 느낌이 들었는데 뭔지는 몰랐지. 부하들은 입속이 미어져라 음식을 쑤셔 넣고 있었어.

오딧세우스, 절박한 상태에 놓인 사람들을 보고 돼지를 떠올린다면 상당히 잔인한 면모가 있는 거겠지. 그런데 키르케는 돼지를 보았고, 그래서 당신 부하들을 진짜 돼지로 만들었어. 에우릴로코스는 동료들이 잔뜩 먹자마자 몸이 쭈그러드는 걸 공포에 질려서 지켜보았어. 동료들이 원래 모습으로 돌아오길 바라며 두 눈을 비볐지. 그렇지만 잘못 본 것이 아니었어. 처음에는 팔이 짧아지고, 다리가 짧아지더니, 앞쪽으로 엎어져 네 발로 섰어. 얼굴이 순식간에 노랗고 뻣뻣한 털로 덮였어. 턱 양쪽에서 엄니가 삐죽 튀어나오고 코가 돼지코 모양으로 들어 올려졌어. 키르케는 지팡이를 들고 가장 가까이 있는 자를 때려서 돼지들을 한곳으로 몰았어. 부하들은 키르케가 몰아넣는 대로 돼지우리로 들어가 한데 모여 웅크렸어. 인간의 외형은 잃었지만 돼지의 형상 안에 정신과 기억은 그대로 남아 있었거든. 자기들이 무슨 꼴이 되었는지를 알고 꽥꽥거리며 공포의 비명을 질렀어. 먹을 것이라고는 도토리가 담긴 구유밖에 없는 우리에 갇힌 채로.

에우릴로코스는 그곳에서 달아나 어떻게든 당신한테 가서 자기가 본 끔찍한 일을 알려야 한다는 절박한 심정으로 마구 숲으로 뛰었어. 배로 돌아와서는 변신한 동료들은 두고 당장 돛을 올려 아직 두 발로 걷는 동료들과 함께 떠나자고 했지. 하지만 당신은 이 문제를 직접 해결하겠다고 마음먹었어. 동료를 이미 너무 많이 잃어서 스무 명을 더 잃을 수는 없었으니까.

결국 당신 혼자서 숲으로 들어갔다며. 너무 경솔하고 오딧세우스 당신답지 않은 일이야. 당신은 늘 세세한 계획을 세우고 행동하기를 좋아했잖아. 어쩌면 우리가 만나지 못한 세월 동안 당신이 변했을지도 모르지만. 아니면 음유시인이 암시하듯 어떤 신의 영향을 받았을 수도 있고. 음유시인 말이 당신이 동료들이 갔던 길을 따라 가파른 비탈로 올라간 다음 전날 보았던 연기가 나는 지점을 향해 수풀을 헤치고 내려갔대. 키 크고 잘생기고 자신감 넘치는 젊은이가 불쑥 나무 뒤에서 나오는 바람에 당신은 놀라서 소리를 질렀지. 젊은이가 당신의 팔을 잡았어.

"오딧세우스, 신들이 널 좋아하는 건—음, 다는 아니어도 대부분 좋아하는데—네가 결단력이 있어서야. 누가 봐도 불리한 상황일 때도 말이야. 지금 너한테 승산이 있니? 혼자서 키르케 같은 마녀를 상대하겠다고?"

"제 부하들을 구해야 해요." 당신이 대답했지. "보내 주세요."

젊은이는 당신 팔을 더 꽉 잡았어. "네 돼지들이겠지. 내가 듣기론 그래. 하지만 내 도움을 받으면 다시 사람이 되어서 너하고 같이 떠날 수 있어."

"누구신데요?" 당신이 물었어. 당신은 깜짝 놀랄 일을 좋아하지 않으니까.

젊은이가 웃으며 말했어. "나는 신들의 메시지를 전달하지. 그걸로 질문에 답이 되지 않아?"

"헤르메스시군요."

이 부분은 시인이 노래한 어떤 대목보다도 더 그럴듯하게 들리더라. 당신이 아니면 누가, 당신 스스로 초래한 난국에서 빠져나오도록 신들이 도와주는 게 당연하다고 생각하겠어? 그리고 당신이 아니라면, 어떻게 그 생각이 옳을 수 있겠냐고.

"분부만 내리십쇼." 헤르메스가 웃으며 살짝 장난스럽게 절을 했다지. "이제 내 말 잘 들어, 오딧세우스. 네 목숨이 달렸어."

헤르메스는 검은 뿌리가 달린 조그만 흰 꽃 한 송이를 주면서 먹으라고 했어. 그 식물은 몰리라고 하는데, 당신을 키르케의 약물로부터 보호해 주고 인간 형상을 유지할 수 있게 해 줄 거라고 했어. 헤르메스의 조언은 여기에서 끝이 아니었지. 키르케는 당신에게 독이 든 음식을 먹인 다음, 다른 사람들에게 그런 것처럼 지팡이로 당신을 쳐서 돼지우리로 몰아넣으려고 할 건데, 그 순간에—그전에는 말고—칼을 뽑아 들고 키르케에게 달려들라고 헤르메스가 말했어. 그러면 키르케가 당신을 유혹하려고 들 텐데, 당신을 해치지 않을 것이며 돼지가 된 동료들을 마법에서 풀어 주겠다고 모든 신에게 맹세하게 시키라고 했어. 맹세를 받아 낸 다음에만 키르케와 잠자리를 같이하는 데 동의해야 한다고 헤르메스가 말했지. 당신은 고개를 끄덕이고 헤르메스가 준 지시 사항을 반복하며 기억력이 좋다고 칭찬을 받길 기대했어. 하지만 헤르메스는 이미 가 버리고 없었지. 신들은 늘 그런 식이니까.

당신은 꽃을 삼키고 헤르메스의 지시를 따랐어. 대궐에 들어가, 음식을 먹고, 칼을 들고 마녀에게 달려든 다음에, 당신을 해치지 않고 부하들을 풀어 주겠다는 맹세를 받아 냈어.

이 시점에서, 오딧세우스, 대체 무슨 일이 일어난 건지 난 잘 모르겠네. 당연히 당신은 시인들이 말하듯 한 해를 키르케의 집에서 보내며 키르케의 남편으로 살지는 않았을 테니까. 당신은 내 남편이고, 그런 행동은 당신에게 걸맞지 않으니까. 당신에게 한참, 한참이나 모자란 행동이니까.

그런데 여기에서, 벌써 한 해가 또 지나갔는데, 당신이나 당신 부하들은 아직 코빼기도 보이지 않네.

당신의 아내,

페넬로페

24
트로이아의 여인들

여자들은 그리스군이 다가오는 것을 보았다. 체구가 다부지고 가슴팍이 두툼하고 연한 회색 눈 아래 얼굴에는 흉터가 있고 지쳐 보이는 남자가 선두에 있었다.

"부인," 남자가 헤카베에게 말하며 고개를 숙였는데 얄궂은 웃음을 띠고 있어 예의를 갖춘 건지 아닌 건지 가늠이 안 되었다. "예전에 트로이아였던 도시의 왕비이시죠."

"지금은 그렇게 부르나요?" 헤카베가 물었다. 헤카베는 인사를 받지 않았고 아들의 시신 앞에 선 채 피로를 감추려고 애썼다.

"부인의 도시는 이제 무너졌으니까요. 연기 나는 잔해가 보이시죠." 남자는 마치 커튼 뒤에 있는 특별 손님을 소개하기라도 하는 듯한 동작으로 오른손을 트로이아 쪽으로 뻗었다.

"보여요." 헤카베가 남자를 빤히 보았으나 남자는 눈을 맞추지 않았다. 대신 앞에 있는 여자들의 얼굴을 훑었다. 표정에 탐욕스러운 기색은 전혀 없었다. 노예를 고르는 남자의 얼굴은 아니었다.

"잡담은 이쯤 하죠." 남자가 말했다. "저는 오딧세우스입니다. 헤카베이시죠."

여자는 아무 말도 하지 않았다. 그러니까 이자가 그들의 도시를 파괴한 자였다. 숱한 계략과 음모와 술수와 책략을 지닌 오딧세우스. 이자가 목마를 만든다는 계책을 생각해 낸 자였다. 이자가 친구 시논더러 뒤에 남아 선량한 트로이아 사람들을 속일 미끼 노릇을 해서 오딧세우스가 자기를 인신공양하려고 한다고 믿게 만들라고 했다. 이자가 전쟁이 이렇게 갑작스레 파국적으로 끝나게 만들었다. 이자에게 무슨 말을 할 수 있을까?

대답을 기대하는 것 같지는 않았지만. 오딧세우스는 빨리 말을 이었다. 거친 그리스어 단어가 그의 입을 거치며 부드러워졌다.

"이 사람은 당신 아들 중 하나고요?" 오딧세우스가 부하들 발 옆에 놓인 시신을 가리켰다.

"내 막내아들이오." 헤카베가 말했다. "폴리도로스."

"부인이 피신시켰어요? 트로이가 무너질 것 같다는 생각이 들었을 때?"

"당신이라도 그렇게 했을 거요." 헤카베가 쏘아붙였다.

"그랬겠죠." 오딧세우스가 고개를 끄덕였다. "내 도시가 포위당했다면 내 아들을 최대한 멀리 보냈을 거예요. 내가 프리아모스의 입장이었다면 내 자식을 전부 보냈을 거요. 내가 시작한 것도 아니고 이길 수도 없는 전쟁은 다른 사람의 아들들더러 하라고 하고. 프리아모스의 도시는 무너질 수밖에 없었어요. 무너지기 전에 얼마나 더 많은 백성이 죽을 것이냐의 문제일 뿐. 게다가 저한테는 아들이 하나뿐입니다. 10년 동안 보지 못했죠."

"그렇다면 나보다 아들이 하나 더 많군." 헤카베가 말했다. "폴리도로스는 내 막내아들이자 유일하게 살아 있는 아들이었죠." 카산드라가 뭐라 웅얼거렸으나 헤카베는 귀담아듣지 않고 계속 말했다. "그런데 이제 그 애마저 죽었어요. 어떻게 당신의 상실을 내게 비교할 수 있어요? 아들이 보고 싶다고? 당신은 원한다면 언제든 집으로 돌아갈 수 있었어요. 아무도 당신을 여기 붙잡아 놓지 않았다고요."

"아, 사실은 붙잡혀 있었어요. 다른 남자의 아내가 집을 나가면 다시 데려오기 위해 싸우겠다고 맹세했으니까요." 오딧세우스는 눈썹을 치키며 헬레네 쪽으로 고갯짓을 했다. 헬레네는 말없이 노한 눈으로 오딧세우스를 노려보다가 고개를 돌려 다시 물러가는 조수를 쳐다보았다. 오딧세우스는 웃으며 다시 헤카베를 돌아보았다. "맹세를 지키지 않으면 신들이 벌을 내렸을 겁니다. 여자 하나 때문에 과연 이 난리를 할, 이 많은 목숨을 버릴 가치가 있을까 생각한 일이 없다고는 못하겠습니다."

"나도 같은 생각을 했어요." 헤카베가 말했다. "수도 없이."

오딧세우스가 천천히 고개를 흔들었다. "하지만 지금 보니 왜 남자들이 저 사람 때문에 전쟁을 벌이는지, 그 이름이 나오면 왜 다들 입을 다무는지 알 것 같네요."

"당신은 입을 다물지 않았잖아요." 헤카베가 말했다.

"아, 난 보물 때문에 왔습니다. 부인의 왕이 성채에 쌓아 놓은 보물이요. 그것하고, 신들의 분노를 사지 않으려고요. 아름다운 여자야 취할 수도 있고 버릴 수도 있죠." 오딧세우스가 잠시 말을 멈췄다. "둘 다 할 수도 있고."

"당신 부인은 인내심이 참 대단한가 보네요."

"상상도 못 할 겁니다." 오딧세우스가 대답했다. "내 부하들을 시켜서 아들을 묻는 걸 도와드릴까요?"

침묵이 흘렀다. 폴릭세네가 대신 대답했다. "우리끼리 할 수 있어요. 아무튼 고맙습니다."

"저쪽에 묻어야 할 겁니다." 오딧세우스는 커다란 바위무더기 너머 동굴을 가리켰다. "저기까지는 물이 들지 않아요. 거기는 안전할 겁니다."

"고맙소." 헤카베는 자기를 포로로 잡은 사람을 마치 하인 대하듯 했다. "오늘 그렇게 하지요."

"물어볼 게 있어서 왔어요." 오딧세우스가 말했다. "부하들을 시켜서 도움도 드리고."

"뭔데요?"

"다른 아들이 또 있습니까?"

"아들이 많이 있었죠." 헤카베가 대답했다. "그렇지만 그리스군이 늑대 떼처럼 달려들어 하나씩 전부 죽여 버렸어요."

"우리도 그렇게 생각했죠." 오딧세우스가 말했다. "그랬는데 하나가 파도에 떠밀려 왔고, 그래서 다 죽인 건 아니란 걸 알았어요."

"내가 안전한 곳으로 피신시킨 아들이 더 있다고 생각하는군요."

"안전하지는 않았던 것 같지만요."

"이제 딸밖에 없어요." 헤카베가 말했다. "아들은 전부 죽었어요. 내 말 듣고 있어요? 전부."

"전쟁에서 졌지 않습니까."

"내 아들들 몸값을 받았을 수도 있잖아요. 그러지 않고 죽였죠."

"무얼로 몸값을 치르려고요?" 오딧세우스는 하늘로 고개를 젖히며 웃었다. "부인의 보물은 이제 전부 우리 것인데."

"이게 바로 그 위대한 그리스인의 영웅주의요?" 헤카베가 물었다. "아들이 모조리 죽임을 당한 노인을 보고 비웃는 게?"

"이게 바로 그 트로이아인의 정직인가요?" 오딧세우스가 대꾸했다. "적대국의 왕비가 불쌍한 노파에 불과한 척하는 게?"

헤카베는 오딧세우스와 눈을 마주치지 않으려고 두 눈 사이를 쳐다보았다.

"부인, 내가 왜 이걸 묻는지 아시죠." 오딧세우스가 덧붙였다.

안드로마케는 오딧세우스가 말할 때 눈에 어떤 감정이 서리는지 파악하려고 애쓰고 있었다. 무슨 말이 오가는지 다 알아들을 만큼 그리스어를 잘 알지 못해서 태도에 집중했다. 안드로마케가 읽은 감정은, 헤카베가 느낀 것과는 달리 분노도 슬픔도 승리감도 아니었다. 마침내 안드로마케는 알았다. 기쁨이었다. 이 그리스 전사는 왕비와의 말씨름을 즐기고 있었던 것이다.

"당연히 압니다." 헤카베가 말했다.

"살아 있는 아들이 있다면 나중에 그리스에 복수하려고 할지 모르니까요."

"안다고 했잖아요. 유령의 칼날을 두려워할 필요는 없어요, 오딧세우스. 말했듯이 내 아들들은 전부 죽었소."

"이 아들은 어떻게 된 건가요? 폴리도로스라고 했던가요?"

"프리아모스와 내가 속은 거지. 옛 친구한테 보냈는데, 그 친구가 알고 보니 세상에서 가장 신의 없는 사람이었소."

"친구를 배신하는 자라." 오딧세우스가 말했다. "인간이 그보다 더 못한 존재가 될 수 있나?"

"우린 그자가 폴리도로스를 당신들 그리스군에게 팔아넘길까 걱정했어요. 그런데 그러지 않았죠."

오딧세우스가 고개를 저었다. "부인, 그건 확실히 말할 수 있습니다. 만약 우리가 알았다면 그자에게 뇌물을 주고 당신을 배신하게 만들었을 겁니다. 하지만 부인에게 아들이 더 있다는 사실을, 파도에 떠내려오기 전에는 전혀 몰랐죠."

"있을 수도 있다고 생각은 했겠죠."

"그랬습니다."

"바다가 폴리도로스를 우리에게 돌려주기 전에도요?"

오딧세우스가 고개를 끄덕였다.

"당신도 같은 상황이었으면 프리아모스와 똑같이 했을 테니 알았겠군요. 당신은 친구를 더 신중히 골랐겠지만."

"제 아들은 마음의 빛입니다, 부인. 그 빛을 10년째 보지 못했고, 제가 이타케를 떠날 때 아들은 어린 아기에 불과했지만요. 짐작은 했으나 부인이 아들을 어디로 보냈는지는 몰랐지요. 동맹이 그렇게 많으니……." 오딧세우스가 말꼬리를 흐렸다.

"이미 다 우릴 배신했죠. 아니면 당신네 군대와 싸우다 죽었거나."

"부인이 믿을 만한 누가 남았는지 몰랐습니다."

"폴리메스토르." 헤카베가 말했다.

"트라케의 왕이요?" 오딧세우스는 놀란 기색을 억누를 수가 없었다. "아들을 그리스인에게 맡겼어요?"

"당신이 이미 말했듯이, 우리에겐 선택지가 많지 않았소."

"그런데 믿음을 저버렸군요."

"보시다시피." 헤카베는 폴리도로스 쪽으로 손짓했고, 폴리도로스를 축성하려고 쥐었던 흙이 손톱 아래에 끼어 있다가 떨어졌다.

"금을 많이 들려 보냈나요?" 오딧세우스의 눈꼬리에서 또 웃음기가 빙글빙글 돌았으나 헤카베는 여전히 아들만 보고 있었다.

"너무 많았소." 헤카베가 말했다.

"저지르기 쉬운 실수죠." 오딧세우스가 말했다. "그렇다고 해서 덜 보냈다면, 폴리메스토르가 받아 주지 않았을 수도 있고. 부인이 자책할 일은 아닙니다."

"그럴지도 모르죠. 하지만 나 말고는 탓할 사람이 없으니."

"아들을 죽인 사람은요?" 오딧세우스가 물었다.

"그자야 당연하지만, 내가 무슨 수로 그 사람에게 보복하겠어요?" 헤카베가 되물었다. "당신이 일찍이 일러 준 대로 내 도시는 무너졌고, 난 이제 왕비도 아니니."

"한번 생각해 보겠습니다." 오딧세우스가 말했다.

"당신이 생각을 잘한다고 들었소." 헤카베가 말했다.

"그렇습니다."

25
에리스

불화의 여신 에리스는 혼자 있는 것을 싫어했지만, 요새는 거의 늘 신들이 사는 올림포스산 중턱에 있는 자기 동굴 어둑한 구석에 홀로 틀어박혀 있는 것 같았다. 오라비인 전쟁의 신 아레스조차도 요새는 에리스를 피했다. 에리스는 한때 둘이 도무지 떼놓을 수 없는 사이였던 때를 기억했다. 천진난만한 아이일 때는 장난감을 두고 싸웠고 서로 머리카락을 잡아당기며 분쟁을 해결하곤 했다. 정작 아레스가 올림포스에 없으니 어찌나 아쉬운지. 이번에는 어디로 사라졌으려나? 에리스는 늘 기억력이 좋지 않았지만 양 손목에 감은 검은 뱀 두 마리가 자꾸 주의를 흩뜨리는데도 불구하고 생각을 해내려고 애썼다. 트라케? 트라케에서 부루퉁해 있어? 그런데 왜? 에리스는 비늘로 덮인 짐승을 다시 왼 손목으로 밀어냈다. 아프로디테 때문에. 그거였다.

아레스는(에리스는 아레스가 보고 싶으면서도 악의를 가득 담아 아레스를 떠올렸다.) 늘 누군가와 엮여 있었지만 아프로디테와의 불륜 관계가 가장 끈질겼다. 에리스는 누가 아프로디테의 남편에게 그 사실을 알렸는지 기억나지 않았다. 헬리오스였던가? 헤파이스토스가 떠나 있을 때 두 사람이 몰래 연애 행각을 벌이는 걸 헬리오스가 보았던가? 태양신 헬리오스는 자신이 세상을 밝히는 낮 동안에 일어난 일은 전부 보니까. 하지만 동시에 사방을 다 볼 수는 없지 않나? 그랬다가는 전차가 궤도를 벗어날지도 모른다. 아니면 누군가가 헬리오스에게 그 사실을 일러 주며 적당한 방향을 보라고 부추겼으려나? 그런데 누가 그랬을까? 에리스는 마지막으로 헬리오스와 이야기를 나누었던 때를 희미하게 기억했다. 상당히 최근 일이란 느낌은 들었지만 그게 언제였는지, 무슨 이야기를 했는지는 기억나지 않았다.

어쨌거나 누군가가 헬리오스에게 말했고, 헬리오스는 헤파이스토스에게 아레스와 아프로디테가 바람을 피우고 있다고 알렸다. 놀라운 일은 아니지만. 아니, 헤파이스토스는 등은 구부정하고 절름발이인 주제에 어떻게 아프로디테가 자기에게 충실할 거라고 기대한 거지? 세상에 아프로디테보다 더 경박한 이는 없었다. 아프로디테는 잠깐 소나기가 지나간 뒤에 생긴 웅덩이만큼이나 얕았다. 그렇다 보니 그토록 크고 잘생기고 깃이 멋지게 솟은 투구를 쓴 아레스를 거부할 수 없었으리라. 헤파이스토스를 소중히 여기기나 하나? 아프로디테가 어떻게 나오든 헤파이스토스는 결국 용서할 것이다. 누구든 그렇게 됐다. 아프로디테를 생각하며 에리스는 가슴을 찌르는 듯한 익숙한 고통을 느꼈다. 자기 뱀 한 마리가 성질 나쁜 송곳니를 가슴에

박은 건 아닌지 아래를 내려다보았으나 두 마리 다 평소처럼 팔뚝에 돌돌 말려 있었다. 아픔은 상상이었던 모양이었다.

그러나 헤파이스토스도 이번에는 아내를 바로 용서해 줄 마음이 아니었다. 아프로디테가 자기들 집에, 부부 침대에 아레스를 들였다는 사실을 안 마당에는. 헬리오스한테 들어 아내의 부정을 알게 된 헤파이스토스는 현장을 덮치겠다고 결심했다. 헤파이스토스는 대장간으로 가서 황금으로 거미줄처럼 가늘고 눈에 보이지 않는 끈을 만들었다. 그러고는 침실에 몰래 설치했다. 침대 기둥에 묶고 침대 아래와 위쪽에 둘렀다. 신들은 어떻게 키 작은 대장장이가 천장에 그걸 붙일 수 있었는지 알 수 없었다. 누군가가 도와준 게 분명한데, 누굴까? 온종일 전차를 끌고 다니느라 바쁜 헬리오스는 아니었다. 에리스는 그 침실을 눈으로 직접 본 기억이 희미하게 있었으나 자기가 왜 거기에 갔는지, 헤파이스토스도 그 자리에 있었는지는 깜깜했다. 어쨌거나 누군가가 도와준 게 분명했다. 높은 곳까지 손이 닿을 수 있는 누군가가. 에리스는 손목에 뱀이 똘똘 말려 있는 긴 팔을 자랑스러운 듯 바라보았다.

갑자기 왼쪽 어깨뼈가 근질거리는 게 느껴져 에리스는 손을 뒤로 뻗어 날카롭고 구부러진 손톱으로 날개 아래쪽을 긁었다. 검은 깃털 사이로 손톱을 밀어 넣고 기분 좋은 듯 한숨을 쉬었다. 에리스는 어깨를 움직여 날개를 뒤쪽으로 펼치고 그다음에 있었던 일을 기억해 내려고 애썼다. 아레스와 아프로디테가 서로 끌리는 건 당연한 일이었다. 아레스는 그토록 잘생겼고 아프로디테는 그토록 아름다우니, 아무도 놀라지 않았다. 그렇긴 하나, 헤파이스토스의 집에서 큰 소리가 터져 나왔을 때—아레스는 분노해서, 아프로디테는 공포에 질려서 소리를 질렀다—무슨 일이 벌어졌는지 구경하러 신들이 전부 몰려왔다. 아레스가 금사에 결박되어 꼼짝 못 하니 좀 덜 잘생겨 보이는 것도 같았다. 아레스가 팔다리를 버둥거릴 때마다 끈이 조여들어 다른 신의 침대에 점점 더 단단히 붙들렸다. 반면 아프로디테는 남편의 솜씨라는 걸 금세 알아차리고 가만히 있었다. 몸부림쳐 보아야 소용이 없다는 걸 알았기 때문이다. 아프로디테의 완벽한 입매가 화가 나 쑥 튀어나왔다. 모여든 신들은 덫에 갇힌 두 신의 어리석음과 헤파이스토스의 멋진 장치를 보며 웃음을 터뜨렸다. 그러나 헤파이스토스는 분노로 얼굴을 험악하게 일그러뜨렸고 웃지 않았다. 부정을 저지른 두 신도, 직조에 능한 아테나가 두 사람을 묶은 끈을 푸는 빠른 방법을 바로 알아내고 풀어 주었음에도, 웃지 않았다. 대신 아레스는 아무도 모르는 곳으로 사라져 버렸다. 아프로디테도 상처받은 자존심을 위로해 줄 사제들이 있는 파포스로 물러났다. 그곳에서 시인들은 웃음을 사랑하는 아프로디테라고 노래했다. 에리스는 그게 바로 그들이 아프로디테를 한 번도 본 적이 없다는 증거라고 생각했다.

에리스가 다른 신들 같았다면 잘난 척하는 두 신의 몰락을 보면서 잠시나마 같이 고소해하며 동지애를 즐겼을지도 모른다. 신들이 서로 옆구리를 찌르며 헤파이스토스의 기발한 장치를 축하하고, 아테나가 보여 준 본인답지 않은 자비심을 칭찬하며, 에리스를 중심으로 유쾌한 장면이 펼쳐졌을 수도 있다. 그렇지만 어째서인지 에리스도 잘 알 수 없는 이유로 에리스가 있을 때면 이런 일은 결코 일어나지 않았다. 그래서 그날도 이런 장면이 펼쳐지는 대신 헤파이스토스가 아테나에게 남 일에 간섭한다며 소리를 질렀다. 아르테미스는 아프로디테를 천박하다고 욕했고 헤라는 제우스에게 소리를 질렀는데, 헬리오스가 하늘을 가로지르고 있다는 사실 하나만으로도 헤라가 잔소리할 이유는 충분했기 때문이었다. 아폴론은 에리스에게 모두 네 탓이라며 화를 냈고 평화로운 순간은 흩어지고 모두 불쾌해했다. 왜들 그러는지 에리스는 알 수가 없었다. 아무도 에리스가 곁에 있는 걸 원하지 않았기 때문에 에리스는 늘 그러듯 자기 동굴로 물러났다. 그렇지만 어둠 속에 뚱한 채로 한동안 있다 보니(에리스는 시간의 흐름을 잘 가늠하지 못했다.) 지루해졌다.

에리스는 까만 깃털 하나가 날개에서 떨어져 나선을 그리며 처연하게 땅에 떨어지는 것을 보다가 누군가 말할 상대를 찾으러 나가야겠다고 마음먹었다. 아테나라도 없는 것보다는 나을 테니까. 흠, 아예 아무도 없는 것보다는 조금이라도 낫겠지. 에리스는 누굴 만나면 좋을지 생각해 낼 수가 없었다. 전부 하나같이 어떤 식으로든 에리스의 짜증을 유발했기 때문이었다. 하지만 혼자 있는 것에 진력이 난 터라 혼자 있느니보다 차라리 짜증이라도 내는 편이 나을 것 같았다. 그래서 푸덕푸덕 볼썽사나운 날갯짓을 하며 산꼭대기에 있는 제우스의 궁으로 갔다.

뭔가 이상했는데, 에리스는 뭐가 이상한지 바로 알아내지 못했다. 잠시 뒤에 새들이 노래하는 소리가 이상하다는 걸 알았다. 새들만 노래하고 있었던 것이다. 말을 하는 사람이 아무도 없었다. 신들의 전당에 들어가 돌아다녀 보았지만 아무도 보이지 않았고, 건물 안으로 깊이 들어가자 새 소리조차 들리지 않아 들리는 것이라고는 구부러진 자기 발톱이 대리석 바닥을 긁는 소리뿐이었다. 다들 어디 있는 거지? 에리스는 날개를 펼치고 문안으로 날아가 복도를 가로질러 서까래 위에 올라앉았다. 건물이 텅 비어 있었다.

에리스는 순간 두려움을 느꼈다. 자기가 모르는 사이에 뭔가 끔찍한 일이 일어난 걸까, 또다시 거인들과 전쟁이 벌어진 건가? 그렇지만 에리스가 자기 동굴에 들어앉아 있긴 했어도(에리스는 제우스와 헤라의 궁에서 풍기는 인동덩굴 냄새보다 마음을 편하게 해 주는 동굴의 퀴퀴한 냄새를 더 좋아했다.) 거인이 싸우러 산으로 올라왔다면 분명히 무슨 소리가 들렸을 거다. 거인들은 섬세한 면이 전혀 없고 조용했던 적은 한 번도 없었으니까. 그러니 결론은 신들이 전부 자발적으로 올림포스산을 떠났다는 것이었다. 다 같이. 에리스만 빼놓고. 에리스는 왼 손목에 있는 뱀이 손을 감싸며 손가락 사이로 미끄러져 가는 것을 느꼈다. 그때 누군가가 결혼식 이야기를 했던 것을 떠올렸다. 누구였지? 헤라? 맞다, 그랬다. 당시에 에리스는 아무도 방해하지 않고, 바로 지금처럼 헤라와 제우스의 침실 서까래에 앉아 있었다. 헤라는 엿보는 거라고 했지만 그건 헤라가 못돼 처먹은 잔소리꾼이라 그렇게 말하는 거고. 제우스도 조금 전에 헤라를 그렇게 불렀을 뿐 아니라 누구나 아는 사실이다. 게다가 에리스는 엿본 게 아니라 그저 날개를 쉬고 있을 뿐이었다.

그렇지만 헤라가 공중에서 깃털이 내려와 정교하게 장식된 소파 가장자리에 내려앉는 걸 보고는, 처음에는 까마귀가 검은 깃털로 방을 더럽힌다고 욕을 하더니, 다음에는 까마귀가 아님을 알아차리고는 에리스에게 욕을 했다. 아예 에리스에게 달려들어 밖으로 쫓아내

버렸다. 에리스는 복수를 다짐하며 다시 동굴로 기어들어 왔다. 그런데 지금 신들의 전당에는 헤라도 보이지 않았다. 왜냐하면—뱀의 혀가 날름거리며 에리스의 가운뎃손가락을 건드렸다—전부 결혼식에 갔기 때문이다. 그거였다. 에리스를 제외한 신들 전부가 결혼식에 초대받은 것이다. 한 명도 빠짐없이. 심지어 아테나까지.

에리스는 온몸을 휘감는 분노를 느꼈다. 누구 결혼이었지? 누가 감히 에리스를, 분쟁과 불화의 여왕을 무시한 거지? 에리스를 결혼식에 초대하지 않을 정도로 무례하고 냉정하고 잔인한 이가 대체 누구지? 무심히 뱀의 머리를 쓰다듬다 보니 그 이름이 떠올랐다. 테티스였다. 녹색 머리카락과 물기 어린 눈의 오만한 바다 님프가 결혼한다고 했다. 그 축축한 꼬맹이가 원하는 결혼이 아니란 건 장님이 아니고서야 모를 수 없는 일이었지만. 어떻게 감히 바다 님프가—에리스는 분노가 자라면서 키도 점점 자랐다—바다 님프 따위가 신들의 잔치에서 나를 배제해? 어떻게 감히…….

에리스의 머리가 천장에 닿으면서 생각이 끊어졌다. 아니다, 누굴 초대할지 말지 결정한 건 테티스가 아니었다. 테티스 본인도 그 결혼식에 가고 싶어 하지 않는데 누굴 참석시킬지 목록을 만들고 있었을 리가 없었다. 아니다. 다른 누군가가 어떤 신이 참석할지 결정한 끝에 에리스를 제외하고 전원을 초대한 것이다. 에리스는 갑자기 눈이 따끔거리는 걸 느꼈지만 그 까닭이 뭔지는 몰랐다.

누가 자기를 무시했는지는 몰랐지만 적어도 한 가지는 알았다. 이건 모욕이었다. 헤라의 침실에서 쫓겨났을 때도 그냥 넘어갔다. 신들이 아레스와 아프로디테를 조롱하면서도 에리스에게, 서로에게 화를 냈던 순간도 넘겼다. 그렇지만 이건 너무 심한 모욕이었다. 에리스는 바보가 아니라서 자기의 검은 날갯짓에 혼돈이 뒤따른다는 것을 알았다. 하지만 이 일은 변명의 여지가 없었다. 이번에는, 기필코 복수할 것이다.

에리스는 신들의 전당 여기저기를 돌아다니며 가치 있거나 소중해 보이는 것은 전부 넘어뜨렸다. 향수병과 기름병이 깨지고, 방패가 돌바닥에 부딪쳐 찌그러지고, 구슬 목걸이는 끊어져 사방으로 구슬이 굴러갔다. 에리스는 신들이 어디 모였는지 정확히는 몰랐지만 올림포스산 아래 어딘가 섬에서 빛이 번지는 것이 보였고 신들이 전부는 아니더라도 대부분 거기 있으리란 걸 알았다. 에리스를 비웃으면서, 에리스를 안줏감으로 삼아 즐거워하고 있겠지. 원래 결혼식이란 게 그런 거 하는 데 아닌가?

에리스는 거기로 날아가 에리스를 꺼리는 이유인 불화를 그 자리에 심어 놓을 것이다. 신과 신이, 인간과 인간이 대립하게 할 것이다. 오늘이 저물 때쯤에는…….

에리스가 하늘 높이 날아오르려는 순간 생각이 다시 끊겼다. 아침 햇빛을 받고 반짝이는 무엇을 보고 에리스는 다시 땅으로 퍼덕이며 내려왔다. 반짝이면서 동시에 탁한 빛을 띤, 따스하고 차갑고 단단하고 둥근 것. 에리스는 그걸 움켜쥐었다. 이 황금 공은 내 건가? 에리스는 구부러진 손톱으로 공을 돌렸다. 아니, 공이 아니라 사과였다. 누가 여기 두었는지는 몰라도 이게 마음에 들지 않았던 모양이었다. 아니라면 이렇게 버려두지 않았겠지. 자세히 보니 뭐라고 새겨져 있었다. '가장 아름다운 신, 에리스의 사과'라고 쓰여 있지 않을까 생각했다. 이렇게 잔인한 취급을 당한 것에 대한 사과의 뜻으로. 이 부당함에 대한 보상으로는 턱도 없지만 이걸 시작으로 볼 수는 있겠지. 누군가가 동굴로 가져다주었다면 더 좋았겠지만, 아무도 동굴로 에리스를 찾아오지 않았다.

흘려 쓴 글자가 잘 보이지 않아 에리스는 깃털로 사과 표면을 문지른 다음 빛 쪽으로 기울였다. 아니었다. 에리스의 이름이 쓰여 있지는 않았다. 그렇다고 해서 가질 수 없단 법은 없었다. 지금 에리스의 구부러진 손톱 안에 들어와 있으니 이미 자기 것이었다. 에리스는 사과를 다시 기울여 들여다보며 촘촘히 쓰인 글자를 읽었다. 손끝으로 단어를 더듬어 보았다. "테 칼리스테."

가장 아름다운 이에게?

에리스는 씩 웃었다. 에리스는 사과를 가져가기로 했다. 하지만 자기가 간직하려는 건 아니었다.

26
트로이아의 여인들

여자들은 폴리도로스를 모래와 바위 아래 묻었다. 처음 헤카베는 오딧세우스가 일러 준 자리에 묻지 않으려 했다. 오딧세우스가 폴리도로스를 어디에 묻어야 할지 너무나 자신 있게 말해 준 게 마음에 들지 않았다. 그렇지만 다른 대안을 내놓지 못해 결국 시신을 천천히 바닷가 위쪽으로 옮겼다. 폴리도로스의 망가진 얼굴에 그나마 충격을 덜 받는 듯한 카산드라가 머리 쪽을 들었다. 나머지 사람들은 팔다리와 몸통을 붙잡았다. 해가 하늘 꼭대기에 올라가고 오딧세우스가 이들의 임시 숙소로 다시 왔을 즈음에는 매장이 끝나 있었다.

"두 가지 용건이 있습니다." 오딧세우스가 헤카베에게 말했다. "내일 이타케인들이 출발할 때 부인은 저와 함께 갑니다."

"왜 내가 당신과 함께 가지요?" 헤카베가 물었다.

"전쟁에서 지셨으니까요." 오딧세우스가 어깨를 으쓱했다. "저도 계속 상기시키고 싶지는 않은데, 그렇게 만드시네요. 당신들은 이제 노예입니다." 오딧세우스는 팔을 벌려 모두를 가리키며 말했다. "우리 노예요. 여기 있는 사람들도 오늘 해가 지기 전에 나뉘어서 여러 그리스군 부대로 흩어질 겁니다. 부인은 저하고 같이 갈 거고요."

헤카베의 얼굴이 비웃듯 일그러졌다. "제비뽑기에서 졌나 보네요? 늙은이를 원하진 않았을 테니."

오딧세우스가 웃었다. "제가 가장 먼저 골랐습니다." 오딧세우스가 잠시 말을 멈췄다. "음, 최우선권이 있었던 것은 아니지만, 최우선권이 있는 아가멤논이 내가 부인을 데려가고 싶다고 했더니 반대하지 않았습니다. 나중에 실제로 분배할 때 아가멤논이 마음을 바꿀 수도 있겠지만, 승산이 있다고 봅니다."

헤카베가 빤히 쳐다보았다. "아가멤논은 내 딸들 중 하나를 고르겠지요."

"맞아요. 아가멤논은 자존심이 강한 남자라, 공주가 아니면 그 자존심에 걸맞지 않겠지요. 유명한 트로이아의 왕비를 수행원으로 거느린다면," 오딧세우스가 턱수염을 긁었다. "지위에는 걸맞겠지만 취향에는 아닐 테죠. 아주 젊은 왕비가 아니라면."

"자존심이라고 하지만 사실은 자만심이라는 뜻이군요."

오딧세우스는 다시 웃으며 목소리를 낮춰 트로이아어로 말했다. "여기 병사들이 전부 제 병사는 아닙니다, 부인."

헤카베는 고개를 끄덕였고 가장 교활한 적이 트로이아어를 안다는 사실이 놀랍지는 않았다. "알겠어요. 하지만 당신한테는 늙은 과부가 당신 지위에 맞겠어요?"

"그렇습니다. 부인의 지위에도 걸맞으리라 생각합니다."

"나는 지위가 없어요. 당신이 일러 주었듯 난 이제 노예입니다."

"예전 습관이 남아서요." 오딧세우스가 말했다. 오딧세우스는 헬레네가 앉아 있는 바위를 돌아보았다. 긴 머리카락이 곧은 등을 타고 흘러내렸다. "메넬라오스가 당신을 데려오라고 했습니다. 짐을 챙기시죠?"

헬레네는 아름다운 어깨를 으쓱했다. "내 물건은 전부 트로이아 것이거나 아니면 10년 전에 스파르타에 두고 왔어요." 헬레네가 말했다. "내가 걸친 것 말고는 아무것도 없어요."

"정말요?" 오딧세우스가 물었다. "남편이 집으로 데려가길 기다리면서 태피스트리도 짜지 않고요? 그 오랜 세월이면 상당히 화려한 걸 짰을 줄 알았는데."

"내 직조술은 이분들에 비하면 아무것도 아니에요." 헬레네는 바다를 응시하던 눈을 돌려 오딧세우스를 똑바로 마주 보았다. 헬레네는 오딧세우스가 얕은 숨을 쉬는 것을 보았다. "나한테는 다른 기술이 있어요."

"그렇군요."

"상상도 못 할걸요." 헬레네가 말했다. 헬레네는 오딧세우스를 따라온 남자들을 보았다. "메넬라오스가 나를 데려가려고 최정예 부하를 보내진 않은 모양이네." 헬레네가 중얼거렸다.

"엇나간 아내에게 의장대는 안 어울리죠." 오딧세우스가 말했다.

"어쨌거나 날 보면 내 앞에 엎드릴 거예요." 헬레네는 오딧세우스의 말을 들은 기색을 보이지 않았다. 마침내 헬레네가 고개를 끄덕였다. “준비됐어요. 날 내 남편에게 데려가도 좋아요.”

“감사합니다, 마마.” 오딧세우스는 헬레네 앞에서 고개를 깊이 숙였으나 웃음으로 속마음을 드러냈다. 헬레네는 천천히 사뿐한 걸음으로 스파르타 경비병을 향해 갔다. 메넬라오스에게 목숨과 충성을 바쳐 헬레네 때문에 목숨을 걸고 싸운 경비병들은 헬레네를 경멸하면서도 헬레네에게서 눈을 뗄 수가 없었다. 헬레네는 오딧세우스 앞을 지나가다 걸음을 멈추고 손을 뻗어 손끝을 오딧세우스의 수염에 댔다. 탄원의 뜻이 담긴 행동이었다. 그러나 헬레네는 빌지 않았다. 무릎을 꿇거나 머리를 조아리지 않았다. 그저 오딧세우스의 회녹색 눈을 쳐다보기만 했을 뿐인데 오딧세우스는 얼굴이 시뻘게졌다. “당신은 조금도 망설이지 않고 날 위해 목숨을 바칠 거예요.” 헬레네가 말했다. “감추려고 해도 소용없어요. 다른 남자들도 그렇듯이. 그러니까 날 조롱하지 말아요, 오딧세우스. 아니면 당신이 후회하게 만들지도 몰라요.”

헤카베와 다른 여자들, 그리스 전사들, 모두 똑같은 것을 보았다. 제우스의 딸이 인간에게 관심을 집중하는 무시무시한 광경을.

“알겠습니다.” 오딧세우스가 말했다. 목소리는 거의 흔들림이 없었으나 웃음기는 싹 사라져 있었다. 헬레네는 보일 듯 말듯 고개를 까닥하고 오딧세우스의 턱을 놓아주었다. 헬레네는 오딧세우스를 지나쳐 스파르타 경비병에게 갔고, 경비병은 신전으로 아프로디테 조상을 옮기는 경건한 행렬을 따르는 젊은이들처럼 헬레네의 뒤를 졸졸 따라갔다.

헤카베는 오딧세우스의 굴욕을 비웃고 싶었으나 그러지 않았다. 헬레네의 어떤 점이, 잠재된 위협이 트로이아의 왕비조차 주춤하게 했다.

"메넬라오스에게 기꺼이 보냅죠." 스파르타 병사들이 소리가 들리지 않을 곳까지 멀어지자 오딧세우스가 말했다.

"어떤 사람인가요?" 헤카베가 물었다. "메넬라오스는? 헬레네를 감당할 수 있나요?"

오딧세우스가 차마 말로 하지 못할 대답을 눈썹이 대신했다.

"내일 아침에 같이 갑시다." 오딧세우스가 말했다. "오늘은 딸들과 같이 보내시고. 다른 그리스인들은 그런 사정을 안 봐줄 수도 있지만. 아시겠습니까?"

"어디로 데려가려는 건가요? 말해 줘요."

"집으로 가는 여정을 즐기실 거라고 생각했는데."

"당신 집이 내 집은 아니니까."

"우리 배는 일단 북쪽으로 갔다가 서쪽으로 진로를 돌릴 겁니다." 오딧세우스가 말했다.

헤카베는 눈에 떠오르는 희망의 빛을 감추려 애썼다. "어디에 가장 먼저 정박할 건가요?"

"트라케." 오딧세우스가 대답했다. "그곳 왕 폴리메스토르에게 전령을 보내 놨습니다. 케르소네소스 바닷가에서 만나고 싶다고요."

27
칼리오페

난 시인이 지금 뭘 하고 싶은지 알지. 충직한 개처럼 헬레네를 따라 주둔지로 가고 싶을 거야. 메넬라오스가 헬레네의 발치에 엎드리며 헬레네가 무사히 돌아오게 해 준 올림포스 신들에게 감사를 드리는 장면을 묘사하고 싶겠지. 헬레네의 아름다움과 우아함을 노래하고 남자들이 헬레네의 변덕에 절절매는 모습을 그리고 싶지. 응, 그건 안 돼.

난 헬레네가 이제 지겨워. 헬레네의 미모니 힘이니 하는 거. 헬레네 이름만 나와도 살살 녹아내리는 거 경멸스러워. 그저 인간일 뿐인데. 어떤 인간의 외모도 영원할 순 없지. 아무리 제우스의 딸이라도.

시인에게 가르침을 주겠어. 다른 여자, 다른 여왕의 앞날을 따라가라고 해야지. 카산드라가 보는 걸 보게 하겠어. 어머니의 앞날 말이야. 그러면 신에게 기원할 때 조심해야 한다는 걸 알겠지. 이야기가 이야기를 하는 사람을 다치게 할 수도 있다는 것도.

28
헤카베

카산드라는 미래를 마치 과거를 보듯 보았다. 새가 나는 모습이나 짐승의 내장에서 징조를 읽는 사제들과는 달랐다. 사제들의 모호한 예언을 들으면 미래는 늘 구름과 안개에 뒤덮여 있고 어둠 속에 작은 빛줄기가 몇 가닥 있는 듯 느껴지기 십상이다. 그러나 카산드라에게는 미래가 최근의 기억처럼 선명하게 보였다. 그래서 카산드라는 오딧세우스가 어머니를 트라케로 데려가겠다고 말하는 것을 듣자, 직접 본 것처럼 선명하게 앞으로 무슨 일이 일어날지 알았다.

역한 혐오감이 파도처럼 솟구쳤고 익숙한 신맛이 목구멍으로 올라왔다. 카산드라는 토할 수가 없었다. 그랬다가는 더럽다고 헤카베에게 혼쭐이 날 터였다. 헤카베는 역겹다는 표정을 지으며 카산드라의 뺨을 칠 것이다. 카산드라는 눈썹 뼈 위에 있는 작고 하얀 흉터가 욱신거리는 것을 느꼈다. 어머니가 의식용 장신구를 완전히 다 갖추고 때렸을 때 생긴 흉터였다. 그 금붙이들은 물론 이제 다 사라졌다. 그리스군의 금고로 들어갔다. 카산드라는 두어 번 빨리 침을 삼키고 심호흡을 하고 공기 중에 감도는 옅은 소금기에 집중하려고 했다. 극도로 심한 욕지기를 소금기로 가라앉히곤 했었다.

그렇지만 어떻게 소금 따위로 안구가 튀어나오는 소리, 햇볕에 탄 얼굴에서 시커먼 액이 흘러내리는 광경을 지울 수 있나? 카산드라의 숨이 거칠어졌다. 그 장면을 머리에서 밀어내려고 했으나 아무리 눈을 깜박여도 그것밖에는 보이지 않았다. 도려내진 안구와 짙고 진한 피. 카산드라는 미래에서 벗어나 현재로, 지금 있는 자리로 돌아오려고 애썼다. 내일로부터 오늘로 한발 한발 뒷걸음질을 칠 수 있을 때도 있었고, 그렇게 조금씩 물러서다 보면 비명을 지르고 싶은 강력한 충동이 조금씩 사그라들었다.

그러나 지금은 뒤로 갈 수가 없었고, 앞으로 계속 재앙을 향해서 나아갈 수밖에 없었다. 카산드라가 어머니가 떠나는 모습을 보고 있었다—카산드라가 트로이아 해변에 가장 마지막으로 남은 사람일까? 카산드라는 주위를 둘러보고 확인하고 싶었다—안드로마케는 어디에, 동생 폴릭세네는 어디 있지? 그러나 카산드라는 눈앞에 펼쳐지는 걸 볼 수밖에 없었다. 다음 날 아침. 이게 내일 아침이겠지? 오딧세우스가 어머니에게 내일 아침에 떠날 거라고 말했으니까. 그리스 영웅이 어머니에게 팔을 내밀어 배에 오르도록 도와줄 때, 어머니는 거의 의기양양한 표정을 지었다. 어머니는 여전히 왕비처럼 행동했다. 비록 밑단이 두 군데 찢어지고 검댕으로 더러워진 키톤을 입은 왕비이긴 하나.

헤카베가 폴리메스토르와 만날 준비를 하고 있음을 카산드라는 알 수 있었다. 어머니가 혼자가 아니란 사실이 조금 위로가 되었다. 오딧세우스가 헤카베의 시녀들 몇 명도 받았기 때문에 헤카베는 혈육과는 갈라졌어도 평소 곁에 두던 여자들과 같이 있었다. 카산드라는 오딧세우스가 이 여자들을 데려오려고 다른 그리스 장수들과 물물교환을 했는지, 아니면 늙은 여자들은 누구 차지가 되든 아무도 신경 쓰지 않았는지 궁금했다. 어머니는 트로이아 땅을 마지막으로 떠나면서 카산드라를 안아 주거나 작별의 입맞춤을 하지는 않았다. 그러나 카산드라는 어머니의 눈에서 무언가 낯선 것을 보았다. 어머니의 눈에서 늘 볼 수 있었던 짜증이 없었다. 헤카베가 딸에게 입 맞추지 않은 것은 사실이었다. 그렇지만 그러지 않은 까닭은 굴욕스럽게 울음을 터뜨리고 말까 봐 겁났기 때문이었다.

그 장면이 흩어지고 오딧세우스의 배가 케르소네소스 바닷가 모래밭에 당당히 상륙한 장면으로 바뀌었다. 카산드라는 그곳이 트라케임을 알았다. 한 번도 가 본 적은 없지만 마치 자기가 나서 자란 곳이라도 되는 듯 확실히 알았다. 카산드라가 보는 것은 한 번도 틀린 적이 없고 언제나 구체적이었다. 어떻게 그럴 수 있는지는 알 수 없었으나. 오딧세우스의 부하들이 배에서 내려 작은 막사 몇 개를 치기가 무섭게 정복을 차려입은 전령 두 명이 섬 안쪽 어딘가에서 바닷가로 왔다. 전령은 오딧세우스에게 거의 무릎을 꿇듯 절하며 오딧세우스의 환심을 사려고 애썼다. 오딧세우스는 트라케에 손님으로 왔으나 이 섬의 주인인 폴리메스토르왕이 오딧세우스의 신임을 간절히 바라고 있음이 누가 보기에도 명백했다. 전령들은 한곳에 모여 있는 늙은 여자 노예들에게는 눈길도 주지 않았다. 뭐 하러 그러겠나? 카산드라는 목구멍에서 치솟는 신물을 다시 느끼고 혀로 입천장을 눌렀다. 지금은 안 돼, 지금은 안 돼, 지금은. 카산드라는 샌들을 신은 어머니의 발아래에 정신을 집중하려고 애썼다. 동그란 회색 조약돌과 반짝이는 하얀 조개껍데기. 저걸 주워서 가지런한 굴곡을 엄지손톱으로 훑어보면 좋겠지.

배를 한 방 얻어맞은 것처럼 다시 어떤 기억이 카산드라를 강타했다. 이것은 진짜 기억이었는데, 카산드라의 기억은 아니었다. 앞으로 일어날 일이 아니라 지난 일이란 걸 알 수 있었다. 어머니는 그들이 폴리도로스의 시신을 싣고 만에서 바다로 노 저어 나가 시신을 가라앉히려고 웃옷에 자갈 몇 줌을 넣고 뱃전 너머로 버린 바로 그 지점 가까이에 있었다. 헤카베의 발이 그 작은 배를 바다로 밀었던 남자들의 발자국이 있는 자리를 밟을 것이다. 헤카베는 폴리도로스에게 너무나 가까이 있었지만, 너무 늦었다. 카산드라의 비전은 늘 너무 늦었다. 늦지 않았을 때조차 늦었다. 카산드라가 아무리 진실을 말해도 아무도 듣지 않는다는 것, 듣더라도 아무도 귀 기울이지 않는다는 걸 카산드라는 이미 오래전에 알았다.

불쌍한 동생에게 이런 짓을 저지른 자들은 바닷물 속에서 동생의 몸이 뒤집히며 물에 잠기기 전에 돌이 몸에서 쏟아져 버렸다는 걸 몰랐다. 아니었다면 동생이 바다 깊은 곳에 가라앉아 물고기 밥이 되는 것을 바다 요정들만 말없이 지켜보았을 것이다. 그러나 그들은 시신을 제대로 가라앉히지 못했다. 그래서 다음날 트로이아 근처 바닷가로 떠밀려 온 것이다.

카산드라는 동생의 얼굴이 트로이아 바닷가 바위에 부딪히기 한참 전에 망가져 있었다는 걸 알았다. 예쁜 동생이 죽기 전에 잔뜩 얻어맞았고 배신자 그리스 왕은 이 사실을 쥐도 새도 모르리라고 믿었다. 카산드라는 이 사실에—이자의 설명할 수 없는 사악함에—집중하려고 애쓰며 오딧세우스가 전령들에게 왕을 자기 배로 초대한다며, 트로이아를 정복한 영웅이 친히 맞이하겠다고 전하라는 말을 들었다. 카산드라는 전령이 폴리메스토르에게 이 말을 전하러 서둘러 가는 것을 보았다. 가는 선처럼 단단히 다문 어머니의 입술을 보았다. 이 모든 것을 보았다.

이 장면이 다시 흩어지고 이번에는 폴리메스토르가 풀이 드문드문 난 모래 위를 걸어오는 모습이 보였다. 폴리메스토르는 성장盛裝하고 있었다. 수가 잔뜩 놓인 로브를 입고, 목에는 금으로 된 체인을 걸고, 퉁퉁한 손가락에는 금반지가 줄줄이 끼워져 있었다. 숱이 줄어든 검은 머리카락은 트로이아 스타일로 기름을 발라 넘겼고, 그 냄새에 오딧세우스가 상대의 두 손을 반갑게 잡기 전 순간적으로 얼굴에 불쾌감이 스치는 것을 카산드라는 알아보았다. 카산드라는 남자의 머릿기름에서 풍기는 숨 막힐 듯 달달한 계피와 도금양 냄새를 맡을 수 있었다.

"오딧세우스." 폴리메스토르가 활짝 웃으며 말했다. "참으로 영광입니다."

"그래요, 당신 노예들한테서 우릴 반가워하신다는 말을 전해 들었소." 오딧세우스가 대답했다. "트로이아 소식을 목 빠지게 기다린 것 같군요."

"그럼요, 그럼요." 폴리메스토르가 말했다. "신들이 그리스 편에서 주시길 빌며 소를 얼마나 바쳤는지 모릅니다."

"관대하십니다." 오딧세우스가 말했다. "직접 전쟁에 뛰어들 생각은 안 하시고요?"

폴리메스토르가 오딧세우스의 목소리에서 언뜻 못마땅한 기색을 읽었는지 겉으로는 전혀 티가 나지 않았다. "저의 트라케 왕국이 그리스의 보루이지요." 폴리메스토르가 대답했다. "그리스군이 우리 지원을 필요로 할 때 대비해 우리 영토를 단단히 지키고 있어야 한다는 걸 알았습니다. 아가멤논에게 전령을 보냈습니다. 언제라도 도울 준비가 되어 있다고 알렸죠. 필요하면 말만 하라고요."

"아가멤논은 그런 전언을 받았다는 말은 안 했어요." 오딧세우스가 말했다.

"참 과묵한 분이지요." 폴리메스토르가 고개를 주억거렸다.

"내 경험으로는 전혀 아니던데요. 하지만 그분을 저보다 더 잘 아시나 봅니다."

카산드라는 오딧세우스의 부하들이 일하는 모습을 보았다. 쓰지 않을 걸 알면서도 야영지를 차리고 있었다. 이렇듯 교활한 자들이니 트로이아인들을 속이기는 참 쉽다고 생각했을 것도 같았다. 그리스인들, 이타케인들에게는 속임수가 물 흐르듯 자연스러운 일이었다. 무기를 청소하거나 물을 길어오는 것만큼 자연스러운 일상이었다.

"저야 그분을 명성으로만 알고 있습니다." 폴리메스토르가 말했다. "대체 어떤 분이길래 그런 식으로 행동할까 상상하면서 제가 알지 못하는 부분을 저도 모르게 메우게 되는 것 같습니다.”

“어떤 식으로요?” 오딧세우스가 물었다.

“돕겠다는 제안을 큰마음으로 거절하시는 거요. 선한 마음을 이용해 부담을 지우길 싫어하시죠.”

“아, 당신이 겸손해서 하는 말인 줄 알았는데, 인제 보니 오직 진실만을 말하고 있군요.”

“무슨 말씀인지 잘 모르겠습니다.” 폴리메스토르의 검은 눈동자만 미묘한 불안감을 드러내고 있었다.

“당신은 그 사람을 전혀 몰라요.” 오딧세우스가 대답했다. 그러고는 웃으며 트라케 왕의 어깨를 두드렸다. 폴리메스토르는 자기가 말실수를 한 게 아님을 알고는 호탕하게 웃음을 터뜨렸다.

“내가 오늘 당신네 멋진 바닷가로 내 부하들만 데려온 게 아니에요.” 오딧세우스가 말을 이었다.

“네?”

“당신 옛 친구를 데리고 왔지요. 두 분이 다시 만나게 해 줄 기회를 놓치고 싶지 않아서요.”

“누구 말씀입니까?” 폴리메스토르가 물었다. 폴리메스토르는 각양각색의 선원들 사이에서 예상치 못한 방문객을 찾아내려 애쓰며 이쪽저쪽을 돌아보았다.

“아, 당신 친구는 여기 바닷가에 없어요.” 오딧세우스가 말했다. “저기 막사 안에서 여자분이 기다리고 있습니다.” 오딧세우스는 장대 몇 개 위에 회색 천을 덮어 만든 간이 쉼터를 가리켰다.

“여자라?” 폴리메스토르의 표정에 음탕한 기색이 비쳤다.

"트로이아의 왕비, 헤카베요." 오딧세우스는 이렇게 말하며 트라케의 왕에게 눈을 똑바로 고정했는데, 폴리메스토르는 당황한 기색을 거의 드러내지 않았다.

"내 지역에서 친목을 쌓는 게 범죄는 아니었습니다." 폴리메스토르의 목소리는 차분하고 신중했다.

"당연하지요. 헤카베는 전쟁이 터지기 한참 전부터 당신이 남편의 친구였다고 하더군요."

트라케 왕의 얼굴에 안도감이 번졌다. "맞습니다. 그 말씀 그대로입니다. 우리는 교역 관계를 유지했고 고대로부터 환대-우호(고대 그리스어로 친절 또는 환대를 뜻하는 크세니아xenia. 손님을 잘 접대해야 한다는 관습을 가리킨다—옮긴이)를 이어 왔습니다."

"우리도 그렇게 되길 바랍니다." 오딧세우스가 말하며 다시 폴리메스토르의 등을 두드렸다. "오늘 해가 우리 배 위로 지기 전에요."

폴리메스토르가 기쁜 듯 고개를 끄덕였다. "그렇게 될 겁니다, 오딧세우스. 우리는 굳건한 친구가 될 겁니다."

"한 가지가 더 있습니다." 오딧세우스가 말했다. "헤카베가 트로이아에서 여기로 오는 길에 한 가지 털어놓은 게 있습니다."

"그게 뭡니까?"

"어린 아들을 당신한테 맡겼다지요."

카산드라는 폴리메스토르가 잔뜩 긴장한 상태에서 말하려고 애쓰며 힘겨워하는 것을 보았다.

"저는……." 폴리메스토르는 말을 멈추고 바다를 쳐다보았다. 아무리 환대-우호의 맹세로 묶인 사이라 하더라도 적국 도시의 젊은이를 받아 준다는 것은 그리스군 입장에서 배신에 가까운 행동이었다.

"아, 내가 불편하게 만들었군요." 오딧세우스가 말했다. 오딧세우스가 한 번만 더 어깨를 두드렸다간 트라케 왕 어깨에 멍이 들성싶었다. "젊은이에게 피난처를 주었더라도 이해합니다. 프리아모스에 대한 의무였겠죠."

"이해해 주십시오." 폴리메스토르가 말했다. "그럴 수 있었다면 거절했겠지만, 일단 아이가 왔으니……."

"어떡하겠어요?" 오딧세우스가 물었다.

"어떡하겠습니까?" 폴리메스토르가 따라 했다.

"아이에게 편의를 제공하고 제 자식처럼 키울 수 있겠죠." 오딧세우스가 말했다.

"네, 말씀하신 대로 했습니다." 폴리메스토르가 맞장구쳤다.

"당신도 아들이 있지요?"

"네, 아들 둘이요. 프리아모스의 아들보다 어립니다. 여덟 살, 열 살밖에 안 되었어요. 그런데 큰애가 벌써 이만큼 컸습니다." 폴리메스토르는 심장께에 손을 갖다 댔다. "동생도 그보다 고작 손가락 세 개 너비만큼 작고요."

"아, 부하를 보내 이리 데려와요." 오딧세우스가 말했다. "나는 아들을 집에 두고 왔어요. 당신 아들들을 보고 싶군요."

"물론입니다." 폴리메스토르가 시중꾼 한 명에게 손짓해 무어라 지시했다. 노예는 고개를 끄덕이고 달려갔다.

"폴리도로스도 데리고 오게." 오딧세우스가 노예의 뒤에 대고 외쳤다. 노예는 그 자리에 우뚝 서더니 몸을 돌려 말없이 왕을 쳐다보았다.

“네?” 폴리메스토르는 웃는 얼굴이었으나 당혹감을 감추지는 못했다.

“그런 이름이 아니던가요? 폴리도로스? 아, 혼란스러운 표정을 보니 내가 잘못 알았나 보네요. 프리아모스의 아들 이름이 뭐지요?”

이제 폴리메스토르 얼굴에 두려움의 기색이 역력했다.

“아뇨, 맞습니다, 맞고 말고요.” 폴리메스토르가 말했다. “그런데 불러올 수는 없습니다.”

“왜요? 어머니가 여기 있는데요. 어머니가 이타케로 떠나기 전에 마지막으로 볼 기회일 텐데요. 아이한테서 그런 기회를 뺏지는 않으시겠죠?”

“그럴 리가요. 당연히 아니죠.” 폴리메스토르는 머리를 빠르게 굴렸다. “그런데 멀리 있어요. 산에서 사냥을 하고 있습니다.”

“산이요?”

“네, 섬 안쪽에요. 말 타고 며칠 가야 합니다. 사냥을 무엇보다도 좋아하지요.”

“이상하네요. 처음에는 이름을 착각한 데다, 이번에는 또 말 타는 걸 싫어한다고 생각했네요. 헤카베가 그렇게 말한 것 같은데…….”

“아뇨, 아뇨, 맞습니다.” 폴리메스토르가 대답했다. “처음 여기 왔을 때는 사냥에 취미가 없었어요. 그런데 지내다 보니 아주 좋아하게 됐습니다.”

“아, 네. 트로이아의 높은 성벽 안에 갇혀 지낸 시간을 벌충하려는 모양이네요.”

"그렇죠." 폴리메스토르가 말했다. 카산드라는 수가 빽빽이 놓인 로브에서 땀이 배어 나오는 걸 볼 수 있었다. 시큼한 땀 냄새가 달콤한 계피 향수와 뒤섞였고 카산드라는 목이 턱 막히는 것 같았다.

"그럼 어머니는 기대했던 만남을 하지 못하게 됐군요." 오딧세우스가 말했다.

"안타깝지만 그렇게 되었습니다."

"그래도 아들이 건강한 야외 활동을 즐기고 있다는 걸 알게 되어 다행이라고 하실 수도 있겠죠."

"그러길 바랍니다."

다시 장면이 바뀌었다. 카산드라는 눈을 깜박이며 아이들이 노예 뒤에서 달려오는 모습을 보았다. 아빠를 향해 달려오는 아이들. 동생이 오딧세우스 배의 높은 돛대를 가리켰다. 이렇게 큰 배는 처음 본다며 흥분해서 형한테 떠들었지만 형은 세상의 모든 배를 다 본 양 굴었다. 두 아이는 아버지가 있는 곳까지 와서는 낯선 사람이 많은 것을 보고 갑자기 수줍어했다.

"아빠, 이분들이 트로이아의 영웅이에요?" 큰아들이 물었다. 오합지졸 너저분해 보이는 부대가 기대와는 달랐던 거였다.

"그렇단다." 폴리메스토르가 대답하며 한 아이를 들어 올려 허리께에 걸치고 다른 아이는 오른팔로 안아 올렸다. "어떻게 생각하십니까, 오딧세우스? 미래의 영웅감이지요?"

"헤카베도 아들을 두고 꼭 그렇게 말하더군요. 참, 이제 오랜 친구를 만나게 해 주어야겠네요." 오딧세우스가 선원 한 명에게 고개를 끄덕이자 선원이 천막을 열고 안에 있는 여자들을 데리고 나왔다.

"내 소중한 친구." 폴리메스토르는 아들들을 살포시 땅에 내려놓고 두 팔을 벌리고 헤카베를 돌아보았다. "이거 못 알아보겠습니다." 폴리메스토르는 헤카베를 맞으러 걸어갔고 아들들도 따라갔다. 아이들은 바닷가에 모르는 남자들이 잔뜩 있어 긴장한 탓에 아버지 옆에 꼭 붙어 있고 싶었다.

"당신이 트로이아에 다녀간 뒤 많이 늙었어요." 헤카베가 말했다.

"아뇨, 부인, 그런 뜻이 아니라……."

"그런 뜻이었죠. 이제 나한테 허영 같은 건 없어요. 전쟁 중에 죽었죠. 내 남편과 아들들처럼. 1년 전에만 해도 날 바로 알아봤을 거예요. 나한테 흔적을 남긴 건 시간이 아니라 슬픔이니."

"상실이 크셨지요." 폴리메스토르가 말했다.

"견딜 수가 없었습니다." 헤카베가 말했다.

"그랬을 겁니다."

"그랬어요. 지금도 마찬가지고. 신들이 나에게 지운 짐을 도무지 견디지 못하게 된 지 오래입니다." 헤카베가 말했다. "하나를 잃고 또 잃고. 지난 1년 동안만 해도, 헥토르, 그다음에 프리아모스, 이어 파리스, 또……."

"신들이 부인께 특히 가혹하셨습니다. 신들께 제물을 바치고 부인을 위해 자비를 빌겠습니다."

"정말이요?"

"당연하지요. 부인을 보고 고통을 덜어 주고 싶다고 생각하지 않을 사람이 있겠습니까. 부인의 도시와 프리아모스 가문의 숙적 오딧세우스께서도 옛친구에게 위안을 받으라고 부인을 여기로 데려오지 않았습니까."

헤카베는 천천히 고개를 가로저었다. 헤카베의 시녀들이 바싹 다가와서 폴리메스토르 주위를 둘러쌌다. "그런 짓을 하고 나한테 어떻게 이런 말을 하지?" 헤카베가 물었다.

"부인?"

"거짓말 마, 폴리메스토르. 네놈 같은 사악하고 탐욕스러운 배신자의 말을 듣고 있는 자체가 치욕이야. 금이 모자랐던 건가? 네 땅이 네게 너무 좁았나? 궁이 너무 허름하던가? 신전이 너무 초라했나?"

"난……."

"프리아모스가 우리 아들을 돌봐 달라고 금을 엄청나게 보냈지. 부인하지도 말고 날 속이려고도 하지 마, 늙은 사기꾼아. 내가 직접 아들 짐에 금을 넣었으니까. 만약 그걸로도 부족했다면," 헤카베는 내뱉듯이 말을 해서 자수가 놓인 폴리메스토르의 옷에 침이 튀었다. "내 아들을 지킬 수만 있다면 그 두 배라도 주었을 거야. 우리 아들이 너한테는 별 가치가 없다는 말만 우리에게 전했다면 두 배라도 보냈겠지. 나한테는 그 애가 천금보다 소중하니까. 어쨌든 트로이아의 보물은 이제 모두 그리스군의 손에 들어갔으니. 그 금이 스파르타인, 아르고스인, 이타케인 대신 트라케인한테 가든 말든 나한테 무슨 차이가 있었겠어?"

"애는 잘 있어요! 어디서 무슨 거짓말을 들은 거예요?" 폴리메스토르가 외쳤다.

그러나 헤카베는 더 말하고 싶지 않았다. 금속이 햇빛을 받아 반짝였다. 폴리메스토르는 차마 볼 수 없어 눈을 감았을 테지만. 눈 깜짝할 사이에 헤카베는 작고 날카로운 칼날로 폴리메스토르의 큰아들의 목을 베었다. 헤카베의 시녀 두 명이 동생에게 똑같이 하면서 피가 요란하게 솟구쳤다.

"그 애를 내 손으로 직접 묻었어, 폴리메스토르." 헤카베가 소리를 질렀다. "감히 나한테 거짓말을?"

"무슨 짓이야……." 트라케의 왕이 공포에 질려 소리를 질렀으나 피바람은 이걸로 끝이 아니었다. 아들들이 모래 위에 시커먼 피를 쏟아내고 있을 때 헤카베와 시녀들이 짧은 칼날을 폴리메스토르에게 돌렸다. 그들은 목이나 심장을 겨누지 않았다. 폴리메스토르가 아들들을 안아 올려 어떻게든 되살리려고 매달리고 있을 때 여자들은 칼날을 폴리메스토르의 눈에 꽂았다. 공포의 비명이 고통의 울부짖음과 뒤섞였고, 시커먼 안구에서 흘러내린 피가 아들들의 피와 한데 고였다. 폴리메스토르의 노예들은 전투로 단련된 오딧세우스 일행보다 자기들이 수적으로 열세임을 보고 감히 나서지 못했다.

"네가 내 혈통을 끊어 버렸지." 헤카베가 낮은 목소리로 말했다. "그래서 네 혈통도 끊었다. 네가 배신자이자 살인자이자 맹세를 깨뜨리고 친구를 속인 자가 아니었다면 네 아들들이 살아 네가 노년이 되도록 널 기쁘게 했으리란 걸 기억하라고 살려 둔다. 아니었다면 나이가 들면서 아들들이 자라는 걸 볼 수 있었겠지. 네가 마지막으로 본 것이 아들들의 죽음이 됐다. 금이 이럴 만한 가치가 있었기를 빈다."

헤카베는 살육의 자리에서 한 걸음 물러서 오딧세우스에게 고개를 끄덕였다. "고맙소."

오딧세우스와 부하들은 아들들의 시신 위에 엎드려 있는 폴리메스토르를 내버려두고 다시 짐을 배에 옮겨 싣기 시작했다. 왕의 울부짖음이 흐느낌으로 잦아들더니 이어 무기력한 신음으로 바뀌었다. 오딧세우스는 경멸스럽다는 눈빛으로 쳐다보았다. 지난 10년의 전쟁 동안 오딧세우스의 부하들 모두 동료의 피를 뒤집어써 가면서 싸웠다. 그러니 트로이아의 돈을 받고 왕가의 자손을 키워 주겠다고 한 배신자에게는 조금의 동정도 느끼지 않았다. 그 아이가 아버지, 형들, 도시의 복수를 하겠다고 칼을 갈며 자랄 수도 있는데. 그리스군 입장에서 이중거래를 한 트라케 왕을 벌하지 않고 내버려둘 수는 없었다. 폴리메스토르는 다른 사람이야 어떻게 되든 기회가 있으면 이익을 극대화하려는 본능을 따른 것이다. 용납할 수 없는 일이었다. 폴리메스토르를 벌하면 다른 그리스인들도 신의를 저버리는 행동은 결코 용납되지 않는다는 것을, 적어도 오딧세우스는 용납하지 않는다는 것을 마음에 새길 터였다.

마지막 부하까지 탑승한 다음 오딧세우스는 헤카베와 시녀들을 불렀다. 폴리메스토르는 그 이름을 듣고는 죽은 아들들을 내려놓고 파도 소리가 나는 쪽으로 몸을 돌렸다.

"네년은 이타케에 가기 전에 죽을 거야." 폴리메스토르가 소리쳤다. "바다에 빠져 죽을 거고, 아무도 널 위해 울지 않을 거고, 아무도 네 무덤을 만들지 않을 거야."

헤카베는 무너져 내린 왕 옆에서 걸음을 멈추었다. "나는 폴리도로스를 묻었을 때 이미 죽었어." 헤카베가 말했다. "어디에서 쓰러지든 아무 상관 없어."

카산드라는 가쁜 숨을 몰아쉬며 마음을 진정시키려고 애썼다. 눈을 감았다가 떠서 다시 현재로 돌아와 어머니, 동생, 올케 모두 옆 바위 위에 앉아 있는 것을 보았다. 어머니를 따라 트라케에 가기 전과 마찬가지로. 그런데 그 장면이 또다시 눈앞에서 펼쳐지기 시작했다. 두 번째 본다고 해서 덜 끔찍한 것은 아니었다. 앞으로 무슨 일이 일어날지 알았기 때문에 오히려 더 끔찍했다. 그런데 한 가지가 빠져 있었다. 헤카베가 처음 오딧세우스의 배에 올라타는 첫 부분에서. 카산드라 자신은 트로이아 모래밭에 서서 어머니가 떠나는 것을 보고 있었다. 안드로마케는 이미 어디론가 떠났다는 걸 느낄 수 있었다. 다른 여자들—사촌들과 이웃들은 다른 전사들을 따라 다른 나라로 가고 있었다. 하나하나 전부 확인할 수 있었다. 한 명 빼고 전부. 폴릭세네는 어디에 있지?

그 답이 벼락처럼 카산드라를 덮쳤다. 이번에는 압도적인 욕지기를 도저히 억누를 수가 없었다.

29

페넬로페

나의 남편 오딧세우스,

당신이 망자의 땅에 가 있다는 거 알아. 음유시인이 당신이 지하세계로 떠났다는 노래를 처음 시작했을 때 사실 난 울었어. 그 오랜 시간이 지나면서 이제 흘릴 눈물이 더 안 남았을 줄 알았는데 아니더라. 그 노래 들었을 때 당연하지만 착각을 했거든. 나는 죽은 자만 하데스의 왕국에 들어갈 수 있다고 생각했으니까. 터무니없는 생각은 아니지 않아? 내 말은, 죽지도 않고 감히 무시무시한 페르세포네의 호의를 구하려 할 사람이 어디 있겠냐고? 물론 오르페우스는 그랬지. 하지만 오르페우스는 하계로 내려갈 강력한 이유가 있었으니까. 오르페우스는 머리가 셋인 사냥개 케르베로스에 맞서 사랑하는 에우리디케를 되찾으려고 했다며. 결혼식 날 밤 날카로운 뱀 이빨에 물려 세상을 뜬 에우리디케를. 참으로 얄궂고 가슴 아픈 일이라는 데 당신도 동의할 거야. 하지만 아무리 생각해 봐도 왜 당신이 고작 죽은 예언자를 만나겠다고 그토록 위험한 여행을 하려 했는지 알 수가 없네. 살아 있는 예언자로는 충분하지 않나?

당신의 마녀 친구 키르케가 반드시 예언자를 만나야 한다고 했다지. 키르케가 당신을 그냥 세상 끝까지만 갔다 오라고 시킨 것에 대해 감사해야 할지도 모르겠네. 남편을 아내에게 돌려보내지 않으려고 무슨 짓이든 하는 여자들도 있잖아. 하지만 솔직히 오딧세우스, 정말로 그 여행이 꼭 필요하다고 생각했어? 이미 집에서 그리 멀리 떨어져 있는데?(키르케의 섬이라는 아이아이아가 어디에 있는지는 모르지만, 내가 바라는 것만큼 세상의 끝에서 가깝지는 않겠지.) 또 영원한 어둠에 묻힌 세상을 둘러싼 강까지 간다고? 당신답지 않은 선택이라고 생각하지 않을 수 없네.

어쩌면 내가 이런 생각을 하는 건, 당신 이야기를 노래로 부르는 음유시인들처럼 생판 남의 관점일지도 모르겠다. 당신은 위험한데도 불구하고 영원한 밤의 땅으로 간 게 아니잖아? 위험하기 때문에 간 거지. 난 당신을 알아, 오딧세우스. 당신한테 배를 세상 끝까지 몰고 갔다가 돌아왔다고 자랑하는 것보다 더 신나는 일은 없겠지. 정말 놀라운 이야기네요, 사람들이 말하겠지. 그러면 당신은 반박하겠지. 아네요, 같은 상황이었다면 누구라도 그랬겠죠. 다만 그 누구도 당신 같은 상황에 놓이진 않잖아, 안 그래?

다른 그리스인들은 모두 돌아왔고 따뜻한(일부는 덜 따뜻한) 환영을 받았어. 하지만 당신은 믿을 수 없는 마녀 키르케의 조언을 따랐고, 가장 어두운 지역으로 들어갔고, 에레보스에서 영혼을 불러내기 위해 도랑을 파고 희생 제물의 피를 부었지. 죽은 자들의 그림자가 늘 피에 굶주린 채 그 언저리를 맴도니까. 당신은 죽은 선지자 테이레시아스와 이야기를 나누길 기대하며 망자들에게 피를 먹였어. 그렇지만 가장 먼저 나타난 것은 당신 부하의 영이었어. 아이아이아에서 죽은 엘페노르였지. 엘페노르는 포도주를 너무 많이 마시고 키르케의 궁 지붕에 기어 올라갔다가 떨어져서 죽었다지. 음유시인이 이 대목을 부를 때 마음이 아팠던 까닭은 엘페노르가 딱할 정도로 어리석게 죽었기 때문만은 아니었어.(당신이 혹시 궁금해할까 봐 말하는 거야.) 그 일이, 그 사람이 너무나 사소하게 느껴졌다는 것. 동료가 죽었는데 아무도 알아차리지도 못했다는 것. 상상해 봐. 같은 이타케인들끼리 10년이나 함께 싸웠고, 같이 배를 타고 고향으로 돌아가고 있었어. 그런데 한 사람이 지붕에서 떨어졌는데 아무도 그 사람이 없어졌다는 사실조차 모른다고 상상해 보라고. 아마 당신은 앞으로의 험난한 항해를 준비하며 식량을 꾸리느라 정신이 없었을 거라 생각해. 아무리 그래도 바닥에 뼈가 부러져 죽어 있는 남자의 시신이 눈에 들어오지도 않았을까? 앞으로 당신이 다시 또 병력을 소집할 일은 없길 빌자. 이런 소문이 퍼지면 자원할 사람이 없을지 모르니까.

엘페노르는 당신에게 아이아이아로 돌아가서 자기 시신을 제대로 수습해서 묻어 주겠다고 약속해 달라고 했지. 내 생각에 당신은 키르케의 섬으로 돌아가는 것만은 피하고 싶었을 것 같은데, 당연히 그러겠다고 했다며. 어찌나 배려심이 깊은지. 이미 이토록 많은 시간이 흘렀는데 몇 주 더 지체된다고 뭐가 달라지겠냐고, 아마 당신은 그렇게 생각했을 거야. 아예 경치 좋은 길로 유람하면서 돌아오지 그래.

당신은 도랑에 피를 조금 더 붓고 예언자가 나타나길 기다렸어. 그런데 다음에 나타난 사람도 예언자는 아니었지. 아, 내가 당신에게 화가 나 있는데도 당신이 거기 홀로 서서 안티클레이아의 그림자를 보았을 때를 생각하면 가슴이 찢어지는 것 같아. 집을 떠나 있는 동안 어머니가 돌아가셨다는 사실을 이런 식으로 알게 되다니. 그런데도 당신은 평정심을 잃지 않고 어머니의 영이 피를 마시지 못하게 막았어. 예언자의 지혜를 들어야 하니까. 어머니는 당신에게 이를 드러내 보였지만 결국 당신 말을 따랐고, 당신은 더 기다렸지.

마침내 테이레시아스가 피 냄새를 맡고 나타나서는, 당신에게 뭐라고 했다고? 내가 이미 당신한테 다 한 말이잖아. 나는 지옥까지 갔다 오는 수고 없이도 알았는데. 당신이 포세이돈 아들의 눈을 멀게 해서 포세이돈이 화가 났다고. 신의 원한을 샀으니 집에 돌아가는 길은 다른 그리스인들보다 훨씬 더 힘들고 위험할 거라고. 또 무슨 얘기를 했지? 아, 그래. 당신의 귀향이 고통스러울 거라고. 궁에 돌아가면 당신 아내에게 구애한다고 몰려온 구혼자들이 잔뜩 있을 거라고.

그러니 그건 나와 관련된 예언이기도 하네. 트로이아에서 전해지는 소식이 끊기면 남자들이 모이기 시작하리란 걸 진작 알았지만. 정벌하러 떠난 영웅이 돌아오기를 기다리는 것하고, 바다에서 사라진 사람이 돌아오길 기다리는 것하고는 다르니까. 당신이 얼마나 오래 떠나 있었는지 알긴 해? 전쟁이 끝나고 3년째에 접어들었어. 하지만 걱정하지 마, 오딧세우스. 이 과부(구혼자들은 그렇게 생각하니까)와 결혼하겠다고 모여든 구혼자들을 최대한 물리쳐 볼 테니까.

그러곤 테이레시아스가 어둠 속으로 사라지자, 당신 어머니 안티클레이아가 그제야 당신에게 와서 망자들의 굶주림을 채우는 피를 마셨지. 그나마 남아 있는 감각을 충족시켜 주는 피. 안티클레이아가 마침내 당신을 알아봤을 때 어떤 심정이었을지. 차마 눈으로 보기 끔찍했을 거야. 임종 직전에 어머니는 당신이 너무 오래 지체하지 않고 몇 달 안으로 돌아오길 빈다고 하셨어. 오딧세우스, 어머니는 아들이 돌아오기를 기다리다가 너무 상심이 커져 돌아가시고 만 거야.

그 대목에서 나는 당신이 정말 안쓰러웠어. 그런데 시인이 다음 부분을 부를 때는 그자를 이타케의 울퉁불퉁한 바위 절벽 너머로 던져 시커먼 물속에서 죽게 하고 싶은 마음을 누르느라 엄청난 자제력을 발휘해야 했지. 처음에 당신은 어머니에게 어떻게 돌아가셨냐고 물었다지. 그다음에는 아버지가 건강하신지 물었고. 그다음 당신 아들. 그다음 당신의 명예가 어떤지. 그다음 당신의 왕좌가 어떤지. 그러고 나서, 우리 개만 빼고 그 밖의 온갖 것의 안부를 다 물은 다음에, 당신 아내가 생각났다고.

당신은 어머니와 대화를 마친 뒤에도 죽은 자들 사이에 조금 더 머물러 있었어. 이때가 아니면 과거의 위대한 인물들을 볼 기회가 또 언제 있겠어? 알크메네, 에피카스테, 레다, 파이드라, 아리아드네를 봤다며. 죽은 여자들조차 당신을 가만히 두질 못하는 것 같네. 하지만 나는 도저히 더 못 듣겠어서 내 방으로 물러났어. 우리 침대로. 아마 당신도 이 침대는 기억하겠지.

그건 그렇고 개는 잘 있어. 늙긴 했지만, 우리도 그렇잖아?

페넬로페

30
트로이아의 여인들

그리스인들의 그림자가 가늘고 길게 늘어졌다. 모래색 머리카락이 희끗희끗 센 남자가 부하 셋을 이끌고 여자들 쪽으로 왔다. 입은 뚱하게 꾹 다물고 있었다. 무슨 임무를 맡았는지는 모르지만 그 일이 마음에 안 드는 모양이었다.

“누구냐? 프리아모스의 딸이?” 그가 무뚝뚝하게 물었다. 카산드라는 늦은 오후 햇빛에 반짝이는 그날의 마지막 물고기를 잡으려 머리 위에서 떨어지는 갈매기처럼 힘없이 울고 있었다. 카산드라는 아직도 어머니의 운명이 눈꺼풀 안에서 펼쳐지는 것을 보고 있었으나 무얼 보았는지 누구한테도 말할 수 없었다. 남자는 이 얼굴에서 저 얼굴로 눈을 돌렸다. 하나같이 검댕과 눈물로 얼룩져 있고 산발이었다. 메넬라오스가 평생 처음 보는 볼품없는 무리였다. 말을 길들이는 트로이의 왕비 따위의 명성을 아무리 갖다 붙인들 질이 떨어지는 걸 덮을 수는 없을 것 같았다. 사실 무너진 도시에서 어떤 지위를 지녔었건 무슨 의미가 있나? 헤카베가 먼저 입을 열었다. "아내를 되찾은 분치고는 그다지 행복해 보이지 않는군요." 남자의 숱 적은 눈썹이 한데 모였다. "메넬라오스시지요? 아닌가요?" 헤카베가 물었다.

그가 고개를 끄덕였다. "내 아내는 스파르타로 돌아가면 사형 선고를 받을 것이다. 그리스에서는 간통을 범죄로 처벌한다."

"여기에서도 범죄예요." 폴릭세네가 말했다. "기억하시겠죠. 파리스에게 죄가 있었기 때문에 당신하고 일대일 결투를 했던 거예요."

메넬라오스는 그 운수 사나운 결투를 떠올리며 얼굴을 붉혔다. 왜 자기가 못 이겼는지 아직도 이해가 가지 않았다. 계집애 같은 트로이아 왕자가 그날 신의 도움을 받은 게 분명했다. 아마 여신이었겠지.

"그 두 인간을 10년 동안 숨겨 주었잖나." 메넬라오스가 으르렁거렸다. "10년이나. 그 부도덕함의 대가가 무엇인지 눈으로 봐." 메넬라오스가 무너진 트로이아 성벽을 가리켰다. "마땅한 죗값이다."

"다정한 말씀 감사합니다." 헤카베가 말했다. "이 말이 위안이 될지 모르겠으나 저는 당신을 위해 당신 아내의 목을 언제라도 기꺼이 베었을 겁니다. 그 이상 간절히 뭔가를 하고 싶었던 적이 없었던 것 같네요. 하지만 내 남편 프리아모스왕은 자상한 사람이고, 당신 아내는—아시다시피—매력이 넘치지요."

메넬라오스는 부어오른 납작한 코를 긁었다. "사실이야."

"당신은 헬레네를 죽이지 않을 거예요." 헤카베가 말했다. "헬레네는 스파르타로 돌아가기 전에 당신을 침대로 유혹하겠죠. 내일이면 다 끝나 있겠네요."

"본인이 꽤 지혜롭다고 자부하는군."

"지혜까지 필요하지 않은 것도 있죠. 눈만 있으면 보이니까."

"어쩌면 살려 둘 수도 있지. 하지만 그리스인들이 그런 결정을 반길까?"

헤카베가 어깨를 으쓱했다. "당신은 밝은 햇빛이 드는 궁에서 부하들에게 인정받기를 원합니까, 아니면 어두운 내실에서 아내에게 인정받길 원합니까?"

메넬라오스는 그 질문을 무시했다. "당신 딸을 데리러 왔다."

"아내를 되찾게 해 준 것으로도 모자라 당신에게 트로이아 왕가의 공주까지 주기로 했다고요? 참으로 충성스럽네요."

"그런 일 없었어." 메넬라오스가 말했다. "당신 딸— 딸이 하나 이상인가?"

"더 많았지요." 헤카베가 말했다. "이제 둘이 남았습니다." 헤카베는 카산드라를 가리켰고, 이어 폴릭세네를 감싸듯 팔을 뻗었다.

메넬라오스는 두 사람을 훑어보았다. 폴릭세네는 다소곳이 눈을 땅으로 내리깔았다. 카산드라는 초점 없는 눈으로 메넬라오스를 똑바로 쳐다보았다. "저 여자는 늘 저런 소리를 내나?" 메넬라오스가 물었다.

"늘 무슨 소리를 냅니다." 헤카베가 말했다. "사람들은 어릴 때 저주를 받아서 그렇다고 합니다만. 어릴 때는 정말 사랑스러운 아이였습니다. 상냥하고 말 잘 듣고 얌전했죠. 그런데 한두 해 전부터 이렇게 성가시게 굴기 시작하더니 잠잘 때 말고는 멈추질 않네요."

"예쁘게 생겼군, 비록……." 메넬라오스는 침이 흐른 카산드라의 턱을 가리켰다. "누군가가 얌전하게 만들 방법을 찾아낼 거야."

헤카베는 아무 말도 하지 않았다.

"그럼 다른 애를 데려가겠다." 메넬라오스가 말했다. "가자." 메넬라오스가 손짓하자 부하들이 폴릭세네를 붙잡으려 앞으로 나왔다.

"당신 소유가 아니라면 왜 데리러 온 거요?" 헤카베가 물었다. 헤카베는 위신을 내팽개치고 사랑하는 딸과 잠시라도 같이 있게 해 달라고 빌 생각은 없었다. 그러나 딸이 떠나는 모습은 차마 볼 수가 없었다.

메넬라오스는 고개를 저었다. "짧은 제비를 뽑았소." 메넬라오스가 말했다. "가자."

폴릭세네는 어머니에게, 안드로마케에게 입을 맞췄고 카산드라를 껴안으려 했다. 그러나 카산드라는 폴릭세네의 팔을 꽉 움켜쥐고 소리를 지르기 시작했다. 군인들이 폴릭세네를 끌고 가려고 카산드라에게서 떼어냈다.

31

폴릭세네

어릴 적 폴릭세네가 자라면서 기도를 드릴 때 용기를 달라고 빈 적은 한 번도 없었다. 그럴 이유가 없었다. 폴릭세네가 사는 도시는 늘 포위 상태였고 그렇지 않았던 때는 희미한 어린 시절 기억으로만 남아 있었다. 그러니 용기는 간절히 바랄 만한 특별한 것이 아니었다. 모든 사람에게 요구되는 당연한 것이었다. 폴릭세네는 사랑하는 사람들 때문에 늘 공포를 느꼈다. 오빠들이 아침에 말을 타고 성문 밖으로 나갈 때, 언니들이 도시에 식량이 부족해서 힘들어할 때. 어머니의 어깨가 할머니처럼 움츠러들기 시작했을 때. 아버지가 높은 성벽 위에 서서 무력으로 성을 빼앗으려는 자들과 맞붙어 싸우는 아들들을 보고 있을 때. 누군가의 죽음은 개인적인 슬픔이자 도시에는 공포였다. 누군가의 남편, 아들, 아버지가 죽었으며, 또한 다음날 도시를 지키기 위해 싸울 사람이 한 명 줄었다는 의미였다.

그러나 두려움을 느끼는 것과 용기가 없는 것은 달랐다. 두려움을 느끼지 않는다면 누구나 용감할 수 있었다. 트로이아인들은 아킬레우스가 바로 그렇다고, 그래서 아킬레우스가 그렇게 무시무시한 거라고 말했다. 아킬레우스는 자기가 죽든 살든 알 바 없이 전차를 타고 전장으로 나왔다. 자기 목숨에 아무 관심이 없었다. 아킬레우스가 신경 쓰는 것은 오직 친구 파트로클로스의 안전 하나뿐이었다. 트로이아인이 파트로클로스를 건드리지 않으면 아킬레우스는 트로이아군 속으로 파고들어 마구잡이로 베었다. 몇 달, 어쩌면 몇 년이 지난 후에야 트로이아군은 군인들 몇 명을 파트로클로스 쪽으로 보내는 게 더 좋은 전투 방법이라는 걸 알게 되었다. 그러면 아킬레우스가 그쪽으로 갔다. 물론 파트로클로스를 공격한 군인들은 전부 죽었다. 군인들은 이길 수 없는 전투에 나서서 전우를 지킬 사람을 제비를 뽑아 정했다.

폴릭세네는 이렇게 뽑힌 군인들이 아내에게 작별 인사를 하고 자식들과 소중한 마지막 순간을 보내는 모습을 보았다. 주변 사람들이 갑옷을 입고 무기를 준비하느라 분주한 가운데 이 사람들은 어쩐지 차분해 보였다. 자기들이 죽으리란 걸 알았기 때문에, 이제 두려움의 시간을 벗어난 것이었다. 남은 것은 용감하게 죽는 것뿐이었다. 아킬레우스를 전장 밖으로 최대한 오래 끌어내야 동료 전사들이 다른 곳에서 그리스군을 공격해 바닷가 쪽으로 조금 더 밀어낼 기회를 잡을 수 있었다. 그때 폴릭세네는 이 사람들이 슬픔 때문에 정신을 놓았다고 생각했다. 그렇지 않고서야 죽음 앞에서 어떻게 이렇게 무감할 수 있나? 지금 폴릭세네는 자기도 그렇게 확신할 수 있으면 좋겠다고 생각했다. 앞으로 자기가 맞을 운명이 무엇인지 너무나 알고 싶었다.

그리스인들이 자기네 말로 빠르게 말을 주고받았는데 억양이 강해서인지 방언이라 그런지 폴릭세네는 잘 알아들을 수 없었다. 폴릭세네가 그동안 들은 것처럼 음탕한 사람들은 아닌 것 같았다. 한 명이 울퉁불퉁한 땅에서 폴릭세네가 중심을 잡도록 도와주는 척하면서 폴릭세네의 몸을 잡았다. 그러나 메넬라오스가 뭐라 소리치자 남자는 단지에 든 우유를 훔치다 들킨 강아지 같은 표정을 지었다.

폴릭세네는 메넬라오스가 어머니에게 거짓말한 게 아니기를, 메넬라오스가 자기를 데려가지는 않기를 빌었다. 메넬라오스의 노예가 되어 고향을 떠나 이 모든 슬픔의 원인인 헬레네의 시녀가 되는 것보다 더 비참한 운명이 있을까. 사실 전적으로 헬레네의 탓만은 아니긴 했지만. 폴릭세네는 어머니가 파리스를 늘 너무 쉽게 봐준다는 걸 알았다. 헥토르는 절대 그러지 않았다. 헥토르는 파리스의 잘못을 주저 없이 나무랐고 그게 옳다는 걸 폴릭세네는 알았다. 그렇긴 해도 폴릭세네는 헬레네의 지시를 받고 물을 떠 오거나 곡물을 갈고 싶지는 않았다. 헬레네가 자기를 시녀로 삼는다고 해도, 전 올케의 머리를 땋아 주거나 매일 아침 옷 입는 것을 거들거나 헬레네의 비밀 연인이 왔을 때 못 본 척하거나(폴릭세네는 헬레네의 본성이 스파르타로 돌아간다고 해서 바뀌지는 않으리라고 확신했다.) 할 생각만 해도 역겨웠다.

폴릭세네는 느닷없이 분노가 치솟는 걸 느꼈다. 파리스에게, 프리아모스에게, 헥토르에게, 그들 모두에게. 폴릭세네를 지켜 주어야 했는데 그러지 않고 떠나 버린 남자들에게. 그 분노에는 질투가 섞여 있었다. 그들은 죽었는데 자기는 노예가 되어야 했으므로. 이렇게 되지 않았다면 남자들이 앞다투어 폴릭세네와 결혼하려고 했을 텐데. 이제 폴릭세네는 주인 혹은 다른 노예의 아이를 배게 될 테고 그 일을 막을 길은 없었다. 폴릭세네가 낳은 아이는 원래대로라면 왕족이 되었을 테지만 이제는 가장 천하고도 천한 존재가 될 것이다. 노예로 태어난 아이. 이 모든 굴욕을 폴릭세네는 홀로 견뎌야 했다.

어머니, 언니, 안드로마케를 비롯해 다른 트로이아 여인들 전부 자기와 같은 운명에 처했다는 것은 알았지만, 그들 중 누구도 곁에서 폴릭세네를 위로할 수 없을 것이고 폴릭세네도 그들에게 위로의 말을 건넬 수 없을 것이다. 적국이 그리스이기 때문에 이런 잔인한 운명에 처하게 된 것이었다. 반대로 트로이아가 바다를 건너가 그리스 도시 한 곳을 점령했다면, 트로이아군도 그리스군이 트로이아에 한 것과 똑같이 했을 것이다. 그들도 남자를 죽이고 여자와 아이들을 노예로 삼았을 것이다. 전쟁에서 이긴다는 게 그런 것이니까. 그렇지만 이 여자들과 아이들은 비록 자유를 잃더라도 함께 있을 수는 있었을 터였다. 서로를 위로할 수 있었을 것이다. 그런데 그리스는 숱하게 많은 도시와 섬으로 나뉘어 있어 트로이아 여인들 전부 살아남은 몇 안 되는 가족과 흩어져야 했다. 폴릭세네는 조용히 저주를 내뱉었고 한쪽 다리를 살짝 끌며 묵묵히 모래 위를 터덜터덜 걷는 메넬라오스를 돌아보았다.

"어느 그리스인에게 날 데려가는 건가요?" 폴릭세네가 물었다. 폴릭세네가 쓰는 그리스어는 딱딱하고 어색했다. 메넬라오스가 잠시 아무 말이 없어서 폴릭세네는 자기 말이 안 들렸거나 아니면 자기가 말을 제대로 하지 못한 걸까 생각했다.

"어디로 데려가냐고 물었어요." 폴릭세네가 다시 물었다.

"노예한테 대답할 의무가 없다." 메넬라오스가 대꾸했다. 폴릭세네는 얼굴이 확 달아오르는 걸 느꼈지만 화를 억눌렀다.

"아무 힘 없는 노예에게 앞날에 무슨 일이 있을지 말해 주지 못할 만큼 겁쟁이인 줄은 몰랐는데요." 폴릭세네가 말했다. "우리 오빠 헥토르는 당신에 대해 좋게 말했어요. 용감한 사람이라고요."

메넬라오스가 등을 꼿꼿이 펴고 고개를 조금 더 높이 치켜드는 것을 보았으나 폴릭세네는 웃지 않았다. 정말 헥토르가 그렇게 말했을 거라고 믿는 모양이었다. 그리스인이고 트로이아인이고 가릴 것 없이 누구나 메넬라오스가 막돼먹은 인간이란 걸 알았다. 마지막 한 방울까지 다 마시기 전까지 포도주 항아리를 내려놓지 못하는 사람. 매일 밤 물을 거의 섞지 않은 진한 포도주를 너무 늦게까지 마시며 왜 아내가 자기를 떠났을까 한탄했지만 동료들은 빤한 그 답을 숨겼다. 메넬라오스의 형 아가멤논은 그만큼 처량맞지 않지만 성질은 더 더럽다고, 트로이아인들이 말하곤 했다. 두 사람 다 트로이아 기준으로는 좋은 왕이 아니었지만 그리스인들은 덜 까다로운 모양이라고 폴릭세네는 생각했다.

"난 겁쟁이가 아냐." 메넬라오스가 대답했다. "가장 짧은 제비를 뽑았고 어젯밤 그리스군 회의에서 결정된 내 의무를 이행하는 거야. 널 네 가족에게서 데려왔고 이제 네오프톨레모스에게 데려갈 거야."

폴릭세네는 온몸을 훑고 지나가는 전율을 억눌렀다. 트로이아인들은 아킬레우스가 위대한 전사라서 두려워했다. 퓨마보다도 더 빠르고 더 치명적이어서. 그러나 아킬레우스의 무시무시한 본성은 퓨마와 똑같았다. 아킬레우스는 트로이아군에 대해서나 그 밖에 자기가 밀을 베듯 베어 버린 희생자들에 대해서나 아무 원한이 없었다. 적어도 헥토르가 파트로클로스를 죽이기 전까지는 그랬다. 아킬레우스에게 적은 그저 먹잇감이었고 아킬레우스는 타고난 본성을 따라 그들을 죽였다. 그러나 아킬레우스의 아들은 달랐다.

트로이아인과 그리스인 양쪽 다 네오프톨레모스를 두려워했다. 네오프톨레모스는 예측불가능하고 까탈스럽고 자기가 아버지만큼 위대해질 수 없다는 사실을 늘 짐처럼 지고 있었다. 폴릭세네의 아버지 프리아모스가 제우스 신전 제단에 매달려 있을 때 죽인 사람이 네오프톨레모스였다. 도대체 어떤 사람이길래 신들의 왕에 대해 아무 두려움도 느끼지 않고 성소를 더럽힌 걸까? 폴릭세네는 네오프톨레모스가 불경을 저질렀으므로 분명히 그 죄의 대가로 쓰러지리란 걸 알았다. 아무리 테티스라고 해도 제우스의 분노로부터 손자를 지켜 줄 수는 없을 것이다.

"그자를 두려워할 만하지." 폴릭세네가 아무 말도 하지 않았는데도 메넬라오스는 이렇게 말했다. "하지만 네오프톨레모스가 널 오래 데리고 있진 않을 거야. 넌 그의 아버지에게 바치는 선물이야."

"아버지는 죽었잖아요." 폴릭세네가 말했다. 그때 폴릭세네는 자기가 어떻게 될지 알았다.

폴릭세네는 조용히 아르테미스에게 감사 기도를 드렸다. 노예로 사느니 죽고 싶다고 수없이 읊조렸었다. 그 기도가 이루어진 것이다. 폴릭세네는 한 가지 기도를 더 했다. 어머니가 막내딸이—정신이 온

전한 유일한 딸이—곧 막내아들과 같은 운명을 맞을 것을 영영 모르기를 기원했다. 하나는 그리스인의 금에 대한 탐욕 때문에 죽었다. 또 다른 하나는 그리스인의 피에 대한 욕구 때문에 죽을 것이다.

어쩌면 폴릭세네가 어머니의 반응을 잘못 예측했을 수도 있었다. 헤카베는 자존심이 강한 사람이므로 자신이 노예의 멍에를 지게 된 것에 고통스러워하는 만큼 자식들에 대해서도 같은 심정일 것이었다. 어쩌면 폴릭세네가 노예가 되지 않고 죽었다는 것을 알면 어머니는 기뻐할지도, 그러한 굴욕은 자기만 지고 프리아모스의 자식들에게 대대로 이어지지는 않으리란 걸 알게 되면 안도할지도 몰랐다. 그리고 딸이 기꺼이 죽음을 향해 갔다는 사실을 알면 어머니는 분명 덜 슬퍼하시리라. 폴릭세네는 군인들을 앞장서서 메넬라오스 옆에서 계속 걸었다. 아무도 폴릭세네를 겁쟁이라고 부르지는 못할 것이다.

병력의 수는 폴릭세네의 예상보다 훨씬 적었다. 거대한 제단 앞에서 제의복을 완벽하게 차려입은 사제들 무리, 그리스군 정예부대가 지켜보고 있으리라 상상했다. 얼른 희생제를 끝내고 먹고 마시고 다음 날 출항하기를 고대하며 보고 있을 줄 알았다. 하지만 막상 도착해서 본 미르미돈 숙영지는 기대와 달리 초라했다. 막사 몇 채는 여기저기 기운 데다 소금기가 들러붙어 있었다. 여기가 브리세이스가 지냈던 곳일까, 폴릭세네는 생각했다. 그리스군 전체의 발을 묶었던 여자다. 아킬레우스가 브리세이스를 돌려주기 전까지는 싸우지 않겠다고 했던 것이다. 아킬레우스가 죽었는데도 아직 여기 있을까? 아들에게 상속되었을까, 아니면 부관 한 명에게 선물로 주어졌을까? 폴릭세네는 뜻밖의 호기심이 솟는 것에 자기도 놀랐다. 자기 운명이 이렇듯 급작스럽게 끝나려는 마당에 다른 사람의 운명에 관심이 가다니 희한한 일이었다. 그런데도 만나 본 적도 없는 여자에게 신경이 쓰였다. 어떤 여자길래 전쟁의 방향을 돌려놓을 수 있는지 보고 싶어 폴릭세네는 이 사람 저 사람의 얼굴을 둘러보았다. 캠프를 따라다니는 여자들이나 노예들까지 눈에 들어오는 어떤 여자도 그런 얼굴은 없었다. 이유는 알 수 없지만 어쩐지 실망스러웠다. 그러다가 폴릭세네는 만약 처지가 바뀌었다면, 자기라도 암소처럼 희생당할 여자를 보려고 밖으로 나오지는 않을 거란 생각이 들었다. 자기라도 어딘가에 숨었을 것이다.

메넬라오스가 뭔가 알아들을 수 없는 말로 소리치자 젊은이가 막사에서 뜨거운 오후 햇살 속으로 나왔다. 햇빛에 눈살을 찌푸리자 안 그래도 신경질적인 태도가 더 성마르게 보였다. 폴릭세네는 아킬레우스가 아름답다는 소문을 들었다. 금발에 기다란 금빛 팔다리. 그렇지만 이 젊은이의 지저분한 갈색 머리카락은 물렁해 보이는 얼굴 주위에 여자처럼 늘어져 있었다. 턱선이 불분명하고 파란 눈은 너무 색이 흐릿하고 너무 작았다. 그렇긴 해도 피부가 상앗빛이어서 아름다워 보일 수도 있었을 것이다. 잔인한 표정만 짓지 않았다면. 입이 심통 난 듯 나와 있었고 못마땅한 표정을 자주 짓는 듯 벌써 이마에 자국이 패어 있었다. 폴릭세네는 네오프톨레모스가 왜 그렇게 무자비한지 바로 알 수 있었다. 부하들에 둘러싸여 자기 막사 앞에 서 있는데도 아버지 옷을 입은 어린아이 같은 느낌을 주었다. 그러나 이 어린애가 제우스 신전에 엎드린 아버지를 참살한 사람이었다.

"이 여자요?" 네오프톨레모스가 물었다.

"누구겠나?" 메넬라오스가 대답했다. 메넬라오스가 젊은이를 싫어한다는 게 역력히 느껴졌으나 네오프톨레모스는 알아차렸는지 어쨌는지 티를 내지 않았다.

"더 대단한 걸 기대했는데. 당신네 전쟁에서 싸우다 목숨을 잃은 우리 아버지에게 바치는 선물이잖소."

"트로이아의 공주야." 메넬라오스가 말했다. "다들 검댕에 소금기로 덮여 있어. 우리가 도시를 불태우고 여자들을 바닷가에 몰아 놨으니."

"씻겨라." 네오프톨레모스가 폴릭세네를 쳐다보지 않고 말했다. "데려가서 누더기가 아닌 옷을 찾아 입혀." 잔뜩 주눅 든 여자 두 명이 군인들 사이에서 나와 천천히 폴릭세네에게 다가왔다. 폴릭세네는 고개를 끄덕이고—폴릭세네는 비명을 지르거나 저항하지 않을 것이다—여자들을 따라 가까운 막사로 들어갔다.

여자들이 커다란 솥에 물을 데우는 동안 폴릭세네는 기다렸다. 여자 둘 중 더 작은 쪽에게서 수건을 받아들고는 고맙다고 말하려 했다. 그러나 어디에서 잡혀 온 사람들인지는 몰라도 트로이아 사람들하고 말이 달랐다. 폴릭세네는 고개를 끄덕이거나 젓는 것으로 의사표시를 하는 수밖에 없었다. 폴릭세네는 따뜻한 물에 천을 적시고 몸을 닦았다. 끈끈한 그을음을 닦아내자 한시름 놓이는 것 같았다. 목욕하는 데 그 어느 때보다도 오래 걸렸다. 여자들은 인내심 있게 기다렸지만 막사 입구 쪽으로 불안한 눈길을 던졌다. 네오프톨레모스가 갑자기 성질을 부리지 않을까 겁내고 있었던 것이다. 두 여자가 입구 쪽을 보는 눈길이 잦아지자 폴릭세네는 시커메진 천을 더 빨리 헹구며 서둘러 몸을 닦았다.

마침내 몸이 깨끗해졌고 한 여자가 작은 기름병을 주었다. 폴릭세네는 고맙게 받아 피부 위에 얇게 발랐다. 그러자 키 큰 여자가 궤를 열어 붉은색과 금색으로 수가 놓인 흰 드레스를 꺼냈다. 너무나 어울리지 않는 물건이라 폴릭세네는 웃음이 나올 지경이었다. 진흙탕 속에 완벽한 꽃이 피어 있는 것 같았다. 폴릭세네는 두 팔을 들었고 두 여자가 예복을 입혀 주었다. 마지막으로 입는 새 옷이었고, 트로이아에 있을 때처럼 여자들이 옷 입는 것을 도와주었다. 폴릭세네는 노예로 사는 굴욕으로부터 구해 준 데 다시 한 번 아르테미스께 감사를 드렸다. 바람 한 자락만 불어도 겁에 질리는 이 여자들처럼 사느니 죽는 게 나았다.

폴릭세네는 여자들에게 머리를 풀어 달라고 손짓으로 말했다. 아무도 빗을 주지 않아서 손가락으로 머리카락을 빗었다. 머리카락이 어깨를 덮고 등 뒤로 흘러내렸다. 흰 드레스 위에서 짙은 색 머리카락이 도드라져 보일 것이다. 걸칠 장신구 같은 것은 없었지만 자수가 장식이 되어 줄 것이다. 폴릭세네는 트로이아에서 마지막 날 머리를 묶는 데 썼던 가는 가죽끈을 풀어 옆으로 치웠다. 샌들도 풀어 그 옆에 두었다. 이전의 삶과 관련이 있는 이 물건들은 이제는 필요치 않을 것이다. 여기 두고 가는 게 맞았다.

폴릭세네는 준비가 되었다는 뜻으로 고개를 끄덕였고, 여자들은 얼른 달려가 천막 입구 덮개를 젖혔다. 그러고는 누덕누덕한 천막 덮개가 폴릭세네의 옷에 닿지 않도록 잡고 뒤로 물러섰다. 폴릭세네는 밝은 빛 속으로 걸어 나갔지만 눈물이 나지는 않았다. 군인 한 명이 폴릭세네를 보고는 동료에게 무어라 중얼거렸고 그 동료도 몸을 돌려 다른 미르미돈인에게 무어라 말했다. 폴릭세네 앞에서 그들이 일렬로 섰다. 가장 가까이 있던 사람이 폴릭세네에게 손짓했고 폴릭세네는 그 사람을 향해서 머뭇거리며 발걸음을 옮겼다. 그 군인은 고개를 끄덕이며 마치 짐승을 달랠 때처럼 혀로 끌끌거리는 소리를 냈다. 폴릭세네가 가까이 다가오자 군인은 뒤로 물러서면서 계속 자기를 따라서 오라는 식으로 고개를 끄덕이며 앞으로 갔다. 폴릭세네는 그의 검은 눈동자에서 눈을 뗄 수 없었고, 막사에서 나는 소리, 자기를 쳐다보는 다른 군인들의 모습, 그들의 시큼한 냄새조차도 모두 멀리 떠나가는 것 같았다. 폴릭세네는 군인의 황소 같은 눈에만 집중했다. 마침내 군인이 걸음을 멈췄고 손을 들어 폴릭세네도 서게 했다. 폴릭세네의 뒤쪽에 있던 군인들이 대열을 깨고 단단한 반원 모양으로 폴릭세네를 둘러쌌다. 그러나 폴릭세네는 알아차리지 못했다. 다른 미르미돈 병사들이 앞쪽으로 와서 원을 완전한 모양으로 완성하는 것도 보지 못했다. 그 군인의 눈밖에는 보이지 않았고, 그가 마지막으로 폴릭세네에게 부드럽게 고개를 끄덕여 보이고 옆으로 물러서자, 폴릭세네의 눈에 들어온 것은 붉은 머리카락과 반짝이는 칼날뿐이었다.

32
테미스

이른바 파리스의 심판이란 것—신들은 그 일을 이렇게 부르게 되었는데 그러면 신들 가운데 유일하게 아프로디테만 조금 곱게 봐주는 한 인간에게 모든 책임을 다 떠넘길 수 있기 때문이었다—이 아주 풍성한 재미를 안겨 주었다. 해묵은 원한을 이제 트로이아 전쟁이라는 멋진 배경을 무대로 해소할 수 있었다. 신들은 트로이아평원에 싸우러 모인 전사들 가운데 가장 마음에 드는 전사를 하나씩 찍었다. 특별한 관계 때문에 고르기도 했다. 테티스는 아들 아킬레우스를 뒷받침했고, 아프로디테는 반은 트로이아인인 아들 아이네이아스에게 힘을 보탰다. 아테나는 오래전부터 어쩐지 오딧세우스라면 사족을 못 썼다. 아테나는 늘 똑똑한 남자를 좋아했다. 다른 신들은 양편을 뭉뚱그려서 편들거나 미워했다. 헤라는 파리스를 낳은 트로이아를 절대 용서하지 않을 생각이었다. 아폴론은 트로이아를 좋아하는 편이었지만 최근 누가 자기를 가장 짜증 나게 했느냐에 따라 편을 바꾸기도 했다.

신들은 전쟁이 길게 이어질 거라는 기대감에 들떠서 아무도—아테나조차도—이 모든 일의 시발점인 황금 사과가 대체 어디에서 왔는지 묻지 않았다. 테티스의 결혼식에 사과를 던져 놓은 것이 에리스임은 의심할 바가 없었다. 불화의 여신 에리스는 아레스가 싸움을 멈출 수 없고 아폴론이 과녁을 놓칠 수 없듯이 불화를 일으키지 않을 수 없었다. 그렇지만 에리스는 장인이 아니니 그런 물건을 만들어 낼 수는 없었다. 안에서 빛이 나고 아름다운 글씨가 새겨진 사과를 어떻게 손에 넣었는지 아무도 에리스에게 물어볼 생각을 하지 않았다. 인간이 만든 게 아님은 분명했다. 그리스인들은 공예품에 딱딱한 선으로 된 못생긴 글자밖에 새기지 못한다는 건 누구나 아는 사실이었다. 사과에 적힌 문구는 구불구불 부드러운 굴곡을 그리고 있어 감탄하며 손끝으로 쓸어 보지 않을 수가 없었다.

이런 물건을 만들 수 있는 유일한 신은 헤파이스토스인데, 헤파이스토스는 자기가 한 일이 아니라고 강경하게 말했다. 아프로디테는 흡족한 얼굴로 자기 장난감을 바라보며 (대장간에서 아름다움을 만들어 낼 수는 있으나 그런 아름다움을 전혀 지니고 있지 않은) 남편에게 왜 이걸 만들었을 때 곧장 자기에게 주지 않았냐고 물었지만, 헤파이스토스는 자기가 만든 것이 아니라며 격하게 부인했다. 헤파이스토스는 그 사과가 어디에서 왔는지 누구보다 신경 쓰고 있었다. 이런 경이로운 물건을 만들어 낼 수 있는 신이 또 있다는 말인가? 만약 그런 신이 있다면, 오직 기술 하나 때문에 올림포스에서 다른 신들과 어깨를 나란히 하는 헤파이스토스는 뭐가 되는 건가? 금속을 녹이고 두드려서 가장 정교한 청동기를 만들 수 있는 능력이 없다면 누가 헤파이스토스를 귀하게 여길까? 아내는 분명 아닐 것이다. 이미 포악한 깡패 아레스의 아름다운 외모에 넘어갔다는 게 드러났으니. 아무튼 그 사과는 어디에서 만들어진 걸까? 자신의 신성한 대장간 말고 다른 곳에서 만들어졌을 리는 없었다. 그러니 헤파이스토스가 자리를 비웠을 때 누군가 몰래 들어온 것이다. 의심이 가는 신이 몇몇 있었으나 증거가 없었다. 그런데 사실 범인은 헤파이스토스가 생각도 하지 못한 쪽에 있었다.

올림포스 신들은 이전 세대를 대체로 오만하고 무관심한 이들로 생각하는 경향이 있었다. 이전 세대의 신은 뭔가 구체적인 데가 없었다. 적어도 아프로디테, 아레스, 제우스 등은 자기가 뭘 추구하는지 알았다. 사랑, 전쟁, 위증 등등 특별한 관심 분야가 있고 그걸 고수했다. 서로를 딱히 존경하지는 않았지만, 혼외 관계든 교전이든 뭔가 의논할 일이 있으면 어떤 신을 찾아가야 할지 알았다. 그러나 초기 신들은 그러지 않았다. 예를 들어 계절의 세 여신 호라이하고 무슨 이야기를 나눌 수 있을까? 날씨 얘기?

그러니 헤파이스토스도 자연히 테미스는 떠올리지 못했다. 사물의 신성한 질서를 관장하는 신 테미스는 이따금 연회나 결혼식 같은 데 참석하기는 했으나 헤라와 사소한 일로 다툼을 벌이거나 다른 신들과 성가시게 얽히는 일은 한 번도 없었다. 헤라가 그 속 타는 자리를 대신 차지하기 전까지 테미스가 제우스의 아내였다는 사실을 생각해 보면 더더욱 신기한 일이었다. 헤라는 늘 욕하고 질투하는 반면 테미스는 무심했다. 사물의 신성한 질서에 욕이나 질투의 자리가 없어서인지도 모르겠다. 그런데 이 옛날 신들은 어디에 살았을까? 헤파이스토스는 테미스를 마지막으로 본 것이 언제냐고 물으면 대답할 수가 없었을 것이다. 헤파이스토스는 자신을 아웃사이더로 느끼긴 하나, 올림포스산 꼭대기 말고 다른 곳에는 살아 본 적이 없었다. 신이 거기 말고 또 어디에 살 수 있나?

헤파이스토스가 테티스와 펠레우스의 결혼식 며칠 전 테미스의 모습을 보았다면 깜짝 놀랐을 것이었다. 테미스는 커다랗고 얕은 삼발이 그릇 위에, 마치 정교한 조각 장식 의자에 앉듯 앉아 있었다. 신전에 있는 삼발이였고 지붕 가장자리에 두른 정교한 프리즈 장식을 떠받치는 가느다란 기둥 옆에 있었다. 삼발이는 빨간색과 흰색 줄무늬가 되풀이되는 규칙적인 무늬로 칠해져 있었다. 테미스가 딱 좋아하는 방식대로. 삼발이는 게다가 완벽한 대칭형이었다. 테미스가 종종 앉아 있는 얕은 그릇 아래에 다리 세 개가 일정한 간격으로 붙어 있었다. 테미스가 다리를 꼬거나 풀자, 긴 발, 제우스가 한때 숭배하던(그리고 지금도 제우스가 늘 그러듯 지금껏 본 적 없는 발에 시선을 빼앗기지만 않는다면 다시 숭배하게 될) 가느다란 발가락이 흔들렸다. 제우스가 조언을 구하러 다가오면서 자기 발을 흘끗거린다는 것을 테미스는 알아차렸다. 신들의 왕이 직접 조언을 구하러 오다니! 우쭐할 만한 일이었다. 테미스가 우쭐함을 성가신 감정이라고 느끼지만 않는다면. 테미스는 스스로를 침착한 존재로 여기고 싶어 했다. 그렇지만 지금은 발을 조금 더 높이 치켜들었다.

테미스는 영양羚羊이 규칙적인 패턴으로 그려진 새 드레스가 만족스러웠다.(좋아했다고 하면 너무 과한 표현일 것이다.) 한 줄은 영양이 오른쪽에서 왼쪽으로 행진하고 그 아랫줄은 반대 방향으로 갔다. 규칙에서 벗어나는 것은 하나도 없었다. 영양 머리는 전부 앞발굽 쪽으로 수그러졌고 뿔은 정확하게 수직으로 솟았다. 테미스의 검은 머리카락은 완벽하게 반복되는 원을 그리며 이마 중앙에서 양쪽 귀 쪽으로 내려왔다. 테미스는 변함없이 턱수염 난 전남편의 얼굴을 보고 미소 지었다.

"내 도움이 필요하구나." 테미스는 질문보다 잘라 말하기를 좋아했다.

"인간이 너무 많아." 제우스가 고개를 끄덕였다. "지나치게 많지."

"가이아가 당신한테 고통스럽다고 했군." 테미스가 말했다. "인간의 무게가 가이아가 지탱하기에 너무 버거워."

"그렇다는군. 수천 명을 제거해야 한다고."

"전염병." 테미스가 제안했지만 신들의 왕은 고개를 저었다.

"너무 불확실해. 어떤 때는 안 그래도 곧 죽을 노인들만 골라 데려가지."

"홍수." 테미스가 말했다.

"너무 무차별적이야. 가축까지 다 죽을 거고."

"당신한테 바칠 제물에 늘 신경 쓰더라." 테미스가 웃음을 터뜨렸다. 제우스는 불에 지글지글 구워지는 송아지 기름을 생각하며 입술을 핥았다.

"화산." 불 생각에서 힌트를 얻어 테미스가 이렇게 말했다.

"너무 지엽적이야."

"지진."

"죽는 사람이 너무 적어."

"대규모 지진."

"포세이돈이 너무 편파적이라. 어떤지 알잖아. 포세이돈은 아테나나 아폴론이 좋아하는 곳은 쓸어버리고 자기가 좋아하는 곳은 그대로 놓아둘 거야. 소득에 비해 문제가 너무 커."

두 사람의 눈이 마주쳤다. "그럼 전쟁."

제우스가 고개를 끄덕거렸다. "전쟁이어야 해. 어디에서 벌어질지도 중요할까?"

테미스는 다리를 바닥과 평행이 되도록 들어 올려 자기 발을 쳐다보았다. "아닐 것 같은데. 중요한 건 당신이 선호하는 게 내전이냐 아니면……." 테미스는 맞는 단어를 찾느라 말을 멈췄다가 떠오르지 않자 그냥 어깨를 으쓱했다. "보통 전쟁이냐지."

"내전은 아닌 것 같아." 제우스가 턱수염을 쓰다듬었다.

"동양과 서양의 전쟁이 좋아." 테미스가 말했다.

"시도되고 검증된 방법이지." 제우스가 동의했다.

"트로이아가 좋겠다."

제우스가 고개를 끄덕였다. "어떻게 하면 그리스가 트로이아를 침공하게 만들 수 있을까?"

"당신 딸이 그리스 왕 누구와 결혼하지 않았어?"

제우스가 곤란한 듯한 표정을 지었다.

"헬레네 말이야." 테미스가 알려 주었다. 제우스는 자기가 내지른 무수히 많은 아들과 딸이 어떻게 사는지 모르는 건 말할 것도 없고 존재 자체도 모호하게만 안다는 사실을 테미스가 깜박했던 것이다.

"아, 헬레네." 신들의 왕은 잠깐 그리움에 잠기는 시간을 가졌다. 헬레네의 어머니는 정말 아름다운 여자였다. 백조로 변해 구애할 가치가 있었다. "맞아, 어떤 빨간 머리 바보하고 결혼했어."

"트로이아 왕자를 거기로 보내서 훔쳐 와." 테미스가 말했다.

제우스가 기뻐하며 외쳤다. "좋은 생각이야!" 그러더니 눈살을 찌푸렸다. "그러려면 아프로디테의 도움을 받아야 하는데."

테미스는 짜증을 드러내지 않았다. 짜증이 난다는 사실을 인정하지도 않았다. 하지만 확실히 제우스가 전에는 이렇게 둔하지 않았다. "뇌물을 줘." 테미스가 말했다. "항상 효과가 있지."

제우스가 다시 고개를 끄덕였다. "그래, 뇌물. 아프로디테가 뭘 좋아하지?"

"잡동사니, 장신구, 인간이 절박하게 올리는 기도." 테미스가 대답했다.

"뭐 쓸 만한 거 있어?" 제우스가 물었다. "그게 말이야, 난 올림포스에서 혼자 있을 때가 거의 없다 보니……."

테미스는 잠시 생각했다. "딱 뭘 주면 좋을지 알아." 테미스가 말했다. "며칠 전에 내 신전 뒤쪽에서 다른 거 찾다가 발견했어. 아프로디테가 적당한 방식으로 그걸 발견하기만 하면 당신은 도와 달라고 부탁할 필요도 없어."

제우스는 혼란스러운 얼굴이었다. "그럼 아프로디테가 어떻게 날

도와준다는 거야?"

"자기 스스로 전쟁을 일으킬 거야." 테미스가 대답했다. "당신 뜻대로 움직이고 있다는 사실조차 모를걸."

"그러면 아프로디테에게 빚질 것도 없겠군?" 제우스가 기대했던 것 이상이었다.

테미스가 고개를 끄덕였다. "맞아. 나한테 빚을 지는 거지."

33
페넬로페

오딧세우스,

내 인내심이 흔들리는 촛불 위에서 최대한 가늘게 잡아 늘인 실 같은 상태라는 건 굳이 말할 필요도 없겠지. 불꽃이 실을 태워 내 분노가 둘로 쪼개질 날이 머지않았어. 당신이 아이아이아라는 섬을(그리고 당신을 그토록 극진히 대접한 마녀를) 떠나 아무짝에도 필요 없는 하데스 여행을 한답시고 가 버린 뒤로 또 1년이 지났으니까. 당신이 이타케를 떠난 뒤 흐른 12년에 또 한 해가 더 보태졌네. 당신한테는 별거 아닌 것처럼 느껴질지도 모르지. 1년쯤이야 뭐, 당신은 그렇게 말할 거야. 내가 돌아와서 당신한테 들려줄 모험 이야기를 생각해 봐, 1년은 투자할 가치가 있지, 라고 하겠지. 당신의 시간 1년은 그럴 가치가 있을지도 모르겠다. 하지만 나는 더 젊어지지 않고 오딧세우스 당신의 궁도 더 안전해지지 않아.

당신은 지하세계를 떠나 바로 키르케에게 갔다지. 충성스러운 사냥개처럼. 물론 당신의 책임감은 존중해. 죽은 동료 엘페노르를 묻어주려고 큰 바다를 건너 다시 돌아오다니. 술에 취해서 키르케 집 지붕에서 떨어진 동료를 잊지 않은 거야. 없어진 지도 몰랐던 동료. 없어졌다는 사실을 일행 누구도 눈치채지 못했던 동료. 그 동료. 그런데 당신한테는 그 사람이 그토록 중요해서 당신 아내나 당신의—방금 내가 '아기'라고 말하려고 했던 거 알아? 하지만 텔레마코스는 이제 아기가 아니야. 아니게 된 지 꽤 됐지.

내가 이 이야기를 하는 건 당신이 어느 지점에서 시간을 가늠하는 능력을 잃어버린 것 같아서야. 너무 먼 곳으로 가 버려서 거기서는 시간이 앞이 아닌 뒤로 흐르나? 어쩌면 신의 뜻대로 시간이 아예 흐르지 않는 곳에 가 있는지도. 아니라면 당신이 집을 떠난 지 이토록 말도 안 되게 오래되었다는 사실을 대체 어떻게 설명하겠어?

당신이 키르케의 섬에서 이번에는 빨리 떠났다는 것도 놀라워. 글쎄, 아마 전에 볼 건 이미 다 봤기 때문이겠지? 세이렌이 있는 바다를 항해할 기회가 있는데 무엇 때문에 미적거리고 있겠어. 당신은 모험이라면 사족을 못 쓰지. 조금이라도 이타케에 가까워지게 해 주지는 않을 모험이지만. 당신은 도무지 도전을 거부할 수 없는 사람이고 이건 또 특별한 도전이니까. 지금까지 세이렌의 노래를 듣고 살아서 그 이야기를 전한 사람은 아무도 없었으니. 그러니 당연히 당신은 꼭 해야 했겠지. 당신은 (말 잘 듣는 개처럼) 키르케의 지시를 따라 밀랍 덩어리를 작은 조각으로 쪼갰어. 밀랍 조각을 말랑해질 때까지 주물러

부하들에게 주면서 귀에 단단히 꽂으라고 지시했지. 이것에 목숨이 달려 있었으니까.

하지만 당신 몫의 밀랍은 없었지? 용감한 오딧세우스한테 그런 건 필요 없지. 세이렌의 노래를 듣고도 살아남은 유일한 사람이 될 기회를 놓칠 순 없었으니. 당신은 부하들에게 당신을 돛대에 끈으로 꽁꽁 묶어 달라고 했지. 부하들에게 당신이 몸부림을 치며 풀어 달라고 빌 테지만 절대 그 말을 들어 주지 말고 계속 노를 저어야 한다고 일러두었어. 충직한 사람들이니, 아니 사람들이었으니, 그 말대로 했어.

그래서 당신이, 당신 혼자만이 세이렌이 그 치명적인 노래를 부르는 것을 들은 거야. 내가 들은 바로는(음유시인에게 들었는데 내가 느끼기에는 그 사람의 노래도 못지않게 치명적이었어.) 세이렌이 당신에게 가까이 다가와 노래를 들으라고 간청했다지. 명성 높은 그리스인이라며 간곡히 불러 댔어.

사람들 말이 세이렌은 사람의 마음에 파고드는 방법을 안대. 그래서 백이면 백 모두 난파시킨다고. 당신한테 호소하는 법은 확실히 알았던 것 같네. 세이렌들이 당신의 아름다운 고향, 쑥쑥 자라는 아들, 헌신적인 아내에 관한 노래를 부르던? 다른 남자, 다른 영웅이라면 그런 노래에 가슴이 찢어졌겠지. 하지만 세이렌들은 당신을 알아보고는 노래 가사를 바꾸었어. "이리 와요, 오딧세우스. 명성이 자자한 그리스인." 명성이야말로 당신의 진정한 반려자잖아, 내가 아니라. 무엇보다 명성과 당신의 관계는 단절된 적이 없으니까. 심지어 프로테실라오스(당신은 그 사람을 기억 못 할 수도 있겠지만 트로이아에서 처음으로 죽은 그리스인이야. 아주 오래전 일이네.)를 너무나 사랑해서 죽고 만 라오다메이아라도 당신만큼 애정의 대상에 헌신하지는 못할 걸. 어떤 면에서는 상당히 감동적이야.

세이렌은 어떻게 생겼어, 오딧세우스? 음유시인의 노래에 따르면 인간 여자와 비슷한 크기인데 몸은 새처럼 생겼대. 구부러진 발톱, 깃털로 덮인 날개, 긴 꽁지깃 같은 게 달려 있다고. 그런데 머리는 여자의 머리라고 해. 그리고 목소리는, 당신 그 목소리를 묘사할 수 있겠어? 시인은 세이렌이 사람이건 짐승이건 누구도 지금까지 들어 보지 못한 가장 아름다운 소리를 낸다던데. 가장 아름다운 여자의 목소리를 상상한 다음에 거기에 나이팅게일 울음소리를 합해 보라고 하네. 이타케는 바위투성이라, 어쩌면 당신은 아름다운 소리로 노래하는 새가 어디에 둥지를 트는지 아는지 모르지만 나는 끽끽거리는 바닷새 소리밖에는 들어 보지 못했어. 그것하고는 전혀 다르겠지. 그런데도 계속 머릿속에 떠올라. 인간이 들어 본 가장 아름다운 노래는 과연 어떤 소리일까? 어쩌면 언젠가, 당신이 혹시 집에 온다면 말해 주겠지.

당신이 여정을 처음 시작했을 때는 식인족들, 당신이 눈멀게 한 키클로페스나 당신 선원들을 잡아먹고 배에 바위를 던져 난파시킨 라이스트리고네스들을 주로 만나더니 이제는 바다괴물 구역에 들어선 것 같네. 바다괴물이 이렇게 다양할 줄 누가 알았겠어? 첫 번째로는 음악적인 죽음을 맞을 위기를 벗어났지. 다음에는 스킬레와 카립디스 사이로 항해해야 했어. 스킬레는 식인괴물이고 카립디스는 배를 삼키는 소용돌이라며, 내가 제대로 들은 거 맞아?

이 항로는 키르케가 생각해 낸 것이겠지. 당신이 어쩌다 키르케의 성질을 건드린 건 아닌가 하는 생각도 들었어. 물론 어떻게 그랬을지는 상상하기 힘들지만. 그런데 어쨌거나 키르케가 당신에게 인간이 갈 수 있는 가장 험난한 경로로 가라고 조언한 것 같네. 포세이돈의 분노가 계속되는 건 분명 당신 탓이지만 바다괴물은 키르케의 소행이 분명해. 키르케는 당신을 아내와 아들이 있는 고향으로 보내느니 차라리 당신이 바다에 빠져 죽기를 바란 거지.

아니라면 다른 길로 보냈겠지. 시인이 노래하길 아이아이아와 이타케 사이에 두 가지 경로가 있다잖아. 두 경로 다 오딧세우스 당신은 안전하게 가로지르지 못했어. 한 가지는 방황하는 바위를 통과하는 경로인데, 거대한 파도가 밀려와 부딪히는 깎아지른 벼랑 사이 좁은 길을 통과해야 해. 당신이 키잡이를 믿고 바위 사이로 항로를 유지하며 배를 조종하도록 했다면 지금쯤 집에 왔겠지. 이아손이 헤라의 도움을 받아 이 좁은 해협을 무사히 통과했다는 이야기가 있어. 헤라가 당신에게도 도움의 손길을 뻗었을지도 모르지.

그런데 키르케는 대신 당신을 다른 해협으로 보냈어. 또 다른 끔찍한 벼랑 사이로. 성난 하늘 아래 거대한 준봉 두 개가 솟아 있지. 가장 큰 바위산은 어찌나 높은지 산정이 늘 구름에 덮여 보이지 않을 정도래. 그리고 표면이 매끈해서 아무도 올라갈 수가 없어. 반짝거리는 돌 위에 발 디딜 곳도 손으로 붙들 자리도 없으니. 바위에 굴이 하나 있는데, 키르케가 당신에게 말하길 어떤 인간도 아래에 있는 배 갑판에서는 굴 입구를 볼 수 없대.(이 말을 들었을 때 당신 표정이 눈에 보이는 것 같아. 다른 인간은 그럴지 모르지, 하는 표정. 하지만 당신은 다른 사람하고 다르니까. 그것 때문에 그 길로 가기로 한 거야? 다시 한 번 당신이 그 어느 그리스인보다도 위대하다는 걸 보여 주려고? 그랬을 가능성이 농후해 보이네.) 그리고 음습한 굴 안에 스킬레가, 다리가 열두 개이고 머리는 여섯 개인 무시무시한 괴물이 있어. 머리마다 이빨이 세 줄로 있고 이빨 하나하나 전부 치명적으로 날카롭지. 어떤 배도 무사할 수가 없어. 배가 지나갈 때 여섯 개의 머리가 갑자기 동굴에서 튀어나오니까. 여섯 개의 머리가 입을 쩍 벌리지. 그리고 흉포한 턱으로 입마다 선원을 하나씩 물어. 그렇게 여섯 명을 잃는 거야.

그러니 이 높은 바위산을 피해 맞은편 좀 낮은 봉우리 쪽으로 배를 몰고 가고 싶은 생각이 들겠지. 이 두 바위산 사이 틈이 어찌나 좁은지 한쪽에서 다른 쪽으로 화살을 날릴 수 있을 정도래. 이 두 번째 바위산은 그다지 가파르지 않고 꼭대기에는 커다란 무화과나무가 한 그루 있어. 생각해 봐, 바다 한가운데 있는 헐벗은 바위산에서 무화과나무가 자라고 있다니. 얼마나 기이하게 보일까. 그 무화과나무 아래, 바위산 아래에 카립디스가 있지. 스킬레는 사람을 잡아먹지만 카립디스는 배를 잡아먹어. 하루에 세 번 바닷물을 들이켰다가 다시 뱉어 내는 괴물 같은 소용돌이이니까. 이 과정을 거쳐도 물은 탈이 없지만 배는 소용돌이에 휘말리면 버티지 못하고 조각조각 깨져 버려.

난 당신을 알잖아, 오딧세우스. 당신이 이 한 쌍의 위험에 관한 이야기를 듣고 무사히 소용돌이와 괴물 사이를 빠져나올 방법을 생각해 내려고 하지 않았을 리가 없지. 카립디스 쪽으로는 접근하지 않고 대신 칼을 뽑아 들고 탐욕스러운 머리를 베어 버릴 준비를 하고 스킬레 쪽으로 가지 않았을까? 키르케가 당신에게 말했겠지. 스킬레 목은 인간 목처럼 쉽게 베이지 않는다고. 게다가 목이 여섯 개이고. 스킬레와 싸우려고 해봤자, 방금 잡아챈 인간들을 삼키고 두 번째 공격을 할 기회를 줄 뿐이라고 했을 거야. 여섯 명을 잃느냐, 열두 명의 잃느냐의 선택이라고. 아무도 잃지 않는 선택지는 없다고.

그래서 키르케 때문에, 혹은 키르케가 그렇게 말했음에도 불구하고 당신은 스킬레와 카립디스 사이를 통과하는 항로를 택했어. 오른쪽에는 매끈하고 높다란 바위산이, 왼쪽에는 무화과나무가 있었지. 당신은 스킬레의 바위를 스쳐 지나며 여섯 명을 잃었어. 뒤돌아보니 부하들이 낚시에 걸린 물고기처럼 스킬레의 여러 입에 매달린 채 당신 이름을 부르고 있었어. 당신한테는 이 일이 특별히 고통스러웠을 것 같아. 식인 거인 때문에 익사한 선원들이나 앞 못 보는 사악한 눈의 키클로페스의 일보다도. 당신은 자신을 지킬 기회조차 박탈당한 사람을 보는 걸 좋아하지 않았지. 당신의 정의감에 상처를 입히니까.

바로 그때 당신은 카립디스의 소용돌이로 바닷물이 거품을 일으키며 빨려 들어가는, 귀가 멀 듯한 굉음을 들었지만 그래도 용기를 잃지 않았어. 당신 배는 딱 무사히 통과할 만큼의 거리에 있었지만 그래도 카립디스가 물을 전부 빨아들이고 나서 검은 모래와 암반이 드러난 걸 볼 수 있었어.

무시무시한 여정이긴 했으나 당신은 해협을 통과해서 안전하게, 아름답고 푸르른 헬리오스의 섬 트리나키아로 왔어. 키르케가 당신에게 가르쳐 준 게 한 가지 더 있다는 이야기는 할 필요 없겠지? 트리나키아에 상륙할 생각이라면, 거기에 있는 소를 절대 해치지 말아야 한다는 것, 그 소들은 헬리오스의 아버지인 히페리온 소유인데, 어중이떠중이 선원들한테 그중 한 마리라도 잃는다면 히페리온은 중대한 침해로 생각하리란 것. 그냥 지나쳐 가는 쪽이 안전하겠지만, 해협을 통과하며 동료 가운데 여섯을 잃은 지치고 겁에 질린 부하들에게 어떻게 치명적인 것이라곤 소와 양밖에 없는 섬을 그냥 지나쳐 가자고 말할 수 있었겠어?

시인도 당신이 부하들한테 경고하지 않았다고는 안 해. 당신이 한 번은 키르케에게, 한 번은 지하세계에서 테이레시아스에게 들은 경고를 부하들에게 그대로 반복했다고 여러 줄에 걸쳐서 노래하지. 그렇지만 부하들은 당신의 지시를 따르고 싶어 하지 않았어. 당신이 부하들을 너무 많은 위험으로 끌고 가는 바람에 너무 많은 친구를 잃었으니까. 당신 말을 무시하고 트리나키아 바닷가에서 딱 하룻밤만 묵고 가자고 할 만도 하지. 충격을 극복하고 마른 땅에서 잠깐 쉴 시간을 달라고. 그랬지만 당신은 부하들이 맹목적으로 죽음을 향해 달려가도록 내버려두지는 않았어. 히페리온의 짐승을 건드리지 않겠다고 맹세하게 시켰지. 부하들은 기꺼이 맹세했어. 하룻밤쯤은 고기 없이 지낼 수 있었지. 곧 이타케로, 집으로 돌아갈 테니까.

가끔은 당신을 대단히 여기는 신보다 당신 때문에 화난 신이 더 많다는 생각을 떨쳐 버릴 수가 없어. 그렇지 않다면 잔인한 남풍이 한 달 동안, 한 달 동안 한시도 쉬지 않고 불어와 당신들을 트리나키아에 묶어 놓은 것을 어떻게 설명하겠어. 그리스 선원들은 바람에 있어 정말 운도 없지. 신들은 당신들이 바다로 나가길 바라지 않는 것 같아. 그렇게 생각하지 않아? 키르케가 식량을 넉넉히 챙겨 줬지만 그걸로 영원히 버틸 수는 없었지. 너무 여러 날을 신선한 음식 없이 지낸 탓에 부하들은 배가 고팠고 안절부절못했어. 부하들은 당신이 잘 때까지 기다렸어—이런 속임수는 아마 당신한테 배웠겠지. 그러고 나서 히페리온의 소 중에서 가장 좋은 놈을 골라 신에게 제물로 바치고 남은 고기를 먹었어. 이렇게 했는데 신들이 어떻게 화를 내겠냐고 그들은 말했지. 희생 제물을 바치는 게 불경한 행위일 순 없잖아? 게다가 이타케로 돌아가면 히페리온에게 바치는 신전을 세울 테니, 소 한두 마리 정도는 눈감아 주실 거라고 생각했지. 신들은 고작 소보다는 석조 기념물을 더 좋아할 테니까. 그러나 태양의 아버지는 새 신전을 원하지 않았어. 날마다 모든 신의 모든 신전을 다 훤히 볼 수 있었거든. 히페리온이 원하는 것은 늘 그랬듯 자기 소 떼가 평온히 잘 지내는 것이었어. 히페리온은 제우스를 비롯한 신들에게 심하게 불만을 토로했고 다들 무도한 행위가 저질러졌다는 데 동의했어. 바람 방향이 바뀌어 당신들이 마침내 출항하자 신들이 복수를 개시했지. 당신 함대 중에서 그 숱한 역경에도 불구하고 남은 단 한 대의 배를, 굶주린 부하들의 절도에 대한 대가로 바쳐야 했어. 배는 바람에 밀려 다시 스킬레와 카립디스가 있는 바위 사이로 흘러갔어. 시인이 노래하길, 부하들 전부—당신을 제외하고 모두 물에 빠져 죽었대. 그 고기가 그럴 만한 가치가 있었길 바랄 뿐이야.

당신은 조각조각 부서지는 배에서 뛰어올라 카립디스 위쪽에 있는 무화과나무에 매달린 덕에 목숨을 건졌다며. 카립디스가 다시 물을 토해 낼 때까지 매달려 있다가, 손을 놓았어. 바닷물로 뛰어내렸고 며칠 동안 표류하다 오기기아섬 해안으로 떠밀려 갔다지. 너무 터무니없고 말이 안 돼서 난 거의 믿을 뻔했다니까.

시인이 이 부분을 노래하는 걸 처음 들었을 때 나는 시인이 다음에는 당신이 새 배를 만들어서 집으로 출발했다고 할 줄 알았어. 이야기가 그렇게 끝나야 하는 거 아냐? 그런데 다음 내용은 그게 아니었어. 나는 왜냐고 물었지. 오기기아가 어디에 있는지 아십니까, 시인이 앞을 못 보는 두 눈을 촉촉이 적시며 물었어. 나는 몰랐지. 이타케 사람이 어떻게 그런 곳을 알겠어? 시인 말이 맞는다면, 당신이 그곳으로 떠내려가는 데 아흐레가 걸렸대.

그러니 그 많은 위험을 겪어 내고 온갖 위기를 거쳤는데, 잘 안다는 시인한테 듣기로 당신은 지금 이 순간 여태껏 어느 때보다도 더 나한테서 먼 곳에 있다는 거야. 맞아, 오딧세우스. 당신은 트로이아나 아이아이아에 있을 때보다도 더 집에서 멀리 떨어져 있어. 폴리페모스의 동굴에 갇혀 있을 때보다도, 라이스트리고네스가 바위를 던져 배를 부숴 버렸을 때보다도. 지푸라기라도 잡듯이 무화과나무에 매달려 있을 때보다도 더 집에서 멀리. 망자의 땅에 있을 때보다도 나에게서 더 멀리 있어.

당신의 아내이자 과부,

페넬로페

34
트로이아의 여인들

폴릭세네가 끌려간 뒤 아무도 마음을 가라앉히지 못했다. 결국 한 명 한 명씩 끌려가리란 걸 알았다. 그런데 폴릭세네가 간 뒤로도 다음 차례가 누가 될지 외에는 아무 생각도 할 수 없었다. 그렇지만 아무도 정확히 예측하진 못했다. 모든 것을 아는 카산드라 말고는. 마침내 전령이 왔으나 여자를 데리고 가려고 온 게 아니었기 때문이다.

전령이 꼭대기에 타원 두 개가 있고 아래쪽 타원은 십자 모양으로 나뉘어 있는 지팡이를 짚고 나타나지 않았더라도 여자들은 그 사람을 알아보았을 것이다. 커다란 금 브로치로 목 부분을 여몄고 검은 부츠에는 금속 징을 가는 줄 모양으로 박아 장식한 차림새였다. 전령은 왼발에 체중을 실으며 얼굴을 찡그렸다. 가죽끈 사이로 뾰족한 돌이 들어가 발꿈치 아래에 박히기라도 한 것 같았다.

10년 동안 일시 휴전을 비롯한 모든 변동은 이 사람 탈티비오스를 통해 오갔다. 트로이아인은 탈티비오스가 이쪽 전령 혹은 헥토르와 교섭하러 성벽 바깥쪽 평원을 건너오는 모습을 숱하게 봤다. 탈티비오스는 오랫동안 신성불가침으로 살아온 사람답게 거만한 태도로 모래밭을 가로질러 왔다. 누구도 전령을 다치게 할 수는 없었기 때문이었다. 그렇긴 하나 움직임이 느렸다. 탈티비오스가 하고 싶지 않은 일을 떠맡아 온 것임을 카산드라가 아니라도 알 수 있었다.

탈티비오스가 마침내 여자들 가까이 왔을 때 헤카베는 그를 빤히 쳐다보았다. 화려한 장식의 모자 아래로 땀이 흘러내렸고 뒤로 젖힌 챙 밑에 검은 머리카락이 삐져나왔다.

"두꺼운 외투는 벗으시는 게 낫겠네." 헤카베가 말했다. "날이 춥지도 않은데."

탈티비오스는 고개를 끄덕였다. 메넬라오스와 오딧세우스로부터 들은, 트로이아 왕비의 혀가 매섭다는 경고를 되새겼다.

"잡담이나 주고받을 시간은 없다." 탈티비오스가 말했다. "헥토르의 아들을 데리러 왔다."

비명을 지른 사람은 카산드라가 아니었다. 카산드라는 이 장면을 이미 너무 여러 차례 보아 머리가 어질어질할 지경이었다. 그러나 헥토르의 아내 안드로마케에게는 처음이었다. 그러니 그토록 처절한 울음소리를 낸 사람은 안드로마케였다. 안드로마케는 늘 거의 소리를 내지 않는 조용한 사람이었기 때문에 그 비명이 더욱 고통스럽게 느껴졌다. 안드로마케는 아들 아스티아낙스를 낳기 전에도 말투가 조용한 편이었는데, 아기가 태어나자 더 나지막하고 편안한 목소리로 말했다. 아기는 어머니가 이토록 고통스러워하는 소리를 들은 적이 없는 터라 울음을 터뜨렸다.

"안 돼." 헤카베가 말했다. "말도 안 돼. 아기라고." 헤카베는 땅에 떨어뜨린 냄비처럼 쨍하고 갈라지는 목소리를 냈다.

"명령을 받았다." 탈티비오스가 말했다. "아기를 가져와."

안드로마케는 전쟁 동안에도, 도시가 불타는 와중에도 안전하게 지켜 낸 포대기 속의 아이를 두 팔로 꽉 안았다. 아기는 악을 쓰며 우느라 얼굴이 보랏빛으로 변했다.

"제발." 안드로마케가 울었다. "제발." 안드로마케는 전령 앞에 엎드렸으나 아들을 절대 놓지 않으려 했다.

여자가 절망에 휩싸여 자기 발치에 엎드린 것을 보며 탈티비오스의 오만한 눈썹이 살짝 내려갔다. 탈티비오스는 쭈그려 앉으며 맨살이 드러난 갈색 무릎에 팔꿈치를 얹었다. "그리스군이 왜 이런 결정을 내렸는지 알지 않나." 탈티비오스가 말했다. 탈티비오스는 손을 뻗어 손끝으로 안드로마케의 머리카락을 건드렸다. 목소리를 낮춰 안드로마케에게만 말하고 있었다. "헥토르는 뛰어난 전사였지. 트로이아의 위대한 수호자이고. 아들도 성장하면 전사가 될 거다."

"아니에요." 안드로마케가 고개를 저었다. "그러지 않을 거예요. 칼에도 창에도 손도 대지 않을 거예요. 제 목숨을 걸고 맹세해요. 성직자나 농부가 될 거예요. 싸우는 법은 배우지 않을 거예요. 당신들이 두려워하는 미래는 없을 거예요."

전령은 못 들은 척 계속 말을 했다. "아버지의 이름이 칭송받는 것을 들으며 자랄 테지. 얼마나 용감했는지, 얼마나 담대했는지."

"아버지 이름은 입에도 안 올릴게요." 안드로마케의 목소리가 비명에 가깝게 높아지고 있었다. 아기는 숨을 들이마시느라 잠시 멈췄다가 다시 울기 시작했다. "절대로. 제 아기를 살려만 주신다면 다시는 헥토르의 이름을 입에도 담지 않을게요. 제발. 자기 아버지가 누군지 영영 모를 거예요. 트로이아는 전혀 기억 못 할 거예요. 트로이아 이야기는 꺼내지도 않을게요. 돌아가신 어머니의 그림자에 대고 맹세해요."

"그래도 다른 사람들이 이야기하겠지." 탈티비오스가 반박했다. "트로이아 전쟁 이야기에서 헥토르를 빼놓을 수는 없을 테니. 음유시인들이 벌써 헥토르의 이름을 노래에 넣어 부르고 있다는데. 그 노래에 당신 이름도 나오고. 헥토르의 아들은 아버지의 복수를 꿈꾸며 자랄 거야. 가슴에 그리스인들을 죽일 원한을 품겠지."

"내 이름을 바꿀게요." 안드로마케가 울부짖었다. "안드로마케라는 이름은 여기 트로이아에 버리고 그리스에서 다른 사람이 될게요. 노예가 뭐라고 불리든 상관없잖아요?"

"네 주인은 상관할 거다." 전령이 말했다. "네 이름이 트로피니까. 이름을 바꾼다면 자랑거리가 못 되겠지."

안드로마케는 빠져나갈 길을 찾으려 이쪽저쪽으로 눈을 돌렸다.

"그러면 아들한테 헥토르는 죽어 마땅하다고 말할게요." 안드로마케가 말했다. "음유시인들이 부르는 노래는 거짓이라고요. 아버지는 비겁자이고 아킬레우스의 손에 죽어 마땅하다고 말하면서 키울게요."

헤카베는 거짓말이라고 반박하려고 입을 열었으나 아직 목소리가 돌아오지 않아 아무 소리도 내지 못했다. 헤카베는 안드로마케의 말에 반박하거나, 전령에게 호소하거나, 모래 위에서 몸을 앞뒤로 마구 흔들고 있는 카산드라를 진정시켜 줄 폴릭세네를 찾으려고 주위를 둘러보았다. 그러나 폴릭세네는 없었고, 헤카베는 할 수 있는 일이 전혀 없었다.

"아니." 탈티비오스가 말했다. "남편에 관해 거짓말할 필요는 없어." 탈티비오스는 다시 몸을 일으키곤 아픈 허벅지를 주먹으로 문질렀다. 자기를 따라온 군인들을 돌아보며 말했다. "아이를 데려와."

"안 돼." 안드로마케가 비명을 질렀다. "나도 같이 갈게요. 아기를 뺏어 가지 마세요."

전령이 안드로마케를 돌아보았는데, 속을 알 수 없는 표정이었다. "아이는 죽을 텐데?" 전령이 물었다.

"아기를 구할 수 없다면 같이 죽고 싶어요."

탈티비오스가 한숨을 쉬었다. "자네 목숨은 자네 마음대로 버릴 수 없어." 탈티비오스가 말했다. 군인들은 아기를 안드로마케의 품에서 떼어냈다. 아스티아낙스는 충격으로 울음을 그쳤다. 전령이 말을 이었다. "자네는 네오프톨레모스의 소유야. 나는 네오프톨레모스의 소유물이 파괴되는 걸 방조할 수 없어. 네오프톨레모스는 내 책임이라고 할 텐데 그자의 성미가 대단하거든."

잠시 침묵이 흘렀으나 아기가 다시 울음을 터뜨렸다.

"제발." 안드로마케는 군인들이 불편해하는 것을 느끼고 다시 빌었다. 군인들은 우는 아기를 어찌해야 할지 몰랐다. "같이 가게 해 주세요."

"보고 싶지 않을 거야." 탈티비오스가 말했다. 안드로마케는 탈티비오스의 발치에 납작 엎드려서 금속 징이 박힌 부츠를 두 손으로 붙잡았다. 탈티비오스가 움직이지 못하면 아들이 한순간이라도 더 살 수 있을 테니까.

"어디로 데려가는 거요?" 마침내 헤카베가 목소리를 되찾았다. 전령이 헤카베를 돌아보았다. 입 사나운 늙은 마녀가 이제 독기를 좀 잃은 모양이라고 탈티비오스는 생각했다.

"성벽에서 던질 거야." 탈티비오스가 말했다. "태어난 곳에서 죽을 거야."

"안 돼, 안 돼요." 안드로마케가 전령의 다리를 두 팔로 와락 안아 거의 전령을 넘어뜨리려 하면서 마지막으로 호소했다. "같이 죽을 수 없다면." 안드로마케가 말했다. 카산드라가 낮게 신음을 냈다. 이 부분에서 카산드라는 늘 토할 것 같은 상태가 되었다. "같이 죽을 수 없다면, 제 손으로 죽이게 해 주세요. 성벽에서 던지지 마세요. 제발. 이 작은 몸이 그 아래 바위에 떨어지게 하지 마세요. 아기잖아요. 제발요. 제가 질식시켜 죽일게요. 자라서 아버지의 복수를 하지 못하게요. 엄마 품에서 죽게 해 주세요. 그건 괜찮잖아요? 그리스군이 그건 허락하겠죠. 네?"

"시신은 돌려주겠소." 전령이 헤카베에게 말했다. "당신 아들 옆에 묻으시오."

35
칼리오페

그러니까 내 시인도 자식이 있나 보군. 아니면 전에 있었거나. 앞 못 보는 눈에서 눈물이 흐르네. 차마 나를 쳐다보지 못하고, 방금 자기가 지은 노래를 견디기 힘들어해. 손을 뻗어 머리카락을 쓰다듬으며 괜찮다고 말해 주고 싶군. 하지만 그건 사실이 아니지. 누가 전쟁에 대해 그렇게 말할 수 있겠어?

시인은 나한테 뭔가 다른 걸 기대했겠지. 내 존재 자체가 전쟁에 기대고 있어. 하지만 전쟁에 기대려면, 그걸 이해해야 해. 시인도 전쟁에 대해 글을 쓰려면 전쟁을 이해해야 하고. 전쟁에서는 승자도 패자만큼이나 처절하게 파괴될 수 있다는 걸 시인도 배워 나가고 있어. 승자는 목숨은 부지했으나 그걸 지키려고 다른 모든 걸 포기하게 되지. 잃어버리기 전에는 갖고 있는지도 몰랐던 것을 저버려. 그래서 전쟁에서 이길 수 있었던 사람도 평화 속에서 살아남지 못하는 거야.

시인은 이런 건 알고 싶지 않을 수도 있지만 그래도 알아야 해.

36
카산드라

카산드라는 인정하지 않을 수 없었다. 아폴론이 카산드라에게 내린 벌은 잔인함의 완벽한 표본이라는 것. 카산드라는 예언 능력을 간절히 원했다. 간절하게. 카산드라는 오라비 헬레노스와 함께 종일 신전에서 지내다시피 했다. 두 사람 다 바다처럼 짙은 머리카락과 짙은 눈을 지녔지만 둘 중 한 명만이 그 신전 주인의 관심을 받을 만큼 아름다웠다. 카산드라는 헬레노스를 사랑했지만 쌍둥이들이 으레 그러듯 헬레노스에게 없는 무언가가 자기에게 있었으면 좋겠다고, 그래야 자기와 헬레노스가 확실히 구분될 거라고 생각했다. 헬레노스는 늘 네 미모로 충분히 구분된다고 말했다. 하지만 카산드라는 그 이상을 원했다. 시간이 흐르더라도 소멸하지 않을 무언가를.

아폴론이 카산드라 앞에 나타났을 때는 깊은 밤 서늘한 시각이었다. 카산드라와 헬레노스는 가끔 기도를 드리다가 시간이 너무 늦어지면 신전에서 자기도 했다. 헬레노스는 문 왼쪽에서, 카산드라는 문 오른쪽에서 잤다. 푹신한 쿠션을 베개로 삼고 아직 완성되지 않은 예복을 담요로 삼았다. 자수를 완성해 신에게 바치기 전에는 신의 옷을 걸친다고 하더라도 불경이 아니었다. 신이 신전에 나타나서는, 카산드라 뒤통수 쪽에 무릎을 꿇고 앉아 혀로 카산드라의 귓불을 핥아 잠에서 깨웠다. 카산드라는 독사가 귀에 대고 속삭이는 줄 알고 소스라쳐 일어났다. 몸을 일으켜 돌아보면 뱀이 차가운 흰 돌 위로 미끄러져 가고 있을 줄 알았다. 대신에 눈부신 빛을 뿜어내는 신이 있었다. 인간보다 살짝 크고, 기이하게도 몸 안에서 빛이 나오는 것 같았다. 신은 카산드라의 몸을 요구했고 카산드라는 거절했다. 신은 두 번째로 다시 요구했고, 잠에서 완전히 깬 카산드라는 보답으로 무언가를 주지 않으면 싫다고 다시 거절했다.

"뭘 원하는데?"

"미래를 보는 능력." 카산드라가 말했다.

"그걸 저주라고 생각하는 사람도 있는데." 신이 대답했다. 이마에서 구불구불 곡선을 그리며 흘러내리는 황금빛 머리카락이 시릴 정도로 눈부셨다. 아름다웠고 그렇게 따뜻한 빛을 뿜고 있는데도 어쩐지 차가워 보였다. 카산드라는 눈물이 고일 것 같아 눈을 가늘게 뜰 수밖에 없었다. "하지만 네가 그걸 원한다면, 갖게 될 것이다."

카산드라는 신이 금빛 손으로 자기 이마를 건드린다던가 무슨 그런 행동을 할 줄 알았다. 그러나 신은 카산드라의 옆에 누운 채로 꿈쩍도 하지 않았는데 갑자기 카산드라의 머릿속에 온갖 장면이 가득

찼다. 지금까지 있었던 일은 앞으로 일어날 일에 비하면 덜 생생했다.

"이제 주기로 한 걸 줘." 신이 손을 뻗어 카산드라의 살갗을 건드렸다. 신의 빛나는 살갗에 비하면 거의 푸르스름하게 보였다. 카산드라는 앞으로 일어날 일을 생생하게 봤다. 신이 어떻게 변신할지가 너무나 두려워서 두 팔로 몸을 감싸고 다리를 가슴 쪽으로 당겼다.

"안 돼." 카산드라가 말했다. "안 돼요."

눈 깜짝할 사이에 아름다운 아폴론이 바뀌었다. 영원한 젊음과 영원한 빛의 궁수가 갑자기 복수심 가득한 포악한 존재가 되어 손을 주먹으로 꽉 쥐었다.

"감히 날 거부해?" 아폴론이 물었다. "감히 신과 거래를 하고 신을 거부해?"

카산드라는 눈을 질끈 감고 귀를 손으로 틀어막아 점점 커지는 신의 목소리를 막으려고 했다. 헬레노스는 어디 있지? 왜 안 깨는 거지? 아폴론은 먹잇감에 달려드는 뱀처럼 카산드라에게 달려들었다. 카산드라는 갑자기 입안에서 신의 침이 차갑게 엉기는 것을 느꼈고, 다음 순간 그는 가고 없었다.

누가 입안에 침을 뱉은 것은 처음이었다. 카산드라는 역겨워하며 손으로 혀를 닦았다. 그러나 피해를 돌이킬 수는 없었다. 카산드라의 예언 능력은 완벽하고 영원했다. 그러나 카산드라의 설득력은, 더러워진 혀로 입 밖에 낸 말을 믿게 만드는 능력은 사라지고 없었다. 그리고 그 사실을 카산드라는 한마디도 해보기 전에 곧장 알았다. 이미 자기가 사랑하는 모든 사람이, 헬레노스마저 자기 말을 믿지 않는 모습을 머릿속에서 볼 수 있었다. 사람들이 듣지 않으려 하고 귀를 막고 자신의 경고를 무시하는 것을 볼 수 있었다. 아무도 귀 기울이지 않아 좌절감이 부글부글 끓는 자신의 모습을 볼 수 있었다. 카산드라는 아폴론이 그 동작 하나로 카산드라를 평생 외로움 속에서, 광기처럼 보이는 것 속에서 살게 만들었음을 깨달았다. 카산드라의 유일한 위안은—어둠 속 아주 작은 바늘구멍으로 들어오는 빛 같은 위안이긴 했으나—자기가 미치지 않으리라는 것이었다. 그러나 카산드라는 앞으로 일어날 일을 늘 알 것이다. 그 모든 미래가 카산드라를 공포로 몰아넣었다.

시간이 흐르면서 카산드라는 자기에게 일어난 무시무시한 일을 감당하며 사는 법을 배웠다. 처음에는 그 비극의 무게가, 카산드라가 아는 사람이나 만나는 모든 사람의 질병, 죽음 등이 너무나 압도적이었다. 카산드라는 만나는 사람마다 재앙을 조심하라고 소리치면서 경고했다. 그런데 카산드라가 애쓸수록 사람들은 점점 더 듣지 않으려 했다. 카산드라는 자기가 예언했으나 사람들이 무시한 일이 그대로 일어났을 때 사람들의 충격받은 표정을 수없이 보았다. 어떤 때에는 어떤 깨달음이 순간 눈을 스친 것 같다는 생각도 들었다. 머릿속 한구석에 카산드라가 경고했었다는 사실이 떠오른 듯이. 그러나 그 빛은 곧 사라지고 헛소리를 지껄여 대는 여사제에 대한 증오만 더욱 강해졌다. 여사제가 미쳐서 떠들어 대기 때문에 증오한다고들 했다. 카산드라는 가까운 가족이나 하인들 말고 다른 사람은 만나지 못하게 되었다. 누구를 보든 새로운 비극을 잔뜩 보게 되었기 때문이었다. 이미 머릿속에 사산아, 병든 배우자, 몸이 불편한 부모에 관한 이야기가 가득했다. 그래서 카산드라가 성채 깊숙한 곳 벽이 두꺼운 방 안에 노예 한 명(이 노예의 아이는 상처를 치료하지 않아 죽을 것이고 노예는 결국 튜닉 허리끈에 목매달아 죽을 것이다.)과 같이 갇혔을 때 오히려 카산드라는 안도했다.

조그만 창이 높이 달려 있고 어두워서 신전을 떠올리게 하는 방이었다. 가끔 헬레노스가 카산드라를 보러 왔다. 헬레노스가 앞으로 할 일이 카산드라를 슬프게 했지만 그래도 헬레노스는 그리스군의 포로가 되긴 할지라도 전쟁에서 살아남으리라는 사실로 슬픔을 누를 수 있었다. 하지만 어머니는 카산드라의 말을 믿지 않을 것이므로, 아들들이 모두 죽었다고 생각하며 돌아가시리란 것도 카산드라는 알았다. 그런데 어떻게 사랑하는 쌍둥이 오라비가 가증스러운 오딧세우스에게 넘어가 트로이아를 배신할 수 있단 말인가? 헬레노스도 예언 능력을 얻을 것이고, 카산드라의 능력에는 못 미치지만 사람들의 귀에 들어간다는 장점이 있는 능력이 생길 텐데, 그걸 이용해서 우리 도시를 배신하리라는 게 말이 되나? 그저 파리스가 죽은 다음 헬레네가 자기에게 주어지지 않았다는 이유로. 헬레노스 자신도 트로이아의 헬레네가 곧 다시 스파르타의 헬레네가 되리란 걸 알면서도. 카산드라는 펠로폰네소스의 바위투성이 땅 냄새를 맡을 수 있을 것 같았다. 헬레네는 전쟁이 끝나면 트로이아에 남지 않을 것이다.

카산드라는 오라비를 용서하려고 애쓸 필요가 없었다. 그 일이 일어나기 훨씬 전에 원망이 헬레노스를 뒤틀어 다른 사람으로 만들어 버리는 것을 보았기 때문이다. 새가 날갯짓을 멈출 수 없듯이 헬레노스는 질투심을 억누를 수가 없었다. 그래서 카산드라는 헬레노스의 잘못을 예시하면서도 헬레노스는 결백하다고 주장했다. 트로이아가 함락되던 날까지도, 그리고 아테나 신상에 매달린 카산드라를 그리스 군인이 머리채를 잡고 성소에서 끌어내 신전 바닥에서 강간할 때까지도 카산드라는 그 생각을 놓지 않았다.

아폴론의 저주를 받고 1년 뒤, 카산드라는 앞날을 볼 때마다 종종 느끼는 구토 증세 때문에 초췌해져 있었다. 카산드라는 이 구토증이 예지의 일부인지 끔찍한 장면을 보았기 때문에 구토증이 일어나는 건지 확실히 알 수 없었다. 예언 능력이 특히 강하게 발현될 때는 먹기도 힘들고 토하지 않기는 더 힘들었다. 그러나 점차로 예시의 효과를 일부나마 통제하는 법을 익히게 되었다. 누군가에게 최악의 일(카산드라가 가장 먼저, 가장 뚜렷하게 보는 장면)이 일어나기 전 혹은 그 직후에 초점을 맞추면 되었다.

때로는 예시가 위안이 될 때도 있었다. 그래서 트로이아가 무너졌을 때도, 아테나의 신전으로 도망갈 때도, 카산드라는 성소를 지켜 달라는 자신의 호소가 무시되리란 것을 이미 알고 있었기 때문에 충격 받지 않을 수 있었다. 그래서 그리스 전사 아이아스가 카산드라의 머리카락을 뜯고 신상에서 끌고 나올 때도, 카산드라의 절박한 손가락을 떼어 내느라 신상의 발에 상처를 냈을 때도, 아이아스가 카산드라를 침해했을 때도, 카산드라가 피를 흘리고 고통스러워하며 비명을 질렀을 때도, 카산드라는 자신이 당한 일에 복수가 이루어지리란 걸 알았다. 카산드라는 가증스러운 오딧세우스가 그리스군에게 신전과 아테나 신상을 능멸한 아이아스는 벌을 받아야 한다고 주장했으나 그리스군이 오딧세우스의 말을 무시하는 것을 보았다. 그러나 카산드라는 아테나가 복수하리란 걸 알았다. 아테나는 이런 무도한 일을 저지른 그리스인을 절대 용서하지 않을 거였다. 그자가 오딧세우스가 아닌 한. 그런다고 뜯겨 나간 카산드라의 머리카락이 돌아오거나 찢긴 처녀성이 돌아오지는 않을 테지만, 그래도 위안이 되었다.

그리고 어쩌면 카산드라는 트로이아의 함락, 남자 형제들, 아버지, 여자 형제들, 조카들의 죽음을 미리 알고서 그토록 오랜 시간을 살아왔기 때문에 그 일이 일어났을 때 그리스군만큼 안도했을 수도 있다. 재앙이 일어날 것을 기다리는 일이 재앙 자체보다 훨씬 더 고통스러웠다. 불길이 치솟기 시작하자 최소한 이제 두려움은 끝이었다. 전부 끝난 것은 아니었지만.

아들을 뺏긴 안드로마케의 비명이 구멍이 송송 뚫린 카산드라의 심장을 뚫었을 때 카산드라는 안드로마케의 1년 후, 2년 후, 5년 후, 10년 후에 정신을 집중하려고 애썼다. 그런데 전에는 통했던 전략이 이번에는 소용이 없었다. 어딜 보든 참혹함밖에는 보이지 않았다. 안드로마케와 헤카베의 겹겹의 슬픔이 너무나 강력해서 도저히 억누를 수가 없었다. 늘 그러듯 감각에 공격이 일어나면 카산드라의 머릿속은 다시 또 최악의 공포로 돌아갔다. 카산드라는 천천히 숨을 쉬면서 공포를 가라앉히려고 했으나 소용없었다. 최악의 일 뒤에는 아무것도 없을 것이다. 카산드라에게 닥칠 최악의 일은 카산드라의 목숨과 또 그리고…….

카산드라는 순간 숨을 쉴 수가 없었고 정신을 잃고 쓰러졌다.

잠도 카산드라에게 휴식을 안겨 주지 않았다. 앞날의 비전이 깨어 있을 때와 마찬가지로 생생하게 꿈으로 나타났다. 카산드라는 아가멤논이 자기를 차지하리란 걸 늘 알고 있었다. 왜인지는 몰랐지만. 카산드라는 자기에게 가까이 있는 사람의 미래만 볼 수 있었기 때문에, 아르고스 군인들이 와서 카산드라를 바위에서 끌고 가 자기네 왕에게 데리고 가기 전까지 자기가 무슨 역할을 하게 될지 몰랐다.

카산드라가 프리아모스 집안사람 중에서 마지막으로 트로이아 반도를 떠났다.

헤카베도 안드로마케도 이미 떠나 버려 카산드라를 배웅하는 사람은 아무도 없었다. 헤카베는 이미 오딧세우스와 함께 폴리메스토르에게 복수하러 떠났다. 안드로마케는 네오프톨레모스에게 갔다. 그렇지만 아무리 애를 써도 카산드라는 머릿속에서 안드로마케 생각을 떨쳐 버릴 수가 없었다. 카산드라는 그리스로 항해하는 동안 다시 안드로마케를 떠올릴 것이다. 그 생각 말고 다른 것은 아무것도 할 수 없을 것이다.

카산드라는 아가멤논을 처음 보았을 때 그를 알아보고 충격을 받았다. 퉁퉁하고 머리가 희끗희끗하고 벗어진 머리에 기름을 잔뜩 바르고 허리둘레 살이 확연한 남자가 환영 속에 나타나곤 했던 것이다. 카산드라를 올려다보고 못마땅해하며 입술을 일그러뜨리는 것까지 카산드라가 머릿속에서 봤던 모습과 똑같았다.

"이게 트로이아 공주라고?" 아가멤논이 부하들에게 물었다. "누더기를 걸치고 있잖아."

"하나같이 이런 꼴입니다. 폐하." 부하 한 명이 말했다. 지치고 피곤한 말투가 너무 익숙해서 카산드라는 오빠 한 명이 말하는 줄 알았을 정도였다. 카산드라는 이 사람은 모르는 사람이고, 다만 그 목소리를 수천 번 들었을 뿐이란 걸 스스로 상기시켜야 했다. "프리아모스와 헤카베의 딸인 여사제입니다."

아가멤논은 그제야 카산드라를 눈여겨보며 고개를 끄덕였다. "미인인 것 같긴 하군." 아가멤논이 말했다. "네오프톨레모스한테 간 치보다 낫나?"

지친 아르고스 병사는 짜증이 얼굴에 나타나지 않도록 감췄다. "그렇다고 생각합니다. 게다가 네오프톨레모스에게 간 여인은 프리아모스의 며느리일 뿐입니다. 태생이 트로이아인도 아닙니다."

"헥토르의 아내였지, 아닌가?" 아가멤논이 짐짓 모른 척하며 말했으나 카산드라도 지친 아르고스 병사도 속지 않았다.

"맞습니다, 왕이시여. 하지만 트로이아인은 아닙니다. 이 여자는," 병사가 카산드라의 등을 찌르며 말했다. "왕가에서 태어났습니다. 또한 트로이아의 여사제였습니다. 아폴론에게 축복을 받았다고들 합니다."

아가멤논이 눈을 홉떴는데, 그게 무슨 의미인지 카산드라는 이전까지 알지 못했다. 아가멤논 앞에 선 지금은 아가멤논이 얼마 전에 다른 여자, 아폴론 사제의 딸을 차지했다가 빼앗긴 적이 있다는 걸 알 수 있었다. 사제가 청원하고 신이 개입해 딸을 되돌려 주게 했었다. 카산드라는 아가멤논의 눈에 반사된 그 여자아이를 볼 수 있었다. 천막 뒤에 숨어 아가멤논의 술잔에 잎사귀를 떨어뜨리고 있었다. 그러니 아가멤논도 아폴론의 심기를 거슬렀던 것이다. 카산드라는 왜 아폴론이 그들이 그리스로 무사히 돌아가게 내버려두는지, 아테나처럼 분노하며 배를 뒤집어 버리지 않는지 궁금했다. 물에 빠져 죽고 싶다고 빌어 보아야 소용이 없었다. 카산드라는 자기가 아르고스 땅에 노착하리란 걸 이미 알았고 거기에서 무엇이 기다리는지도 알았다.

37
가이아

위대한 어머니 가이아, 혼돈에서 태어난 최초의 신이 쑤시는 다리를 쭉 뻗자 땅이 들썩였다. 산도 흔들렸으나 아주 살짝 움직여서 나뭇가지에서 잎사귀만 파르르 떨렸을 뿐 거의 티가 나지 않았다. 가이아는 멀리에서 인간들이 싸우는 소리를 들었고 더 큰 전쟁이 벌어지리란 걸 알았다. 제우스가 가이아의 호소를 듣고, 가이아의 딸 테미스와 의논을 했고, 결단을 내렸다. 인간이 아직 겪어 보지 못한 엄청난 전쟁이 벌어질 것이다.

가이아는 더 파괴적인 전쟁도 보았으나 아주 오래전이었다. 가이아는 티타노마키아를 목격했다. 티탄 신족이 올림포스 신들에 대항하여 벌인 전쟁으로, 어마어마하고 엄청나고 막대한 파괴가 일어났다. 티탄 신족이 절대 부술 수 없는 청동 문 안에 갇혀 영영 빛을 보지 못하게 된 후로 자기가 다른 전쟁을 또 원하게 될 줄은 생각하지 못했다. 그런데 이제는 원했다.

인간들은 정말 너무너무 무거웠다. 너무나 많은 데다가 끝없는 증식을 멈출 기미가 없었다. 멈춰, 가이아는 외치고 싶었다. 제발 그만하라고. 대양 사이 공간에 다 들어가질 않아. 산 사이 땅에서 기를 수 있는 식량으로는 충분하지 않아. 도시 주위 풀밭에서 기를 수 있는 가축으로는 모자랄 테고, 언덕 위에 모두가 살 수 있을 만큼 집을 넉넉히 짓지도 못할 거야. 멈춰야 해. 아니면 점점 불어나는 인간들의 무게 아래에서 내가 쉴 수가 없어. 가이아는 갓 태어난 아기의 울음소리를 들으며 굵은 눈물을 떨구었다. 더는 안 돼, 가이아는 웅얼거렸다. 인제 그만.

사람들은 가이아에게 고기, 곡식, 포도주 따위 제물을 바쳤다. 그렇긴 해도 사람이 너무 많았고 그 많은 사람을 지고 있으려니 가이아는 온몸이 쑤셨다. 가이아는 남편 우라노스의 아들 크로노스의 아들인 제우스에게 메시지를 보냈다. 제우스는 가이아의 고통을 무시하지 않을 것이다. 이전에 가이아가 제우스를 아주 많이 도와줬으니까. 그리고 제우스는 가이아의 호소가 타당하다는 걸 알았다. 점점 증가하는 인구를 지탱할 수 없다는 걸 알았다. 가이아는 인구를 줄일 방법까지 말해 주지는 않을 것이다. 그건 제우스에게 맡길 참이었다. 제우스는 테미스를 찾아갈 테고 둘이서 계획을 짤 것이다. 인간 문제가 해결되면 다시 천상의 질서가 회복되리라. 가이아는 지난번 인구가 너무 빽빽해졌을 때를 돌이켜 보았고 그때 제우스가 가이아의 고통을 오래 내버려두지 않았다는 걸 기억했다. 그때는 테베 전쟁이 그 역할을 했다. 일곱 장수가 테베시로 진격했고 내전이 그리스 전역으로 번져 가이아의 뜻이 이루어졌다. 그런데 이번에는 문제가 더욱 무거웠다. 더 큰 전쟁이 필요했다.

가이아는 슬픔이 온몸을 타고 흐르는 것을 느꼈다. 인간을 돌보고 먹이는 것이 자신의 본분일진대. 그런데 인간은 계속해서 가이아가 줄 수 있는 것 이상을 가져갔다. 가이아는 드넓은 대지를 바라보며 열매를 모조리 뜯긴 나무들, 하도 쉴 새 없이 경작해 더는 수확이 나오지 않는 땅을 보았다. 왜 인간은 욕심을 줄일 수 없는 걸까, 가이아는 생각했다. 가이아의 슬픔이 짜증으로 변했다. 왜 제우스가 내린 교훈에 귀를 기울이지 않는 걸까? 제우스 신전에서 그토록 많은 시간을 보내면서, 왜 테베를 초토화한 전쟁을 보고도 모든 걸 다 소진시켜 버리기를 멈추지 않으면 전쟁이 일어날 수밖에 없다는 걸 이해하지 못하는 걸까? 이런 식으로 계속 살면 바다에는 물고기가 없고 땅에는 곡식이 나지 않으리란 걸 왜 모를까?

남자, 여자, 어린아이의 수가 지금보다 더 적었을 때는 가이아도 죽은 인간들을 위해 눈물을 흘렸지만, 이제는 이게 유일한 방법이란 걸 알았다. 너무나 지쳤고 인간의 발아래에서 가라앉는 느낌이었다. 나를 용서해다오, 가이아는 산들바람에 대고 웅얼거렸다. 나를 용서해다오, 하지만 이제 더는 너희를 품을 수 없구나.

38

페넬로페

오딧세우스,

솔직히 어디에서 말을 시작해야 할지. 하지만 당신은 이제 아마 죽었을 테니, 뭐라고 하든 별다를 게 없겠지. 당신한테 이 말을 전하려 하는 게 심연에 대고 울부짖는 것이나 마찬가지 같기도 해. 어쩌면 내가 지금 하고 있는 게 그런 행동일지도. 그런 경우라면 메아리가 있겠지. 진짜로 이따금 나를 향해 울부짖는 말들이 들려올 때가 있거든.

날이 갈수록 가관이야. 도시 하나를 함락시키려고 그리스가 동원할 수 있는 병력을 최대로 동원해 10년이나 전쟁을 벌이다니. 터무니없는 이야기 아냐? 그런데 이 부분이 당신이 부재했던 시간 가운데서 그나마 변명이 가능한 부분이라는 거. 10년간의 전쟁을 치르고, 이어서 망망대해에서 3년을 꼬박 떠돌아다니며 이 핑계 저 핑계를 대며 집에 돌아오지 않았지. 괴물을 만났다지. 또 마녀를 만났고. 식인 거인이 배를 부서뜨렸고. 소용돌이가 친구들을 잡아 삼켰고. 텔레마코스 같은 어린애도 그런 변명은 생각해 내지 못했을 거야. 물론 이제는 걔도 어린애가 아니지만. 이제 스무 살이야. 아내와 아이가 있어야 할 나이지. 물론 아버지도 있어야 하고. 하지만 당신한테는 그런 생각이 잘 안 떠오르나 봐.

그러고 또 7년—7년이라고! 오딧세우스, 그게 무슨 뜻인지 알긴 해? 스물여덟 번 계절이 바뀌고, 일곱 번 추수하고, 아이는 어른이 되고, 어머니는 돌아가시고, 아버지는 병 드시고—그동안 당신한테서는 한 마디 소식도 없어. 하지만 안심해.(당신은 안 그래도 지금 무척이나 마음 편히 있는 것 같긴 하지만.) 음유시인이 당신 이야기를 들려주니까. 당신이 오기기아섬에 포로로 붙들렸다지. 포로? 시인이 이 노래를 처음 불렀을 때 나는 물었어. 누가 포로로 잡았는데? 어떤 잔인한 간수가 내 남편을 가두고 빛도 자유도 누리지 못하게 하지? 어떤 사악한 폭군이 권력을 이용해 불쌍한 나의 오딧세우스를 감금했지?

시인이 그래도 예의상 민망해하는 척이라도 하긴 하더라. 폭군은 아니었습니다, 시인이 말했어. 아무 남자도 당신을 붙잡지 않았다고 그러데.(이거 당신이 빠져나갈 구멍으로 썼던 술책하고 비슷하지 않아? 누가 키클로페스의 눈을 멀게 했지? 아무도안이야. 누가 당신을 포로로 잡았지? 아무 남자도 아냐.) 계속 캐물었더니 결국 시인이 당신을 포로로 잡은 사람은 여자라는 걸 시인했어. 끔찍한 노파인가? 내가 물었어. 숲속 다 무너져 내리는 오두막에 사는 노파가 당신을 잡아 아들로 삼고 장작을 패고 자기가 먹을 멧돼지를 사냥해 오라고 시키나? 아니요,

시인이 머쓱한 얼굴로 대답했다. 님프예요. 당연히 그렇겠지.

이름이 칼립소라고 들었어. 시인이 감추려고 한 것도 당연하지. 시인의 말을 믿는다면—아주 고운 목소리로 노래하는 님프라네. 그래, 당신은 늘 노래를 좋아했으니까, 그렇지? 그 님프의 노래를 듣고 당신이 그토록 듣고 싶어 했던 새-여자들의 노래가 다시 떠올랐을 수도 있겠군.

칼립소의 섬은 망망대해 한가운데에, 이타케에서도 멀고 세상 어디에서도 먼 곳에 있다지. 커다란 동굴에 산다니 나한테는 짐승처럼 들리지만 동굴 안에도 화덕이 있고 삼나무 장작을 때서 난방도 하고 집처럼 아늑한 냄새도 나는 모양이지. 당연한 얘기지만 당신도 이타케에 집이 있었는데, 어쩌면 우리 장작이 당신의 현재 기준에는 못 미치는지도 모르지. 칼립소의 동굴은 울창한 숲으로 둘러싸여 있다고, 시인이 처음 이 대목을 불렀을 때 나는 완곡어법인 줄 알고 시인을 회초리로 치겠다고 으름장을 놓았다니까. 시인은 저속한 이야기를 돌려 말하는 게 아니라고, 부엉이며 매며 새들이 사는 포플러와 사이프러스 나무 이야기를 하는 거라고 주장했어. 시인이 나를 비웃는 건 아닌지 판단이 안 서더라. 감옥치고는 무척 목가적으로 들리던데. 잘 익은 포도가 주렁주렁 달린 넝쿨이 동굴 입구에서 자라고 근처 샘에서 맑은 물이 퐁퐁 솟고. 파슬리로 덮인 풀밭 군데군데 제비꽃이 돋았다는데 아마 그 여자가 그 색을 좋아하나 봐. 아니면 제비꽃을 먹는지도 모르고. 당신 편력이 하도 화려해 이제는 넘겨짚기도 힘들다.

칼립소는 손님 대접이 완벽했던 모양이야. 당신이 그 여자의 남편이 아니라 내 남편이라는 사실(내가 이 사실을 아직 기억하는 것도 참 희한한 일인 것 같긴 한데.)만 눈 감을 수 있으면 말이지. 시인이 또 노래하길 칼립소가 황금 베틀에서 뛰어난 베 짜기 솜씨를 보여 준다고 하던데, 아마 당신도 그 솜씨에 감탄했겠지. 난파해서 표류했다니 당신한테 새 망토가 필요하긴 했을 거야.

혹시 관심이 있을까 싶어 말하는데 나도 베를 짜고 있었어. 지난 20년 동안 또 내가 뭘 했을지 궁금하겠지. 그 세월이면 이타케인 전부한테 망토를 짜 줄 수도 있었을 테니. 만약 무한히 수의를 짜고 있지만 않았으면 그랬을 수도 있었을 거야. 아냐, 슬퍼하지 마. 당신 아버지는 아직 어머니를 만나러 지하세계로 떠나지 않으셨어. 라에르테스는 노쇠하고 병약해지셨지만 아직 살아 계셔. 아들이 돌아오길 기다리느라 슬픔에 몸이 절반으로 꺾였지.

하지만 당신이 떠난 지 너무나 오래되어서, 이타케는 이제 더는 당신을 왕으로 여기지 않아. 오래된 가문 몇은 흔들림 없이 나처럼 여전히 당신에게 충성하지. 그런데 당신 자리를 차지하려고 다투는 젊은이들 수가 그보다 훨씬 많아. 당신이 보기에도 수사슴처럼 서로 다투는 모습이 참 볼 만할 거야. 텔레마코스가 그들을 물리칠 수 있을 만큼 강하면 좋겠지만, 텔레마코스는 조용하고 조심스럽고 아직 어려서 툭하면 눈물바람이야. 당연한 얘기지만 아버지 없이 자라서 어떻게 행동해야 할지 자신감이 없어. 몇 해 동안은 나한테도 당신의 명성에 기대서 이자들이 접근하지 못하게 막을 만한 힘이 있었어. 트로이아에서 전해지는 이야기들이 정말 대단했거든. 당신이 전사 왕이니 아무도 감히 그 아내에게 불복할 수 없었지.

그런데 그 이야기들이 과거의 일이 된 지 이미 오래야. 당신 소식을 마지막으로 들은 게 언제인지 알아? 7년 전, 당신이 믿기지도 않고 말도 안 되는 장애물들을 줄줄이 맞닥뜨려야 했을 때야. 시인이 노래를 마쳤는데, 아무도 당신이 살아 있는지 죽었는지 몰랐지. 7년 동안 아무 소식이 없었으니 이타케인들은 대체로 당신이 죽은 게 분명하다고 생각해. 나는 당신이 죽었다는 것도 받아들이기 힘들지만 당신이 살아 있다는 것도 마찬가지로 믿기 어렵네. 어쩌면 내가 짜고 있는 게 당신의 수의인지도 모르지. 그 옛날에는 너무 어려서 당신과 같이 배를 타고 떠나지 못한 귀족 자제들이 이제 신분은 높고 버르장머리는 없는 어른으로 자랐어. 저마다 자기가 당신 자리를 차지해야 한다고 생각해. 그 목표를 이루는 최상의 방법은 당신의 미망인과 결혼하는 것임을 다들 알지. 그래서 오딧세우스, 우리 집에 젊은이들이 한가득 모여 우리 창고에 있는 음식이며 술을 모두 먹어 치우고 있어.

포도주, 곡식, 기름을 큰 통에 담아서 중앙 홀 아래 창고에 저장해 둔 거 기억하지? 기억나? 우리가 차가운 돌계단으로 내려가 열기도 빛도 들지 않는 창고로 내려갈 때 내가 팔로 내 몸을 감싸곤 하던 거? 처음 그랬을 때 당신은 내가 추워서 떠는 줄 알았잖아. 당신 망토 핀을 풀고 내 어깨에 망토를 둘러 주었지. 부드러운 모직 망토에서 당신 냄새가 나서 너무 행복해서 울 것 같았어.(그때 임신 중이었으니까. 평소에는 그렇게 감상적이고 바보 같지 않아.) 그래서 나는 당신에게 폭 감싸여 깊이 숨을 들이쉬었지. 그런데 다음에도, 그다음에도 창고에 들어오면 내가 춥든 아니든 팔로 내 몸을 감싼다는 걸 당신이 알아차렸어. 왜 그러냐고 물어볼 필요도 없었지. 내가 행복감 때문에 그런다는 걸 당신도 알았으니까. 겨울이 닥치더라도 우리는 준비되어 있다는 사실에서 오는 만족감 때문에. 곰팡이도 쥐도 들 수 없는 우리의 서늘하고 건조한 창고에 이토록 많은 식량이 저장되어 있었으니까.

그런데 그 창고가 이제 거의 텅 비었어. 이 막돼먹고 배 속에 거지가 들어앉은 인간들이 내 집에 쳐들어와서 집 안에 있는 걸 모두 먹어 치우고 있어. 내 하녀들하고 같이 자기 때문에 이제 난 누굴 믿을 수 있는지 없는지조차 몰라. 당신 아내가 위험에 처했다는 것만으로는 몸이 움직이지 않는다면, 그자들이 당신 아들을 죽이려고 계략을 짜고 있다는 걸 알아 둬. 텔레마코스는 아버지 소식을 알아보겠다고 여행을 떠났어. 필로스로 갔는데 어쩌면 스파르타까지 갔을지도 모르겠다. 그래서 지금은 안전해.(집을 떠나 여행 중인 사람이 안전할 수 있는 만큼은. 당신의 경우는 극단적 예외이길 바랄 뿐이야.) 그렇지만 언젠가는 돌아올 테고 그러면 그자들이 걔를 내버려두지 않을 거야.

텔레마코스가 살아남을 유일한 방법은 내가 이 젊고 잘생기고 탐욕스러운 남자들 가운데 한 명하고 결혼해서 텔레마코스를 덜 위협적인 존재로 만드는 것뿐이지. 당신이 원하는 게 그거야? 만약 당신이 아직 살아 있다면 말야. 그 방법을 생각해 보지 않은 건 아냐. 그 남자들은 아주, 아주 젊어. 나는 아니고. 단단하고 젊은 육체를 생각하면 유혹을 느끼지. 당신이 정절을 지킨 것도 아니잖아. 당신이 바람을 피운 이야기가 그리스 전역하고 그 바깥에서까지 노래로 불리고 있어. 리라 연주를 배우는 어린아이들조차 당신 여자들 노래를 부르지. 님프들하고. 여신들.

당신이 나에게 굴욕을 주었으니 나도 되갚아 주고 싶은 생각이 간절해. 젊은 남자는 달콤하겠지. 그리고 나한테 감사할 테고. 하지만,

아, 오딧세우스, 걔들은 하나같이 너무 멍청해. 도저히 참을 수가 없어. 머리가 텅 빈 젊은이하고 사느니 차라리 늙었지만 똑똑한 남편이 집에 돌아왔으면 좋겠어. 서로 무슨 이야기를 하겠어? 아마 대화 같은 건 별로 하고 싶어 하지 않을 것 같긴 하지만. 젊은이들은 대화를 정말 싫어해.

이 남자들을 3년 동안 막아 냈어.(당신한테는 짧은 시간이겠지만 원하지 않는 손님이 집에 가득 있는 여자한테는 한평생처럼 긴 시간이었어.) 시아버지 라에르테스의 수의를 다 짜기 전에는 결혼하지 않겠다고 하면서. 당연히 내 말을 믿었지. 라에르테스가 너무 구부정하고 약해서 하룻밤도 못 넘길 것처럼 보였거든. 여자가 가장 떳떳하게 내세울 수 있는 일거리가 베 짜기이기도 하고. 당신도 알지만 내가 그걸 좀 잘하잖아. 그런데 그 수의는 영영 완성이 안 되고 있어. 말했듯이 그 남자들은 멍청하거든. 그래서 내가 낮에는 열심히 수의를 짜고 밤에는 다 풀어 버린다는 걸 까맣게 몰랐지. 당신이라면 그렇게 부지런히 일하는데 진척이 없는 걸 보고 바로 알아차렸을 텐데. 어쩌면 여자가 자기들을 속이는 데 그렇게 많은 시간을 들이리라고는 도무지 생각하지 못했을 수도 있고. 베를 푸는 데는 정확히 짜는 만큼의 시간이 걸리니까. 북이 똑같은 길로 베틀을 가로질러 통과해야 해. 그러니까 나는 일을 했다가 되돌리고 한 걸음 나아갔다 한 걸음 물러서면서 3년을 보냈어.

아마 아직까지도 짐작도 못 하고 있었을 거야. 내 하녀 한 명이 나를 배신하고 자기 애인한테 이르지만 않았다면. 걔를 목매달 수도 있었지. 하지만 이미 늦은 일이었어. 애인의 보호를 받고 있으니까. 나를 보호해 주는 사람은 없고.

시인 말이 당신이 바다를 바라보며 집을 그리워한다고 해. 칼립소에게 놓아 달라고 애원했다고. 칼립소에게 아내가 비록 님프보다 아름답진 않지만, 게다가 이토록 오랜 세월이 지났으니 더욱 그럴 테지만, 그래도 아내이기에 사랑한다고 말했다며. 솔직히 말해서, 오딧세우스, 당신이 그런 소리를 안 했다면 좋았을 거야. 자기가 아름답지 않고 나이도 많다는 이야기를 노래로 듣고 싶은 사람이 있겠냐고.

그러니 아무리 당신이 집에 돌아오고 싶어 하더라도 당신을 인제 그만 포기해야 할지도 모르겠다. 남편을 너무나 간절히 원해서 내 남편을 훔쳐서 7년이나 데리고 있었던 칼립소에게 당신을 내줘야 할지 모르겠어. 그런데 며칠 전에 시인이 또 다른 이야기를 노래하더라. 칼립소가 당신이 자기의 쾌락의 섬에 남아 있겠다고 하면 영생을 주겠다고 했대. 님프의 애인이 되어 불사의 삶이라는 선물을 받게 되는 거야. 그런데 시인 말이 당신이 거절했다네.

구혼자들 중 한 명이, 당연하지만 내 술을 먹고 취해 혀가 풀린 채로, 말도 안 된다고 했지. 불멸의 기회를 포기할 사람이 어디 있냐고 말했어. 자기가 들어 본 이야기에서 그런 경우는 한 번도 못 봤다고. 취해 있긴 했지만 그 사람 말이 맞아. 불멸을 선사받았는데 거절한 인간이 나오는 이야기는 하나도 없어. 그런데 당신은 거절했지.

돌아와, 오딧세우스. 더는 못 기다리겠어.

페넬로페

39
클리타임네스트라

원한을 품고 있기에 10년이란 세월은 긴 시간이었지만 클리타임네스트라는 한순간도 흔들리지 않았다. 클리타임네스트라의 분노는 더 자라지도 줄어들지도 않고 꾸준하게 타올랐다. 밤이 추울 때 그 불에 손을 녹일 수도 있었고 궁이 어두컴컴할 때 그것으로 길을 밝힐 수도 있었다. 클리타임네스트라는 아가멤논이 큰딸 이피게네이아를 죽인 것을 결코 용서하지 않을 터였다. 결혼이니 뭐니 하면서 아내와 딸을 잔인하게 기만한 것도 용서할 수 없었다. 그러니 이제 남은 일은 어떻게 복수할 것인가, 그리고 어떻게 복수를 인가해 달라고 신들을 설득할지 생각하는 것뿐이었다. 아르테미스가 편들어 줄 것은 확실했다. 아가멤논이 오래전 아울리스에서 아르테미스의 심기를 건드린 일이 이 모든 일의 발단이었기 때문이다. 그래서 사제가 이피게네이아를 희생시켜서 아르테미스를 다시 아르고스의 편으로 끌어오고 트로이아 방향으로 순풍이 불게 하자고 했다. 어쨌든 아르테미스 여신이 아가멤논에게 한 번 화난 일이 있었다면 두 번도 화날 수 있을 것이다. 아내가 누구보다도 잘 아는 사실이었다.

클리타임네스트라가 처음부터 남편을 죽일 작정이었던 것은 아니었다. 한두 해 동안은 날마다 남편이 전쟁에서 죽기를, 그것도 불명예스럽게 죽음을 맞기를 빌었다. 트로이아 전장에서 죽는 게 아니라(부하들 뒤에 숨기를 좋아하는 성향을 볼 때 그럴 가능성은 매우 낮았다.) 밤중에 누군가 알고 믿는 사람에게 찔려 죽기를 빌었다. 그러나 세월이 흘러도 그는 죽지 않고 건재했다.

5년이 지난 뒤 클리타임네스트라는 새로운 전략으로 돌아섰다. 아가멤논이 죽지 않고 보낸 하루는 아가멤논이 미케나이로 돌아왔을 때 어떻게 죽일 것인지 계획을 짜는 하루가 됐다. 클리타임네스트라는 치밀한 계획을 짜면서 즐겼다. 아침 첫해에 눈을 뜨고 햇빛 속에서 기지개를 켜며 완벽하게 만족할 때까지 온갖 각도와 측면에서 계획을 검토했다. 클리타임네스트라는 준비된 상태로 긴장을 놓지 않고 있어야 했다. 이 지루한 전쟁이 언제 끝날지 모르기 때문이었다. 또한 그 복수가 적절해야 했다. 단순히 죽이기만 해서는 그가 저지른 끔찍한 일에 제대로 보복이 되지 않을 것이었다.

첫 번째 단계는 아가멤논의 사촌이자 원수지간인 아이기스토스에게 사자를 보내 미케나이 왕궁으로 초대하는 일이었다. 지루한 과정이었다. 아이기스토스가 함정이 아니라는 걸 믿게 되기까지 몇 달이 걸렸다. 클리타임네스트라의 시종들조차 어떻게 티에스테스의 아들과 교류하냐며 경악했으나 클리타임네스트라는 딱히 시종들의 허락이나 이해를 바라지 않았다. 사실 그 반대를 기대했다.

클리타임네스트라가 수완 좋고 끈질기게 구슬린 끝에 마침내 아이기스토스가 호위병을 대동하고 미케나이로 왔다. 노예들이 왕궁의 천장 높은 홀을 가로질러 왕비에게 달려와 왕가의 숙적이 궁 앞에 나타나 주인을 만나자고 한다고 고했다. 클리타임네스트라가 벌떡 일어나 방문자를 맞으러 궁성 문으로 가는 것을 보고 노예들은 깜짝 놀랐다. 클리타임네스트라는 무장한 군인 네 명을 안으로 들이지 않고 궁 밖에 세워 둔 것이 환대-우호의 관습에 어긋난다며 노예들을 꾸짖었다.

클리타임네스트라는 이때 아이기스토스를 처음 봤는데(두 집안 사이의 적의는 아주 오래된 것이었다.) 아가멤논과 전혀 닮지 않은 것을 보고 놀랐다. 이제는 남편이 아니라 적이라고밖에는 생각되지 않는 아가멤논과 여성스러운 입매가 조금 닮긴 했다. 머리카락도 이마 한가운데 같은 지점에서 비쭉 솟았다. 하지만 아이기스토스는 훨씬 젊고 키가 컸고 호리호리했다. 긴장 상태를 감추기 위해서인지 표정이 애매했다. 전투에서 칼 한 번이라도 휘둘러 본 적이 있을지 의심스러웠다. 하지만 지금은 그런 생각에 빠져 있을 때가 아니었다.

클리타임네스트라는 아이기스토스가 자기를 보기 전에 먼저 그를 보았다. 그는 입을 벌린 채 드높은 성채, 정문 위에 장식된 두 마리 사자상 등을 쳐다보았다. 기죽은 것처럼 보이지는 않았으나 깊은 인상을 받은 게 분명했다.

노예들이 문을 열었고 클리타임네스트라는 당당하고 자신만만

한 태도로 밖으로 걸어 나갔다. 아이기스토스의 표정이 바뀌었다. 긴장한 표정이었다. 그런 한편 뜻밖의 욕망을 느끼는 기색이 비쳤다.

“사촌.” 클리타임네스트라는 깊이 고개를 숙이며 말했다. “어서 들어오세요.” 사실은 전혀 아니었지만 클리타임네스트라는 약간 당황한 듯 연기를 했다. “이렇게 궁 밖에 세워 두고 노예들이 절 부르러 오다니, 뭐라고 사과해야 할지 입이 열 개라도 모자라겠습니다. 이 무례함은 꼭 벌하겠습니다. 전부 회초리를 맞을 겁니다.”

아이기스토스의 얼굴이 다시 바뀌어 열렬한 웃음을 띠었다. “아무 문제 없습니다, 부인. 오래 기다리지도 않았고 그 덕에 잠시 멋진 풍경을 즐겼습니다.” 아이기스토스는 뒤쪽으로 푸르스름하게 흩어지며 뻗은 산맥을 가리켰다. 미케나이는 천혜의 요지에 자리 잡고 있었다. 클리타임네스트라의 땅이 그 주위 사방으로 뻗었다. 방어하기에 최적의 위치라고 클리타임네스트라는 종종 생각했다.

“너무나 관대하시네요, 사촌.” 클리타임네스트라가 몸을 곧게 세우며 말했다.

“제발 저 때문에 노예들을 매질하진 마십시오. 그러실 필요 전혀 없습니다.” 아이기스토스가 말했다.

클리타임네스트라는 아이기스토스가 관대한 모습을 보이면서 자신감이 한층 자라는 모습을 보았다. 일이 아주 쉬워질 듯했다.

“뭐든 말씀대로 따르겠습니다.” 클리타임네스트라가 말했다. “저의 귀한 손님이시니까요. 어서 들어와서 무엇 좀 드시겠어요?”

“영광입니다.”

“제가 영광이지요.” 클리타임네스트라가 말했다. “부하들도 함께 하실까요? 아니면 혼자 식사하시는 편을 좋아하시나요?"

아이기스토스의 호위병들은 훈련이 잘되어 있어 놀란 기색을 드러내지 않았다. 하지만 결혼한 여자가—왕비가 처음 만난 남자에게 단둘이서 식사를 하겠냐고 제안하다니? 관습과는 거리가 먼 행동이었다. 하지만 미케나이에서는 어떻게들 하는지 알게 뭔가. 한 명이 어깨를 으쓱하며 생각했다.

"괜찮으시다면 부하들은 이곳 하인들과 같이 식사하도록 해 주시지요." 아이기스토스가 말했다. 클리타임네스트라는 고개를 끄덕이고 노예들에게 손짓했다.

"식사를 하시게 해라. 긴 여행을 했으니." 클리타임네스트라가 말했다. "실제로 아주 먼 거리는 아니죠. 하지만 우리 집안이 서로 교류를 안 한 지 너무 오랜 시간이 지나서 여기까지 오는 길이 한없이 길게 느껴지셨을 듯합니다." 클리타임네스트라는 손을 뻗어 아이기스토스의 두 손을 잡았다. "지금이 해묵은 잘못을 바로잡을 기회예요." 이렇게 말하면서 아이기스토스를 자기 쪽으로 살짝 끌어당겨 아이기스토스는 순간 균형을 잃을 뻔했다. "이리 오세요. 포도주로 우리의 우정을 시작합시다."

클리타임네스트라는 낯선 남자의 팔짱을 끼고 왕궁 복도로 안내했다. 여행용 튜닉을 입은 남자와 길고 치렁한 드레스를 입은 여자는 자기들이 보폭을 딱딱 맞추어 걷고 있다는 사실을 깨달았다. 클리타임네스트라는 벽에 걸려 있는 진한 보라색의 아름다운 태피스트리를 가리켜 보였다. 그런 화려한 물건들을 굳이 가리켜 보이기 전에도 아이기스토스는 클리타임네스트라가 얼마나 부유한지 느끼고 있었다. 한편 클리타임네스트라는 아름답고 정교하고 복잡한 무늬를 만드는 실의 매듭을 응시하며, 지금 자신이 새로 천을 짜고 있다는 느낌을 뚜렷이 받았다. 이 태피스트리의 매듭은 일단 묶고 나면 결코 다시는 풀거나 되돌릴 수 없을 것이다. 클리타임네스트라는 기분 좋은 전율이 몸을 타고 흐르는 것을 느꼈고 아이기스토스의 팔을 좀 더 꽉 안았다.

그를 유혹하기는 너무나 쉽고 즐거운 일이었다. 아이기스토스는 간절히 애정을 받고 싶어 했고 클리타임네스트라의 말은 무엇이든 받들 준비가 되어 있었다. 클리타임네스트라는 아이기스토스의 젊은 피부, 유연한 팔다리, 가는 허리가 좋았다. 클리타임네스트라는 한밤 어두운 시간에 그를 사랑했고, 아침 햇살이 그의 몸에 쏟아져 살빛을 금빛으로 바꿀 때 한층 더 사랑했다. 가끔은 자기에게 남편의 정적과 불륜 관계를 맺는 것보다 훨씬 더 중대한 야심이 있다는 사실을 스스로 상기시켜야 했다. 어쨌거나 클리타임네스트라는 그가 아무리 매력이 넘치든 단 한순간도 목적을 잊지 않았다.

일단 아이기스토스의 헌신을 사자 그것은 쉽게 사라지지 않았다. 아이기스토스는 개처럼 충성스러운 성격이었다. 궁에서 종일 자기 뒤만 졸졸 따라다니려고 하는 걸 말리기가 힘들 정도였다. 아이기스토스는 클리타임네스트라만큼 아가멤논을 싫어했고, 따라서 두 사람 사이에는 늘 끊이지 않는 이야깃거리가 있었다. 아이기스토스는 자기가 등장하기 전에도 클리타임네스트라의 삶이 있었다는 사실을 떠올리기를 싫어해서 오레스테스와 엘렉트라도 미워했다. 사내아이 둘이(클리타임네스트라는 자기도 모르게 아이기스토스를 오레스테스처럼 애로 생각하고 있었다.) 주먹다짐을 벌일 뻔한 적도 몇 번 있었다. 그래서 오레스테스를 멀리 사는 지인 집으로 보내 버렸다. 오레스테스를 안전하게 지키려면 그게 유일한 방법인 듯싶었다. 안 그러면 버지않아 아이기스토스가 오레스테스를 죽이려 들 텐데, 오레스테스는 아직 전사의 자질이 보이지 않는 어린아이였다. 그런 면에서 아버지를 쏙 닮았다고 클리타임네스트라는 생각했다. 클리타임네스트라는 애인이 울컥 화를 잘 내지만 자기한테는 화를 내지 않는다는 사실도 좋았다.

그러니 딸들만 아니었다면 클리타임네스트라는 신경 쓸 일이 하나도 없었을 것이다. 이피게네이아의 유령이 도무지 떠나지 않으려 했다. 클리타임네스트라는 가끔 목덜미에서 죽은 딸의 숨결을 느끼곤 했다. 클리타임네스트라는 이피게네이아의 시신을 아울리스에서 미케나이로 옮겨 와 사제가 허락하는 범위에서 최대한 궁에 가까이 묻었다.(어떤 사제 때문에 딸을 잃은 마당에 왜 또 다른 사제의 말을 들어야 하는지는 알 수 없었지만.) 클리타임네스트라는 해마다 이피게네이아의 기일이 되면 머리카락 한 가닥을 무덤에 바쳤다. 그러나 이대로 복수가 이루어지지 않은 채 이피게네이아는 안식에 들지 못할 거였다. 해마다 클리타임네스트라는 무덤 앞에서 이피게네이아를 세상에 태어나게 했고 또 죽인 남자에게 복수하겠다고 맹세하고 다짐했다. 그러나 전쟁은 한없이 길어졌고 약속을 지킬 수가 없었다. 그래서 이피게네이아도 클리타임네스트라를 떠나지 않았다.

엘렉트라도 클리타임네스트라를 괴롭혔다. 날마다 클리타임네스트라는 이피게네이아가 아니라 엘렉트라가 아가멤논 때문에 죽었더라면 어땠을지 생각했다. 살아남은 딸은 도무지 알 수 없는 이유로 아버지를 우상화했고, 아버지가 순풍 때문에 언니의 목을 땄다는 사실은 전혀 거리끼지 않는 모양이었다. 클리타임네스트라가 대체 왜 언니 일에 그토록 무심하냐고 물었을 때, 아니 숫제 사정했을 때, 엘렉트라는 그게 신들의 뜻이라면, 이라고 말할 뿐이었다. 물론 엘렉트라는 그때 너무 어려서 이피게네이아를 기억하지도 못했다. 너무 어려서 아버지가 어떤 사람인지도 몰랐고. 그렇지만 어머니를 미워하고 자기를 미워하는 아이기스토스도 미워하는 터라 차라리 살인자 편에 서겠다는 거였다. 이 점에 있어서는 딸과 자기에게 공통점이 있다고 클리타임네스트라는 생각했다. 아이기스토스는 아직 살인자는 아니지만.

신들이 자기편을 들어 주리라는 확신은 점점 강해졌다. 아가멤논이 트로이아 전쟁 도중에 신들의 심기를 거슬렀다는 걸 알았다. 막돼먹고 멍청한 인간이니 그럴 수밖에 없었다. 그런 얼간이가 벌건 대낮에 돌아다니기만 해도(왕이랍시고 으스대고 다니는 건 말할 것도 없고) 어느 신이라도 불쾌하게 생각할 것이다. 아울리스에서 신들이 아가멤논의 오만함을 벌한 것도 그럴 만했다. 그렇지만 클리타임네스트라의 소중한 딸이 그 대가를 대신 치르기를 신들이 바랐을 거라고는 생각할 수가 없었다. 왜 그러겠나? 이피게네이아는 그저 어린아이에 불과한데.

게다가 그 살인은—클리타임네스트라는 적당한 표현을 찾느라 잠시 망설였다—너무나 부정직했다. 어린 여자를, 딸을 죽이는 것만 해도 너무나 나쁘다. 그런데 그 애의 젊음을, 그 애의 처녀성을 조롱하는 의식을 거짓으로 꾸며서 그렇게 하다니. 가짜 결혼식이라니! 그토록 사악하고 잔인한 일을 겪은 어미가 또 있을까? 딸을 예쁘게 꾸미고, 위대한 전사의 아내가 될 거라고 약속한 다음에, 칼로 베어 버리다니. 최소한 남편이 이 역겨운 일에 아킬레우스를 끌어들인 탓에 아킬레우스의 적의를 샀으리란 건 분명했다. 자기 이름이 무방비 상태의 여자를 잡는 덫으로 사용되었다는 사실에 경악하지 않을 그리스 왕자가 있겠나? 아가멤논이야 이런 짓을 저지를 정도로 후안무치일 수 있으나 다른 남자들은 그보다는 기준이 높을 것이다.

클리타임네스트라는 누구에게 기도해야 할지 알았고 그들 모두에게 기도했다. 최초의 무도한 행위가 저질러졌던 아르테미스에게 빌었다. 또 비열한 범죄가 신성한 결혼을 더럽혔으므로 모욕을 당한 결혼의 신 히메나이오스에게 빌었다. 밤의 신에게는 복수 계획을 감추어 달라고 기도했다. 마지막으로 복수의 세 여신에게 기도를 드려 여신의 의지를 실행하는 동안 곁에 있어 달라고 빌었다.

그러는 동안 본토 사방으로 정찰병을 보내 트로이아의 소식을 알아 오게 했다.

이피게네이아가 짐승처럼 도살당하고 9년이 되었을 때, 클리타임네스트라는 마지막으로 파수꾼을 보냈다. 그러면서 한 명 한 명한테 일렀다. 그가 돌아온다는 소식을 가져오기 전에는 돌아오지 마라. 그리고 열흘에 한 번씩 이곳으로 소식을 보내라. 그래야 너희가 살아서 지켜보고 있다는 걸 알 수 있으니. 미케나이 도시에 살던 사람들을 벼랑 꼭대기로 보내 망을 보고 동쪽에서 항구로 들어오는 여행객마다 찾아가 소식을 물으라고 한 것이니, 불만스러워하리란 걸 알았다. 그러나 클리타임네스트라는 신경 쓰지 않았다.

그러고 1년이 지나, 한 해를 꼬박 기다린 끝에 마침내 소식이 왔다. 클리타임네스트라의 분노처럼 불의 모습을 하고 왔다. 파수꾼들이 산꼭대기에 하나씩 하나씩 봉화를 밝혔고 그리하여 소식이 그리스 다른 어느 도시보다도 먼저 클리타임네스트라에게 전달되었다.

클리타임네스트라는 가장 믿음직한 노예들을 보내 더 자세한 소식을 알아 오게 했다. 이들은 말이 지쳐 나가떨어질 때까지 달리고 결국 걸어서 돌아와 그리스 함대가 트로이아를 떠났다는 소식을 전했다. 그리스군이 트로이아를 폐허로 만들고 신전을 뒤집어엎고 약탈했다. 트로이아의 재물은 그리스인들이 나누어 가졌고 트로이아의 높은 탑은 무너졌다. 트로이아의 기마병은 모두 죽었고 여자들은 노예가 되었다. 집을 떠난 지 오래된 미케나이의 왕 아가멤논이 재물과 첩들을 배에 가득 싣고 돌아오고 있다. 클리타임네스트라가 남편을 맞이할 시간이 며칠밖에 남지 않은 것이다. 클리타임네스트라는 이 소식을 차분히 들었다. 준비는 이미 되어 있었다.

먼저 클리타임네스트라는 아이기스토스에게 아가멤논이 돌아왔을 때 숨어 있어야 하는 까닭을 다시 한 번 설명했다. 숨어 있어야 했고 중대한 역할을 해야 했다. 엘렉트라가 아버지를 만나지 못하게 막는 것. 자칫하면 때가 되기 전에 엘렉트라가 계략을 누설해 버릴 위험이 있었다. 아이기스토스는 너무 성급하고 젊은 혈기가 넘쳐서 내버려두면 왕이 궁 입구에 서 있을 때 칼을 들고 달려들 사람이었다. 그랬다간 봉기가 일어날 것임을 전혀 생각하지 못해서 설명을 해 줘야 했다. 미케나이 사람들이 오래 자리를 비운 왕한테 큰 애정은 없겠지만, 전장에서 막 돌아왔고 무상하지 않은 왕을 사람들 앞에서 죽이고도 무탈하기는 어려웠다. 특히 왕이 사람들에게 나눠 줄 재물을 가지고 돌아왔으니.(클리타임네스트라는 아가멤논이 아내를 포함해 누구에게라도 자기 몫을 흔쾌히 나눠 줄 리 없다고 속으로 코웃음을 쳤지만.)

"엘렉트라를 어떻게 해요?" 아이기스토스가 물었다. "같이 가자고 해도 안 따라올 텐데."

클리타임네스트라가 어깨를 으쓱했다. "방해 못 하게 막을 다른 방법이 없으면 재갈을 물리고 창고에 가둬 놔요." 엘렉트라는 아버지가 마침내 돌아온다는 소식을 듣고 감사의 제물을 바쳤고 그것 때문에 왕비의 심기가 싸늘해진 참이었다. "내가 그자들이 트로이아 신전을 뒤집어엎었다고 얘기했던가요?"

아이기스토스는 고개를 끄덕였지만 그 부분에는 별 관심이 없었다. 자기 애인처럼 신들의 지지를 받고 말고에 신경을 쓰지 않았다. 아이기스토스는 어릴 때 아버지에게 신들의 승인보다 인간의 의지가 더욱 중요하다고 가르침을 받았기 때문이었다. 그러나 클리타임네스트라는 그 소식을 무엇보다도 달갑게 들었다. 아가멤논의 부하들이 신전을 습격하고 사제들을 죽였으리란 건 불 보듯 빤했다. 소문이 사실이라면 프리아모스가 제우스 제단 앞에 엎드려 성소의 보호를 요청했을 때도 들어 주지 않았다고 한다. 클리타임네스트라는 고개를 절레절레 흔들었다. 아가멤논의 명령을 따르는 사람들이 신들의 왕에게 그렇게도 존경심이 없다는 사실이 충격이었다. 그리고 또 다른 소문이 있었다. 클리타임네스트라를 새하얀 분노로 가득 채우면서 동시에 그만큼의 기쁨을 안겨 주었던 소문. 아가멤논이 집으로 데려오고 있는 첩이 아폴론의 사제라는 사실이었다. 그 오만함에 숨이 턱 막히는 것 같았다. 아폴론 신에게 바쳐진 신성한 여사제를 잡아다가 창녀로 삼다니. 이제 의지할 수 있는 신이 아르테미스만이 아니었다. 아폴론도 클리타임네스트라의 편에 서 줄 것이었다.

클리타임네스트라는 아가멤논이 바다를 가로질러 집으로 돌아오기까지 날수를 헤아렸고 파수꾼들에게는 집으로 돌아오라고 했다. 이제는 소문을 더 확인해 볼 필요도 없었다. 누가 한때 미케나이의 왕이었던 자와 함께 오고 있는지 안 그래도 곧 알게 될 터이니. 클리타임네스트라는 남편을 맞을 준비를 했다. 아들 오레스테스에 관해서는 작은 거짓말을 준비해 놓았다. 엘렉트라는 보이지 않게 치워 놓았다. 클리타임네스트라는 어두운 거울을 들여다보며 자신의 강한 턱선에 감탄했다. 지난 10년 동안 자기 얼굴에 깃든 허기지고 굶주린 표정을 감추려고 애써야 할 것이다. 그 세월이 동생 헬레네에게는 어떤 흔적을 남겼을지 궁금했다. 여전히 남자들이 보기만 해도 줄줄울 만큼 아름다울까? 얼마나 짜증스럽던지가 떠올라서 클리타임네스트라는 눈을 굴렸다. 아마 여전히 그렇겠지.

클리타임네스트라는 하녀들을 불러서 머리를 단정히 땋아 달라고 했다. 아이기스토스와 함께 있을 때는, 자기 나이보다 아이기스토스의 나이에 어울리게 머리를 풀어 늘어뜨리곤 했다. 그렇지만 지금은 모험을 떠났던 남편을 맞이하는 위엄 있는 왕비의 모습으로 치장해야 했다. 클리타임네스트라는 거울에 자신의 길고 아름다운 목을 비추어 보면서(헬레네의 목처럼 백조 같지는 않지만 어쨌든) 그날이 기다려진다는 걸 깨달았다. 그토록 오랜 세월 계획을 짜 왔는데, 이제 오래 미루어 왔던 복수를 이루는 기쁨과 함께 자신의 계획이 이루어지는 기쁨까지 쌍으로 누릴 수 있게 되었다.

클리타임네스트라는 군화가 단단한 바위 위에 부딪히는 소리를 듣기도 전에 느꼈다. 파수꾼에게 소식을 전해 듣거나 분노로 타오르는 봉화를 보지 않았더라도 아가멤논이 가까이 왔음을 느꼈을 것이다. 왕궁 주위에서 새들이 노래하고, 매미가 울고, 누렇게 마른 풀이 바람에 일렁이는 것은 변함이 없었다. 그러나 무언가 달라졌다. 클리타임네스트라는 안에서 열기가 달아오르는 것을 느꼈다. 숨을 들이쉬고 멈춘 채로 잠시 눈을 감았다. 노예들에게 지시를 내렸고 노예들은 미리 연습한 대로 행동하려고 달려갔다. 벽에서 태피스트리들을 내려서 왕궁 정문으로 가져갔다. 노예들이 넷씩 짝지어 짙은 보라색 태피스트리 귀퉁이를 잡고 밖으로 나오자 태피스트리는 햇빛을 낯설어하며 반짝이는 듯했다.

뜨겁고 건조한 날이었고 아래쪽 시원한 바닷바람은 성채에 닿지 않았다. 배에서 집까지 행군해 오는 군인들의 발에서 차오르는 먼지 맛이 느껴졌다. 바닷가에서 언덕으로 올라오는 길이 굽어 있어서 눈에 보이기 전에 소리가 먼저 들렸다. 군인들이 마지막 모퉁이를 돌았을 때 클리타임네스트라는 노예들에게 엎드려 절을 하라고 시키고 자신도 깊이 고개를 숙였다. 잠시 그 자세를 하고 있다가, 등을 펴고, 아울리스에서 딸의 시신을 앞에 두고 마주 본 이래 10년 만에 처음으로 남편을 보았다.

어찌나 작아 보이던지. 기억 속에서 더 크게 만들었던 모양이었다. 그 세월 동안 클리타임네스트라는 수척해졌고 아가멤논은 머리가 희어졌다. 그리고 아랫배가 나왔고. 어떻게 전쟁 중에 살이 찔 수 있는지 알 수가 없었다. 아가멤논은 시뻘건 얼굴에 우스꽝스러운 정복 차림으로 땀을 흘리고 있었다. 청동 흉갑을 차고 깃이 달린 투구를 쓰고 집에 돌아오는 사람이 어디 있나? 자기 의상에 힘이 깃들어 있다고 믿는 사람이겠지. 붉은 가죽 칼집은 무척 고급스러웠고 금 조각이 박혀 있었다. 처음 보는 물건이어서 클리타임네스트라는 유명한 트로이아의 보물 중 하나일 거라고 짐작했다. 장식이 박힌 가죽데기 하나를 얻겠다고 자기 자식을 죽이다니. 경멸감 때문에 입가에 비웃음이 떠오르는 것을 느끼고 얼른 억눌렀다. 지금은 그럴 때가 아니었다. 나중에 기회가 있을 것이다.

그리스군도 피를 흘리지 않은 게 아니었다. 클리타임네스트라는 아가멤논이 부하를 얼마나 잃었는지 가늠해 보았다. 4분의 1? 3분의 1? 분명 전장에서 고귀한 죽음을 맞은 사람도 있었다. 전우들이 시신을 매장했고 갑옷은 필요한 사람들이 나누어 가졌다. 병에 걸려 죽은 사람도 있었다. 아가멤논이 아폴론 사제에게 마땅한 경의를 표하지 않아서 역병이 돌았기 때문이었다. 역병 이야기를 들었을 때 클리타임네스트라는 웃었다. 아이기스토스와 함께 안전한 침실에서, 얼굴이 아플 때까지 웃었다. 아폴론의 호의를 유지하려면 아폴론의 여사제나 사제의 딸을 강간하지만 않으면 되는데 그걸 못하다니. 클리타임네스트라는 낮에는 아들, 아버지, 형제가 아폴론의 화살에 쓰러졌다는 소식을 듣고 슬퍼하는 미케나이 사람들에게 애도의 메시지를 보냈으나 한밤중이 되면 이 모든 일이 우습게만 여겨졌다. 아가멤논은 어찌나 자기중심적인지, 자기가 조금만 절제하면 부하들의 목숨을 구할 수 있다는 것조차 알아차리지 못하는 것이었다. 버릇없는 어린아이처럼 원하는 게 있으면 다른 사람이나 심지어 신조차도 생각하지 않고 움켜잡았다. 정말 놀라운 오만이었다.

군인들 가운데 트로이아에서 다친 이들도 있었다. 팔다리를 잃거나 한쪽 눈을 잃은 사람. 팔이나 얼굴에 남은 선명한 보라색 흉터, 아물지 않는 상처에서 흐르는 고름과 진물. 클리타임네스트라는 이들의 아내가 망가진 남편의 귀환을 과연 반길지 궁금했다. 병신이 되어 돌아온 남편이라도 반가울까? 잠시 생각해 본 다음 아닐 것이라고 결론을 내렸다. 그렇더라도 이 망가진 남자 중 한 명이 자기 남편보다는 나으리라 생각했다.

그리고 그 무리 한가운데, 아가멤논 바로 뒤, 부하들에 둘러싸여 있는 여사제가 보였다. 클리타임네스트라는 웃음을 터뜨리지 않으려 안간힘을 썼다. 동생 메넬라오스는 헬레네를, 제우스와 레다의 딸을 차지했는데 아가멤논은 고작 이 여자를 전리품이라고 얻어 온 건가? 사제의 예복을 입었고 걸을 때마다 머리 장식이 흔들리기는 했어도 어린아이에 불과했다. 쉬지 않고 무어라 중얼거리는 듯 입이 계속 움직이는 게 눈에 들어왔다. 비슷한 나이일 때 이피게네이아보다 더 작고 피부색은 더 짙었다. 클리타임네스트라는 지난 10년 동안 젊은 여자를 볼 때마다 늘 이런 생각을 했다. 이피게네이아보다 큰가 작은가? 눈이 더 예쁜가 아닌가? 이피게네이아처럼 늘 차분한 자태를 유지하나? 사프란색 드레스를 입고 머리카락을 어깨 위로 풍성하게 내리뜨리면 그 애처럼 얼굴이 반짝반짝 빛날까, 그 애처럼 춤추듯 사뿐사뿐 걸을까…….

클리타임네스트라는 손톱으로 손바닥을 꽉 눌러 생각을 멈췄다. 이피게네이아는 이제 편히 눈을 감을 수 있게 될 것이다.

남자들이 클리타임네스트라 앞에 와서 걸음을 멈췄고 클리타임네스트라는 다시 절을 했다.

"나의 남편," 클리타임네스트라가 말했다. "어서 오세요."

"클리타임네스트라, 일어나." 아가멤논이 말했다. "내가 야만족 왕인 것처럼 하고 있잖아."

그게 전부였다. 사과의 말도, 애정이 담긴 말도, 아무것도 없었다. 솔직히 어떤 말도 어떤 행동도 아가멤논을 살릴 수는 없었겠지만. 어쨌든 노력이라도 하지 않는다니 참으로 게을렀다. 마치 죽기를 원하는 것처럼. 아니면—클리타임네스트라는 또 다른 가능성을 생각해보았다—신들이 그가 죽기를 원하는 것처럼. 분명 그거였다.

클리타임네스트라는 몸을 일으켜 세운 뒤 여자 노예들에게 손짓했다. "태피스트리를 깔아라. 나의 남편은 자신이 죽인 야만인들의 피처럼 붉은색의 강을 타고 집에 들어올 것이다."

여자들이 앞으로 달려 나와 반짝이는 붉은 태피스트리를 땅에 깔았다.

“뭐 하는 건가?” 아가멤논은 부하들이 이 지나친 간살스러움에 충격을 받지는 않았는지 주위를 둘러보았다. 부하들 표정에 변화가 없는 것을 보고 아가멤논은 다시 생각했다. 아내가 하는 짓이 그다지 이상한 행동이 아닌 건가? “이런 호사스러운 천 위로는 신들만 걷는 걸세.” 아가멤논이 톡 쏘듯 말했다. “사람은 흙 땅을 걸어야지.”

“신께서 명하셨다면 이 위로 걸으시겠죠.” 클리타임네스트라가 말했다. 마치 포세이돈이 삼지창으로 땅을 아주 살짝 찍기라도 한 듯 사람들 사이로 조용한 전율이 지나갔다.

아가멤논은 아내의 무표정한 얼굴을 보며 정말 자기가 들은 뜻대로 한 말일까 살폈다. 아가멤논은 아르테미스의 명을 따라 딸을 희생시켰다. 아무도 그에게 불경하다 하지는 못할 것이다. 신들이 끔찍한 것을 요구하더라도 복종했다. 큰딸을 내놓으라고 했는데도 주저하지 않고 사제가 지시한 대로 따랐다. 트로이아가 함락되는 것이 제우스의 뜻임을 누구나 알았다. 그 대가로 딸을 희생시켜야만 한다면, 선택은 딸을 제 손으로 죽이거나 다른 사람에게 시키거나 둘 중 하나밖에 없었다. 아가멤논은 용감한 결단을 내렸다. 그러나 아내도 그걸 이해하는지는 몰랐다. 어쩌면 아내는 다른 사람이 이피게네이아에게 칼을 대는 편이 차라리 나았을 것이라 생각할 수도 있었다.

“신이 지시한 것이라면 무엇이든 따를 거야.” 아가멤논이 말했다. “현명한 자라면 마땅히 그러지.”

“사제를 통해 받은 메시지라고 하더라도요?” 클리타임네스트라가 물었다.

아가멤논은 다시 아내의 표정을 살피며 입가에 경멸의 기색이 있는지 찾았다. 그러나 클리타임네스트라는 시선을 겸허하게 내리깔고 바닥에 고정했고 감정은 전혀 드러내지 않았다.

"그렇지." 아가멤논이 답했다. 사제 칼카스가 딸을 희생시켜야 한다는 메시지를 갖고 왔다. 아가멤논은 불같이 화를 내며 칼카스를 베거나 가두어 버리겠다고 위협했으나 메넬라오스가 형을 설득했다. 누군가가 그 애를 죽여야만 한다고. 심지어 제 손으로 직접 하겠다고도 했다. 지금도 아가멤논은 동생의 친절을 고맙게 생각하긴 하나 결과적으로는 쓸모없는 친절이었다.

"프리아모스가 지금 당신 입장이었다면 어떻게 했을 것 같은가요?" 클리타임네스트라가 물었다.

프리아모스는 그런 처지에 놓인 적이 없었다. 전쟁에서 지고 도시를 잃고 목숨도 잃은 노인일 뿐이었다. 제단에서 끌어 내려져 죽임을 당했다고, 누군가가 아가멤논에게 말했다. 불쌍한 늙은이. 그렇게 오랜 세월 전쟁을 벌인 트로이아 왕이라면 벌레처럼 땅에서 기어다니는 대신 전사답게 용감하게 죽으리라고 생각했다.

"자기를 신처럼 여기고 붉은 천 위를 걸었겠지." 아가멤논이 대꾸했다.

"그러니 당신처럼 신에 비견되는 것을 두려워하지 않은 모양이네요?" 클리타임네스트라가 물었다.

"그는 오만한 자였어."

"왕은 오만할 때가 있지요." 클리타임네스트라가 말했다. "그래야만 나머지 사람들에게 자신이 왕이라는 사실을 상기시킬 수 있으니까요. 당신을 위해 이렇게 정성껏 깔아 놓은 태피스트리 위를 걸으십시오. 당신이 돌아온 것에 대한 우리의 감사하는 마음을 받아 주세요. 우리가 간청하는 대로 하시고 승리한 자의 너그러움을 보여 주세요. 패배 속에서 그런 면모를 보이실 필요는 없으셨으니까요."

아가멤논은 한숨을 쉬며 발을 내려다보았다. 아가멤논은 붉은 천을 땅에 내려놓은 노예들에게 손짓했다. "적어도 이 낡은 신이라도 벗어야겠다. 누가 이거 벗게 도와 다오. 내가 적들의 피 위를 걷는다면 맨발로, 신들께 영광을 돌리며 그렇게 하고 싶구나."

여자들은 왕비를 돌아보았고 왕비가 고개를 끄덕이자 왕의 발로 달려가 낡은 가죽 부츠의 끈을 끌렀다. 가죽이 원래 무슨 색이었을지 알아볼 수가 없었다. 붉은색? 갈색? 황갈색? 트로이아 반도의 흙물이 들었고 트로이아 해안의 모래에 쓸려 표면이 닳아 있었다.

잠시 뒤 왕은 조상 대대로 내려온 왕궁 앞에, 부하들 앞에, 아내 앞에 섰다. 호두색 다리 끝에 마치 어둠 속에서만 살아온 생명체처럼 기이하게 허연 발이 드러났다. 왕은 아래를 내려다보고 부조화에 웃음을 터뜨렸다. "트로이아에서는 신발을 벗을 여유가 없었지." 아가멤논이 부하들에게 동의를 구하러 주위를 둘러보았다. 부하들은 자기 가족들에게 가려고 슬금슬금 무리 가장자리에서 떨어져 나가며 흩어지고 있었다. 아가멤논은 살짝 고개를 끄덕였고 자기가 그들에게 해산 허락을 내렸다고 생각하기로 했다.

클리타임네스트라는 두 팔을 벌리고 카펫을 향해 손짓했다. "걸으세요, 왕이시여. 적의 피 위를 걷고 그들을 땅에 짓밟으세요. 당신 집안을 위해 당신이 벌어들인 부를 밟고 걸으세요. 트로이아에서 당신을 따라 돌아온 피의 물결 위를 걸으세요. 어서요."

그리하여 아가멤논은 붉은 땅 위를 걸어 왕궁 안으로 들어갔다.

“너도.” 클리타임네스트라가 여사제에게 말했다. “들어와라.” 여사제는 대답하지 않았다. 왕비는 하녀 한 명에게 물었다. “이름이 뭐라고 하더냐?”

“말씀이 없으셨습니다.”

클리타임네스트라는 혀를 끌끌 찼다. “왕 말고. 왕이 돌아오고 계시다고 전한 전령이 뭐라고 했냐고.”

하녀는 잠시 생각했지만, 답이 떠오르지 않았다.

“가라.” 클리타임네스트라가 말했다. “목욕하시게 물을 데워라.”

“네, 마님.” 하녀는 궁으로 달려 들어갔다.

“너희들은 이걸 안으로 가져가서 원래 걸려 있던 자리에 걸어라. 먼지 먼저 터는 거 잊지 말고.”

여자들은 태피스트리를 모아서 바람에 살살 흔들어 턴 다음 돌돌 말아 안으로 가지고 들어갔다.

아직도 몇몇 사람이 궁 밖에서 서성이고 있었으나 클리타임네스트라는 눈길을 주지 않았다. 미케나이의 노인들이 왕은 돌아왔으나 자기 아들들은 돌아오지 않았으니 이제 어디로 가야 할지 몰라 서성이고 있었던 것이다. 그러나 클리타임네스트라가 무얼 해 줄 수 있겠나? 자기 자신이 잃은 것도 그들이 잃은 것에 못지않은데.

“너.” 클리타임네스트라는 여사제를 다시 불렀다. “이리 와라.” 카산드라는 공포에 질린 얼굴로 왕궁 지붕을 보고 있었다. 클리타임네스트라는 그걸 보고 놀라 시선을 따라갔으나 지붕 위에는 아무것도 없었다. "뭐가 보여?" 이렇게 물으면서 클리타임네스트라는 자기가 누군가 다른 사람에게 호기심을 가진 게 얼마 만인지 생각했다. 물론 정확한 정보에는 늘 목말라 했다. 특히 아가멤논이 어디에 있고 살아 있는지 등에 대해. 그렇지만 최소 10년 동안은 다른 사람의 생각 같은 것에 관심을 가져 본 일이 없는 것 같았다. 어쩌면 더 오래된 것도 같고.

"춤추는 게 보여요." 카산드라가 조용히 말했다. 카산드라는 어머니하고 있을 때 늘 그랬듯이 따귀가 날아올 것을 기다리고 있었으나, 클리타임네스트라는 다시 지붕 위를 쳐다보았다가 여사제를 돌아보았을 뿐이었다. 화난 것 같지는 않았고 그저 호기심을 느끼는 것 같았다.

"누가 춤추는 게 보여?" 클리타임네스트라가 물었다.

"검은 것. 검은 생명체 셋. 검은 불이 그 주위에서 타올라요. 왜 지붕에 불이 붙지 않지? 저 검은 불꽃이 핥고 쓸고 하는데 왜 불이 붙지 않지?"

"모르겠어." 왕비가 대답했다. "왜 불이 붙지 않지?"

카산드라는 입술을 마구 잘근잘근 깨물면서 고개를 저었다. "몰라, 몰라, 몰라." 카산드라가 말했다. "진짜 불이 아니야, 진짜 불일 리가 없어. 진짜인가? 이제 보여요? 불 속에서 춤추는 여자가 보여요? 비명이 들려요? 불꽃과 뱀이 쉭쉭거리는 소리가 들려요?"

왕비는 다음에는 무얼 물어볼지 곰곰이 생각했다. "불 때문에 비명을 지르는 건가?"

"아니, 불 때문이 아녜요. 저들은 불에 타지 않아요. 저들이 불이에요. 알겠어요? 불을 두르고 있고, 불로 목욕을 해요. 불 때문에 비명을 지르는 게 아니에요. 정의 때문이에요. 아니, 정의가 아니에요. 그거랑 달라요. 정의하고 비슷한데 더 강력해요. 그게 뭐죠?" 카산드라는 왕비를 흘긋 보았다가 다시 지붕으로 눈길을 돌렸다.

"검은 불이라고 했어?"

"네! 네, 네, 네!" 카산드라가 소리를 질렀다. "검은 불이요. 맞아요. 보여요?" 카산드라는 이날이 자기의 마지막 날임을 오래전부터 알아 왔으므로 오늘 어떤 희망을 느끼리라고는 생각도 하지 못했다. 그런데 자기가 보는 것을 다른 사람도 볼 수 있을지 모른다는 생각에 느닷없이 희망이 솟았다. 누군가와 무엇을 나눌 수 있는 게 카산드라에게는 정말 오랜만이었다.

"아니, 나한테는 너 같은 능력이 없어." 왕비가 말했다. "하지만 네가 보는 게 뭔지 알아. 검은 불길에 휩싸인 여자들이지? 분노의 여신이야."

"맞아요!"

"저들이 외치는 건 정의가 아니야. 복수지."

"맞아요. 복수를 외치고 있고 뱀도 같이 울부짖어요. 턱을 벌리고 송곳니를 드러냈어요. 저들에게 다 내주어야 해요. 너무나 강력해요. 당신을 기다리고 있어요. 내내 당신을 기다리고 있었어요."

"저들이 내 딸을 지키고 있었어." 클리타임네스트라가 말했다. "이 궁 주위에서 10년 동안 춤을 추고 있었어."

"칼로? 아, 안 돼. 그자가 칼로 죽였구나. 당신의 불쌍한 딸, 당신의 불쌍한 딸. 결혼식 날에. 너무나 행복했는데—아. 당신의 딸이. 결혼식 제단 앞에서."

클리타임네스트라는 눈물이 맺히는 걸 느꼈다. "그래, 맞아. 그 사람이 내 딸을 죽였어. 그가 너한테 말했어? 수치를 모르는 인간."

카산드라는 다시 고개를 저었다. "말 안 했어요, 말 안 했어요. 나한테는 입 다물어, 가만히 있어, 울지 마, 말고는 안 해요. 다른 말은 안 해요."

"그럼 어떻게 알지? 군인들한테 들었나?"

"그 사람이 말해 줬어요." 카산드라가 말했다. "이피게네이아가. 예쁜 이름, 정말 예쁜 이름이에요. 예쁜 이름의 예쁜 사람. 당신의 어린 딸. 그 애를 낳을 때 정말 고생이 많았지요. 정말 힘들었어요. 아기가 죽을 뻔했고, 당신도 죽을 뻔했어요. 당신의 소중하고 소중한 딸이었는데, 그자가 데려갔어요. 하지만 다시 만나게 될 거예요. 생각보다 이르게. 그 사람이 약속하네요. 그 사람의 남동생과 여동생이 약속하네요."

눈물이 클리타임네스트라의 얼굴을 타고 흘렀다. "당연히 그렇겠지. 동생들은 아버지의 복수를 하고 싶어 할 거야."

카산드라는 지붕 위에서 억지로 눈을 떼어 자기 앞에 서 있는 여자에게 초점을 맞췄다. 키가 크고, 어깨가 넓고, 잘생기고 강인한 얼굴이었다. 머리는 희끗희끗했고 눈가와 입가에 가는 주름이 있었다. "내 말을 믿어요?" 카산드라가 물었다. 누군가가 자기 말을 믿어 준게 언제였던가 기억이 없었다. 아폴론의 저주에 영향을 받지 않는 이 여자는 누구인가?

"당연히 믿지. 내 눈으로 아비가 딸을 죽이는 걸 봤으니."

"아무도 내 말을 안 믿어요."

"과거와 미래를 볼 수 있는 거야?" 클리타임네스트라가 물었다. 카산드라는 눈살을 찌푸렸다. 두 가지를 다르게 생각하지 않게 된 지 너무 오래되어서 구분해서 말하는 게 이상하게 생각되었다. 왕비가 카산드라의 생각을 들은 것처럼 말했다. "아, 너한테는 같은 거구나. 그러니까 무슨 일이 일어날지 알면서, 도망가지 않네."

"안 가요." 카산드라가 말했다. "이미 일어난 일로부터 도망갈 수는 없어요."

"하지만 이미 일어난 일이 아니야." 왕비가 말했다. "도망치면 살 수 있을지 몰라. 넌 젊고, 걸음도 빠르지. 언덕 아래로 뛰어가서 숲에 숨어 있다가 양치기든 누구든 널 각시로 삼을 사람을 기다려."

"아폴론의 마음은 정해졌어요. 오늘로 끝이 나요."

"네 신의 뜻에 맞서지 않겠다는 거야?"

카산드라는 여사제의 머리 장식을 머리에서 풀었다. 미케나이 군인이 집을 향해 배를 타고 가는 도중에 카산드라에게 달아 준 것이었다. 트로이아 헤라 신전에서 훔친 리본임을 카산드라가 안다는 것은 까맣게 모른 채 카산드라의 머리에 달아 주었다. 그러나 카산드라는 불평하지 않았다. 군인이 머리 장식에서 얼룩진 리본을 떼고 새 리본을 달아 줄 때 인내심 있게 중얼거리고만 있었다. 그는 카산드라가 야생동물이라도 되는 듯 내내 낮은 목소리로 웅얼웅얼 달래는 소리를 냈다. "자, 자." 군인이 말하고 뒤로 물러서서는 자기가 새로 꾸민 화환을 감상했다.

이제 카산드라는 머리에서 핀을 홱 잡아 뜯었다. 클리타임네스트라는 카산드라가 찡그리지도 않는 것을 보고 놀랐다. 카산드라는 머리 장식을 바닥에 떨어뜨리고 자그마한 왼발로 밟았다. 클리타임네스트라는 느닷없이 이피게네이아의 작고 하얀 발의 기억을 떠올렸다. "이제 네 신을 버리는 건가?" 클리타임네스트라가 물었다.

"신이 나를 떠났어요." 카산드라가 대답했다. "이제 내 신이 아니에요." 그토록 오랫동안 아무도 자기 말을 믿지 않았는데 왕비가 자기 말을 믿어 주었다면 이유는 단 하나였다. 아폴론의 저주가 이제는 카산드라의 입 밖으로 나온 말을 뒤틀어 놓지 않는다는 말이었다. 신이 떠나고 없었다.

"신이 너를 보호해 줄 수도 있었을 텐데." 클리타임네스트라가 말했다.

카산드라는 웃었다. 너무 오랜만이라 녹슨 듯 거슬리는 끔찍한 소리가 났다. "내 신이 당신의 손을 이끌었을 거예요. 지금도 그러고 있을 수도 있고요. 절 안으로 데려가세요. 제단을 준비하세요."

클리타임네스트라가 고개를 끄덕였다. "제물만 준비하면 돼." 클리타임네스트라가 말했다.

"같이 제의를 수행해요."

복수를 너무 오래 기다려 온 나머지, 특히 우울한 밤에는 아가멤논을 죽이는 것만으로 충분할까 하는 생각이 들었다. 죽이고 나면, 다음에는 뭘 하지? 두 번은 죽일 수 없었다. 작은 목소리, 다이모니온

(내면의 신, 마음의 소리—옮긴이)이 이렇게 속삭였다. 만약 그의 시신을 보고 승리의 감정이 솟지 않으면 어떡하지? 그때는 무슨 힘으로 앞으로 나아가나?

하지만 걱정할 필요가 없는 일이었다. 아가멤논을 죽이는 일은 기대했던 만큼 완벽히 만족스러웠다. 아가멤논이 10년 동안 전쟁터에서 뒤쪽에 숨어 지내며 점점 늙고 고약한 사람이 되었기 때문이기도 했다. 주변에서 다른 사람들이 숱하게 죽어 나갈 때 아가멤논은 삶에 매달렸다. 그래서 클리타임네스트라는 자기가 아가멤논이 가장 소중히 여기는 것을 빼앗는 것임을 확실하게 알았다. 너무나 소중히 여기는 것.

클리타임네스트라는 잰걸음으로 돌아다니면서 모든 게 완벽히 준비되고 있는지 확인했다. 목욕물이 아가멤논이 좋아하는 방식으로, 신전의 제물 같은 향을 풍기도록 준비되었는지 확인했다. 여사제는 궁 안 제실로 데려가서 거기에서 기다리라고 했다. 클리타임네스트라가 불에 향을 넣자 다시 말이 없어진 여사제는 향로 앞 바닥에 엎드려 소리 없이 기도와 예언을 중얼거렸다. 클리타임네스트라는 들큼한 연기에 목이 멜 것 같았으나 여사제는 마음이 가라앉는 듯 보였다. 여사제는 향 타는 냄새에 익숙할 테니까.

"내가 다시 올 거야." 클리타임네스트라가 웅얼거렸다. "그전에 도망칠 시간은 있어."

그러나 여사제는 말이 없을 뿐 아니라 귀도 들리지 않는 듯했다. 왕비는 기도하는 여사제를 두고 문에 쳐진 커튼을 젖히고 나왔다.

클리타임네스트라는 욕조가 있는 곳으로 갔다. 궁 바닥에 둥근 모양으로 파인 거대한 욕조였다. 물에서 김이 모락모락 났고 클리타임네스트라는 가물거리는 횃불과 숨 막히는 수증기에 눈이 적응하도록 잠시 기다렸다. 살이 쪘는데 왜소해 보이는 아가멤논이 방 한가운데 욕조 안에 앉아 있었다. 클리타임네스트라는 이 순간을 기다리며 정성껏 짠 보라색 가운을 집어 들었다. "여기요, 여보." 클리타임네스트라가 부르며 물가로 다가갔다. "보라색으로 몸을 감싸고 옆방으로 갑시다. 향유를 몸에 바르고 살갗에 남아 있는 트로이아의 마지막 흔적을 씻어내 드릴게요."

"깜짝 놀랐잖아." 왕은 놀란 티를 이미 다 내 놓고도 이렇게 말했다. "노예들한테 향유를 가져오라고 하면 안 돼?"

"당신을 위해 푹신한 소파를 준비해 놓았어요." 클리타임네스트라가 말했다. "잔에 포도주와 꿀을 담아 대령해 놓았고요."

왕은 눈을 꼴사납게 뒤룩뒤룩 굴리며 일어섰다. 욕조에서 세 계단을 올라와 아내 앞에 서서 팔을 벌렸다. 클리타임네스트라는 오른 소매에 오른팔을 끼우게 거들고, 가운이 실은 그물, 함정, 덫이라는 걸 아가멤논이 알아차리기 전에 얼른 그의 왼팔을 왼 소매에 밀어 넣었다. 소매는 끝이 없고 끄트머리를 꿰매어 막고 옷 몸통에 붙여 놓아서, 일단 팔이 소매 안으로 들어가면 옴짝달싹할 수가 없었다. 아가멤논은 손가락으로 천을 움켜쥐었으나 클리타임네스트라가 소매 끝을 겹겹이 꿰매 놓아 아무것도 잡히지 않았다. 클리타임네스트라는 아가멤논을 밀어 쓰러뜨리고 재빨리 등 뒤쪽에서 가운의 매듭을 묶었다.

"뭐 하는 짓이야!" 아가멤논이 소리쳤다. 겁난 게 아니라 화가 난 목소리였다. 클리타임네스트라의 왼손에서 반짝이는 칼을 보기 전에는. 기둥 뒤 그늘진 곳에 칼을 세워 놓았는데 보지 못했던 것이다. 처음 보는 칼이었다. 여자들이 쓸 만한 짧은 칼이었다. 대체 어디에서 저런 걸 찾아낸 걸까?

클리타임네스트라는 아가멤논의 배에 칼을 박았다. 꿈쩍 못 하게 묶인 팔 위쪽으로. 아가멤논은 비명을 질렀다. 클리타임네스트라는 칼을 다시 뽑아 더 위쪽을 찔러 오른쪽 갈빗대 사이를 갈랐다. 다시 칼을 뽑자 아가멤논은 비명을 지르며 앞으로 고꾸라졌다. 귀청이 떨어질 듯한 비명이었으나 아무도 도우러 달려오지 않았다. 아무도 오지 않았다.

클리타임네스트라는 아가멤논 위에 서서 다시 갈빗대 사이로 칼을 꽂았다. 아가멤논은 허파에 날이 들어오며 숨이 빠져나가는 것을 느꼈다. 소리를 내려고 입을 벌렸으나 아무 소리도 나지 않았다. 내려다보니 자기 내장이 바닥에 쏟아지고 있었다. 보라색 내장이 보라색 가운 위에서 흩어졌다.

과부가 된 클리타임네스트라가 그의 시신 위에 서서 미소를 지었다. 모든 것이 계획대로 되었다. 클리타임네스트라는 아가멤논의 피로 물이 붉게 물드는 것을 보았다. 죽은 뒤에도 무언가를 망치니 참으로 아가멤논답다고 생각했다. 클리타임네스트라는 야만적 기쁨으로 몸이 달아올랐다. 자기도 지붕으로 올라가 검은 불길 속에서 춤출 수 있을 것 같았다. 그러자 아직 복수가 끝나지 않았다는 게 떠올랐고 클리타임네스트라는 조용히 제실로 갔다.

여사제는 아직 그곳에서 바닥에 무릎을 꿇고 운명을 기다리고 있었다. 클리타임네스트라는 두근거리는 심장이 두 번 뛸 동안 망설였으나 죽이지 않으면 안 된다는 걸 알았다. 아가멤논의 씨를 남길 수는 없었다. 살아 있는 자식들에게 흐르는 피는 어쩔 수 없었지만. 카산드라는 이걸 예견했고 카산드라의 신이 그걸 원했다. 클리타임네스트라는 카산드라의 뒤에 서서 칼을 높이 쳐들어 목을 겨누었다. 죽어야 하긴 하지만 아가멤논처럼 고통스럽게 죽을 필요는 없었다. 클리타임네스트라가 카산드라의 목을 베려는 순간, 카산드라가 눈을 뜨고 살인자를 바라보았다. "미안해요." 카산드라가 말했다. "앞으로 일어날 일에 대해서."

나중에 클리타임네스트라는 이 순간을 돌이켜 보며 이 말을 한 사람이 카산드라가 아니라 자기였다고 생각했다. 여사제가 미안해할 이유는 전혀 없었으니까.

왕궁 지붕 위에서, 분노의 여신들이 춤을 멈췄다. 서로 마주 보며 흥분해서 고개를 끄덕였다. 그들의 일이 끝났다. 마침내 뜻이 이루어졌다. 복도를 배회하고 따뜻한 돌바닥에서 춤을 추며 맨발과 차가운 뱀들을 달구며 이토록 오래 기다린 적은 지금까지 없었다. 한두 해 정도가 지나자 지루해졌다. 그래서 지붕 위에 올라가서 죄를 저지른 자가 돌아오는지 보고 있었다. 그가 돌아오면 깨어 있을 때나 자려고 할 때나 귀에 대고 비명을 질러 대서 정신이 나갈 때까지 몰고 갈 수 있었다. 그가 돌아오기를 기다리고 기다리고 또 기다렸다. 그들이 미케나이 왕궁 지붕 위에서 보낸 세월 동안 죄를 지었으나 벌을 받지 않은

다른 사람들은 거론하지 않았다. 분노의 여신들이 곧 그들도 따라잡을 테니까. 이 순간에는 이곳의 문제가 최종적으로 해결되었다는 사실에 오직 신나기만 했다.

그런데—세 여신 중 한 명이 무슨 소리를 언뜻 듣고는 고개를 갸웃했다. 꿈틀거리던 뱀도 동작을 멈췄고 불꽃도 잦아들었다. 다시 소리가, 이어서 또 다른 소리가 들렸다. 분노의 여신들은 말없이 독사와 불을 거느리고 허겁지겁 지붕에서 내려왔다. 어디에서 나는 소리지? 왕궁의 외벽을 따라가다 보니 소리가 점점 커졌다. 창고에서 두드리는 소리가 들렸다. 두꺼운 나무에 검은 쇠 띠를 두른 문밖에 서자 누군가가 문을 두드리며 꺼내 달라고 외치는 소리가 들렸다. 엘렉트라가 안에 갇힌 지 한참이 지났고, 엘렉트라는 모르지 않았다. 이미 아버지가 죽었으며 어머니가 죽였다는 것을. 노예들에게 들었나? 아이기스토스에게? 복수의 여신들은 몰랐지만 궁금하지도 않았다. 그들에게는 엘렉트라가 잠긴 문을 주먹으로 두드리는 소리, 아버지의 시신을 볼 수 있게 해 달라고 울며 비는 소리밖에는 들리지 않았다.

복수의 여신에게 문이나 벽 따위는 아무 의미가 없었다. 여신들은 이미 엘렉트라의 곁으로 가서 검은 불로 엘렉트라를 감쌌다. 그들의 뱀이 엘렉트라의 머리카락 안에 둥지를 틀었다. 엘렉트라는 자기를 둘러싸고 있는 여자들이나 자기 몸 위에서 꿈틀거리는 뱀을 볼 수는 없었으나, 불같은 열기를 느꼈고 뭘 해야 할지 알았다. 오레스테스를 찾아야 했다. 그리고 아버지의 복수를 해야 했다.

40
페넬로페

경애하는 아테나 여신께,

당신께 감사의 기도를 올립니다. 장밋빛 새벽이 하늘에 번지기 전 마지막 어둠 속에서 이 글을 씁니다. 오딧세우스는 위층 우리 침대에 잠들어 있습니다. 현실이 되리라 생각하지 못했던 일이 이루어졌습니다. 20년 동안 떠나 있었던 남편이 지금 이타케에 있다니. 텔레마코스도 여행에서 무사히 돌아와 잠이 들었습니다. 두 사람 다 무슨 일이 있었는지, 어떻게 둘이 같은 날 돌아왔는지, 어디에서 왔는지 이제 저에게 입을 떼기 시작했습니다. 이제 이야기가 이어질 것입니다. 제가 감사드려야 할 분은 당신임을 잘 알고 있습니다.

여신께서 그들을 지켜 주셨지요. 늘 오딧세우스를 아끼셨다는 거 압니다. 당신처럼 영리하니까요. 이런 말을 입에 올리는 게 오만은 아니겠지요? 만약 그렇다면 용서하세요. 남편 없이 오랜 세월을 보내다 보니 입이 험해졌습니다. 어떤 건지 아실 거예요. 또 님프 칼립소가 남편을 돌려보내도록 설득해 주신 것에도 감사해야겠지요. 당신께서 제우스에게 직접 개입해 달라고 간청했다고 들었습니다. 당신이 신들을 회의에 소집해서 오딧세우스가 집에 돌아갈 수 있게 풀어 주라고 요구했다고요. 오딧세우스가 무사히 항해할 수 있게 포세이돈이 허락한 것도, 파이아케스인들이 표류해 온 그를 받아 준 것도 당신 덕이라고 해요. 당신이 아니었다면 내 남편은 분명 바다 밑에 가라앉았을 겁니다.

오딧세우스는 변장을 하고 돌아왔습니다. 정말 그 사람답죠. 우회적으로 접근할 수 있는 문제는 절대 직접 맞닥뜨리지 않아요. 그렇게 감쪽같이 변장할 수 있었던 것도 당신 덕이라고 생각해요. 그의 어머니라 해도 알아보기 힘들었을 거예요. 아내인 저도 긴가민가했으니까요. 저는 그의 눈을 똑바로 보고도 확신하지 못했어요.

어쨌거나 그는 나에게 오기 전에 하루이틀 돼지치기 에우마이오스의 집에 숨어 있었어요. 요새는 음유시인들이 그리스 영웅들의 위대한 귀향을 노래로 불러요.(솔직히 귀향이 성공적이었던 사람도 있고, 아닌 사람도 있긴 하지만요.) 그 노래 가운데 돼지가 중요한 역할을 하는 건 제 남편 이야기가 유일할 거라고 확신해요. 부하들이 돼지로 변신하는가 하면, 돼지들 사이에서 자고 있지요. 아내가 기다리는 집으로 가는 대신에. 아마 오딧세우스도 아가멤논 소식을 들었겠죠. 클리타임네스트라가 늙은 겁쟁이를 어떻게 맞이했는지. 목욕탕 옆에 서 있을 때 아내가 고목 베듯 베어 버렸다지요. 도끼로 쓰러뜨렸다는 사람도 있고, 칼로 찔렀다는 사람도 있고, 전하는 사람이 누구냐에 따라 자세한 부분은 다르더군요. 하지만 한 가지는 분명하죠. 레다의 딸들이 남자들에게는 재앙이라는 것. 오딧세우스는 자기도 이타케에서 그런 꼴이 될까 걱정했던 걸까요? 내가, 이 충실한 페넬로페가 남편을 클리타임네스트라처럼 대접하리라고 생각했던 걸까요? 터무니없는 생각이네요. 제 이름은 인내와 충성의 대명사가 되어 있는데요. 어떤 음유시인이 부르는 노래에서든 마찬가지죠. 하지만 그래야 나의 오딧세우스죠. 당신의 오딧세우스이기도 하고. 항상 어떻게든 힘든 길로 돌아가려고 하는 사람.

그래서 오딧세우스는 에우마이오스의 오두막에서 귀국 환영을 받았었어요. 처음에는 환영이 아니었대요.(저는 오딧세우스 이야기의 끝부분인 이 부분만 겨우 들었어요.) 처음엔 개들한테 거의 찢어발겨질 뻔했다죠. 돼지치기의 개가 자기가 이타케에 있을 때의 그 개들, 낯선 사람한테만 짖던 개가 아니란 걸 깜박했던 거예요. 개들은 아내들만큼 오래 기다릴 수가 없으니까요. 그 사냥개들은 원래 개들의 새끼의 새끼쯤 되겠죠. 그러니 낯선 사람이 다가오는 걸 보고 으르렁거리고 짖고 물어뜯겠다고 위협을 했어요. 에우마이오스가 개들을 달래서 겨우 오딧세우스가 지나갈 수 있게 했죠. 오딧세우스는 참으로 사나운 사냥개들이라고 생각했는데, 다음 날 아침 젊은이가 빠른 발걸음으로 오두막으로 다가오는 소리가 들렸을 때는 생각이 달라졌어요. 개들이 짖지도 으르렁거리지도 않고 기쁜 듯 한 번 컹 짖으며 자기들 친구 텔레마코스를 환영했으니까요. 아시겠지만 오딧세우스는 생각을 쉽사리 드러내는 사람이 아니잖아요. 하지만 그 순간—옛 주인을 못 알아보는 이타케 개들이 아들을 알아보는 것을 보고 섭섭했을 거예요. 자기 아들이 마치 아들이 아버지를 본 듯 에우마이오스에게 달려가는 것을 보고는 더욱 속상했겠지요. 자기 아들, 장성한 젊은이가 된 아들이 다른 남자를 끌어안고 아들이 아버지에게 들려줄 법한 이야기를 들려주고 있었으니까요. 오딧세우스는 마음만 먹으면 신중함의 대가가 될 수도 있는 사람이지만, 이때만큼은 눈물이 줄줄 흘러 턱수염에 맺혔대요. 자기 아들이 다른 남자를 아버지로 여기다니. 오딧세우스는 더는 정체를 감출 수가 없었어요. 포옹을 받고 환영을 받고 싶었어요. 그래서 텔레마코스에게, 아직 나에게는 밝히지 않은 본인의 정체를 밝혔지요. 다시 말하지만, 이것도 정말 그 사람답군요.

그는 밤새 텔레마코스에게 질문을 쏟아부었어요. 왕궁의 상황이 어떤지, 왕비가 재혼했는지, 에우마이오스가 말한, 밤낮으로 왕비에게 구혼한다는 자들은 누구인지? 돼지치기가 구혼자들이 왕비의 포도주를 다 마시고 날마다 돼지를 한 마리씩 잡아 먹어 치운다고 말했거든요. 그게 사실인지? 몇 명인지? 무장이 잘 되어 있는지? 이미 오딧세우스는 자기 아내와 감히 결혼하려고 하는 자들에게 복수할 계획을 세우고 있었어요. 잔인하고 부당한 일이라고 할 사람도 있을 거예요. 오딧세우스가 20년이나 자리를 비웠으니, 그가 살아 있다고 생각할 사람이 누가 있겠어요? 나도 그가 죽었을지 모른다고 생각했고, 아버지도 그렇게 생각했고, 어머니는 그가 영영 돌아오지 않을지 모른다고 생각하며 눈을 감으셨죠. 그리고 아들 텔레마코스도 그렇게 생각했고요.(내가 그런 말을 입 밖에 낸다면 부적절하겠지만.) 이타케 젊은이들이 왕이 될 기회를 노린 건 당연한 일이죠. 본 적도 없는 왕에게 충성심이 있겠어요?

만약 지난 일을 돌이킬 수 있다면(제가 이런 말을 한다고 여신께서 고깝게 여기지 않으시길 빕니다.) 저는 오딧세우스가 저에게 먼저 사실을 털어놓았더라면 좋았을 거라고 생각해요. 남편이 드넓은 검은 바다 너머에서 싸우고 있는 것하고, 온갖 괴물, 신, 잡년들 때문에 집에 돌아오지 않는 것은 천양지차죠. 게다가 남편이 아내보다 자식과 먼저 재회했다는 사실을 알게 되니 마치 심장에 박힌 칼날을 비트는 것 같네요. 언젠가 내가 이런 이야기를 꺼내면 오딧세우스는 이렇게 말하겠죠. 전투에 착수하기 전에 먼저 결과를 확신할 수 있어야 했다고. 그 사람은 늘 그렇게 신중한 사람이었죠. 모든 선택지를 일일이 검증해 보는 사람. 그런데 그 사람이 이곳에, 이토록 가까이 있는데, 저는 철저히 혼자인 느낌이에요. 제가 위안을 얻으려 기댈 수 있는 유일한 사람이 아들이었는데, 남편이 아들마저 저한테서 빼앗아 가 버렸어요. 물론 하루이틀 동안이었죠. 하지만 텔레마코스는 저의 유일한 자식이고 앞으로도 그럴 텐데요. 다시 자식을 낳을 기회는 오딧세우스가 트로이아로 떠나면서 사라져 버렸어요. 오딧세우스는 알 거예요—텔레마코스도 알 테고요. 그 오랜 세월 돌아오지 않는 남편을 기다렸는데, 하나뿐인 아들이 사라진 아버지를 찾으러 그리스 전역을 돌아보겠다며 모험을 떠났을 때 제가 입은 상처가 어떠했을지요. 물론 아들이 무슨 짓을 하든 용서할 거예요. 그러지 않을 어미가 어디 있겠어요? 그렇지만 오딧세우스가 부재중에 저지른 모든 일 가운데 이 마지막 일이, 그 잔인함이 가장 용서하기 힘들어요. 물론 오딧세우스가 뭐라고 변명할지 알아요. 단지 며칠뿐이었다고, 최선을 위해 어절 수 없었다고. 그 사람은 쉽게 말할 수 있겠죠. 20년 동안 기다리지 않은 사람은. 오딧세우스한테는 아내와 잘 재회하는 것보다 복수를 성공시키는 게 훨씬 중요했다는 생각을 떨쳐 버릴 수가 없네요.

이게 제 기도의 두 번째 이유입니다. 그를 집으로 데려와 주셔서 감사해요. 그렇지만 돌아온 사람은 누구인가요? 영리하고, 꾀 많고, 매력 넘치고, 좋은 아버지이자 효자인 내 남편인가요? 아니면 망가진 전사, 너무나 많은 살상을 겪어 모든 문제를 칼로 해결하려는 사람인가요? 20년 전에 내가 사랑했던 남자는 싸움을 싫어했거든요. 트로이아로 가지 않으려고 미친 척했었지요. 그랬던 걸 기억이라도 할까요? 나는 기억하는데. 그 사람은 겁쟁이도 아니었어요. 당신께서도 잘 아시지요. 그런데도 피할 수 있는 한 전쟁을 피하려 했어요. 그리고 소문으로 들려오는 약삭빠른 매복 작전, 속임수와 술수 이야기를 들을 때마다 저는 매번 역시 내 남편이라고 생각했지요. 늘 가장 영리한 계략을 생각해 내고, 기지로 위기에서 벗어나는 내 남편이라고. 어느 시점에서 저는 남편이 세운 책략 안에서 죽은 사람이 몇인지 생각하지 않게 된 걸까요? 그건 부수적인 결과일 뿐이라고 생각했을까요? 사실은 그게 핵심인데? 집으로 돌아오는 길에 부하들을 전부 다 잃었는데, 그걸 사고라고 할 수 있나요? 만약에—아테나시여, 이런 말을 입에 올리지 않을 수 있다면 좋겠지만, 입 밖에 내기 전까지는 이 생각이 계속 저를 괴롭힐 것 같습니다—그가 부하들을 잃은 게 아니라 버린 것이라면요? 그럼 어쩌지요?

용서하세요, 여신이시여. 잠시 기도가 끊겼네요. 불경을 저지르려던 것은 아닙니다. 어디까지 이야기했던가요? 아, 그렇지. 오딧세우스의 변장에 모두 속았어요. 저처럼 그 사람을 잘 아는 사람들조차도요. 유일하게 아르고스만은 속이지 못했지요. 당신께서 여러모로 지혜롭게 도와주셨지만, 개는 그를 기억하리란 걸 깜박하셨던 걸까요? 물론 당신 탓이란 말은 아닙니다. 하지만 아르고스는 오딧세우스가 트로이아로 떠났을 때 어린 강아지였어요. 오딧세우스가 자기 명령을 따르게 훈련시켰지요. 오딧세우스가 떠난 뒤에 강아지는 개가 되었고 늙어서 입 주위 털이 희어지고 느릿느릿 돌아다니게 되었지요. 스무 해를 넘겨 살았으니 드문 일입니다. 어쨌든 살아 있었고, 오딧세우스가 에우마이오스의 오두막에서 출발해 우리 왕궁을 향해 갈 때, 늙은 개가 오딧세우스의 냄새를 맡았습니다. 아르고스는 한두 해 전부터 더는 짖지 않았는데 그때도 짖지 않았습니다. 대신 꼬리를 흔들었어요—한 번, 두 번—그러고 오딧세우스가 손을 뻗어 머리를 쓰다듬어 주길 기다리는 듯 귀를 눕혔지요. 남편은 꼬리와 귀가 움직이는 걸 보고 알았어요—그 순간 알았어요—이 늙은 개가 자기가 두고 간 강아지라는 걸. 개를 쓰다듬어 주고 싶었으나 자기 정체를 들킬까 봐 겁이 났지요. 그렇지만 걱정할 필요가 없었어요. 너무 늙고 약해 충격을 감당할 수 없었던 아르고스가 곧바로 숨을 거두고 말았으니까요. 이 전쟁과 비극으로 가득한 끔찍한 이야기 가운데에서 무엇보다도 절 크게 상심하게 한 게 늙은 개의 죽음이라니 참으로 터무니없는 일이지만, 그게 사실입니다. 개는 평생 주인이 돌아오기를 기다렸고 소원이 이루어지는 순간 죽었습니다. 음유시인들조차 노래에 넣기에는 지나치게 감상적인 이야기라고 할 듯하네요.

오딧세우스가 왕궁에, 마침내 집에 도착했습니다. 거지로 변장한 채로요. 저는 한 끼 식사와 지붕 아래 하룻밤 잠자리가 필요한 나그네 누구에게나 그러듯 그를 집으로 들였습니다. 나그네를 손님으로 맞아야 한다는 게 신들에 대한 우리의 의무임을 여신께서는 저보다 더 잘 아시지요. 구혼자들은 오딧세우스에게도 다른 부랑자들을 대할 때와 똑같이 했습니다. 조롱하고 위협했지요. 안티노오스는 그에게 의자를 던져 등에 맞혔어요. 흥미롭게도 쇠약한 노인네처럼 보이는 거지가 등에 나무 의자를 맞고도 움찔하지 않은 것을 아무도 알아차리지 못했습니다. 제법 세게 맞았는데도 거지는 아무렇지 않았지요. 제가 그때 남편을 알아보았다고는 안 하겠어요. 당신이 그렇게 꽁꽁 가려 놓았는데 제가 어떻게 알았겠어요? 하지만 이건 알아차렸습니다. 노인치고는 태도가 상당히 전사답다는 것. 불시에 날아온 물체에 맞았는데 다치지도 놀라지도 않았으니까요. 에우마이오스가 그자를 오딧세우스의 소식을 가져온 크레테인 방랑자라고 소개했을 때는, 이 모호한 말 뒤에 뭐가 숨겨져 있을까 생각했지요.

구혼자들은 정확히 내가 그동안 보아 온 바에 따라 예상대로 행동했지요. 안티노오스뿐 아니라 레오데스, 에우리마코스, 아겔라오스 등등도요. 하나하나 떼어 놓고 보면 그렇게 나쁜 사람들은 아니에요. 최소한 전부 다 나쁘지는 않아요. 처음에는 그렇게 못돼먹게 굴지도 않았어요. 두엇씩 짝을 지어 궁에 왔는데, 처음에는 수줍어하며 제 애정을 얻으려고 조용히 서로 경쟁했어요. 그렇게 몇 달, 어쩌면 몇 년이 지나고 나자 오딧세우스가 마침내 맞닥뜨린 포악한 무리가 된 것이지요. 저는 저들이 왜 저렇게 되었는지, 왜 환영받지 못하는 곳에 머물려고 하는지 의아해하곤 했어요. 생활도 내팽개치고, 자기를 받아 줄 여자하고 결혼해서 가정을 꾸리려고도 않고. 대신에 나한테 구혼한다는 핑계로 모여 있었던 거예요. 조금 시간이 지난 뒤에 이게 실은 저들의 전쟁이란 걸 깨달았어요. 이들은 트로이아로 떠나기에는 너무 어렸죠. 형과 사촌과 아버지가 그리스 최고 원정대에 들어갔을 때는 어린아이였으니까. 위대한 전쟁에서 전사로 싸울 기회를 놓친 거예요. 대신 내 창고를, 내 정절을 상대로 전쟁을 펼쳤어요. 싸울 상대가 없었으니까요. 어떤 면에서는 불쌍하기도 했어요.

하지만 한곳에 모여 있다 보니 좋은 성품도 전부 사라졌어요. 다들 개중 최악의 인간하고 똑같아져 버렸죠. 그래서 제가 그자들에게 넘어가지 않을 수 있었어요. 심지어 암피노모스한테도. 아, 그 사람 정말 잘생겼었는데. 그 사람을 눈여겨보신 적이 있는지요? 아니면 당신의 올빼미 색 눈은 내내 제 남편에게만 꽂혀 있었는지요? 방을 둘러보셨다면 키가 크고 어깨가 넓고 팔다리가 탄탄한 젊은이, 다른 사람에게는 없는 다정함이 눈에 어린 남자가 보였을 겁니다. 거지에게 소리를 지르거나 나그네를 모욕하는 모습은 보실 수 없었을 거예요. 목소리가 부드럽고 나지막해서 다른 시끄러운 인간들의 소란 속에 묻혀 버리곤 했죠. 눈은 짙은 색이고 짙은 갈색 머리카락은 곱슬곱슬해서 여자가 머리카락에 손가락을 넣어 돌돌 감을 수 있을 거예요. 그냥 상상만 해 본 거예요.

하지만 다른 구혼자들과 함께, 또 구혼자들과 공모했다고 의심받는 하녀들과 함께 그 사람도 죽었어요. 그게 당신의 계획인지 오딧세우스의 선택인지 전 영영 알 수 없겠지요. 제가 아는 건 제가 나그네를 궁에 들였고, 사람들이 나그네를 함부로 대했다는 거예요. 그러자 나그네는 화살과 칼로 되갚았지요.

그 화살은 제 탓이라고도 할 수 있을 거예요. 뭔가 결정을 내려야 한다는 생각이 머릿속에 가득했거든요. 자칭 크레테인이라는 사람이 궁에 왔는데, 어딘가 낯이 익었어요. 구혼자들은 들개 떼처럼 날뛰고 있었고요. 결단을 내려야 한다는 생각이 들어서, 구혼자들에게 힘과 기술을 겨루어 보라고 제안했어요. 오딧세우스의 활로 도끼날 구멍 열두 개를 관통하도록 화살을 날리는 시합이었죠. 이 활의 시위를 당기려면 정말 힘이 세야 해요. 대부분 사람은 알아차리지 못하는 독특한 구조가 있고요. 이 무기로 화살을 날리는 데만도 특별한 기술이 필요한데, 도끼날 열두 개를 관통할 만큼 정확하고 세게 쏘는 건 말할 것도 없죠. 솔직히 아무도 못 할 거라고 생각했어요. 그래도 시합 동안에는 잠잠할 테니 그동안이라도 좀 쉴 생각도 있었어요. 젊은이들이 어찌나 시끄러운지 귀청이 떨어져 나갈 것 같았거든요.

그 크레테인이 정말 내 남편인지 시험해 보려고 그랬냐고요? 텔레마코스는 내가 그 사람이 오딧세우스가 아닐까 의심했을 거라고 생각해요. 내 남편이라면 시위를 당겨 화살을 날릴 수 있으리란 건 당연히 알았죠. 우리가 젊을 때 남편이 활을 쏘는 걸 수도 없이 봤으니까. 그래서 시합을 제안한 건 아닌데, 어쩌면 당신이나 다른 신이 제 머릿속에 그런 생각을 심어 주었을지도 모르겠네요. 전에는 구혼자들을 그런 식으로 시험해 보겠다는 생각을 한 번도 해 본 적이 없으니까요. 당연히 모두 실패했고, 당연히 오딧세우스가 이겼어요. 이기기만 한 게 아니라, 이제 그는 무기를 들고 있고 구혼자들은 아니었지요. 게다가 한 사람이 여러 사람에 맞섰을 때의 불리함을 극복하게 해 줄 무기를 들고 있었고요.

하지만 사실 혼자 싸운 것은 아니었지 않나요? 제 아들이 함께 싸웠고 두 사람이 우리 궁 바닥을 피로 물들였어요. 내 남편은 텔레마코스에게, 에우마이오스에게, 그리고(나중에 알게 되었지만) 자신의 늙은 유모 에우리클레이아에게도 정체를 밝히고 나서, 그다음에야 나한테 자신을 드러냈어요. 마침내 정체를 밝혔을 때 남편은 내 삶을 비참하게 만든 남자들과 그러지 않았던 한 남자의 피를 흠뻑 덮어쓰고 있었지요. 남편이 암피노모스의 목에 화살을 꽂아 죽였으나 아름다운 얼굴은 그대로였지요. 오딧세우스의 왼발 옆에서 암피노모스의 텅 빈 눈이 나를 바라보고 있었어요.

한편 남편은 구혼자들의 피에 푹 젖은 채 움찔거리는 내 하녀들의 시신 앞에 서서—전부 똑같은 길이의 밧줄에 목이 매달려 죽었습니다—자기가 내 남편이라고 밝혔어요. 그가 돌아오는 날을 수도 없이 꿈꾸었지만, 이날이 이토록 과격하고 잔인하리라고는 상상도 해 보지 못했습니다. 뒤처리하는 데 이렇게 오래 걸리리라고는 상상도 못 했죠. 남편이 이 젊은 무뢰배의 가족들에게 어떻게 사과할지 생각이라도 해 보았을지 모르겠습니다. 또 하녀들을 전부 잃은 내가 어떻게 새 하녀들을 구할지에 대해서나. 그러니 아테나여, 제가 드리는 기도는 이렇습니다. 남편을 돌려보내 주셔서 감사합니다. 당신이 그리하셨다면요. 만약 위층에서 옛날에 오래된 올리브나무를 깎아 만든 침대에서 자고 있는 자가 사기꾼이라면 곧 알게 되겠지요. 저 이가 우리가 같이 살 때의 옛이야기를 알고 있는 것은 확실해요. 그리고 텔레마코스가 아주 헌신적이니 그것도 다행이지요. 그러니 어쩌면 저 사람이 예전의 그 사람인지, 아니면 달라진 사람인지, 아니면 아예 다른 사람인지는 중요하지 않은지 몰라요. 오딧세우스가 남겨 둔 자리에 딱 맞게 쏙 들어갔으니까요.

당신의 헌신적인 페넬로페

41
모이라이

날마다 똑같은 모습이다. 클로토는 물렛가락을 들고, 라케시스는 매의 눈으로 지켜 보고, 아트로포스는 캄캄한 구석에서 어둠에 묻혀 거의 보이지 않는 짧은 칼날을 들고 앉아 있다. 클로토는 오른손에 실을 쥐고 왼손으로 물렛가락을 돌렸다. 기억하는 한 클로토는 언제나 이 일을 하고 있었고 다른 무엇을 한 기억은 없었다. 한 손에 양털 한 줌을 쥐고 꼬아서 굵고 거친 끈을 만들었다. 옛날에는 부드러운 털 뭉치에서 가시나 씨앗 같은 걸 골라내기도 했지만 이제 포기한 지 오래였다. 그래 봐야 손끝만 아팠다. 처음에 아직 실이 아니라 양털에 가까울 때는 아주 약했다. 조금만 힘을 줘도 끊어져 버려서 무척 조심해야 했다. 클로토가 덤벙거리다가 한 인간의 삶을 짧게 줄여 버리기라도 하면 라케시스가 용서하지 않을 거였다. 생명의 실을 잣는 것은 클로토의 일이지만 그 실이 얼마나 길지 결정하는 것은 라케시스의 몫이었다. 클로토가 전에 잠깐이라도 서로 일을 바꿔서 하자고, 쑤시는 손가락을 좀 쉬고 싶다고 한 적이 있었다. 하지만 나머지 둘이 반대했다. 그래서 클로토가 늘 알았던 사실, 자기가 셋 중에서 가장 힘든 일을 하고 있으며 그 역할은 영영 바뀌지 않을 것이란 사실을 확인했을 뿐이었다. 클로토가 자기 손가락 사이로 스치고 지나는 인간의 삶에 별 동정심을 느끼지 못하는 것도 그럴 만했다.

북슬북슬한 실 가닥을 문질러 꼬는 손끝을 양털기름이 부드럽게 유지해 주었다. 실이 튼튼해지면 물렛가락에 감았고, 그러면 물렛가락의 무게로 더 길고 가늘게 당겨졌다. 그때 라케시스가 실에 주의를 집중했다. 라케시스는 자도 없이 자신의 날카로운 눈에만 의존했다. 결정적 순간에 라케시스가 고개를 끄덕이면, 아트로포스가 짧은 칼날로 클로토의 두 손 사이 공간을 베었다. 또 하나의 삶을 재어서 마무리한 것이다. 가끔 오판할 때도 있었다. 라케시스는 언제나 필요한 만큼 열렬히 고개를 끄덕이지는 않았고 어둠 속에서 아트로포스가 실을 놓칠 때도 있었다. 그 남자가 누구였더라, 클로토는 기억을 되새겨 보았다. 운명의 여신들이 일을 망쳐서 주어진 목숨이 끝난 뒤에도 한참 더 살았던 사람이 있었는데? 이름은 떠오르지 않았고 너무 늙다 못해 죽을 때 마치 낙엽 무더기처럼 보였다는 사실만 떠올랐다. 가끔 아트로포스가 너무 낮게 혹은 너무 높게 칼을 휘둘러 실을 엉뚱한 자리에서 자르기도 했다. 그리고 가끔 클로토가 실을 제대로 만들지 못할 때도 있었다. 손끝이 메마른 데다 양털에 기름기가 없으면 라케시스가 제대로 가늠하기 전에 섬유가 끊기기도 했다. 클로토는 그런 영혼에 대해 슬픔을 느끼지는 않았다. 자기 행동의 결과를 일일이 생각하다가는 슬픔으로 마비가 되어 버릴 테고 다시는 실을 잣지 못할 것이기 때문이었다. 그렇지만 자기 말고 다른 누가 실수를 하는 것은 좋았다. 그러면 대개 목숨이 짧아지기보다는 길어질 때가 많았기 때문이다. 하지만 실이 제대로 만들어지지 않는다면, 어떤 어머니가 요람 옆에 서서 들어 주지 않는 하늘을 향해 슬퍼하며 울부짖게 되리라는 뜻일 수밖에 없었다.

42
안드로마케

안드로마케는 에페이로스에 우뚝 솟은 산맥을 보며 이데산을 떠올려 보려고 했으나 전혀 다른 산이었다. 이데산은 완벽한 모양의 봉우리로 솟아 있었고 어찌나 높은지 아침에는 안개에 뒤덮여 산꼭대기가 안드로마케와 헥토르의 눈에 보이지 않을 때가 많았다. 안드로마케는 해가 떠올라 안개를 몰아내어 산정이 다시 모습을 드러낼 때마다 마음이 편안해지는 걸 느꼈다. 마치 멀리에서 아빠가 걸어오는 모습이 드디어 보일 때 어린아이가 느낄 법한 심정 같았다. 안드로마케는 그 산이 그리웠다. 그래도 자기가 잃은 모든 것 대신 그 산을 생각하면 울지 않을 수 있었다.

에페이로스는 트로이아와 달랐다. 산봉우리를 봐도 이데산처럼 자상한 부모 같은 느낌은 들지 않았다. 이곳에는 사방에 산이 있어 마치 우물 바닥에 갇혀 있는 듯했다. 안드로마케는 두꺼운 성벽과 드높은 성채가 있는 아름다운 도시에서 작은 마을에 지나지 않는 곳으로 끌려왔다. 마을 몇 개를 모아 놓은 곳이라고 해야 할까. 에페이로스는 그리스에서 가장 북쪽이라 산정이 늘 눈으로 덮여 있었고 안드로마케는 종종 추위를 느꼈다. 트로이아나 고향 테바이에서는 모직 튜닉을 입을 일이 없었다. 그렇지만 에페이로스에서는 그것 없이는 살 수가 없었다.

이곳에 도착했을 때 안드로마케는—삶에서 그 기간의 기억은 최대한 지우려 했지만 그것만은 기억했다—며칠 만에 자기가 입을 망토 한 벌을 짰다. 산에서 휘몰아쳐 오는 매서운 북풍에 얼어 죽지 않으려면 그래야만 했다. 네오프톨레모스가 양털(별로 충성스럽지 않은 신민들이 바친 것이었다.)에서 실을 뽑아 옷을 짜라고 명령했다. 안드로마케는 명령을 따랐다. 이를 갈며 시작한 일이었으나(트로이아의 왕자비가 노예가 되다니) 부지런히 완수했다. 어쨌거나 추운 밤에 몸에 두를 두툼한 천이 필요했다. 안드로마케는 춥지 않았으면 하는 마음이 든다는 사실을 깨달으면서, 어쩌면 죽고 싶지는 않은 걸지 모른다는 사실을 인정할 수밖에 없었다.

트로이아를 떠나 배로 바다를 건너는 동안 죽은 사람처럼 있었다. 자리에서 일어날 수도, 먹을 수도 없었고 물처럼 희석하지 않으면 포도주도 마시지 못했다. 자기 손목뼈가 점점 두드러지는 것을 가벼운 관심을 갖고 지켜보았고 손가락으로 쇄골을 훑어 목 양쪽 홈이 점점 깊이 파이는 것을 느껴보기도 했다. 닷새째 날, 그가 소리쳤다. 안드로마케를 코앞에 두고 입에서 술 냄새를 풍기며 숫제 비명을 지르는 바람에 안드로마케는 바다가 험악할 때도 느끼지 않았던 욕지기를 느꼈다. 그가 당장 먹으라고, 내 소유물을 망가뜨리지 말라고 소리쳤을 때 안드로마케는 묽은 수프를 조금 겨우 삼켰다. 수프를 갖다준 선원은 안드로마케가 자기 입보다 너무 큰 숟가락을 갖다 댔다가 헛구역질을 하는 것을 보고 안됐다는 얼굴로 쳐다보았다. 하지만 그 선원도 네오프톨레모스를 무서워했다. 네오프톨레모스가 트로이아로 오는 길에 사소한 잘못을 이유로 부하 한 명을 뱃전 너머로 던져버렸다는 소문이 있었다. 망망대해에 빠져 동료들이 탄 배가 멀리 떠나가는 것을 보면서 잠시라도 더 물 위에 떠 있으려고 절박하게 헤엄치고 싶지는 않았다. 네오프톨레모스는 자기가 저지른 잔인한 행동에 대해 후회의 뜻을 비친 적이 없었다. 남자나 여자, 혹은 아이에게 저지른 것이라도.

안드로마케는 자기 정신이 허락할 수 없는 길을 따라가려는 걸 느꼈다. 입 앞에 있는 숟가락에 주의를 집중하고, 수평을 유지하려 애쓰며, 더러운 옷 위에 수프를 흘리지 않으려고 했다. 선원은 마치 환자를 대하듯 잘했다는 뜻으로 천천히 고개를 끄덕였다. 그는 안드로마케가 식사를 마칠 때까지 기다렸다가 조용히 그릇을 치웠다.

먹는 것만으로 다시 삶으로 돌아올 수는 없었다. 눈은 수평선 말고 어떤 것에도 초점을 맞추지 못했고 귀에 대고 고래고래 지르는 소리 말고는 듣지 못했으며 어떤 접촉도 어떤 맛도 견딜 수 없었다. 안드로마케는 자기가 더 이상 이곳에 있어서는 안 된다고 생각했기 때문에 물질세계에 역겨움을 느꼈다. 안드로마케가 네오프톨레모스의 배를 타고 떠나게 만든 것은 운명의 여신들의 실수였다. 아들 대신 자기가 트로이아 해안에서 죽었어야 했다.

전에는 직조 솜씨가 괜찮았었는데 완성된 천은 표면이 거칠었다. 마지막으로 만들었던 망토는 헥토르를 위해 짠 것이었다. 전투에 나갈 때 입으라고 어두운색과 밝은색을 섞어 짠 아주 아름다운 망토였다. 아킬레우스가 성난 칼날로 남편의 몸을 벨 때 망토도 반으로 갈라졌다. 안드로마케는 아킬레우스가 헥토르의 시신을 질질 끌고 성벽을 세 바퀴 돌 때 망토가 마치 쏟아진 피처럼 그 뒤로 펼쳐지는 것을 보았다.

에페이로스에서 천을 짤 때는 양털을 깨끗이 다듬는 데 신경을 쓰지 않아서 피부에 꺼슬꺼슬하게 거슬리는 천이 만들어졌다. 실을 가늘게 뽑지도 않아서 망토 군데군데 털이 뭉친 데가 있었다. 또 실을 팽팽하게 잡아당기지도 않아서 가장자리가 보기 흉하게 우글쭈글했다. 하지만 그 천을 짜는 도중에, 얼른 완성해서 춥지 않게 되면 좋겠다는 생각이 들었다. 그 당시에는 몰랐지만, 그게 안드로마케가 죽은 뒤에 다시 살아나기 시작했다는 첫 번째 징조였다.

하지만 망토를 완성해서 몸에 두르고도 안드로마케는 추웠다. 어느 날, 전쟁이 시작된 지 얼마 안 되었을 때 부상당한 젊은 트로이아 병사를 동료들이 성벽 안으로 날라 왔던 날이 떠올랐다. 등에 화살을 맞았는데(멀리에서 쏜 화살이 공교롭게 맞은 경우였다.) 눈 뜨고 보기 힘들 정도로 끔찍했다. 부상병이 고통스러워해서 끔찍했던 게 아니었다. 사실상 그 군인은 안드로마케가 본 어떤 부상병보다 고통을 덜 느꼈다. 그가 당한 일과 느낄 수 있는 것 사이의 간극이 끔찍했다. 그는 화살에 의한 상처도, 척추도, 다리도, 발도 느끼지 못하고 모로 누워 있었다. 가슴 아래쪽으로는 어떤 감각도 느끼지 못했다. 치료사들이 증상이 어떻냐고 묻자 그는 그냥 몸이 추운 느낌이라고만 말했다. 그 후 사흘 동안 그가 느낀 유일한 불편은 추위였고, 그 사흘이 지나고 죽고 말았다. 안드로마케가 네오프톨레모스에게 몸을 바칠 때 그 생각이 머릿속을 가득 채웠다.

안드로마케는 에페이로스에서 산 지 얼마나 되었는지 의식하지 못하고 있다가 문득 자기가 임신했다는 사실을 깨달았다. 한동안은 어떻게 말해야 할지 몰라 네오프톨레모스에게 아무 말도 하지 않았다. 너무 많은 생각이 한꺼번에 몰려왔고 베틀 앞에 앉아 차분히 오랜 시간을 보낸 뒤에야(이제는 더 고운 직물을 짜고 있었지만 그래도 헥토르에게 만들어 준 것에는 비할 바가 못 되었다.) 몇몇 생각을 분리해서 이름을 붙일 수 있었다. 일단은 두려움을 느꼈다. 네오프톨레모스는 소리 지르듯 명령을 내릴 뿐 말을 거는 일이 거의 없었다. 네오프톨레모스가 노예가 자기 아이를 낳는 것을 원하는지 아닌지 알 수가 없었다. 안드로마케가 아는 한 네오프톨레모스에게는 아들이 없었고 아직 결혼도 하지 않았다. 만약 그에게 말했다가, 아니면 몸이 달라진 것을 그가 알아채고 벌을 주려고 하면 어떡하나? 아기가 죽을 때까지 배를 발로 걷어차면? 안드로마케는 배 속 아기와는 무관한 욕지기를 느꼈다. 어쩌면 첫 번째 아기 아스티아낙스와 관련이 있는 것 같기도 했다. 안드로마케의 아들을 트로이아 성벽 위에서 던져 죽인 사람이 네오프톨레모스였다. 그리고 네오프톨레모스는 안드로마케를 윽박질러 가며 여기 에페이로스로 데려왔다. 안드로마케의 첫 아이를 죽인 남자가 두 번째 아이도 죽이지 않으리란 보장이 있나? 안심이 되지 않았다.

안드로마케는 날실 사이로 북을 통과시키고 가장자리가 늘어나지 않게 씨실을 살짝 당기고 완성된 줄을 부드럽게 밀어 빈틈이 생기지 않게 했다. 쉼 없이 일하며 손끝으로 실의 감촉을 느끼고 북을 밀어 넣는 차분한 동작 때문에 계속해서 숨을 쉬고, 계속해서 감정을 분류할 수 있었다. 그러니까 두려움이 첫 번째 감정이었다. 아기와 자신 둘 다를 위해 느끼는 두려움. 다음에는 혐오감이 솟았다. 자신의 피가 자기 아들을 죽인 남자의 피와 섞이게 되었다는 것에 대해서. 게다가 네오프톨레모스는 남편을 죽인 아킬레우스의 아들이었다. 이 사악한 살인자 일족의 노예가 된 것도 끔찍한데, 그들의 후손을 생산한다는 것은 더욱 끔찍했다. 안드로마케는 배 속 아기가 더럽혀졌다고 느꼈고 아기가 태어나더라도 이런 감정이 사라질지 확신할 수 없었다. 분노가 세 번째 감정이었다. 과거에 안드로마케가 헥토르에게 말했던 것이 전부 이루어졌다는 것에 대해서. 혼자 싸우러 나가지 마, 안드로마케는 말했다. 그런 위험을 무릅쓰지 말라고. 선두에 나서지 말고 군인들 가운데에서 싸워. 당신 명예는 이미 보장되었으니까. 아킬레우스의 눈에 띄었다가는 그자가 당신을 베어 버릴 텐데 그러면 당신 아내와 아들은 어떡하라고? 우린 노예가 될 거고 아무도 우릴 돌봐 주지 않을 거야.

당연하지만 자기 말이 옳았음이 증명되어 기쁜 마음은 전혀 없었다. 다만 천천히 몰려오는 두려움뿐. 왜 헥토르는 아내의 말에 귀를 기울이지 않았을까? 어떻게 아내를, 아들을 저버릴 수 있었을까? 모든 게 안드로마케가 예언한 대로 되었고 심지어 그보다 더 끔찍하게 되어 버렸다. 만약에……. 안드로마케는 생각을 끊었다. 또 만약에 어떻게 했더라면, 이런 생각을 시작하면 하늘이 무너져 내리는 듯 고통스러울 것 같았다.

그러니 두려움, 혐오감, 분노. 그다음은 죄책감이었다. 안드로마케는 극심한 죄책감을 느꼈다. 왜냐하면, 이 모든 일에도 불구하고, 형언할 수 없는 작은 기쁨의 불꽃을 느꼈기 때문이었다. 자신의 몸이, 이미 오랫동안 자신의 것이 아니었던 몸이 마침내 위안을 주고 있었다. 안드로마케에게는 사랑할 수 있는 것이 아무것도 남지 않았고 떠올리기 너무 고통스러운 기억밖에 없었다. 그런데 이제 무언가가 있었다. 그래서 한편으로 두려움, 혐오감, 분노, 죄책감을 느끼면서도, 그 불꽃이 안드로마케의 몸 안에서 계속 타올랐다.

안드로마케는 영영 네오프톨레모스를 사랑하게 되지는 않았다. 아무리 안드로마케처럼 성정이 유한 여자라도 그럴 수는 없을 것이다. 안드로마케는 네오프톨레모스가 한 행동을 잊을 수 없었고, 네오프톨레모스는 안드로마케나 한때 안드로마케의 가족이었던 여자들에게 가한 끔찍한 고통에 대해 눈곱만큼도 후회를 비친 적이 없었다. 그렇지만 안드로마케는 처음 그가 자기를 데려갔을 때 느꼈던 뱃속에서 우러나는 혐오감을 계속 유지할 수도 없었다. 그토록 가까이에 있는 남자를 계속 미워할 수는 없었다. 증오심을 죽이지 않으면 자기가 죽을 거였다. 네오프톨레모스의 성미가 사나워서 안드로마케가 분노를 피해 움츠릴 때도 있었으나 겁냈던 만큼 잔인한 사람은 아니었다. 네오프톨레모스가 처음으로 아들을 보는 순간, 안드로마케는 숨을 쉴 수가 없었다. 유모가 아기를 안아 네오프톨레모스에게 보이자, 늘 뚱해 있는 그의 얼굴에 부드러운 미소가 번졌다. 네오프톨레모스는 좋은 사람은 아니었지만, 그래도 좋은 아버지는 될 수 있으리란 걸 그 순간 안드로마케는 알았다. 네오프톨레모스는 아들에게 몰로소스라는 이름을 붙여 주었다.

네오프톨레모스가 메넬라오스와 헬레네의 딸 헤르미오네와 결혼했으나 안드로마케는 헤르미오네를 미워하지 않았다. 두 사람 사이에 애정이 없다는 게 누가 보기에도 빤히 보였다. 네오프톨레모스가 처음 한두 달은 젊은 매력에 끌려 헤르미오네를 찾았으나 금세 흥미를 잃고 다시 안드로마케에게 와서 위안을 구했다. 안드로마케는 어둠 속에서 네오프톨레모스 옆에 누웠고 이제는 시큼한 입 냄새도 역겹지 않았다. 네오프톨레모스가 느리게 숨을 쉬고 있었으나 잠들지는 않았다는 걸 알았다. 그랬어도 그가 입을 열었을 때는 놀랐다.

"최대한 고통 없이 죽였어."

안드로마케는 몸이 굳어지는 걸 느꼈다. "누구 말이에요?"

"네 여동생." 그가 말했다. 폴릭세네 말이었다. 네오프톨레모스가 트로이아 해안에서 아버지의 굶주린 영을 달래기 위해 안드로마케의 시누이(친동생이 아니었으나 안드로마케는 고쳐 주지 않았다.)를 죽였던 것이다.

"그랬어요?" 안드로마케는 최대한 목소리에 감정을 담지 않았다. 감사의 눈물이든 분노의 눈물이든 성질을 건드릴 수 있었다.

"그리스인들이 결정을 내렸어. 제물을 바치지 않고는 출항하지 않겠다고. 아울리스에서 지휘관의 딸을 희생시켰으니, 다시 집으로 돌아가려면 너희 왕의 딸을 바쳐야 했지." 사람들을 이름이 아니라 직분으로 부르는 게 네오프톨레모스의 독특한 버릇이었다. 지휘관이라고 부르지 아가멤논이라고는 하지 않았다. 너희 왕이지 프리아모스가 아니었다. 그러더니 얼른 말을 이었다. "겁쟁이가 아니었어. 장렬하게 죽었다."

어둠 속에서 안드로마케는 고개를 끄덕였다. 네오프톨레모스도 그 움직임을 느낀다는 걸 알았다. "그 애는 항상 용감했어요." 안드로마케가 대답했다. "항상."

"그 사람이 꿈에 나타나 괴롭혀." 네오프톨레모스가 말했다. 안드로마케는 손톱으로 손바닥을 꽉 눌렀다. 아기 아스티아낙스가 아니라. 무력한 노인 프리아모스가 아니라. 한때 안드로마케가 괴물이라고 생각했던 사람의 양심을 흔들어 놓은 것은 폴릭세네뿐이었다. 만약 그 사람에게서 무어라도 참아 줄 만한 부분을 찾으려고 애써야 할 상황이 아니었다면, 여전히 괴물이라고 생각했을 사람.

"왜요?" 안드로마케가 물었다.

네오프톨레모스가 손으로 얼굴을 쓸면서 말소리가 불분명하게 뭉개졌다. "모르겠어. 그 사람은 너무나……." 이번에는 네오프톨레모스가 안드로마케의 몸이 굳어지는 걸 느꼈다. "너한테 할 얘기는 아니지." 네오프톨레모스가 말했다. 안드로마케는 슬픔으로 무너질까 봐 그 일을 스스로 떠올리지는 못하면서도, 지금 네오프톨레모스한테 그런 말을 듣자 어쩐지 위로가 되었다. 처음에는 충격이었으나 위안이 그 뒤를 따라오는 것을 느꼈다.

"말해 줘요."

"죽고 싶어 했어……." 네오프톨레모스가 말했다. "전혀 저항하지 않았어. 나한테 목을 베라고 내밀었어. 왜 두려워하지 않았을까?"

"두려웠겠죠." 안드로마케가 대답했다. "하지만 노예로 사는 게 더 두려웠죠. 고향을 떠나는 게 더 두려웠죠. 알지도 못하고 선택하지도 않은 남자의 소유물이 되는 게 더욱 두려웠을 거예요. 그보다 더한 운명보다 차라리 죽음을 바랐기에 죽음이 두렵지 않았어요."

네오프톨레모스는 안드로마케의 말을 생각하며 잠시 말이 없었다. "그때 너라면 죽음이 두려웠을까?" 네오프톨레모스가 물었다.

안드로마케는 뺨이라도 맞은 것처럼 움찔했다. "아뇨."

"에페이로스로 오는 게 죽는 것보다 나빴나?"

"그렇다고 생각했어요."

다시 침묵이 흘렀다. "지금도 그렇게 생각해?" 네오프톨레모스가 물었다. 안드로마케는 그 말에 담긴 희망의 기색을 뚜렷이 들었고 상황이 어찌나 어처구니없는지 웃음을 터뜨릴 뻔했다. 자기를 포로로 잡은 자, 아들을 죽인 자가 인정을 바라고 있다니. 그럼에도 안드로마케는 그걸 거부할 수 없다는 걸 알았다. "아뇨, 지금은 몰로소스가 있으니까요."

"내가 죽으면." 네오프톨레모스가 입을 열었다가 말을 멈췄다. 안드로마케는 네오프톨레모스가 가끔 말을 찾느라 생각을 해야 할 때가 있고 그때 끼어들면 짜증을 낸다는 것을 알기 때문에 아무 말도 하지 않았다. "내가 죽으면, 그 트로이아 왕자하고 결혼해."

"헬레노스요?" 안드로마케가 물었다. 카산드라의 쌍둥이 오라비가 그리스인이 살려 준 몇 안 되는 트로이아 남자 중 한 명이었다. 헬레노스가 그리스군에게 무언가 도움을 주었고 어떤 방식으로인가 트로이아를 배신했다는 것은 분명했으나, 안드로마케는 그 이상은 몰랐다.

"미친 여자의 쌍둥이 말이야." 네오프톨레모스가 맞장구쳤다. 카산드라의 명성이, 카산드라가 아가멤논의 아내에게 죽임을 당하기 전에도 그리스군 사이에 널리 퍼져 있었다.

"알았어요. 그런데 왜 지금 그런 생각을 해요?" 네오프톨레모스는 말이 없었다. "누가 우릴 위협해요?" 안드로마케가 물었다. 네오프톨레모스가 팔을 뻗어 안드로마케의 뺨에 손을 얹었다.

"그들이 올 거야." 네오프톨레모스가 말했다. "올 거야."

그들이 잡으러 왔을 때 네오프톨레모스는 에페이로스를 떠나 말을 타고 며칠 걸리는 거리인 델피에 있었다. 네오프톨레모스는 아폴론 신전 앞에서 미케나이에서 온 남자들에게 죽임을 당했다. 수적으로 크게 불리한 싸움이었다. 미케나이의 왕자이고 아가멤논의 아들인 오레스테스가 네오프톨레모스의 아내인 헤르미오네를 내놓으라고 요구했다. 네오프톨레모스가 저지른 어떤 불경함에 보복하는 것이라고 주장했으나 안드로마케는 설득력 없는 구실에 지나지 않는다고 생각했다. 만약 누군가가 그리스 전역을 돌아다니며 트로이아 전쟁 동안 아폴론에게 저질러진 불경을 모두 되갚는다면 살아 있는 그리스인이 한 명도 남아나지 않을 터였다. 그들이 저지른 죄 때문에 아폴론이 이미 전염병을 내리지 않았던가? 그런데 왜 네오프톨레모스가 다른 이들보다 더 큰 벌을 받아야 하나? 아폴론에게 가장 큰 불경을 저지른 사람은 다름 아닌 미케나이의 선왕 아가멤논이었다. 그의 아들이 무슨 권리로 다른 사람에게 복수한단 말인가? 자기 자신과 누이가 저지른 죄에 대한 속죄의 뜻으로 제물과 기도를 바쳐 마땅한 인간이. 남매가 불경한 아버지의 복수를 한답시고 제 어머니를 죽이지 않았나? 왜 분노의 여신들은 오레스테스를 벌하지 않았을까?

안드로마케는 네오프톨레모스가 죽었다는 소식을 들었을 때 슬퍼하지 않았다. 그를 위해 울 수는 없었다. 대신 자기 자신을 위해 울었다. 또다시 보호해 줄 사람 없이 세상에 내던져진 자신, 그리고 자기 아들을 위해 울었다. 안드로마케가 몰로소스에게 느끼는 사랑은 완전할 수는 없었지만. 안드로마케가 어릴 적에는 누군가를 사랑하기가 너무나 쉬웠다. 부모님과 오빠들을 숭배하다시피 했었다. 그런데 테바이가 아킬레우스에게 함락되었고 하루 만에 아버지 에에티온과 일곱 형제 모두 죽임을 당했다. 그 충격으로 어머니마저 곧 돌아가셨으나 쉽게 사랑하는 안드로마케의 성정이 달라지지는 않았다. 안드로마케는 헥토르와 헥토르의 가족에게 마음을 열었다. 새 형제자매가 많이 생긴 것에 기뻐했다. 안드로마케는 프리아모스와 헤카베에게, 부모에게 그랬던 것처럼 충심을 다했다. 진심으로 기쁘게 그렇게 했고, 자기 시어머니를 은근히 헐뜯는 여자들을 이해 못 했다. 자기 가족을 잃었기 때문에 더욱 다른 사람을 쉽게 사랑하게 됐다. 그러다가 헥토르가 죽었을 때 안드로마케는 남편의 죽음을 슬퍼했고 시집 식구들한테 위안을 받았다. 안드로마케의 슬픔이 곧 그들의 슬픔이었기 때문이었다.

그러나 아스티아낙스를 잃고 안드로마케는 다른 사람이 되었고 다시는 누군가를 그렇게 사랑할 수 없으리란 걸 알았다. 자기 아기가 성벽 아래 박살 난 채 누웠을 때 안드로마케는 자기 안의 무언가가 박살 났고 영영 회복되지 않으리란 걸 알았다. 다른 엄마들처럼 안드로마케도 아스티아낙스에 대한 자신의 사랑이 늘 두려움과 엮여 있다는 걸 알았다. 아스티아낙스가 태어난 뒤 열이 날 때마다 걱정했다. 조금만 아파도 제단으로 달려가 신들에게 애원하고 도와 달라고 빌었다. 물론 몰로소스도 똑같이 돌봤다. 제우스 신상 앞에서 맹세하라고 해도 벌 받을 두려움 없이 맹세했을 것이다. 그렇지만 그리스에서 태어난 아들이 병에 걸리거나 다칠까 봐 밤낮으로 걱정하지는 않았다. 어머니로서 하는 일상적 근심에 쏟을 기력이 남아 있지 않았으니까. 그저 신들이 아이를 지켜주리라고 (아스티아낙스를 지켜주지 않은 것처럼) 믿을 수밖에 없었다. 최악의 일이 벌어진다고 하더라도, 자기가 아이를 구하기 위해 할 수 있는 일은 없다는 걸 이제 알기 때문이었다. 첫째 아들을 잃었고 이제는 그때 가졌던 에너지는 남아 있지 않았다. 대신 자신의 무력함에 대한 통렬한 자각이 있었고 그래서 이제는 자기기만이 불가능했다. 아스티아낙스는 자기가 포대기로 감싸서 세상으로부터 안전히 지킬 수 있을 듯이 사랑했다. 몰로소스는 함께 벼랑 끝에 있으며 어느 순간에라도 벼랑에서 떨어질 수 있다는 듯이 사랑했다.

그래서 다른 노예를 통해 네오프톨레모스가 죽었고 오레스테스가 헤르미오네를 아내로 삼으려 한다는 말을 들었을 때, 안드로마케는 습관적으로 두려움을 느끼기는 했으나 도망쳐야 한다는 생각은 들지 않았다. 그리스에 친구 하나 없는 안드로마케가 어디로 갈 것인가? 누가 오레스테스로부터 안드로마케를 지켜 줄 것인가? 네오프톨레모스의 할아버지 펠레우스가 도와줄지 모른다는 생각이 들었다. 아들 아킬레우스에 이어 손사ㄲ사시 잃었으니. 고귀한 펠레우스 가문에서 남은 핏줄은 몰로소스 하나뿐이었다. 안드로마케는 아이를 지키기 위해 자기가 할 수 없는 일을 펠레우스는 해 줄지 모른다는 기대로 노예를 펠레우스에게 보냈다. 하지만 기대가 거의 없었기 때문에, 어떤 노인이 지팡이를 몽둥이처럼 휘두르며 나타나 안드로마케와 몰로소스를 데리고 집으로 가겠다고 했을 때 적이 놀랐다.

네오프톨레모스가 약속한 대로 안드로마케는 헬레노스와 결혼하게 됐다. 트로이아의 왕자였던 헬레노스는 적보다 동지를 만드는 재주가 있어서 곧 두 사람은 작은 마을을 다스리게 되었다. 안드로마케의 요청에 따라 두 사람은 잃어버린 고향과 닮은 도시를 건설하기 시작했다. 트로이아만큼 거대하고 웅장하지는 않지만 산 아래 높은 성채가 있는 새로운 트로이아를 만들었다. 때로 아침에 안개가 아직 걷히지 않고 남아 있을 때면, 안드로마케는 다시 고향에 돌아왔다고 상상할 수 있었다. 헬레노스는 오래전에 죽은 형 헥토르를 약간 닮았다. 안드로마케는 이따금 헬레노스의 옆모습을 보다가 두 번째 남편의 얼굴에서 첫 번째 남편의 얼굴을 언뜻 보곤 했다. 몰로소스가 자라면서 아스티아낙스를 닮아갈지는 영영 알 수 없을 터였다. 그러나 안드로마케는 나이가 들면서 머릿속에서 두 아이가 하나로 합해지는 것 같다고 느꼈다. 몰로소스가 숲으로 사냥을 나갔다가 돌아올 때 멀리에서 아들의 윤곽을 보면서 아스티아낙스가 몰로소스의 발걸음을 따라오는 모습을 보았다. 말년에 안드로마케는 젊은 시절 재앙 속에서 잃은 모든 것의 그림자와 환영 속에서 살아갈 것이다. 행복의 그림자가 행복 자체에는 미치지 못할지라도, 트로이아 해안에서 사랑하는 자식을 잃고 쓰러져 울 때 기대했던 것보다는 훨씬 나은 삶이었다.

43
칼리오페

노래하소서, 무사 여신이여. 그가 말했고 나는 노래했다.

군대를 노래하고 인간을 노래했어.

신을 노래했고 괴물을 노래했고 이야기를 노래했고 거짓말을 노래했어.

죽음 그리고 삶을, 기쁨 그리고 고통을 노래했지.

죽음 이후의 삶을 노래했어.

그리고 여자들에 대해 노래했어. 그늘 속에 있던 여자들. 잊히고, 무시당하고, 말하지 않은 것을 노래했어. 오래된 이야기를 집어 들어서 숨어 있던 여자들이 눈에 보일 때까지 흔들어 댔어. 그들이 너무 오래 기다렸으므로 노래로 그들을 기렸지. 내가 시인에게 말했던 것처럼, 이 이야기는 한두 여자의 이야기가 아니야. 모든 여자들의 이야기지. 전쟁이 인간 절반의 삶에는 영향을 미치지 않는 게 아닌데. 왜 우리는 그 절반의 이야기를 무시하지?

그들이 자기 이야기 차례를 오래 기다렸으니, 더 기다리게 하지 않을 거야. 시인이 내가 준 노래를 거부한다면 시인의 입에서 다시 빼앗겠어. 시인은 전에도 이미 노래를 불렀으니, 이 이야기가 싫을 수도 있고 필요 없을 수도 있지. 어쨌거나 이 이야기는 전해질 거야. 아무리 오래 걸리든 언젠가는 그들의 이야기를 하게 될 거야. 나는 나이를 먹지 않고 죽지도 않으니 시간은 중요하지 않아. 중요한 것은 이야기를 한다는 것이지.

노래하소서, 무사 여신이여. 그가 말했지.

그래, 들리니? 나는 노래했어.

작가의 말

이 소설의 영감은 고대 세계로부터 시간과 장소를 넘어서 찾아왔다. 일부는 문학 작품에서 얻었고 일부는 고고학 문헌에서 얻었다. 전적으로 내가 창작해 낸 장이 있는가 하면 여러분이 이미 아는 원전에서 빌려 온 장도 있다. 트로이아 여인들이 나오는 부분을 쓸 때 가장 크게 의존한 텍스트는 에우리피데스의 『트로이아의 여인들』(그리고 『헤카베』)이고 페넬로페가 나오는 부분은 호메로스의 『오딧세이아』에 기댔다. 또 크레우사 이야기는 베르길리우스의 『아이네이스』를 참고했다.(크레우사보다 불타는 도시와 뱀 같은 시논에 대한 정보를 더 많이 얻긴 했지만. 베르길리우스가 여자들을 잘 그려 내지 못해서 그런 것은 아니다. 디도를 소설에 넣고 싶었는데 못 넣어서 정말 속상했다. 하지만 맞지 않는 자리에 억지로 끼워 넣을 수는 없으니까.) 오비디우스의 『여인들의 편지』에서 처음으로 라오다메이아를 알게 되었고 또 페넬로페의 이야기를 남편에게 보내는 편지 형태로 쓸 수 있겠다는 힌트를 받았다. 클리타임네스트라 부분은 당연히 아이스킬로스의 『오레스테이아』에 크게 빚지고 있다. 호메로스의 『일리아스』에는 브리세이스가 많이 나오지 않지만 아가멤논이 크리세이스를 돌려보내지 않아 발생한 전염병 이야기는 거기에서 가져왔다.(역병의 증상은 후대 작가 투키디데스에게서 빌려 왔는데, 투키디데스는 기원전 5세기 펠로폰네소스 전쟁 시작 무렵에 역병에 걸렸으나 살아남아서 이야기를 전했다.) 이피게네이아 부분은 에우리피데스의 『아울리스의 이피게네이아』, 『이피게네이아』, 『타우리스인 사이의 이피게네이아』를 참고했다. 안드로마케의 이후 삶도 에우리피데스의 동명 희곡에서 가져왔다.

이 책에는 테아노와 오이노네 등 오늘날 남아 있는 고대 문학에 거의 등장하지 않는 여자들도 여럿 나온다. 여성 인물은 등장하더라도 대체로 그늘에 남아 있거나 주변부로 밀려난다.(에우리피데스와 오비디우스는 예외로, 여성을 중심에 두고 작품을 쓸 때가 많았다.) 때로는 이름으로 호명되지 않지만 어떤 특정 여성을 의도했다고 보일 때가 있는데, 이를테면 『일리아스』는 대체로 "노래하소서, 무사 여신이여, 아킬레우스의 분노를."이라고 번역되는 문구로 시작한다. 시인이 서사시의 뮤즈인 칼리오페를 부르고 있다고 가정하는 것이 타당할 것이다.(아마 호메로스는 여신이 내가 그린 것처럼 변덕스럽지는 않길 바랐을 것이다. 만약 에우리피데스가 칼리오페를 묘사했다면 더욱 변덕스럽게 그렸을 수도 있지만.) 하지만 호메로스는 여신의 이름을 언급하지 않았다. '무사'라고도 부르지 않았다. 대신 '테아thea', 여신이라고만 했다.

펜테실레이아는 시간의 부침을 많이 겪었다. 코인토스 스미르나이오스나 위僞 아폴로도로스의 잘 알려지지 않았으며 일부만 남아 있는 작품을 뒤지지 않고서는 찾기 힘들다.(나는 뒤져 보았으나 권하고 싶지는 않다.) 펜테실레이아는 강력한 전사였고, 기원전 8세기경에 쓰였으나 유실된 서사시 『아이티오피스』에 중요한 인물로 등장한다. 이 서사시는 오늘날 몇 행만 남아 전해진다. 아마조네스 여전사들과 펜테실레이아는 고대 시각 예술가들에게 엄청난 영감을 주었다. 현재 전해지는 항아리에서 신화적 인물 가운데 헤라클레스를 제외하면 가장 많이 등장하는 게 아마조네스이다. 또 그리스 전사가 전장에서 쓰러진 아마조네스를 등에 지고 있는 모습이 그려진 꽃병도 있다. 펜테실레이아가 아킬레우스와 일전을 벌인 장소에서 옮겨지는 장면을 묘사한 아름다운 항아리도 있다. 고대 전사들은 보통 죽은 적을 이렇듯 존중과 애정을 담아 대하지 않았다. 안타깝게도 20세기에 로버트 그레이브스는 이 대단한 여자 영웅을 아킬레우스가 시신에 대고 자위를 하는 대상으로 만들어 버렸다. 이런 것이 우리가 말하는 진보의 예란 것인지.

대영 박물관에 가면 테티스의 귀걸이의 더욱 화려한 버전(원숭이도 더 많다.)을 볼 수 있다. 이 책에서 테티스와 펠레우스의 결혼식 장소로 나온 섬에서 발견된 귀걸이이다. 기왕 박물관에 간 길에 프로테실라오스도 찾아보길. 라오다메이아가 상상한 것처럼 뱃머리에 서 있는 모습을 볼 수 있다. 정말로 발이 아름답다. 미케나이의 돌사자상을 보려면 그리스로 가야 하니까, 간 김에 배를 타고 튀르키예 해안에서 트로이아를 찾아보고, 오늘날 튀르키예에 있는 히사를리크가 트로이아가 있던 곳이라는 19세기 고고학자 하인리히 슐리만의 주장에 수긍이 가는지 생각해 볼 수 있을 것이다. 이 책에서 트로이아를 자세히 그리기 위해 넣은 바닷가의 모습이나 식생은 히사를리크와 일치한다. 트로이아가 다른 곳에 있었다고 생각하는 분들에게는 양해를 구한다. 오딧세우스의 고향 이타케는 오늘날 세계에서 어디인지 짚기가 더 어렵다.(오딧세우스의 귀향 경로에 대해서도 논쟁이 끊이지 않는다.) 분명하지 않아도 나는 괜찮으니 여러분도 그렇기를. 솔직히 나는 상상의 여지를 남겨 주기 때문에 모르는 편을 더 좋아할 때도 있다. 그 점에 대해서 과학자 친구들에게는 심심한 유감의 뜻을 표한다.

에우리피데스가 『히폴리토스』에서 묘사한 아프로디테와 아르테미스는 이 소설에 심통 맞은 모습으로 그려진 신들의 본보기가 되었다. 신들은 정서적 성숙도는 어린아이 정도인데 불멸성과 엄청난 힘을 가진 존재이다. 올림포스 이전 신들(테미스, 가이아 등)로 거슬러 올라가면서 심술은 좀 줄이고 대신 오만함을 부여했다. 여신들이 황금 사과를 두고 다투는 장면을 그릴 때 특히 재미있었다. 이 책에 어떤 모티브가 있다면 그 사과라고 할 수 있다. 아니면 아테네가 파리스에게 내줄 수 없다고 하는 올빼미이거나. 혹시 궁금할까 봐 하는 말인데, 나라도 미인대회에서 우승하기 위해 내 올빼미를 내주지는 않을 것이다.

호메로스의 『일리아스』는 전쟁과 전사, 남성과 남성성의 토대를 닦은 위대한 텍스트 가운데 하나로 여겨진다. 그러나 우리가 그 텍스트를 어떻게 받아들이고 해석해 왔는지를 보면 참으로 흥미롭다. 이 책의 초고를 똑똑한 친구에게 보내 의견과 피드백을 구한 일이 있었다. 유쾌하고 유익하고 친절한 친구인데, 아주 가끔씩만 내가 H. 라이더 해거드처럼 쓰지 않는 것에 불만을 표한다. 그런데 그 친구가 이 책의 기본 전제에 의문을 제기했다. 전쟁에서 살아남은(혹은 살아남지 못한) 여자도 남자들과 마찬가지로 영웅적이라는 전제에. 남자들은 나가서 싸우는데, 여자들은 그러지 않지 않냐는 게 그 친구 주장의 근거였다. 그런데 여자(대표적으로 펜테실레이아와 아마조네스들)도 싸운다. 이들의 위대한 업적을 기리는 시들이 사라지긴 했지만 말이다. 그리고 남자들이라고 언제나 싸우는 것은 아니다. 아킬레우스는 24권으로 이루어진 『일리아스』에서 18권이 될 때까지 싸우지 않는다. 앞쪽 17권에서는 내내 말다툼하며 삐져 있고, 엄마한테 도와 달라고 하고, 또 좀 삐져 있다가 친구한테 대신 싸움을 시키고, 조언은 하지만 사과는 하지 않는다. 계속 안 싸운다고 버티면서. 다시 말해서 전체 시의 거의 4분의 3 분량을 전장을 떠나 집과 비슷한 곳에서 보내는 것이다. 그런데도 아킬레우스가 영웅이라는 데 의문을 제기하는 사람은 없다. 싸우지 않아도 전사로서 지위는 확고하다. 나는 서사시처럼 쓰려고 의도한 이 책을 읽은 독자들이 영웅심이란 우리 모두에게 깃들어 있는 것이라고 느끼기를 바란다. 특히 상황이 영웅심을 요구할 때는 누구나 영웅심을 발휘하게 된다. 영웅심은 남자들의 전유물이 아니다. 전쟁의 비극적 결과가 여자들에게만 미치지 않는 것과 마찬가지로. 생존자, 희생자, 가해자의 역할이 언제나 자로 잰 듯 구분되는 것은 아니다. 사람은 상처를 입으며 동시에 상처를 줄 수 있고, 혹은 같은 생 안에서 다른 시기에 그럴 수도 있다. 아마도 헤카베가 가장 통렬한 예일 것이다.

여기 나온 여자들 가운데 내가 연기해 본 적이 있는 인물은 카산드라가 유일하다.(학생 시절에 아이스킬로스의 『아가멤논』을 낭독했었다.) 카산드라의 이야기를 하기는 쉽지 않지만, 글쓰기를 끝냈을 때 가장 아쉽고 그리웠던 것이 카산드라였다.

감사의 말

이 책이 사람을 잡아먹는 괴물처럼 나를 통째로 잡아 삼킬 것 같다고 생각한 적이 있었습니다. 그러니 내가 버틸 수 있게 해 준 모든 이들에게 감사해야겠습니다. 피터 스트로스는 탁월한 에이전트이자 최고로 사려 깊고 수준 높은 독자입니다. 나는 정말 운이 좋습니다. 팬 맥밀런 편집자 머리아 레트는 경이로운 존재입니다. 머리아와 조시 험버 덕에 내가 "코인토스 스미르나이오스의 글에 나온다"는 등의 핑계를 대지 않고 정직해질 수 있었습니다. 두 사람의 의견을 따르지 않을 수 없었기 때문입니다. 샘 샤먼이 차분하게 후반 작업을 이끌어 주었습니다. 트로이아의 폐허에서 불태우기 전에는 나한테도 차분함이라는 게 있었던 것 같지만 말입니다. 팬 맥밀런의 다른 훌륭한 분들도 이 책에 도움을 주었습니다. 특히 나한테 요새 달리기 잘

하냐고 물으면서 은근슬쩍 북토크며 방송 출연을 하게 만든 케이트 그린. 이분의 순진한 표정에 속지 마시길.

책을 쓰는 일이 방송 일과 충돌할 수도 있었을 텐데, 놀라운 BBC 동료들 덕에 그러지 않을 수 있었습니다. 이 책을 쓰는 동안 나와 함께 「나탈리 헤인스, 고전에 맞서다」라는 방송을 제작해 준 메리 워드-로어리, 제임스 쿡에게 감사합니다. 당신들이 없었다면 라디오 시리즈를 만들 수도 없었을 거고 그 방송이 없었다면 책의 완성도도 떨어졌을 겁니다. 물론 잠은 더 잘 수 있었겠지만, 잠은 나중에 자도 되니까. 또 그 프로그램을 계속할 수 있게 해 준 제임스 런시와 기네스 윌리엄스에게도 감사합니다.

원고를 읽어 주는 독자는 작가에게 가장 소중한 존재입니다. 언제나 예리한 독자가 되어 주고 없는 시간을 내어 준 세라 처치웰에게 감사합니다. 또 나에게 이상적 독자가 누구냐고 물었을 때 늘 머릿속에 떠오르는 로버트 더글러스-페어허스트에게도 감사합니다. 내가 무슨 말을 하고 있는 걸까요? 그이는 언제나 내 머릿속에 있는데 말입니다. 딕비 리드스톤이 책 절반을 읽고 쉼표를 90퍼센트 지우라고 해 주었으니 독자들도 고마워할 것 같습니다. 엘리나 리처즈는 촘촘한 빗을 들고 최종고를 꼼꼼히 훑어 주었고, 마틸다 맥모로는 교정 단계에서 그렇게 해 주었습니다. 만약 둘 중 누구라도 출판계로 나갈 생각이 있다면, 이 글을 간단한 추천서로 생각해 주시고 저한테 더 긴 추천서를 신청하시길.

글을 쓰는 동안 길잡이가 되어 준 분들이 너무나 많습니다. 모두에게 감사와 사랑을 보냅니다. 특히 내 삶에서 기적처럼 긍정적 에너지가 되어 준 헬렌 배그널을 알게 되어 얼마나 큰 행운인지 모릅니다. 데이미언 바는 늘 딱 적절한 순간에 연락해서 딱 맞는 말을 해 주었습니다. 데이비드 베네딕트는 필요할 때마다 밖으로 불러내 주었습니다. 필리파 페리와 친구 줄리앤은 식견과 친절을 베풀어 주었습니다. 언제나 곁에 있어 준 케라 맨리. 동물과 인간의 모습으로 격려해 준 미셸 플라워. 내가 벽을 타고 오를 때 (최고로 인내심 있는 목소리로) 최선의 조언을 해 준 줄리언 반스. 내 사기를 북돋워 주려고 한 달 동안 매일 「해밀턴」 영상을 보내 준 마커스 벨. 청동기 시대 트로이아 반도의 식생에 대해 최상의 조언을 해 준 애덤 러더퍼드. 흔들리는 내 세상에서 (늘 여전히) 이성의 목소리가 되어 준 크리스천 힐.

무엇보다도 댄 머시에게 모든 것에 대해, 언제나 감사하고 싶습니다. 그리고 물론 내 가족에게도요. 엄마, 아빠, 크리스, 젬, 케즈. 여러분은 전부 내 올빼미 가져도 돼요.

옮긴이의 말

내가 나탈리 헤인스라는 작가에게 반한 것은 『판도라는 죄가 없다*Pandora's Jar*』라는 논픽션에서부터였다. 이 책은 그리스 신화와 고전 비극에서 주변 인물 혹은 부정적 존재로만 취급되던 여성 인물을 현재의 관점에서 재조명하는 책이다. 따분하고 멀게 느껴지기 쉬운 주제를 이렇게 재미있게 들려주는 사람이 있다니? 이 희귀한 작가의 정체를 알아보려고 나탈리 헤인스를 위키피디아에서 찾아보았는데, "작가, 방송인, 고전학자, 코미디언"이라는 소개를 보고 무릎을 쳤다. 진지한 이야기를 하는 한편으로 실실 웃음이 터져 나오게 하는 방백이 흐르는 독특한 문체는 이 작가의 다재다능함 덕이었다.(나탈리 헤인스의 여러 업적 중에는 영국 최고의 코미디 상인 에든버러 코미디상 신인상 부문 후보에 여성 최초로 오른 것도 있다.)

『판도라는 죄가 없다』 다음에 읽을 책으로 2020년 여성 소설상 최종 후보에 오른 『천 척의 배』를 온라인 서점 장바구니에 넣어 두었다. 그런데 출판사 돌고래에서 마치 내 장바구니를 보기라도 한 것처럼 연락을 주었다! 이 책을 계약하려는데 번역할 의향이 있냐는 것이었다.(바로 결제하지 않고 기다리길 잘했다!) 『천 척의 배』 역시 고리타분한 옛이야기가 될 뻔한 고전을 현재의 맥락에서 은근한 유머를 곁들여 들려주는 소설이었다. 덕분에 내가 좋아하는 책을 번역하면서 돈도 버는 행복한 나날을 보낼 수 있었다.

고대 그리스 고전을 재해석하려는 시도는 수없이 많았다. 최근에는 특히 지금까지 들을 수 없었던 여성의 목소리를 되살리려는 시도가 활발해 여러 눈부신 작품이 나왔다. 나탈리 헤인스가 "남성과 남성성의 토대를 닦은 위대한 텍스트"라고 말하는 호메로스의 『일리아스』와 『오딧세이아』에서 주변화된 여성 인물들 가운데, 매들린 밀러는 키르케를, 마거릿 애트우드는 페넬로페를, 팻 바커는 브리세이스를, 크리스타 볼프는 카산드라를 주인공으로 삼아 트로이아 전쟁과 그 이후 이야기를 들려주었다.(신나게도 이 소설들 전부 국내에 번역되어 있다.) 그렇지만 『천 척의 배』만큼 장대한 기획은 없었다. 이 책은 트로이아 전쟁에 얽힌 수십 명 여자들의 목소리로 우리가 익숙히 아는 트로이아 전쟁을 '다시 들려준다.'

『천 척의 배』는 무엇보다 제목에 걸맞은 서사시의 위용과 규모를 전혀 잃지 않는 다시 쓰기이다. 『일리아스』가 "노래하소서, 무사 여신이여, 아킬레우스의 분노를."이라고 여신에게 호소하면서 장엄한 서두를 연다는 사실은 잘 알려져 있다. 이 소설도 서사시를 담당하는 무사(뮤즈) 여신인 칼리오페로부터 시작한다. 칼리오페는 (아마도 호메로스일) 시인에게, 이제는 남자들 이야기 말고 여자들 이야기를 할 때가 되었다며 시인이 여자들의 관점에서 이야기를 읊게 만든다. 그리하여 10년 전쟁 끝에 마침내 트로이아가 함락되는 날 혼란 속으로 내던져진 크레우사부터 시작해, 전쟁에 패하고 모든 것을 잃은 트로이아 여인들, 트로이아 편에서 전쟁에 참가한 아마조네스, 남편을 전쟁터로 보낸 그리스 여인들, 전쟁에 연루된 여신들의 이야기가 줄줄이 이어진다. 칼리오페의 목표는 "그늘 속"에서 "잊히고, 무시당하고, 말하지 않은" 모든 여자의 이야기를 시인이 노래하게 하는 것이었다. 이렇게 소설은 시야를 바꾸면서 전쟁의 여러 국면을 보여 주고 전쟁의 영향이 얼마나 넓고 깊게 오래 미치는지 보여 주는 거대한 군상화를 이룬다.

단지 관점을 바꾸었을 뿐인데, 분명히 아는 이야기이고 수천 년 동안 수없이 되풀이해 온 이야기인데, 놀라운 마법처럼 전혀 다른 이야기가 되었다. 나탈리 헤인스가 들려주는 이야기는 원전에서 크게 벗어나지 않는, 기본적으로 원전과 같은 이야기인데도, 우리는 달의 뒷면처럼 지금껏 한 번도 보지 못한 면을 보고 깜짝 놀라게 된다. 전장에서 싸우다 죽어간 아킬레우스나 헥토르 등을 영웅으로 여기고 숭앙하는 것은 당연하지만, "목숨만 빼고 모든 걸 잃"은 여자들의 생존은 종종 이야기에서 누락되었던 것이다. "전쟁은 여자의 얼굴을 하지" 않지만, 남자들이 일으킨 전쟁에서 야만적 폭력과 무자비한 착취의 대상이 되는 것은 종종 여성이다.

이 소설에서 신은 경박하고 변덕스럽게 그려지고 삶과 죽음의 문제를 짊어진 인간이 오히려 훨씬 장중한 존재로 비친다. 신화 속 인물들이 목소리와 생생한 인격을 갖추고 정형화된 캐리커처가 아니라 공감할 수 있는 존재로 살아난다. 이를테면 인내와 정절의 엠블럼으로만 생각했던 페넬로페가 이 소설에서는 얼마나 복잡하고 기지 넘치고 호감 가는(그리고 아이러니의 달인인) 존재로 그려지는지. 무엇보다도 이 소설이 안드로마케로 끝난다는 점이 나는 좋다. 안드로마케는 아킬레우스에게 가족을 전부 잃었고, 트로이아로 와서 헥토르와 결혼하며 새로 가족으로 삼은 사람들도 모두 잃은 데다, 아기마저 적의 손에 잔인하게 죽임을 당했고, 그 아들을 죽인 남자의 노예가 되어 그리스로 끌려온다. 누구보다도 가혹한 운명을 겪은 인물이고, 감당하기 힘든 고통과 슬픔에 모든 것을 놓아 버리기 직전까지 갔다. 그러나 결국 살아남아 그리스에 작은 트로이아를 만드는 사람은 바로 다름 아닌 안드로마케였다. 안드로마케는 말년에 자신의 삶을 이렇게 돌아본다.

> 행복의 그림자가 행복 자체에는 미치지 못할지라도, 트로이아 해안에서 사랑하는 자식을 잃고 쓰러져 울 때 기대했던 것보다는 훨씬 나은 삶이었다.

그렇게 삶은 어떤 죽음보다도 영웅적이다.

추천의 말

김신명숙(여신 영성 연구자)

『천 척의 배』는 『일리아스』와 『오딧세이아』의 여성 버전이라고 할 수 있다. 왜 여성들의 버전이 따로 필요했을까? 이는 젠더 의식이 높아진 지금 그다지 어려운 질문은 아니다. 그러나 이 책은 젠더 의식 이상의 차원을 담고 있다. 참혹한 전쟁 속에서 만화경처럼 펼쳐지는 생사의 드라마들이 테미스의 질서와 가이아의 슬픔을 배경으로 운명의 미학을 가슴 저리게 펼쳐 보인다.

서양 문화의 원류라는 호메로스의 서사시들이 전쟁과 전사들을 다루고 있다는 것은 결코 좋은 전통이라고 할 수는 없다. 과거에는 서사시 속 '영웅들과 미녀들'을 찬미하느라 보지 못했지만 얼마 전부터는 인식들이 깨어 새로운 비평들이 나오고 있다. 『천 척의 배』는 그러한 흐름을 보여 주는 비평적 스토리텔링이라고 할 수 있다. 트로이아와 그리스의 전장과 그 '연결망' 속에서 들려오는 여성들의 목소리는 아마도 가장 새롭고 신랄하며 대안적인 비평이 될 것이다.

전쟁을 미화했다고 트로이아 전쟁을 다룬 고전들의 문학적 위대함을 부정하자는 것은 아니다. 다만 아버지가 아들을 삼켜 버리고, 아들은 아버지를 죽이는 제우스 탄생 신화도 상기하며 서양 문화의 시작을 총체적으로 다시 살펴볼 필요가 있다는 말이다.

전쟁은 젠더 문제에 있어 핵심적인 위상을 차지한다. 가부장제를 발생시키고 유지하는 첫 번째 원인으로 지목되기도 한다. 일부 인류학자들은 남성들은 목숨을 걸고 싸웠기 때문에 그렇지 못한 여성들보다 우월해졌다고 남성 지배의 원인을 설명하기도 했다. 그러나 이 책은 일견 그럴듯해 보이는 이 논리의 허상을 드러낸다.

남성 영웅들은 전쟁터에서 죽는다. 맞는 말이다. 그러나 죽음을 직면하는 두려움이나 고통과 살아남아 온갖 상실과 비인간의 상태(강간과 노예화)를 견뎌야 하는 여성들의 두려움이나 고통 중 어떤 것이 더 심대할까? 혹 고통에도 가치가 있다면 어느 고통이 더 가치가 있을까?

죽음 자체에는 가치가 없다. 죽음도 삶과 연결될 때 나름의 가치를 지니게 된다. 여성들은 어린 자식이든 늙은 부모든 주위의 생명들을 보살피고 삶을 다시 세우기 위해 두려움과 고통을 '견뎌야' 했다. 비인간의 상태에서도 살아남아야만 했다. 죽을 용기보다 '절망 속에서도 삶을 세우는 용기'를 택할 수밖에 없었던 것이다. 그런 여성들이 없었다면 세상은 지속되지 못했을 것이다. 죽음이 남자들의 운명이라면 삶은 여자들의 운명이다.

전쟁에서 남성 영웅들이 죽음이라는 운명을 받아들이며 초월적 광휘를 내뿜는다면, 여성 영웅들은 진창에서 연꽃을 피워 내며 세상의 사랑과 아름다움을 만들어 나간다. 이 책에 나오는 안드로마케 같은 여성들이 해 온 일이다.

키가 작고 약삭빠른 오딧세우스, 어린아이 같은 아킬레우스, 배가 나온 더러운 노인 아가멤논을 만나는 일은 이 책이 던지는 유쾌한 펀치다.(사실 여자들은 이미 다 알고 있는 얘기지만.) 이전까지는 늘 트로이아 전쟁 서사의 중심에 있었던 헬레네를 독립적으로 다룬 장이 없는 것도 유사한 의도로 보인다.

개인적으로 이 책은 각 장들을 읽을 때보다 다 읽고 나서야 감동이 물결쳤다. 칼리오페가 말하듯 "모든 여자들의 이야기"이기 때문인 것 같다. 각각의 이야기들이 어우러지면서 웅장한 교향곡이 완성되는 느낌이다. 물론 서양 문화라는 제약은 있지만 '전쟁과 여성'이라는 주제는 보편성이 훨씬 더 클 것이다. 이 책의 메시지를 간결하게 알고 싶다면 여러 번 등장하는 칼리오페 챕터들을 이어서 다시 읽어보기를 권한다.

좋은 소식 하나가 있다. 서양 문화의 원류가 고대 그리스가 아니라는 사실이다. 전쟁 서사시들이 인기리에 낭송되고 제우스가 신들의 제왕으로 군림하기 훨씬 이전 크레타에서 꽃핀 미노아 문명이 유럽 문명의 원류로 새롭게 주목받고 있다. 여신을 주신으로 숭배했던 미노아 크레타에서는 전쟁의 흔적을 찾기 힘들다. 세상은 대체로 평화로웠고 여성과 남성은 평등하게 어울렸으며 아가멤논 같은 전사왕의 존재도 찾아볼 수 없다. 선진적 문화 수준과 놀라운 기술 발전을 이룬 사회였는데도 말이다. 저자의 표현을 따르자면 "정서적 성숙도가 어린아이 정도"인 올림포스의 여신들이 등장하기 이전, 불리는 이름은 달랐겠지만 테미스 여신과 가이아가 함께 웃던 시절이었다. 흥미롭게도 이 책에는 그 시절의 흔적이 담겨 있다.

그 시절이 유토피아적 신화나 전설이 아니라 수많은 발굴의 결과로 드러난 역사적 실제라는 사실은 너무 소중하다. 서양에서는 여러 저술가들이 수많은 미노아 유적과 유물을 들여다보며 자기 나름대로 역사를 '다시 쓰고' 있다. 동시에 미노아 역사를 만든 여신의 신화를 함께 더듬고 있다.(미노아 문자는 아직 해독되지 않았다.)

문득 클리타임네스트라가 떠오른다. 딸을 죽인 남편을 주저 없이 처단해 버리는 그녀에게서 페르세포네를 잃고 세상을 황폐화한 데메테르의 그림자가 보인다. 또 오래된 모계 전통이 느껴지는데 미노아 크레타도 모계 사회였다. 데메테르가 크레타와 관련이 있는 건 아마도 우연이 아닐 것이다. 책을 읽으며 가슴이 답답해지거든 전쟁이 우리의 운명이 아니라는 사실을 상기했으면 한다. 약간의 시차는 있어도 호메로스와 같은 세상을 살았던 사포는 '전쟁이 아니라 사랑'이 중요하다고 외쳤다.

미노아 크레타와 사포를 생각하며 독자들 각자가 새로운 이야기를 상상해 보기 바란다. 비평도 좋겠지만 희망을 담은 비전이라면 더 좋을 것이다. 사실 이 책은 이미 그 실마리를 넌지시 던져 놓고 있다. 가이아를 통해서.

천 척의 배

트로이아 전쟁의 여성들

초판 1쇄 발행 2024년 2월 26일

지은이 나탈리 헤인스
옮긴이 홍한별

발행인 김희진
편집 김지운
마케팅 이혜인
디자인 민혜원
제작 제이오
인쇄 민언프린텍
발행처 돌고래

출판등록 2021년 5월 20일
등록번호 제2021-000173호
주소 서울시 강남구 선릉로 704 12층 282호
이메일 info@dolgoraebooks.com

ISBN 979-11-983809-5-1